中华译学馆立传宇与

以中华为根　译与学并重

弘扬优秀文化　促进中外交流

拓展精神疆域　驱动思想创新

丁酉年冬月　许钧撰　罗卫东书

中華譯學館·中华翻译研究文库

许　钧◎总主编

文学翻译中的
修辞认知研究

冯全功◎著

ZHEJIANG UNIVERSITY PRESS
浙江大学出版社

图书在版编目(CIP)数据

文学翻译中的修辞认知研究 / 冯全功著. —杭州：
浙江大学出版社，2020.12(2022.5重印)
（中华翻译研究文库 / 许钧主编）
ISBN 978-7-308-20842-0

Ⅰ. ①文… Ⅱ. ①冯… Ⅲ. ①中国文学－文学翻译－
修辞－研究 Ⅳ. ①I046②I206

中国版本图书馆 CIP 数据核字(2020)第 237735 号

中華譯學館 莫言題

文学翻译中的修辞认知研究

冯全功 著

出 品 人	褚超孚	
总 编 辑	袁亚春	
丛书策划	张 琛 包灵灵	
责任编辑	田 慧	
责任校对	杨利军 汪 潇	
封面设计	程 晨	
出版发行	浙江大学出版社	
	（杭州市天目山路 148 号 邮政编码 310007）	
	（网址：http://www.zjupress.com）	
排 版	浙江时代出版服务有限公司	
印 刷	杭州高腾印务有限公司	
开 本	710mm×1000mm 1/16	
印 张	18.5	
字 数	257 千	
版 印 次	2020 年 12 月第 1 版 2022 年 5 月第 2 次印刷	
书 号	ISBN 978-7-308-20842-0	
定 价	68.00 元	

浙江大学出版社市场运营中心联系方式 (0571)88925591；http://zjdxcbs.tmall.com

总　序

改革开放前后的一个时期,中国译界学人对翻译的思考大多基于对中国历史上出现的数次翻译高潮的考量与探讨。简言之,主要是对佛学译介、西学东渐与文学译介的主体、活动及结果的探索。

20 世纪 80 年代兴起的文化转向,让我们不断拓宽视野,对影响译介活动的诸要素及翻译之为有了更加深入的认识。考察一国以往翻译之活动,必与该国的文化语境、民族兴亡和社会发展等诸维度相联系。三十多年来,国内译学界对清末民初的西学东渐与"五四"前后的文学译介的研究已取得相当丰硕的成果。但进入 21 世纪以来,随着中国国力的增强,中国的影响力不断扩大,中西古今关系发生了变化,其态势从总体上看,可以说与"五四"前后的情形完全相反:中西古今关系之变化在一定意义上,可以说是根本性的变化。在民族复兴的语境中,新世纪的中西关系,出现了以"中国文化走向世界"诉求中的文化自觉与文化输出为特征的新态势;而古今之变,则在民族复兴的语境中对中华民族的五千年文化传统与精华有了新的认识,完全不同于"五四"前后与"旧世界"和文化传统的彻底决裂与革命。于是,就我们译学界而言,对翻译的思考语境发生了根本性的变化,我们对翻译思考的路径和维度也不可能不发生变化。

变化之一,涉及中西,便是由西学东渐转向中国文化"走出去",呈东学西传之趋势。变化之二,涉及古今,便是从与"旧世界"的根本决裂转向对中国传统文化、中华民族价值观的重新认识与发扬。这两个根本性的转变给译学界提出了新的大问题:翻译在此转变中应承担怎样的责任? 翻译在此转变中如何定位? 翻译研究者应持有怎样的翻译观念? 以研究"外译中"翻译历史与活动为基础的中国译学研究是否要与时俱进,把目光投向"中译外"的活动? 中国文化"走出去",中国要向世界展示的是什么样的"中国文化"? 当中国一改"五四"前后的"革命"与"决裂"态势,将中国传统文化推向世界,在世界各地创建孔子学院、推广中国文化之时,"翻译什么"与"如何翻译"这双重之问也是我们译学界必须思考与回答的。

综观中华文化发展史,翻译发挥了不可忽视的作用,一如季羡林先生所言,"中华文化之所以能永葆青春","翻译之为用大矣哉"。翻译的社会价值、文化价值、语言价值、创造价值和历史价值在中国文化的形成与发展中表现尤为突出。从文化角度来考察翻译,我们可以看到,翻译活动在人类历史上一直存在,其形式与内涵在不断丰富,且与社会、经济、文化发展相联系,这种联系不是被动的联系,而是一种互动的关系、一种建构性的力量。因此,从这个意义上来说,翻译是推动世界文化发展的一种重大力量,我们应站在跨文化交流的高度对翻译活动进行思考,以维护文化多样性为目标来考察翻译活动的丰富性、复杂性与创造性。

基于这样的认识,也基于对翻译的重新定位和思考,浙江大学于 2018 年正式设立了"浙江大学中华译学馆",旨在"传承文化之脉,发挥翻译之用,促进中外交流,拓展思想疆域,驱动思想创新"。中华译学馆的任务主要体现在三个层面:在译的层面,推出包括文学、历史、哲学、社会科学的系列译丛,"译入"与"译出"互动,积极参与国家战略性的出版工程;在学的层面,就翻译活动所涉及的重大问题展开思考与探索,出版系列翻译研究丛书,举办翻译学术会议;在中外文化交流层面,举办具有社会影响力的翻译家论坛,思想家、作家与翻译家对话等,以翻译与文学为核心开展系列活动。正是在这样的发展思路下,我们与浙江大学出版社合作,集合全国译学界的力量,推出具有学术性与开拓性的"中华翻译研究文库"。

积累与创新是学问之道,也将是本文库坚持的发展路径。本文库为开放性文库,不拘形式,以思想性与学术性为其衡量标准。我们对专著和论文(集)的遴选原则主要有四:一是研究的独创性,要有新意和价值,对整体翻译研究或翻译研究的某个领域有深入的思考,有自己的学术洞见;二是研究的系统性,围绕某一研究话题或领域,有强烈的问题意识、合理的研究方法、有说服力的研究结论以及较大的后续研究空间;三是研究的社会性,鼓励密切关注社会现实的选题与研究,如中国文学与文化"走出去"研究、语言服务行业与译者的职业发展研究、中国典籍对外译介与影响研究、翻译教育改革研究等;四是研究的(跨)学科性,鼓励深入系统地探索翻译学领域的任一分支领域,如元翻译理论研究、翻译史研究、翻译批评研究、翻译教学研究、翻译技术研究等,同时鼓励从跨学科视角探索翻译的规律与奥秘。

青年学者是学科发展的希望,我们特别欢迎青年翻译学者向本文库积极投稿,我们将及时遴选有价值的著作予以出版,集中展现青年学者的学术面貌。在青年学者和资深学者的共同支持下,我们有信心把"中华翻译研究文库"打造成翻译研究领域的精品丛书。

许 钧

2018 年春

前　言

在中国文学"走出去"的时代背景下,本书以中国古典诗词和当代小说中的修辞认知及其英译为主要研究对象,探索译者的修辞认知转换模式、动因、功能与效果。本书的研究目的与学术价值主要表现在以下四个方面:(1)从原型理论视角对修辞认知进行界定,探索修辞认知的具体表现及其在文学作品中的作用,深化人们对修辞认知的认识;(2)系统研究文学翻译中修辞认知的转换模式与动因、功能与效果,从审美与认知两个方面启发译者在翻译过程中进行合理的修辞选择;(3)为中国文学作品外译提供参考,如译者对修辞认知的充分调用(尤其是从概念认知到修辞认知的转换模式)及其对译文文学性的积极影响,把译文视为独立文本的翻译(批评)理念等;(4)从修辞认知家族的诸多成员——尤其是作为修辞认知原型的隐喻——切入文学翻译研究,为翻译修辞学的系统构建贡献力量。

从原型理论视角来看,隐喻是修辞认知家族的原型成员,其他重要家族成员还包括转喻、提喻、拟人、象征、通感、夸张、双关、移就、悖论、飞白、析字、用典、委婉语、一语双叙、敬辞、谦辞等,文学作品中的模糊化语言、词类活用现象、意象并置现象、类似魔幻的话语等可视为修辞认知家族的边缘成员。修辞认知在文学作品(如小说、古典诗词)中的功能主要包括表达作品主旨、增强语言美感、增大含意空间、烘托意境氛围、建构篇章结构、塑造人物性格、暗示人物命运、体现作者(人物)的独特世界观和价值观等。以原文为起点,文学翻译中修辞认知的转换模式可分为三种:从修辞认知到概念认知的转换,从修辞认知到修辞认知的转换(包括同类转换和异类转换),从概念认知到修辞认知的转换(包括显性转换和隐性转换)。实证结果表明,三者对原文的文学性整体上分别起弱化、等化和强化作用,这说明译者对修辞认知的充分调用有利于增强译文本身的文学性及其作为独立文本的价值。三种转换模式的动因也比较复杂,包括客观层面的语言因素、文化因素、思维因素(如意象思维、比兴思维等)以及主观层面译者的翻译观、翻译目的、语言素养、审美能力等。由于各种因素的限制,译者常把原文的修辞认知转换为译文的概念认知,尤其是抗译性较强的,如双关、通感等,导致了一定的审美损失。然而,只要译者充分发挥自己的主体性和创造性,善于把一些概念认知转换为修辞认知,就能减少翻译过程中的审美磨蚀,使译文和原文的文学性总体相当。

作为修辞认知家族的原型成员,隐喻的认知和思维属性会很大程度上辐射到其他家族成员上,体现了原型成员的"原型效应"。概念隐喻是隐喻翻译研究的主要理论工具,鉴于意象在文学作品中的重要地位,本书主要探索小说与古典诗词中意象化概念隐喻及其隐喻表达的翻译,如"情欲是火""性是战争""愁是液体"等。这些概念隐喻在译文中都会有所体现,关键是看译者的隐喻表达是否到位,是否再现了原文中概念隐喻的系统性,是否和原文具有相似的审美价值与解读空间等。研究发现,译文有删减原文隐喻表达的,也有增添相关隐喻表达的,删减往往会弱化原文的文学性,增添则会强化原文的文学性。所以建议译者不要局限于僵硬或字面上的忠实观,要善于在翻译过程中适宜地增添或丰富概念隐喻的隐喻表达,设法提高译文本身的文学性。文学作品中概念隐喻的翻译还要注意隐喻表达的前后关联,以保证译文本身的有机整体性以及隐喻的修辞场效应。

鉴于译文会不可避免地存在审美损失,如从修辞认知到概念认知的转换,译者的审美补偿就显得格外重要,如选择从概念认知转换到修辞认知或增添一些隐喻表达等。除了隐喻修辞认知,本书还专题探讨了中国古典诗词和当代小说中的拟人、夸张、双关、象征、反讽、通感以及委婉语的翻译,或结合修辞认知的三大转换模式进行分析,或针对其在翻译过程中的特殊性进行述评,都特别注重译者是否再现了原文的审美特征以及在有审美损失的情况下是否进行了审美补偿。如针对中国古典诗词中通感修辞的翻译,研究发现,译者采取的翻译策略主要有四种,即再现、补偿、删除和增添,其中补偿策略也比较常见,包括把通感修辞认知转换为其他修辞认知,如拟人、比喻等,这属于把修辞认知转换为修辞认知的异类转换,审美效果往往还是不错的。修辞认知具有认知和审美双重属性,其中审美属性在文学作品中更加突显。在本书中,如果说认知属性集中体现在笔者对相关概念隐喻以及通感、拟人、象征等修辞认知的翻译论述上,审美属性则贯穿在对所有修辞认知家族成员的翻译分析中。

本书还特别注重修辞认知对整个文本的艺术建构功能及其在译文中的对应表现,如概念隐喻、语篇隐喻、语境双关、象征修辞等,这在很大程度上摆脱了就技巧谈技巧的倾向。研究基于修辞技巧,同时也融入了修辞诗学与修辞哲学(尤其是诗学维度),体现了广义修辞学的三大功能层面。笔者致力于翻译修辞学的系统建构,本书是一重要阶段性成果。后续将会深入挖掘中国古典文论与哲学中的修辞资源,如有必要,则对之进行现代转换,把相关成果纳入翻译修辞学体系之中,以提升翻译修辞学的理论品味和实践价值。

除绪论之外,本书所有章节内容已在或即将在《外语教学》《外语与外语教学》《外语教学理论与实践》《外语学刊》《解放军外国语学院学报》《中国文化研究》《外国语文》《山东外语教学》《西安外国语大学学报》《语言与翻译》《当代外语研究》《外文研究》《外国语文研究》《燕山大学学报》等学术期刊发表,在此笔者谨对这些期刊表示衷心感谢;也衷心感谢浙江大学中华译学馆馆长、浙江大学文科资深教授许钧先生把拙著纳入"中华译学馆·中华翻译研究文库";同时也非常感谢所有在学术道路上鼓励我、帮助我、支持我的师长同道与亲朋好友。

学术没有终点,继续砥砺前行!

冯全功

于浙江大学

2020 年 3 月 28 日

目　录

第一章 绪 论

作为一门新生学科,翻译学经常从其他学科汲取理论话语资源来研究翻译问题或进行翻译理论建构,对其他学科资源具有较强的依赖性。所以在跨学科翻译研究中,翻译学往往是受体学科,尽管将来其也有望反哺其他学科,成为新的供体学科。目前翻译学的供体学科有很多,如哲学、美学、语言学、社会学、经济学、生态学、认知科学、文化研究等,其中语言学和翻译学的亲缘性最强。语言学中还有很多分支学科,如词汇学、语法学、语义学、文体学、语用学、修辞学等,也都和翻译密切相关。笔者感兴趣的是修辞与翻译的关系,或者说从修辞学视角来研究翻译,也包括翻译中的修辞问题。刘亚猛认为,"修辞是翻译思想的观念母体,而翻译则是一种特殊的修辞实践"①,这种观点颇有道理。就广义而言,有翻译的地方就有修辞,但有修辞的地方未必就有翻译。换言之,翻译与修辞同在。

翻译学与修辞学的相遇便催生出了翻译修辞学,翻译修辞学的建构既可基于西方修辞学理论资源,也可基于中国修辞学理论资源。中西结合也是一条有效的途径,更有利于跨学科翻译研究对古今中外修辞资源的融会贯通。2001 年,杨莉藜在国内最早明确提出了翻译修辞学的概念,认为"翻译修辞学是一门研究翻译中的词语、句式以及文体选择的学问,翻译修辞标准的建立和修辞资源的系统描述是该理论中两个亟待解决的

---

① 刘亚猛.修辞是翻译思想的观念母体.当代修辞学,2014(3):1.

问题"①。由于修辞学和翻译学本身的发展,杨莉藜借鉴的修辞学思想基本上没有摆脱狭义修辞学的范围,并把翻译修辞学视为一门直接指导翻译实践的学问。受杨莉藜启发,笔者在拙著《广义修辞学视域下〈红楼梦〉英译研究》(基于本人2012年的博士论文)中也提到过翻译修辞学的建构问题,认为"翻译修辞学旨在借鉴修辞学(特别是广义修辞学)中的各种理论资源,如广义修辞学的三大功能层面、修辞认知、喻化思维、修辞能力、修辞原型、论辩修辞、同一修辞等,同时结合其他相关学科,如美学、哲学、文体学、叙事学、语义学、语用学、文艺学、心理学、传播学等,扩大翻译研究的理论视野,而不仅仅是为了指导翻译实践。翻译修辞学不仅研究翻译中的修辞技巧、叙事话语、文体风格等客观的语言资源,而且也探索翻译主体(如译者、作者、读者等)的心理运作、认知语境、修辞行为、精神建构等"②。笔者虽提倡广泛利用中西各种修辞理论资源,但总体上对中国修辞资源更有兴趣,借鉴和利用也更多一些,尤其是以谭学纯为代表的广义修辞学。其实,现当代中国学者的修辞学理论建构大多也借鉴了西方修辞学思想,包括谭学纯的广义修辞学。陈小慰认为翻译修辞学是"一种从以'新修辞学'为代表的当代修辞理论视角认识和从事翻译活动、研究和解决翻译问题的范式。其核心在于探讨翻译行为的修辞特性和体现修辞意识的翻译实践"③。陈小慰笔下的翻译修辞学主要基于西方修辞学,尤其是20世纪之后兴起的以佩雷尔曼(C. Perelman)、伯克(K. Burke)等为代表的西方"新修辞"理论,还把研究对象拓展至所有通过口、笔译进行的跨文化社会互动行为,而不局限于文学翻译,这是颇有道理的,对翻译修辞学"扩容"不无启发。

翻译修辞学的系统构建是一个漫长的过程,需要我们结合社会需求以及自己的兴趣进行重点突破。文学翻译中的修辞认知研究也可被视为

---

① 杨莉藜.翻译修辞学的基本问题.外语研究,2001(1):71.

② 冯全功.广义修辞学视域下《红楼梦》英译研究.上海:上海外语教育出版社,2016:302-303.

③ 陈小慰."翻译修辞学"之辨与辩.中国翻译,2019(3):45.

笔者在翻译修辞学领域的一次重点突破,这主要是兴趣使然。在中国文学"走出去"的时代背景下,探索中国文学作品英译中的修辞认知也很大程度上契合了时代需求,对中国文学作品外译不无启发。笔者在拜读谭学纯的广义修辞学相关论著时,隐隐觉得他提出的修辞认知是一个很有潜力的概念,对语言和翻译具有强大的解释力,值得移植到翻译研究中。不过在笔者的博士论文以及基于此的《广义修辞学视域下〈红楼梦〉英译研究》中对翻译与修辞认知的关系只是点到为止,对修辞认知的概念也没有深入的思考。2013 年,也就是笔者博士毕业的第二年,笔者在《东方翻译》发表了一篇题为《修辞认知与文学翻译》的文章,主要探讨了文学作品中修辞认知(包括模糊语言和拟人、夸张、比喻等修辞格)的翻译以及译者有效调用修辞认知的一些前提条件,但对修辞认知的理解主要还是基于谭学纯的论述,并没有新的拓展。① 2016 年,拙文《翻译修辞学:多维研究与系统构建》也提到过文学翻译中修辞认知的论题,尤其是后续研究话题,如修辞认知的转换模式研究、转换动因研究、转换效果研究以及修辞认知的功能等②,这些话题也都是本书的重点研究内容。那么,到底什么是修辞认知呢?笔者虽在本书其他章节中从原型理论(prototype theory)角度对之有所论述,但由于篇幅所限(皆以论文的形式撰写),不够具体,故有必要在绪论中更加详细、深入地对修辞认知及其家族成员进行解说。

修辞认知是广义修辞学的重要术语,谭学纯在其 2005 年发表的论文《语言教育:概念认知和修辞认知》中对其有相当深刻的论述,兹摘录如下。

1.概念认知是一种普遍的把握世界的方式,进入概念认知的概念,以一种被规定的语义,指向事物的共性。支持概念认知的是逻辑语境,概念组合体现事物的逻辑关系,这种逻辑关系是排他的,体现世界的现成秩序。

---

① 冯全功.修辞认知与文学翻译.东方翻译,2013(4):26-30.
② 冯全功.翻译修辞学:多维研究与系统构建.语言教育,2016(3):63.

2.修辞认知是一种主体化的认知行为,修辞认知也借助概念,但进入修辞认知的概念往往偏离了事物的语义规定,或者说,修辞认知解除概念认知的普遍性,激起具体生动的感性经验,使概念化的语义在重新建构中被编码进另一种秩序。支持修辞认知的是审美语境,进入修辞认知的概念挣脱事物的逻辑关系,重建一种审美关系,这种审美关系是兼容性的,超越世界的现成秩序。

3.修辞认知与概念认知的最大区别是:概念认知在普遍的意义上理性地接近认知对象,修辞认知在局部的意义上激活主体的新鲜感觉重新接近认知对象。前者概念化地锁定对象,后者审美化地展开对象,重返语言的诗意。后者的局部认知,往往偏离前者普遍认知的通道,在另一个认知维度重新观照对象,这决定了修辞认知的两面性:一方面发现概念认知没有赋予的意义,另一方面遮蔽概念认知已经赋予的意义。修辞认知是以审美的权力颠覆现成语义的权威,以审美化的方式,重返被现成概念屏蔽的诗意。①

从谭学纯的论述中,我们不难看出:(1)修辞认知是相对概念认知而言的,两者都是人类通过语言来认识和表征世界的基本方式;(2)修辞认知离不开概念认知,其必须以概念认知作为参照,是对概念认知的审美偏离;(3)修辞认知是反逻辑的、审美化的,所谓"进入修辞认知的概念挣脱事物的逻辑关系,重建一种审美关系";(4)修辞认知是诗意的,能够"审美化地展开对象",具有较大的含意空间;(5)修辞认知具有两面性,即遮蔽与凸显,遮蔽的是概念的常规语义,凸显的是概念的临时意义;(6)修辞认知不仅是一种语言表现,也是主体的深层认知机制,两者是"因内而附外"的关系。

谭学纯还提到了"概念认知转化为修辞认知"的论题,并以余光中的《乡愁》为例对之进行说明。这里谭学纯所谓的概念认知主要指"乡愁"的概念语义,即一种"深切思念家乡的心情",余光中把这种概念语义转化为

---

① 谭学纯.语言教育:概念认知和修辞认知.语言教学与研究,2005(5):51.

"小小的邮票""窄窄的船票""矮矮的坟墓""浅浅的海峡",这就是所谓的"概念认知转化为修辞认知"。然而,乡愁的概念语义在诗歌中是缺失的,至少在文字层面,它只存在读者的大脑中。整首诗歌本身是一种修辞认知,或者说是一个语篇隐喻。笔者在论述文学翻译中的修辞认知转换模式时也提到过"从概念认知到修辞认知"的转换,也就是原文中没有修辞认知的存在而译文却有,这种修辞认知是译者添加的,是一种特殊的翻译现象,和谭学纯这里的"概念认知转化为修辞认知"并不相同。谭学纯也谈到"修辞认知对概念认知的隐性介入"的论题,如"山头""山腰""山脚"等广泛存在的死喻型话语,此类话语在运用之初是比较新鲜的修辞认知,但久而久之,就具有了概念认知的属性。死喻的存在很大程度上说明了修辞认知与概念认知的相互依存性与转换性,在翻译过程中相关死喻话语的增添删减也是很常见的。

谭学纯还提出过一个非常重要的命题,即"人是语言的动物,更是修辞的动物"①,人类对修辞认知的调用以及修辞认知的言语表现很大程度上证实了这个命题的合理性,修辞认知更能体现人作为"修辞的动物"的本质属性。那么到底什么是修辞认知呢?修辞认知有哪些特征?谭学纯对之并没有详细的论述。从他的论著中不难发现,隐喻是一种典型的修辞认知,如余光中写的《乡愁》以及一些死喻表达,那么其他修辞格呢?是不是所有的修辞格都是修辞认知?修辞认知和修辞格是什么样的关系?有些修辞话语并没有辞格属性,是否也属于修辞认知的范畴?修辞认知和概念认知的边界十分清楚吗?在文学世界,修辞认知是否具有一定的优先性?这些问题都需要我们进一步思考。笔者认为认知心理学(语言学)中的原型理论对修辞认知的界定具有较大的说服力,下面则主要从原型理论视角对修辞认知以及修辞认知的家族成员进行简要论述。

---

① 谭学纯.语言教育:概念认知和修辞认知.语言教学与研究,2005(5):52.同时参见:谭学纯.人是语言的动物,更是修辞的动物.辽宁大学学报(哲学社会科学版),2002(5):18-22.

　　原型理论是一种强有力的范畴化工具,是对经典范畴理论的一种反拨,反对范畴特征的二分法以及边界的明确性。维特根斯坦的家族相似性思想是原型理论的先驱,认为家族成员有中心与边缘之分,范畴边界具有较大的模糊性。罗施(Eleanor Rosch)等人的系列认知心理学实验正式确立了原型理论,在认知心理学、认知语言学等领域产生了很大影响。原型理论认为,"'原型'这一概念是进行范畴化的重要方式,是范畴中最具代表性、最典型的成员,最佳样本或范畴的原型成员,也可视为范畴中的无标记成员,可作为范畴中其他成员(可视为标记性成员)在认知上的参照点";同时研究者还发现"范畴成员的非对称性"现象,也就是"范畴中普遍存在非对称性结构,范畴中的某些成员比其他成员更具代表性,范畴中的非代表性成员常被认为更像代表性成员,而不是相反;有关代表性成员的新信息更可能扩大到非代表性成员,而不是相反;这种非对称性被称为原型效应"①。修辞认知也是一个范畴概念,范畴之内有许多家族成员,家族成员之间共享一些典型特征,这主要是针对修辞认知作为语言表现而言的。修辞认知也是一种深层的认知机制,类似于西方的隐喻研究,把隐喻视为认知和思维层面的东西。本书的重点在于探讨文学作品中语言层面的修辞认知或者说是修辞认知的言语表现,对其作为认知机制更多的是存而不论或点到为止。

　　修辞认知的主要特征有哪些呢? 基于谭学纯的研究以及笔者自己的思考,这里尝试归纳如下:(1)反逻辑性,修辞认知是反逻辑的,语言表达的事物与现实之间往往没有必然的逻辑联系,或者说在逻辑上是说不通的,在现实中往往是不存在的,也就是谭学纯所说的"挣脱事物的逻辑关系";(2)泛审美性,修辞认知往往具有较强的审美性,能够激起听、读者的新鲜感觉,感官或心理体验比较独特,至少在此类话语的运用之初,不过很多在长期使用过程中也会存在审美磨蚀,逐渐失去了原初的审美活力;(3)多含意性,修辞认知往往是模糊的,具有多重解读的可能性,任何一种

① 王寅.认知语言学.上海:上海外语教育出版社,2006:109-110.

解读都有可能固化或减小修辞认知的诗意空间,就这点而言,修辞认知往往是诗意化的;(4)语境依赖性,修辞认知往往具有较高的语境依赖性,对其有效解读,需要一定的交际或文本语境,需要听、读者积极参与,最大限度地调用自己的认知资源,要求理解者与表达者进行或真实或虚拟的互动;(5)文化传承性,修辞认知都是在特定的文化土壤中生成的,使用规律在语言使用的长河中慢慢固定下来,很多也有较强的文化个性,和语言本身的特征及其所在的历史文化语境密不可分;(6)超越性,这主要是针对概念认知而言的,修辞认知通过对概念认知的偏离与突破,超越了概念认知所规定的语义权威,如字典释义的原初词条(非隐喻化的)等;(7)遮蔽性,这也主要是针对概念认知而言的,修辞认知通过凸显自己的语义和审美关系,很大程度上淡化了或遮蔽了概念认知的原初语义或字面意义;(8)辩证性,首先表现在修辞认知和概念认知很大程度上是相互依存的,尤其是修辞认知的运用和解读需要概念认知作为参照,其次表现在两者在一定条件下可以相互转换,尤其是从历时角度而言,如修辞认知对概念认知的隐性介入、概念认知被赋予新的隐喻意义等。修辞认知的家族成员往往共享这些特征,尤其是核心成员,但不见得全部囊括这些特征,具体的修辞认知话语凸显的特征也不尽相同。

哪种话语可以作为修辞认知家族的原型成员呢? 笔者把隐喻视为原型成员,尤其是新鲜隐喻。现代西方隐喻研究突破了技巧中心论,把隐喻视为一种认知和思维方式,其中以莱考夫和约翰逊(Lakoff & Johnson)合著的《我们赖以生存的隐喻》(*Metaphors We Live By*)为代表性成果,概念隐喻的思想也在该著作中首次提出。概念隐喻理论对笔者影响很深,后面的部分章节就是围绕概念隐喻及其隐喻表达展开论述的,如中国当代小说中的概念隐喻/隐喻型仵话语及其英译研究、中国古典诗词中的情感隐喻/通感修辞及其英译研究等。莱考夫和约翰逊认为,隐喻的本质是用一种事物来理解与体验另一种事物。① 根据这种定义,有些修辞格,如转喻、提喻、拟人、通感、象征等,也可归在隐喻的范畴,这也在一定程度上体现了原型成员的"原型效应"。拙著研究的主要是修辞认知的言语表现及其对应翻译,分析时除非另有提及,一般还是按传统的修辞格进行分类,对隐喻有所"扩容",但并未涵盖拟人、通感等其他修辞格。根据概念隐喻理论,隐喻在日常语言中无处不在,我们赖以思考的概念系统本质上是隐喻的。拙著研究的是文学翻译中的修辞认知(包括隐喻),意象是文学作品的血脉,文气之所聚,所以笔者更注重意象化的概念隐喻及其对应翻译(如"情欲是火""性是战争"等,包括其隐喻表达),抽象的概念隐喻(如 UP IS GOOD,DOWN IS BAD 等)由于和作品的文学性不是特别相关,拙著则鲜有探讨。文学作品中死喻的翻译在拙著中偶有论及,但并未做专门论述。其实死喻在跨文化语境中的复活以及英语译者对死喻的敏感性②等也是饶有趣味的话题,也可以在修辞认知的范围内进行探讨,尤其是从概念认知到修辞认知的隐性转换(译者有意、无意添加的死喻)。作为修辞认知家族原型成员的隐喻是笔者致力研究的对象,笔者主要以概念隐喻为分析工具,这在拙著中多有体现。

除了隐喻,还有哪些修辞格可以作为修辞认知的家族成员呢?根据上面归纳的修辞认知的八个主要特征,笔者把以下修辞格也归在修辞认知的范畴:转喻、提喻、拟人、夸张、双关、通感、象征、移就、悖论、仿拟、反讽、飞白、避讳、析字、藏词、委婉语、一语双叙、敬辞谦辞等。这些修辞格基本上是语义型的,具有较强的反逻辑性、泛审美性、多含意性,对语境的依赖性也较高。大多也具有用一种事物来理解和体验其他事物的倾向,这不妨说是隐喻的原型效应,隐喻的认知属性也随之辐射到其他家族成员身上。整体而言,这些修辞格在修辞认知范畴中的隶属度(典型性)不

---

① Lakoff,G. & Johnson,M. *Metaphors We Live By*. Chicago:The University of Chicago Press,1980:5.

② 参见:冯全功.英语译者对汉语死喻的敏感性研究——以四个《红楼梦》英译本为例.外语与外语教学,2015(5):80-85.

尽相同,如拟人、夸张的隶属度就比析字、藏词高。值得注意的是,并非所有的修辞格都属于修辞认知的范畴,如反复、排比、对偶、顶真、层递、倒装等以形式为主的修辞格就不属于该范畴。换言之,修辞认知主要是就语义和逻辑而非形式层面而言的。不妨将文学作品中的其他语言现象也视为修辞认知家族的边缘成员,如模糊化语言(解释空间很大)、词类活用现象(往往具有一定的辞格属性)、中国古典诗词中的名词并置现象、怪诞魔幻话语(如莫言《生死疲劳》中的部分叙述话语)等。拙著并没有对修辞认知的所有家族成员进行研究,而是挑选其中的部分重要成员,如隐喻、拟人、象征、通感、夸张、双关、通感、反讽、委婉语等,分析其在中国古典诗词或当代小说中的英译规律和审美效果,描述、评价之余也偶尔提出一些建议。后续研究也会把修辞认知的其他家族成员作为研究对象,进行专门探讨,以增强修辞认知在文学翻译中的理论解释力。

谭学纯、朱玲在《广义修辞学》中提出了修辞功能的三个层面,即修辞技巧、修辞诗学和修辞哲学①。其中修辞技巧主要是话语片段的建构方式,修辞诗学主要涉及整个文本的艺术设计,修辞哲学则涉及人的精神构建,包括说、写者的世界观、价值观、人生观等。拙著对部分修辞认知及其翻译的探讨是在修辞技巧层面进行的,如通感、夸张等,但更注重修辞认知的诗学功能,也就是其参与整个文本艺术建构的作用,如隐喻、象征、(语境)双关等,也有些涉及修辞哲学,如拟人修辞就体现出一种泛灵论世界观。总体而言,拙著注重修辞认知对作品文学性的生成与促进作用,既有微观研究(修辞技巧层面)的探讨,又有宏观探索(修辞诗学和哲学层面)的探讨,比较充分地展现了修辞认知的话语魅力以及修辞学理论资源在翻译研究中的应用潜力,有望为翻译修辞学的系统构建贡献一份力量。

---

① 谭学纯,朱玲.广义修辞学(修订版).合肥:安徽教育出版社,2008:19-65.

第二章 文学翻译中修辞认知的
转换模式、效果与动因研究

第一节 修辞认知转换模式研究①

人类认识与表征世界的途径主要有两种,即概念认知与修辞认知,两者是一种对立互补的关系,因为认知离不开概念,但又不拘于干巴巴的概念。谭学纯等认为,概念认知是一种普遍的把握世界的方式,进入概念认知的概念,以一种被规定的语义,指向事物的共性。支持概念认知的是逻辑语境,概念组合体现了事物的逻辑关系与世界的现成秩序。修辞认知则是一种主体化的认知行为,修辞认知也借助概念,但进入修辞认知的概念往往偏离了事物的语义规定(词典释意),或者说修辞认知解除了概念认知的普遍性,能激起具体生动的感性经验,使概念化的语义在重新建构中被编码进一种新的秩序。支持修辞认知的是审美语境,进入修辞认知的概念挣脱事物的逻辑关系,重建一种审美关系,诗意地展开对象,超越世界的现成秩序。两者的最大区别在于:概念认知在普遍意义上理性地接近认知对象,修辞认知在局部意义上激活主体的新鲜感觉并重新接近认知对象;前者概念化地锁定对象,后者审美化地展开对象,重返语言的

---

① 本节原载《解放军外国语学院学报》2017 年第 5 期,原标题为"文学翻译中的修辞认知转换模式研究",独立撰写,收入本书时略有改动。

诗意;后者作为局部认知,往往偏离前者普遍认知的通道,在另一个认知维度重新观照对象。这就决定了修辞认知的两面性:一方面发现概念认知没有赋予的意义,另一方面遮蔽概念认知已经赋予的意义。[①] 对概念认知的解读基于静态的词典释意(尤其是最基本的语义),"拒绝随意性解释,拒绝解释的自由",对修辞认知的解读往往需要具体语用环境的支持,动态性与流变性更强。很多常见的语义型修辞格,如比喻、夸张、拟人、移就、通感、象征、悖论等,便属于修辞认知的范畴,被视为"认知性辞格"[②],接纳了事物在语义或概念上不可能出现的特征(包括性质与程度两个方面)。如李白的名句"白发三千丈,缘愁似个长",前半句为夸张,因为在程度上是不可能的;整句为比喻,因为在性质上是不可能的(抽象的"愁"是没有长度可言的)。然而,这里逻辑上的不合理性转换成了修辞上的合理性,有利于激起读者的审美想象,体验修辞认知的话语魅力。如果说"认知性辞格"是典型的修辞认知,那么修辞认知还有没有其他表现形式? 如何对修辞认知进行范畴认定呢?

认知心理(语言)学中的原型理论为界定修辞认知提供了有效的工具。"原型是范畴中的典型成员,是与同一范畴成员有最多共同特征的实例,具有最大的家族相似性。"[③]如果把修辞认知作为一个认知范畴的话,隐喻便是最典型的范畴成员(原型),也是人类基本的认知方式。莱考夫和约翰逊认为隐喻在日常生活中无处不见,不仅存在于语言之内,也在思维与行为中存在,我们赖以思考与行动的概念系统本质上是隐喻的。[④] 隐喻认知方式对概念系统的介入往往是隐蔽的,如众多容器隐喻、方位隐喻的隐喻化表达。还有很多词语(如泉眼、针眼、网眼等)的语义也是通过隐喻机制(修辞认知)形成的,具有较强的概念认知属性。这也一定程度上

① 谭学纯,朱玲,肖莉.修辞认知和语用环境.福州:海峡文艺出版社,2006:23.
② 刘大为.比喻、近喻与自喻——辞格的认知性研究.上海:上海教育出版社,2001:2.
③ 李福印.认知语言学概论.北京:北京大学出版社,2008:98.
④ Lakoff,G. & Johnson,M. *Metaphors We Live By*. Chicago:The University of Chicago Press,1980:3.

说明了概念认知与修辞认知是相辅相成的关系,毕竟修辞认知要借助并参照概念认知,但在审美上又会超越概念认知的普遍性,建立新的诗意化解读空间。如果说"隐喻的本质是通过一种事物来理解与体验另一种事物"①,那么修辞学中的转喻、提喻、拟人、象征、移就、通感等修辞格也可被视为宽泛的隐喻,也都是修辞认知的核心组成部分。其他修辞格如夸张、双关、悖论、委婉语、转类修饰、敬辞谦辞、一语双叙等也是修辞认知的有机组成部分。支持修辞认知的主要是审美语境,修辞认知往往摆脱了事物之间的逻辑关系,文学作品中含意性较强、解读空间很大的模糊化语言,词类活用现象(如名词用作动词),类似魔幻的话语(如莫言《生死疲劳》中的叙述话语)等也是修辞认知的具体表现,可被视为修辞认知的边缘成员。修辞认知与概念认知是对立互补、相辅相成的关系,没有概念认知作为参照,修辞认知便失去了存在的依托。有些修辞认知久而久之也会转换为概念认知,或者具有较强的概念认知属性,最典型的便是词汇化的死喻,如"山脚""桌腿""车头"等,很难再激起人们新鲜的感觉。所以笔者倾向于把修辞认知视为一个原型范畴,其成员有典型与边缘之分(其中隐喻为原型),家族特征包括偏离了事物的概念语义或逻辑规定、能够审美化地展开对象(具有较大的阐释空间)、能激起受众的感性经验与新鲜感觉等。概念认知往往借助抽象的概念来表达事物特征或事物之间的各种关系,修辞认知则通常涉及具体的意象,尤其是隐喻话语。在文学世界,修辞认知的表现力是优于概念认知的,修辞认知也是作品文学性的重要生成机制。

修辞认知在文学作品中发挥着各种各样的作用,如表达作品主题、暗示人物命运、塑造人物形象、体现作者个性、建构故事话语、增强语言美感、增大含意空间等。针对文学翻译中这些修辞认知的处理,能否总结出一定的转换模式? 各种模式有何利弊? 译者又应该如何处理这些修辞认

---

① Lakoff, G. & Johnson, M. *Metaphors We Live By*. Chicago: The University of Chicago Press, 1980:5.

知现象？这是本节需要解决的问题。邱文生①、冯全功②曾探讨(文学)翻译中的修辞认知，强调修辞认知的审美属性，但远非系统深入，并且未涉及修辞认知的转换模式。以原文为参照点，文学翻译中修辞认知转换模式大致可分为三大类，即修辞认知转换为概念认知、修辞认知转换为修辞认知，以及概念认知转换为修辞认知。下面结合文学翻译实例对三大转换模式进行阐述，并简要分析其背后的转换动因。

一、修辞认知转换为概念认知

文学翻译中很多抗译性较强的修辞认知(尤其是一些认知性辞格)往往被转换成概念认知，导致隐喻意象的舍弃、双关语义的流失、象征意义的失效、模糊化语言被明晰化、反逻辑的语言被重新逻辑化等。如果说文学作品中修辞认知优于概念认知，更容易激发读者的新鲜感觉与审美想象的话，为什么译者还会如此转换呢？背后的原因是多重的，或与译者的翻译观有关，或与译者的翻译目的有关，或与语言与文化差异有关，或与译者的自身能力有关，或与具体的文本语境有关，或与中西不同的思维方式有关，等等。

隐喻是修辞认知的典型家族成员，就其翻译而言，有的隐喻文化适应性较差，或者说隐喻的文化个性较强，不太适合进行直译或保留意象，尤其是在跨文化交流还不十分充分的情况下，如表示男女性爱或情爱的"云雨""风月"。这两个词在《红楼梦》中多次出现，并且绝大多数属于修辞认知的范畴。霍克思《红楼梦》英译本中"云雨"的对应词语或短语包括"the art of love"(云雨情)、"every carnal congress of the sexes"(云雨之欢)、"makes love in season and out of season"(云雨无时)、"made love to Two-in-one"(云雨之事)、"the act of love"(云雨一番)等，皆删除了"云雨"的意象。这些都是修辞认知转换为概念认知的具体表现，与霍克思采

① 邱文生.修辞认知与翻译.天津外国语大学学报,2012(3):26-31.
② 冯全功.修辞认知与文学翻译.东方翻译,2013(4):26-30.

用的主导翻译策略(归化)也不无关系。杨宪益的《红楼梦》英译也有类似的转换现象,如"Taste of Love"(云雨情)、"the secrets of sex"(云雨之事),但更多的是保留了原文的意象或者说再现了原文的修辞认知,如"sexual transport of cloud and rain"(云雨之欢)、"rain-and-cloud games"(云雨无时)、"sport of cloud and rain"(云雨之情)等。杨译的文化传播目的十分明显,异化为其主导翻译策略,所以再现了这种修辞认知,在具体语境的烘托下,译文读者似乎也并不难体悟其中的含意。《红楼梦》(程乙本)中共出现了 19 处"风月"(其他版本不尽然,如庚辰本有 23次),只有 1 处指自然风景(概念认知,杨译与霍译皆为直译),其他皆喻指男女情事。由于"风月"隐喻的文化个性较强,杨译与霍译往往舍弃意象,把修辞认知转换为概念认知(前者 13 处,后者 16 处),如把"风月宝鉴"分别译为"Precious Mirror of Love""A MIRROR FOR THE ROMANTIC","渐知风月"分别译为"to know the meaning of love""given way to a more mature emotion"等。一般而言,隐喻的文化个性越强,跨文化适应性就越弱,在文学翻译中,译者也越倾向于把此类修辞认知转换为概念认知。转换的频率还会受译者的翻译观(策略)与翻译目的的影响,杨译与霍译的差异就是明证。中国现当代小说中还有很多用文化个性很强的"破鞋"(荡妇)来构建小说情节与刻画人物形象(如莫言的《蛙》、毕飞宇的《家里乱了》等),如果只把其译为"worn-out shoes"而不加任何解释的话(葛浩文在《蛙》的英译中就是这样处理的),英语读者也未必能体会其中的奥秘,尤其是其与小说其他内容的关联。由此可见,很多修辞认知转换为概念认知的现象是由文化差异引起的,简单照搬原文意象未必一定奏效。

　　有些象征的文化个性也很强,《红楼梦》中的"红"便是典型,在核心短语中多指红颜少女,如"怡红院""悼红轩"等,女子在身边时就"怡红"(宝玉),当她们一个个飘零而去之后就变成了"悼红"(曹雪芹)。霍克思对这两个文化意象的处理分别为"The House of Green Delights""Nostalgia Studio"。显而易见,他把原文的修辞认知转换成了概念认知。其他很多含"红"的核心意象也是如此(如"千红一窟""红消香断"等),不利于译者再现原文的象征修辞认知场。杨宪益的译本就保留了大多核心话语中的"红",很大程度上再现了原文的修辞认知,为译文读者对之进行修辞解读(象征)提供了可能性。

文学作品中的很多双关语也往往无法在译文中充分再现,译者或译出其中的表层语义,或译出其中的深层语义,很难两者兼顾,如《红楼梦》中反复出现的"三春"双关、"林/雪"双关等。若不能两者兼顾,便属于从修辞认知转换为概念认知的范畴。如《红楼梦》中的"玉带林中挂,金簪雪里埋"[①],表指自然现象,实指林黛玉与薛宝钗,杨译为"Buried in snow the broken golden hairpin/And hanging in the wood the belt of jade"[②],霍译为"The jade belt in the greenwood hangs/The gold pin is buried beneath the snow"[③]。由于汉语(谐音)双关具有较强的抗译性,译文本身很难激起读者的审美联想,双关的深层所指流失殆尽。换言之,由于语言文化的差异,原文的修辞认知在译文中基本蒸发掉了。霍克思在附录中以及杨宪益在脚注中对之都有所解释,但解释本身也是概念认知,远非修辞认知那样耐人寻味。

《红楼梦》中还有一种"似不通"的修辞现象,即话语表达在逻辑语境中是不通的,在审美语境中却说得通,并且更容易激起读者的新鲜感觉和审美想象。如第 7 回焦大醉后说过这么一句,"若再说别的,咱们红刀子

---

① 曹雪芹,高鹗.红楼梦.北京:人民文学出版社,1974:58.该版本底本为程乙本。该版本为本书参考《红楼梦》的主要版本,此后如再引用该版本,则仅在正文中注明页码,脚注中不再注明。

② Cao,Xueqin & Gao,E. *A Dream of Red Mansions*(Vol. 1). Yang Hsien-yi & Gladys Yang,trans. Beijing:Foreign Languages Press,1978:115. 此后本书如再引用杨宪益和戴乃迭的译文,仅在正文中标注出卷数和页码,脚注中不再注明。

③ Cao,Xueqin. *The Story of the Stone*(Vol. 1). Hawkes,D.,trans. London:Penguin Group,1973:133. 此后本书如再引用霍克思的译文,仅在正文中标出卷数和页码(其中第二卷 1977 年出版,第三卷 1980 年出版),脚注中不再注明。

进去白刀子出来"①。乍一看,此句不合逻辑,怎么会红刀子先进去白刀子后出来呢?所以《红楼梦》的很多版本把这句篡改为"白刀子进去,红刀子出来"。颠倒口吻(语序)的写法虽不合逻辑,但合乎情理,合乎具体的情景。作者妙笔写醉语,更添其醉,也为焦大的酒后真言做好了铺垫。杨译和霍译对这句话的处理分别为"I'll bury a white blade in you and pull it out red"(Vol. 1, 115)和"…you're going to get a shiny white knife inside you, and it's going to come out red"(Vol. 1, 182)。两位译者显然都没有注意到这句话的版本差异,如果把"white"与"red"调换一下位置,把逻辑关系置换为审美关系,陌生化效果便会随之而出,译文的文学性也将大大提高。如果说"红刀子进去白刀子出来"是修辞认知的话(现实中是不可能出现的),那么"白刀子进去红刀子出来"便是概念认知(暂不考虑其中蕴含的管道隐喻或容器隐喻)。两位译者很有可能没有注意到原文的版本差异,只是把原文的概念认知还原为概念认知。

文学语言之所以是文学语言,很大程度上是因为文学作品中含有大量的修辞认知现象。一般而言,把原文的修辞认知转换为概念认知会降低译文的文学性与审美性,缩小译文的可阐释空间。然而,由于语言与文化差异的存在,有些生硬的移植也不见得就十分高明,尤其是跨文化适应性较弱的修辞认知现象。这就要求译者合理取舍,除非不得已的情况下,尽量少采用此种转换模式(修辞认知到概念认知),从而把翻译过程中的审美磨蚀降到最低。

二、修辞认知转换为修辞认知

修辞认知转换为修辞认知的模式在文学翻译中最为常见,其可进一步分为两类,即同类转换与异类转换,前者指译文用具有同样属性的修辞认知再现了原文的修辞认知,如隐喻还原为隐喻、拟人还原为拟人等,后者指译文用具有不同属性的修辞认知替代了原文的修辞认知,如用隐喻

① 曹雪芹,高鹗.红楼梦.北京:人民文学出版社,1982:119.该版本底本为庚辰本.

替代拟人、用通感替代移就等。相对而言,修辞认知的同类转换是文学翻译中的常规,异类转换并不多见。如果不便于进行同类转换或效果不理想的话,译者其实也不妨采取异类转换,以重建原文的修辞认知。同类转换比较省力,只需再现即可,但未必总能保证良好的接受效果;异类转换往往需要译者投入更多的精力,更需要发挥译者的主体性与创造性。有些译者可能局限于自己的翻译观,过分强调"忠实",不愿进行异类转换,殊不知这也是保留甚至是增强原文审美艺术性的一种手段。

修辞认知的同类转换还可以进一步细分,尤其是隐喻的翻译。汉语隐喻一般都有具体的意象,有些译者保留了意象,有些更改了意象,无论保留还是更改,只要没有改变隐喻的属性,都可视其为同类转换。有些话语虽含有意象,但未必涉及修辞认知,如果其本身没有隐喻、拟人、象征等修辞属性的话。《红楼梦》中多次出现"命根"的死喻,有的处理为"the root of your destiny"(邦斯尔的译文,简称邦译),保留了原文的意象,有的处理为"the very apple of her eye"(霍译)或"like the breath of her own life"(乔利的译文,简称乔译)或"that stem of life"(乔译),更改了原文的意象,皆属修辞认知转换为修辞认知的范畴。杨译与霍译删除了《红楼梦》前 56 回中较多的死喻意象,把修辞认知转换成了概念认知,乔译与邦译保留得较多(两者再现了原文的修辞认知,但效果未必都很理想)。四家译文也都有更改意象的现象(也属于修辞认知的同类转换),霍译的最为频繁。① 针对新鲜的活喻,如果不涉及文化差异或其他跨文化交际障碍,译者往往倾向于将其保留,如描写晴雯被驱逐到她嫂子家的情景:"如今是一盆才透出嫩箭的兰花送到猪圈里去一般。"(P. 1008)杨译与霍译也都是再现,保留了原文的两个意象。《红楼梦》中还有一些隐喻话语,没有明显意象,不易觉察,类似于莱考夫和约翰逊等人所谓的"概念隐喻"的隐喻表达,如曹雪芹借他人之口说的"宝玉是相貌好,里头糊涂,中看不中

---

① 冯全功.英语译者对汉语死喻的敏感性研究——以四个《红楼梦》英译本为例.外语与外语教学,2015(5):80-85.

吃"(P. 472),细加分析,就很容易发现作者把宝玉比喻成了"中看不中吃"的食物。霍译的"Bao-yu is like a bad fruit—good to look at but rotten inside"(Vol. 2, 188),通过添加具体的意象对其中暗含的比喻进行了显化处理,效果要比杨译的"a handsome fool"更具审美性。

修辞认知的同类转换还包括拟人、通感、意象并置等修辞手法的再现。莫言对《红高粱家族》中的红高粱多进行拟人化描写,这些描写集中承载着作者的泛灵论思想,如红高粱能"呐喊助威""肃立不语",红高粱集体"坦坦荡荡、大智若愚"等。葛浩文的译文"基本上再现了其中的泛灵论思想,尤其是红高粱的灵性,使译文同样充满了审美趣味与生命活力"①。中国古典诗词中也有很多类似的拟人化表达(如"春风不相识,何事入罗帏""蜡烛有心还惜别,替人垂泪到天明"等),同样体现了人类泛灵论的思维方式,只要译者保留了原文的拟人属性,就属于修辞认知的同类转换模式。中国古典诗词中还有很多意象并置的表达,给人很大的想象空间与回味余地,也可视为修辞认知的边缘表现形式(模糊化语言),最典型的莫过于马致远的《天净沙·秋思》。有些译者为了迎合英语的行文习惯与语法逻辑,添加了很多连接词,化模糊为明晰;也有些译者同样采用意象并置的译法,还模糊为模糊,不仅体现了原文的形式特征,也再现了原文的含意空间。《红楼梦》的书名也是意象并置的,林语堂、邦斯尔、吴世昌等的译名都是 *The Red Chamber Dream*,基本再现了原书名中三个重要的修辞原型(红、红楼、梦),这种意象并置的译法意蕴丰富,解读空间较大,也是笔者比较欣赏的,同样属于(边缘)修辞认知的同类转换。

修辞认知的异类转换在文学翻译中并不常见,但同样有不可忽略的价值与意义。异类转换的原因主要包括:(1)由于语言与文化的差异,译者找不到合适的同类转换;(2)同类转换的跨文化通约性较低,不利于目的语读者接受;(3)异类转换比同类转换更能增强译文本身的审美性与艺

---

① 冯全功.活生生的红高粱——《红高粱》中的泛灵论及其英译.广译:语言、文学、与文化翻译,2014(1):102.

术性。异类转换很大程度上避免了修辞认知转换为概念认知带来的审美损失,体现了译者丰沛的创造精神。就译者的精力消耗而言,修辞认知的异类转换往往比修辞认知的同类转换以及修辞认知转换为概念认知的精力消耗要大,更能体现文学翻译的再创造性本质。刘禹锡一首著名的《竹枝词》为:"杨柳青青江水平,闻郎江上唱歌声。东边日出西边雨,道是无晴却有晴。"最后一句中的"晴"明显是双关,很难译出,许渊冲的译文为"The west is veiled in rain, the east basks in sunshine, / My beloved is as deep in love as the day is fine"①。这里译者就把原文的双关修辞认知转换成了译文的比喻修辞认知,属于典型的异类转换,很大程度上降低了双关的"不可译性"带来的审美损失。李白《长干行》中的四句"十四为君妇,羞颜未尝开。低头向暗壁,千唤不一回"被丁韪良(William A. P. Martin)英译为"At fourteen I was wed; And if one called my name, / As quick as lightning flash, / The crimson blushes came"②。这里的译文涉及夸张修辞(千唤不一回)向比喻修辞(As quick as lightning flash)的异类转换。修辞认知的异类转换是一个比较新鲜的研究话题,也鲜有译者这样操作。如有足够多的异类转换语料,再对之进行理论提炼,相信能为文学翻译提供重要的启示,也有利于译者认识文学翻译的本质。许渊冲的一些翻译思想,如充分发挥译语优势,与原作(作者、原语言、原文化)展开竞赛等,可为修辞认知的异类转换提供理论依据,因为"修辞认知的有效调用还要求译者善于把自己的译文视为一个独立文本,要有一种勇于超越(原文)的精神"③。这种超越观,与钱锺书所标举的"译笔正无妨出原著头地"高度相似,也为把概念认知转换为修辞认知提供了理论支持,尤其是在文学翻译领域。

---

① 许渊冲.许渊冲经典英译古代诗歌 1000 首 唐诗 上.北京:海豚出版社,2013:25-26.
② 余苏凌.目标文化视角:英美译者英译汉诗之形式及意象研究(1870—1962).上海:上海外语教育出版社,2015:140.
③ 冯全功.修辞认知与文学翻译.东方翻译,2013(4):29.

三、概念认知转换为修辞认知

概念认知转换为修辞认知指的是译者在翻译过程中添加了一些修辞认知的现象,如译文中增添了一些认知性辞格等。这类转换现象还未引起译界的重视,因为学界基本上是以原文为出发点的翻译研究(批评)模式,鲜少贯彻把译文作为独立文本的批评理念,如此一来便很容易忽略此类现象。这种转换最能体现译者的创造性与审美鉴赏力。概念认知转换为修辞认知也可进一步分为两类,即显性转换与隐性转换,前者很容易被识别出来,如添加了隐喻或拟人辞格,后者则较为隐蔽,如概念认知转换为(词汇化的)死喻等。文学翻译向来以"求信"为本,强调忠实于原文,添加修辞格或美化原文的做法不甚流行,有些学者(译者)鲜明地举出了类似的旗帜(如许渊冲的翻译竞赛论等),却遭到很多批评。古罗马的西塞罗曾说,"我认为翻译时没有必要字当句对,而应保留语言的总体风格与力量;不应当像数钱币一样把原文字词一个个'数'给读者,而应当把原文的'重量''称'给读者"①。针对文学翻译,如果把原文的"重量"视为文学性的话,那么就应该保留这种总"重量",如果可能的话译文也不妨"超重",即译文本身的文学性大于原文的文学性。在文学世界,修辞认知是优于概念认知的,修辞认知也是文学性的集中表现。然而,由于语言与文化的特殊性,译者往往把很多修辞认知转换为概念认知,这就会导致译文文学性的磨损与流失。如果译者善于把原文的概念认知转换为修辞认知的话,就会在很大程度上弥补这些审美损失,增强译文本身的话语力量,有利于保留译文文学性的总"重量",甚至达到"超重"的目的。

从概念认知到修辞认知的转换,最常见的还是添加相关隐喻,即原文没有(明显的)隐喻现象,对应的译文却有,并且往往是译者刻意添加的。曹雪芹描写清虚观的小道士时有"一手拿着蜡剪,跪在地下乱颤"(P. 346)

----

① Robinson, D. *Western Translation Theory*: *From Herodotus to Nietzsche*. Beijing: Foreign Language Teaching and Research Press, 2006:9.

之说,霍译为"The boy knelt down in front of her, the snuffers—now restored to him—clutched in one hand, trembling like a leaf". (Vol. 2, 72)霍克思没有把"乱颤"译为"trembling all over""trembling from head to foot"等常见英语短语,而是通过添加一个巧妙的意象(trembling like a leaf),把原文的概念认知转换为修辞认知,更加鲜明地体现了小道士的恐慌、渺小与无助,同时也增加了译文的审美效果。霍译还有很多此类把原文概念认知转换为修辞认知的现象,如把"却无人声"译为"silent as the grave",把"聪明乖觉"译为"his mind is as sharp as a needle",把"是个聋子"译为"as deaf as a post",把"照看得谨谨慎慎"译为"watch over it like hawks",把"赵姨娘听了,越发得了意"译为"these words were as music in Aunt Zhao's ears",把"奶奶是容不过的"译为"the mistress will be down on us like a ton of bricks",把"一步挪不了三寸,蹭到这边来"译为"advancing at this snail's pace into the courtyard",把"分明是彩云偷了给环哥儿去了"译为"It's as plain as the nose on your face"。这些译文都有译者添加的隐喻意象,也很容易被读者识别,属于显性转换的范畴。至于隐性转换,如霍克思把"这一席话"译为"this torrent of words",译文添加的量词隐喻(torrent)不容易识别;许渊冲把"低头思故乡"译为"Bowing, in homesickness I'm drowned",译文中的动词性隐喻(drowned)也不容易识别。译文中诸如此类的量词性隐喻、动词性隐喻、介词性隐喻、形容词性隐喻等概念隐喻表达,如果对应的原文没有隐喻话语或未能体现隐喻思维方式的话,那么这种从概念认知到修辞认知的转换现象便大多属于不易识别的隐性转换。不管是显性转换还是隐性转换(其实两者之间并没有截然分明的界限),都有利于提高译文本身的文学性,增强译文作为独立文本的价值,其中显性转换的审美效果更为显著。

移就也属于修辞认知的范畴,与英语中的转类修饰(transferred epithet)基本相同,尤其常见的是把描写人的形容词转移到事物身上,如汉语中的"醉鞍""怒发"等,英语中的"crazy stone""sleepy corner"等。这些搭配都是反逻辑的,需要在审美语境下对之进行解读。文学翻译中原文有移就的地方,译文未必有;原文没有的地方,译文未必没有。针对移就,霍译《红楼梦》把原文的概念认知转换为译文修辞认知的也很多,如第2回中有(老僧)"又齿落舌钝,所答非所问"之句,霍译为"His toothless replies were all but unintelligible...",其中的"toothless replies"便是一个典型的移就辞格。其他霍译增添的移就辞格还有:"take a tearful leave"(洒泪拜别),"eked out her solitary existence"(膝下又无子息),"Why all this guilty secrecy"(许你们这样鬼鬼祟祟的干什么故事),"ignorant, stupid reasons"(阴微下贱的见识),"a green gloom"(阴阴翠润),"in my wakeful bed"(镇日无心镇日闲),"with an intrepid smile"(赔笑向贾母道),"The anxious wind"(隔帘消息风吹透)等。这些基于原文巧妙增添的移就辞格体现了译者深厚的语言素养和敏锐的审美能力。

拟人往往承载着作者的泛灵论思想,频繁的运用尤为如此,如莫言的系列小说。译者不仅有义务再现这种语言氛围,也可通过添加一些拟人话语对之进行渲染、强化。席慕蓉的散文《白色的山茶花》中有这么一句,"从青绿的小芽儿开始,到越来越饱满,到慢慢地绽放"①,笔者译为"They grow from tiny green buds which become bigger and bigger, and then open their eyes little by little"(未发表)。其中"到慢慢地绽放"的译文"then open their eyes little by little"便是添加的拟人辞格,针对此句而言,也属于概念认知向修辞认知的转换。这种添加不仅与整篇文章的语言氛围相协调,也一定程度上增强了山茶花的灵性,同时也体现了人(作者)与自然的神秘交流,原文所谓"花开的时候,你如果肯仔细地去端详,你就能明白它所说的每一句话"②。克莱默-宾英译杜甫的《春夜喜雨》也添加了拟人修辞,如把前四句(好雨知时节,当春乃发生;随风潜入夜,润物细无声)处理为:"Oh! She is good, the little rain! and well she knows

---

① 席慕蓉.透明的哀伤.海口:南海出版公司,2003:6.
② 席慕蓉.透明的哀伤.海口:南海出版公司,2003:6.

our need / Who cometh in the time of spring to aid the sun-drawn seed; She wanders with a friendly wind through silent nights unseen, / The furrows feel her happy tears, and lo! the land is green."①很显然,此处拟人修辞的添加(或强化),尤其是人称代词"she""her"的使用,增强了译文本身的生动性与审美性。作为文学性的重要生成机制,不管是什么形式的修辞认知话语,对之进行强化渲染的话,都有利于弥补翻译过程中不可避免的审美损失,缩小与原文总体文学性的差距。

文学翻译是一种权衡得失的艺术,尤其是文学性方面,文学性的得失与译者的修辞认知转换模式密切相关。如果说修辞认知转换为概念认知弱化了原文的文学性,那么概念认知转换为修辞认知便是强化了原文的文学性,修辞认知转换为修辞认知则是等化,即再现了原文的文学性。当然,目前这种论断更多的是一种直观假设,对之进行验证还需要大量的语料支持与读者调查。总之,译者不能斤斤计较于"忠实",尤其是文字表层的"忠实",而要充分发挥目的语优势,充分发挥自己的主体性与创造性,设法提高译文本身的文学性(如把概念认知转换为修辞认知),争取在总体上使译文的文学性与原文的文学性相当,甚至是超越原文的文学性。

四、小　结

修辞认知在文学作品中发挥着重要作用,是作品文学性的集中体现。文学翻译同样需要译者积极调用自己的修辞认知机制,设法提高译文本身的文学性、审美感染力以及其作为独立文本的价值。本节总结了文学翻译中修辞认知的三大转换模式,即修辞认知转换为概念认知,修辞认知转换为修辞认知(包括同类转换与异类转换),概念认知转换为修辞认知(包括显性转换与隐性转换),我们完全可以假设这三者对原文的文学性依次起着弱化、等化与强化作用。隐喻是修辞认知家族的原型成员,但远

---

① 转引自:余苏凌.目标文化视角:英美译者英译汉诗之形式及意象研究(1870—1962).上海:上海外语教育出版社,2015:85.

非全部,文学翻译中的修辞认知研究并不限于隐喻的翻译研究,也不限于意象话语的翻译研究,修辞格也并不都属于修辞认知的范畴。除了转换模式本身之外,文学翻译中的修辞认知研究还有很多值得深入研究的话题,如各种转换模式背后的深层动因(语言、文化、思维、译者主体等层面的动因,尤其是译者的翻译观与审美观),修辞认知效果的实证研究(通过问卷调查等实证手段检验修辞认知与文学性的关系),文学翻译中修辞认知的功能研究(传递原文修辞认知功能的限制因素分析,译文中修辞认知的具体功能,包括从原文概念认知转换而来的修辞认知),译者的翻译观对其修辞认知机制调用的影响研究(如以许渊冲的中国古典诗歌英译为例,或与其他具有不同翻译观的译者进行对比)等。只有深入探讨了这些话题,才能把修辞认知的概念真正引入文学翻译之中,引导译者积极调用自己的修辞认知,设法提高译文本身的艺术含量。

第二节　修辞认知转换效果研究①

　　国内外修辞学都经历了从狭义到广义的转型,其中国内广义修辞学代表人物谭学纯提出过修辞认知的概念。修辞认知是针对概念认知提出的,两者都是人类认识与表征世界的基本方式。谭学纯认为,"人是语言的动物,更是修辞的动物"②,这集中体现在人类的修辞认知上,如对隐喻、拟人、夸张等修辞技巧的广泛使用。修辞认知既可指一种深层的认知机制,又可以指这种机制产生的外在语言表现,其中后者是本书的主要研究对象。

　　那么,到底哪些修辞格和语言现象可被视为修辞认知的家族成员呢?谭学纯并没有给出明确的答案。我们认为,很多常见的语义型修辞格,如

---

① 本节原载《外语学刊》2019 年第 1 期,原标题为《译者的修辞认知对译文文学性影响的实证研究》,与胡本真(第二作者)合作撰写,收入本书时略有改动。

② 谭学纯.文学和语言:广义修辞学的学术空间.上海:上海三联书店,2008:174-183.

比喻、夸张、拟人、移就、通感、象征、悖论等，便属于修辞认知的范畴，被视为"认知性辞格"，接纳了事物在语义或逻辑上不可能出现的特征。笔者以认知心理(语言)学中的原型理论来理解与界定修辞认知，认为隐喻是最典型的范畴成员(原型)，修辞学中的转喻、提喻、拟人、象征、移就、通感等修辞格也可被视为广义上的隐喻，也都是修辞认知的重要家族成员。其他修辞格如夸张、双关、悖论、委婉语、敬辞谦辞、一语双叙等也是修辞认知的家族成员。文学作品中的模糊化语言、词类活用现象等也是修辞认知的具体表现，不妨视之为修辞认知的边缘成员。修辞认知的家族成员有典型与边缘之分(其中隐喻为原型成员，尤其是新鲜隐喻)，家族成员的区别性特征包括偏离了事物的概念语义或逻辑规定、能够审美化地展开对象(具有较大的阐释空间)、能激起受众的感性经验与新鲜感觉等。修辞认知与概念认知是对立互补、相辅相成甚至相互转化的关系，其中的界限具有一定的模糊性，如病根、墙根等死喻就具有较强的概念认知属性，完全失去了最初的审美活力。

一、文学翻译中修辞认知的三大转换模式与假设

语言是人类存在的家园，人类通过语言构建并拥有世界。在文学世界，语言更是具有本体地位，没有语言，文学作品也就失去了存在的依托。作家在写作过程中，会不断地摆脱概念与逻辑的束缚，创造性地使用语言，构建修辞化的审美表达。在文学世界，修辞认知是优于概念认知的，前者也是作品文学性的重要生成机制。什克洛夫斯基在《散文理论》中指出："艺术的目的是把事物提供为一种可观可见之物，而不是可认可知之物。艺术的手法是将事物'奇异化'的手法，是把形式艰深化，从而增加感受的难度和时间的手法，因为在艺术中感受过程本身就是目的，应该使之延长。"[①]文学作品中的修辞认知也是将语言"奇异化"的重要手段，能够"增加感受的难度和时间"。谭学纯曾分析过陌生化的运作机制，指出陌

---

① 什克洛夫斯基.散文理论. 刘宗次，译.南昌：百花洲文艺出版社，1994：10.

生化的关键问题是拉长审美过程①。审美过程的拉长通常也依靠修辞认知来实现。换言之,作家的修辞认知(机制)使文学作品的话语表达变得相对陌生与奇异,是作品文学性的重要生成机制,进而将文学语言与日常语言区分开来。

在文学翻译中,研究译者修辞认知的并不多见。邱文生探讨过原文中的修辞认知是如何通过翻译映射到译文中的,提出"译者要在修辞语言的刺激下,进入修辞认知活动,重构概念之间的审美关系,并将审美认知结果尽可能地映射到译语文本中,从而让译语读者也能在译入语语言的刺激下产生审美共悟"②。笔者也强调,译者对修辞认知的积极调用,有助于保留原文的审美特质,为译文读者创建一个相似的审美语境,从而提高译文本身的文学性及其作为独立文本的价值③。然而,这两篇文章对修辞认知的认识还远非深入,基本上没有涉及概念认知的问题,更未涉及两者之间的相互转换,基本上属于感悟性文章。笔者后来通过大量例子论述了文学翻译中修辞认知与概念认知的三大转换模式:修辞认知转换为概念认知(如把"花容月貌"译为"beautiful"),修辞认知转换为修辞认知(如把"花容月貌"译为"a face like moonbeams and flowers")以及概念认知转换为修辞认知[如把"(跪在地下)乱颤"译为"trembling like a leaf"]。这三种转换模式以文学翻译中的修辞认知为考察基点(从原文到译文),所以从概念认知到概念认知的转换模式不在研究范围之内。在分析了众多具体例子的基础上,笔者认为三种转换模式对原文的文学性分别起弱化、等化和强化的作用④。与其说这是研究结论,不如说是一种假设,还需要大量读者的验证。值得说明的是,从概念认知到修辞认知的转换更需

---

① 谭学纯.修辞话语建构双重运作:陌生化和熟知化.福建师范大学学报,2004(5):1-6.
② 邱文生.修辞认知与翻译.天津外国语大学学报,2012(5):30.
③ 冯全功.修辞认知与文学翻译.东方翻译,2013(4):26-30.
④ 冯全功.文学翻译中的修辞认知转换模式研究.解放军外国语学院学报,2017(5):127-134.

要译者发挥自己的主体性与创造性,有一种超越的精神与勇气。如果能够证明其对原文的文学性确实具有强化作用的话,那么就可以鼓励译者尽量多地使用这种转换模式,以弥补从修辞认知到概念认知带来的审美磨蚀。

本节的主要目的就是通过搜集相关文学翻译语料,在此基础上设计问卷,调查译者的修辞认知对原文文学性的影响,试图从读者接受角度证明(或证伪)笔者提出的三条直观假设:(1)把原文的修辞认知转换为译文的概念认知弱化原文的文学性;(2)把原文的修辞认知转换为译文的修辞认知等化原文的文学性;(3)把原文的概念认知转换为译文的修辞认知强化原文的文学性。如果假设能够证实的话,对文学翻译实践应该不无启发。

二、语料收集与问卷设计

本节旨在验证文学翻译中修辞认知的三大转换模式对原文文学性的影响,问卷语料的收集都基于这三大转换模式。这里的修辞认知,可通俗地理解为作者违反逻辑规定或超越概念语义的修辞技巧,具体表现为比喻、夸张、拟人等。问卷语料皆源自莫言作品,包括《酒国》和七个中篇小说及其对应的英译①。随机搜集的原始语料包括 222 个翻译案例,属于"修辞认知转换为概念认知"的有 39 例,属于"修辞认知转换为修辞认知"的有 141 例,属于"概念认知转换为修辞认知"的有 42 例。修辞认知转换为修辞认知的最多且最易识别,这也是处理原文中修辞认知的常规策略。作为一位非常优秀的译者,葛浩文在大多数情况下保留了原文中的修辞认知,尽量为目的语读者创设一个和原语读者相似的审美语境。如果说从修辞认知到概念认知的转换模式会导致原文审美损失的话,那么从概念认知到修辞认知的转换模式便是审美补偿,在整体上保证了原文的审

---

① 莫言的中篇小说《师傅越来越幽默》《人与兽》《铁孩》《灵药》等,以及长篇小说《酒国》,对应的英译皆为葛浩文所译,文中的引用不再一一标明出处。

美效果。这种审美补偿手段的频繁使用也一定程度上说明了葛浩文的译文在国外为什么会获得相对较好的传播效果。由于问卷要在笔者的课堂上请学生逐条回答,若把这些语料都放在问卷中,则过于耗时,可行性不是很大,我们对之进行了精选,最后选出 45 组案例,每一种转换模式包含15 例。在筛选相对庞大的"修辞认知转换为修辞认知"语料之时,我们遵循了三条原则:可识别性、一致性和熟悉性。具体而言,可识别性指原文中的修辞特征最好能一眼看出或容易识别,基本上属于修辞认知的核心家族成员,边缘成员不在选择范围之内;一致性主要指原文和译文的修辞特征是一致的,属于修辞认知转换为修辞认知的"同类转换",译作中的措辞和意象最好与原文出入不大,以避免对读者的判断造成干扰;熟悉性指原文和译文中的词语、语言和所涉及的概念(事物)尽量是读者熟悉并能理解的,因为过于陌生的表达与词语可能会使读者无所适从,难以判断。这样就可以基本保证译文的可理解性以及问卷回答的可靠性。

在最终选取的 45 组案例中,从修辞认知到概念认知的范畴涉及的修辞技巧有比喻、借代、夸张、拟人、通感等。从修辞认知到修辞认知的全部为比喻,译文也全部用比喻的修辞手法来处理(同类转换)。从概念认知到修辞认知的范畴中,译文涉及的修辞手法包括夸张和比喻。45 组翻译案例被打乱,随机分布在问卷当中,这样就避免了受试的惯性判断。每组案例的下面都设置了两个五级量表①,受试需要分别对原文和译文的文学性打分,5 分代表文学性最高,1 分代表文学性最低。原文文学性的打分主要依靠学生的语言直觉与文学素养,译文文学性的打分则主要通过对比原文实现。其中,问卷开头有一句话对文学性进行通俗解释,具体如下:"文学性是文学作品之所以是文学作品的本质特征,陌生化是文学性

---

① 五级量表的具体评判标准如下:1 表示话语十分平淡,远非生动形象,没有感知难度和回味余地;2 表示话语平淡,不够生动形象,基本上没有感知难度和回味余地;3 表示话语比较平淡,张力较小,有一定的感知难度和回味余地;4 表示话语比较生动形象,张力较大,有较大的感知困难和回味余地;5 表示话语十分生动形象,张力很大,有很大的感知难度和回味余地。

的重要实现形式,体现在作品本身的形象性、审美性与艺术性,能够增加我们感知的长度与难度,有较大的回味余地。"在回答问卷之前,笔者没有给学生讲过修辞认知和概念认知及其与文学性的关系,以避免对学生的判断与打分造成干扰。针对文学性这个概念,很多学生表示之前讲授文学课程的教师有所涉及,再加上问卷开头的通俗解释和五级量表中的评判标准,基本上可以保证他们对文学性的理解不会有太大的偏差。

以下为一条随机抽取的案例回答样本:

流萤如同梦幻,幽幽地飞行。

①＿＿＿②＿＿＿③√＿＿＿④＿＿＿⑤

Fireflies glided through the air like optical illusions.

①＿＿＿②√＿＿＿③＿＿＿④＿＿＿⑤

受试者会给原文和译文的文学性分别打分,每一案例文学性的变化用译文分数减去原文分数来表示。如果一组案例得分为负,表明译文的文学性有所降低;得分为正,表明文学性有所增强;得分为零,代表文学性基本上没有变化。针对上述样本,其文学性变化得分为－1,这就意味着在受试者眼中,原文的文学性被弱化了。受试者群体为国内某 985 高校的 100 名大学生,包括 47 名外语学院英语与翻译专业高年级学生和 53 名其他专业的高年级学生。这样做主要是为了排除英语水平这一变量对实验结果的干扰。因为对英语和文学熟悉的人在评判译文时,可能会得出和英语水平相对较低的人不一样的结论。虽然大学生都要接受英语教育,但我们潜意识里认为,高年级(大三、大四)英语与翻译专业学生的英语水平比非语言专业学生的英语水平整体要高一些。为了规避这种潜在的因语言水平不同而带来的评判差异,问卷特意涵盖了这两种不同的群体,统计问卷结果时也会分组对之进行对比。由于问卷较长,受试者需要集中精力花费一定的时间来完成。为了提高问卷的信度,我们特意为每位受试者准备了完成问卷的小礼物,以此来鼓励同学们端正态度,认真完成问卷。问卷调查在不同的课堂上(3 个班)进行,受试者完成一份问卷的平均时长为 30 分钟左右。

三、问卷结果整体分析

所有问卷的数据都被录入 EXCEL 文档中,自动统计出每一案例的平均得分。为了验证结果的可靠性,我们首先分别统计出了语言专业(英语与翻译专业)同学和非语言专业同学对每一组案例打分的平均偏离值。见表 1-1 与表 1-2。

为了更直观地对比两组数据,我们将其放在一起进行可视化处理,结果如图 1-1 所示。

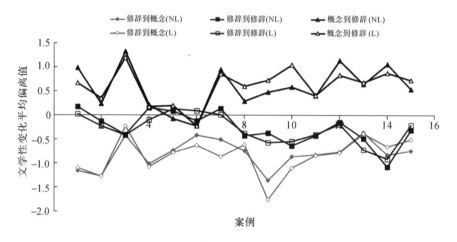

图 1-1 两组同学对三种转换模式下每组案例文学性变化的平均判断值对比

图中的 NL 代表非语言专业,L 代表语言专业。横坐标代表每类转换类型的 15 组案例,纵坐标代表每组案例所得分数的平均偏离值。分数为正代表文学性增强,分数为负代表文学性减弱,分数在零附近代表文学性变化不大。

然后,把每种转换模式中的 15 组案例的平均分再做一次平均,最终得出两组同学每种转换模式的平均值以及整体平均值,如表 1-3 所示。

表 1-1 语言专业同学每一组案例的偏离值

文学性变化偏离值

转换模式	案例 1	案例 2	案例 3	案例 4	案例 5	案例 6	案例 7	案例 8	案例 9	案例 10	案例 11	案例 12	案例 13	案例 14	案例 15
修辞认知到概念认知	-1.11	-1.28	-0.23	-1.09	-0.79	-0.64	-0.87	-0.62	-1.77	-1.00	-0.85	-0.79	-0.38	-0.66	-0.51
修辞认知到修辞认知	0.02	-0.23	-0.43	-0.11	0.13	0.09	0.00	-0.38	-0.57	-0.55	-0.40	-0.19	-0.72	-0.91	-0.21
概念认知到修辞认知	0.66	0.34	1.19	0.17	0.19	-0.23	-0.85	0.60	0.72	1.04	0.40	0.83	0.68	0.87	0.72

表 1-2 非语言专业同学每一组案例的偏离值

文学性变化偏离值

转换模式	案例 1	案例 2	案例 3	案例 4	案例 5	案例 6	案例 7	案例 8	案例 9	案例 10	案例 11	案例 12	案例 13	案例 14	案例 15
修辞认知到概念认知	-1.17	-1.28	-0.42	-1.02	-0.74	-0.42	-0.51	-0.75	-1.36	-0.87	-0.83	-0.77	-0.36	-0.83	-0.75
修辞认知到修辞认知	0.17	-0.13	-0.42	0.15	0.08	-0.13	0.13	-0.43	-0.38	-0.64	-0.43	-0.15	-0.49	-1.08	-0.32
概念认知到修辞认知	0.98	0.23	1.32	0.21	-0.08	-0.23	0.94	0.28	0.47	0.58	0.40	1.13	0.64	1.06	0.53

表 1-3　两组同学对三种转换模式下文学性变化的平均判断值以及整体平均判断值

转换模式	语言专业平均判断值	非语言专业平均判断值	两组整体平均判断值
修辞认知到概念认知	−0.85	−0.81	−0.82
修辞认知到修辞认知	−0.3	−0.27	−0.28
概念认知到修辞认知	0.60	0.56	0.58

由图 1-1 可以看出,语言专业和非语言专业同学对三种转换模式案例的判断还是很接近的。两组分数曲线的起伏和走向都大致重叠在了一起。唯一的不同体现在表 1-3 的数据之中,语言专业同学给修辞认知到概念认知打的分数略低于非语言专业同学,给概念认知到修辞认知打的分数则略高于非语言专业同学。语言专业同学的最终数据结果更好地印证了文中的假设。这或许是因为与非语言专业同学相比,语言专业同学对翻译案例中的修辞话语更为敏感,但两组之间的不同不足以构成显著性差异,无法支撑任何潜在的判断。唯一确定的是专业差异对于问卷结果造成的影响基本上可以忽略不计。所以实验涉及的 100 份问卷完全可以被看作是一个整体,两组的数据也可放在一起统计和分析,用来支撑研究假设。

由表 1-3 可知,语言专业和非语言专业判断的整体平均偏离值分别为 −0.82,−0.28,0.58,基本上可以证实上述的三条假设。可见修辞认知所带来的陌生化效果的确能为读者带来更高的审美体验。原文的修辞认知被转换为概念认知不利于提高译文本身的文学性(相对原文则有所降低);反之,将原文的概念认知转换为修辞认知则能够提高译文的艺术性与文学性。根据数据分析,修辞认知转换为修辞认知的模式则会稍稍减弱原文的文学性。产生这种结果的原因很有可能在于所有的翻译案例都为汉译英,问卷参与者的母语也全部为汉语。以汉语为母语的同学在比较汉语原文和其对应英语译文时,会普遍认为译文无法完全保留母语所创设的审美环境。换言之,母语使用者对母语有种天然的亲近感,对于译文则有相对苛刻的要求。文学翻译是一门遗憾的艺术,完整保留原文的意义、修辞特征等确非易事,很难激起原文读者和译文读者相似的审美体验。从这个角度而言,本次实证研究的结果为翻译中的遗憾提供了一种可供选择的弥补思路:译者在翻译过程中不妨积极调用自己的修辞认知,把文学翻译真正视为一种"再创造"的艺术,勇于"背离"原文,甚至在某些方面"提升"原文,努力为译文读者制造新奇的阅读体验,以此来弥补因为语言、诗学和文化差异所带来的审美损失。这是文学翻译中从概念认知到修辞认知的转换模式带来的重要启示。

四、问卷案例具体分析

问卷的整体结果可基本上证实上述三条假设,但在每一种转换类别中,并不是所有翻译案例的分数都符合预期,并且符合预期的案例所得的分数也不尽相同。首先看一下从修辞认知到概念认知的转换模式,在这一类别中,案例得分从-1.55 到-0.33 不等,得分最低的 3 个例子如下(粗体为问卷设计者所加,目的是使受试更容易识别原文与译文中的修辞认知)。

案例1　大门一侧的小门虚掩着,一条狼黄色的大狗倦怠地卧在那里,**一只半死不活的蝴蝶在它头上像一片枯叶飞舞。**
A small secondary gate was latched but unlocked; a wolfish brown dog sprawled lazily, **a dragonfly circling round its head.**
得分 -1.55

案例2　毛驴的平坦额头上缀着**一朵崭新的红缨,宛如暗夜中的一束火苗。**
The donkey's broad forehead was decorated with **a red tassel**.
得分 -1.28

案例3　同志们,我们工人阶级的双手能够扭转乾坤,**难道还挣不出两个馒头吗?**
Comrades, if members of the working class can reverse the course of events with their own two hands, **it shouldn't be hard to find a way to make a living, should it**?
得分 -1.14

案例1原文中的"蝴蝶……像一片枯叶飞舞"的意象和"半死不活"的修饰在译文中被完全删除了,译者仅仅用了一个概念性的描述"a dragonfly circling round it head"①来处理原文的修辞认知。用枯叶飞舞的意象来形容蝴蝶十分得体,很好地烘托了原文中略显沉闷压抑的氛围。译文虽然看上去更为简洁,但为了求简洁而放弃原文修辞得不偿失,接受者普遍认为译文的文学性比起原文的文学性差很多。如果再现原文的意象,如译为"an exhausted butterfly circling round its head like a dead leaf",审美效果也许会比原译好一些。案例 2 的译文中同样删除了原文中的比喻"一朵崭新的红缨,宛如暗夜中的一束火苗",仅仅用一个非常简单的"a red tassel"来处理,原文中的视觉效果和画面感几乎丧失殆尽,译文远不如原文生动形象。案例 3 原文用"挣馒头"来表达挣钱养家糊口的意思,这样的语言十分符合书中下岗工人的身份,同时还衬托出工人们"被下岗"之后义愤填膺却又不肯向命运妥协的状态。不考虑保留这种语言风格的做法是不明智的,英语中其实也不乏和"挣馒头"类似的表达,如"earn one's bread""bring home the bacon"等,挣钱养家的人还可以叫作"breadwinner"。把这种形象化的表达译为"make a living"仅仅传达了原文的概念语义,审美损失很大,不如译为"It shouldn't be hard for us to find a way to earn a few buns, should it?"之类的表达。

从修辞认知到修辞认知的 15 组案例中,11 组案例得分为负,区间为从—1 至—0.03,4 组案例得分为正,区间为 0.03 至 0.1,所有案例平均得分为—0.28。结果说明,虽然所有的译文都保留了原文的修辞手法,包括形式和内容,受试还是普遍认为原文的文学性大多受到了损失。在统计问卷过程中,有同学特意在问卷空白处写道,"汉语的美,不管是形式、内容还是声音,都是用英文翻译不了的"。我们十分理解这位同学的感受,也承认即便是再现原文的修辞认知,效果也不一定十分理想,毕竟人们对母语有一种天然的亲近感,尤其是文化个性较强的母语。

---

① 原译文将"蝴蝶"译为了"dragonfly"。

例案 4　您写起小说来是老太婆裹脚一手熟，谈论起酒来更是头头是道。
　　　　**Your novels are as finely crafted as the foot wrappings of a practiced
　　　　grandmother**. With liquor your accomplishments are, if anything,
　　　　even greater.　　　得分
　　　　　　　　　　　　　-1

案例 5　矿区的电灯亮了，像一只只诡诈的眼睛。
　　　　Lights all around shone like shifty eyes.　　得分
　　　　　　　　　　　　　-0.6

　　案例 4 中的比喻具有很强的文化个性，也只有在中国文化语境中，读者才能更好地理解这个隐喻，因为国外的老太太并没有裹脚之说，这是从前中国独特的文化现象。这里受试的打分之所以普遍较低，很有可能是因为他们觉得西方读者未必能理解译文的真正含义。这就说明了译者的无奈，一方面想尽量传达原文的文化内涵（原文中"裹脚"是动词，译者理解有误），一方面又不得不为译文读者考虑。案例 5 的得分之所以是-0.6，很有可能与受试不知道"shifty"的意义有关，虽然我们允许并鼓励在填写问卷过程中查阅字典，但鲜有同学这样做。

　　从概念认知到修辞认知的 15 个案例中，只有 1 个案例得分为负，其他 14 例的得分全部为正，区间为 0.05 至 1.26。这里我们不妨先分析一下两个得分较高的案例。

案例 6　他趴在树棵子后边，**惴惴不安地等待着**。
　　　　This time he'd hidden behind a tree and **waited there with his heart
　　　　in his mouth**.　　得分
　　　　　　　　　　　　　0.97

案例 7　老婆让他的话给**镇唬**住了，不再啰嗦。
　　　　His comment **took the wind out of her sails**, and she shut up.　得分
　　　　　　　　　　　　　0.9

　　案例 6 原文中的"惴惴不安地等待着"被译者译作了"waited there with his heart in his mouth"，与汉语中表示紧张的"心提到了嗓子眼儿"如出一辙。这种使用夸张修辞手法的翻译方式比原文更加生动形象，更能描述出小说中人物紧张焦虑的心情。与再现原文的概念认知相比，如译为"nervous""anxious and fearful"，原译中的夸张修辞无疑会给读者带来更为强烈的情感冲击，留下更加深刻的印象。得分最高的那一组案例

也是添加了夸张修辞,把原文中"孩子们哭的时候"译成了"the other boys were crying their eyes out"。案例7中的"镇唬"这个很简洁的词被译者巧妙地译为"took the wind out of her sails"。这一英语俗语原指挡住别人的船的风路,使其不能顺利行驶,后来被引申为打击别人的自信和自大,使其不再敢做某事。译者用这一个巧妙的隐喻来翻译原文中的"镇唬"非常贴切,既显出了主人公老丁在家里的权威地位,又凸显了他老婆突然一下子被镇住并不敢再多言的状态。所以这种修辞认知的表现力是优于原文中的概念认知的,尤其是对汉语读者而言。如果问卷的受试者的母语为英语,相信其也会如此判断,毕竟意象化的语言,即便是上述译文中的俗语化的隐喻表达,也要比平铺直叙(概念认知)更具审美感染力。

我们再看一下那个唯一得分为负的案例。

案例 8	然后,**哭哭啼啼**,牵牵扯扯,磨磨蹭蹭,送男孩出村,上路。 Their preparations complete, **amid a flood of tears**, a host of anxieties, and seemingly endless dawdling, they saw the boy out of the village and onto the road.	得分 −0.23

案例8中的"哭哭啼啼"被译为"amid a flood of tears",显然添加了一个介词性隐喻,也比较形象。为什么得分反而不如原文呢? 我们在得出数据后又采访了5位问卷参与者,其中有4位都提到了原文的音韵特征。他们认为原文中的3个叠词有一种很强的音韵效果,触发了读者的多种感觉,很有画面感和音乐感,而这种美感在译文中基本上是找不到的。虽然我们在问卷开头提出"重点评判原文和译文中的粗体部分"(粗体标出),但受试者还是倾向于把整个句子视为一个整体,尤其是原文其他部分也含有修辞格的话。诸如叠词、押韵等音韵修辞虽不在修辞认知范畴之内,但也是原文文学性的具体表现。由此可见,文学翻译不仅要注意原文中的修辞认知,还要尽量传达原文的音韵和形式特征,如果不能有效再现,也不妨在其他地方进行补偿,就像通过增添修辞认知来弥补原文的审美磨蚀一样。

五、小　结

修辞认知是陌生化语言现象的重要生成机制,在俄国形式主义看来,文学性也正是由陌生化语言现象引起的。本节通过问卷调研基本上证实了文学翻译中的修辞认知转换模式对原文文学性影响的三条假设:把修辞认知转换为概念认知对原文的文学性起弱化作用,把修辞认知转换为修辞认知起等化作用,把概念认知转换为修辞认知起强化作用。从修辞认知到修辞认知是文学翻译中的常规模式,其他两种转换模式则起辅助作用。要慎用从修辞认知到概念认知的转换,要敢用从概念认知到修辞认知的转换。研究结果表明:译者在翻译过程中积极调用自己的修辞认知有助于增强译文本身的文学性,尤其是从概念认知到修辞认知的转换模式,这也有助于弥补从修辞认知到概念认知所带来的审美磨蚀,从而在整体上保证译文的文学性和艺术效果与原文相当,甚至有所提升。尽管文中的三条假设基本上得以验证,但实验设计本身还存在一些不足之处:(1)问卷中的翻译案例只有中译英的,未包括英译中的;(2)问卷中翻译案例大多是隐喻修辞认知,表现形式不够多样化(未包含边缘成员);(3)由于课堂上问卷回答的时间限制,每组案例的数量不够大(如每组提供30例效果可能会更好);(4)受试只有中国大学生,未包括以英语为母语(同时精通汉语)的读者以及专家译者等。如有可能,将来不妨从这些方面寻找突破,进一步探索译者的修辞认知对原文文学性的影响。

如果本研究中的三个假设能够得到全方位的证实,那么无疑会对翻译实践、翻译批评与翻译教学产生一定的启示与影响。首先,译者将会有意识地突破忠实观的束缚,在翻译过程中充分调用自己的修辞认知,从而保证译文本身的整体文学性与审美性,尽量提升译文作为独立文本的价值;其次,文学翻译批评者也将不再局限于原文—译文对照式的批评,着眼于译文的审美损失,还会意识到原文精彩的地方译文未必精彩,原文不精彩的地方译文也未必不精彩,从而把译文视为一个相对独立的文本进行批评,追寻译者的巧手匠心;最后,翻译教师也不妨主动搜集一些从概念认知到修辞认知的教学案例,着重为学生讲授译者是如何调用自己的修辞认知的,译文又是如何体现译者的主体性与创造性的,从而启发学生译者从整体文学性视角来处理原文和审视别人的译文,不再斤斤计较对原文是否严格忠实(尤其是局部的文字层面),培养学生敢于超越原文的勇气。

第三节 修辞认知转换动因研究①

在文学翻译中,面对原文中同一语言现象,不同译者的修辞认知转换模式不尽相同,或从修辞认知到概念认知,或从修辞认知到修辞认知,或从概念认知到修辞认知。译者转换背后的动因是什么? 换言之,是什么因素驱使译者如此转换,属于主观因素还是客观因素? 译者的转换是有意识的还是无意识的? 转换效果如何? 如何才能化被动为主动? 本节从一些典型的修辞认知转换案例着手,对这些问题进行深入探讨。

一、文学翻译中修辞认知转换的客观动因

文学翻译中修辞认知转换的动因是复杂的,或因客观限制,或是主观所为,和译者的翻译观、翻译目的、语言素养等也有很大关联。大多数译者强调忠实于原作,刻意抑制自己的主体性;有些译者强调超越原作,充分发挥自己的创造性。一般而言,译者的主体性与创造性发挥得越充分,就越容易调用自己的修辞认知,提高译文本身的审美感染力。其中,客观动因大致可分为三个层面的因素,即语言因素、文化因素和思维因素。

(一)语言因素

文本语言是翻译的出发点,也是翻译的最终归宿。说它是出发点,是因为任何翻译都是从阅读与理解原文语言开始的,说它是归宿,是因为任

---

① 本节原载《外语教学》2020 年第 2 期,原标题为《文学译者的修辞认知转换动因研究》,与张慧玉(第二作者)合作撰写,收入本书时略有改动。

何翻译都要用目的语重新建构一个新的文本,作品的任何要素都会体现和浓缩在语言之中。所以语言在文学作品中占据本体地位,而不只是简单的情感与思想的载体。文学语言的审美性很强,集中体现在修辞认知上。总体而言,修辞认知是人类共享的认知方式,各国人民都有通过各种修辞手段(尤其是认知型修辞格)来构建审美世界的倾向,尤其是在文学作品中。所以不管是理论上还是现实中,从修辞认知到修辞认知的转换相对更多,尤其是同类转换,如把比喻译为比喻、把拟人译为拟人等。这不仅仅是由于翻译忠实观的影响,更多的是因为中西具有共同的(修辞)认知基础。那么,原文中的修辞认知为什么经常被转换为概念认知呢?其中一个重要原因就是语言之间的差异。

由语言差异引起的从修辞认知到概念认知的转换最典型地发生在双关语的翻译中,不管是语音双关还是语义双关。中国古典诗词中有大量双关语,在英译过程中语义与审美流失非常严重。译者往往只译出其中的一层语义,尤其是表层语义,因为表层语义往往直接参与语篇的建构。如此一来,深层语义(通常也更重要)往往无法传达,哪怕译者用注释的方式道出了双关的双重语义,毕竟已经不是双关修辞了,译文的审美性也就随之大打折扣。如南朝乐府民歌《西洲曲》中的"采莲南塘秋,莲花过人头。低头弄莲子,莲子清如水",其中的"莲子"便是典型的语音双关(怜子)。由于莲子和"出门采红莲"的语义关联更加密切,或者说其直接参与诗歌的语篇构建,所以"莲子"之深层语义在大多译文中无法体现,如巴德(Charles Budd)的"My thoughts on old times musing, / I stoop to pluck some seeds, / In their shimmering greenness / as water 'mongst the reeds",韦利(Arthur Waley)的"She bends down—and plays with the lotus seeds, / The lotus seeds are green like the lake-water"①。国内翁显良、许渊冲、汪榕培的译文同样也只是译出了其中的表层语义(译文分别为:"She bows before the lotus. Look at the fruits, fresh and green as

---

① 吕叔湘.中诗英译比录.北京:中华书局,2002:101-107.

the spring of their being"; "I bow and pick up its love-seed / So green that water can't exceed"; "I start to play with lotus seeds beyond, / Which grow in the water fresh and green")。其中,许渊冲试图通过"love-seed"来弥补深层语义的流失,体现出一定的创造性。在中国古典诗词中双关语的翻译中,由于很难在目的语中找到对应的双关语,所以常将其译成概念认知的形式,要么译出其表层语义,要么译出其深层语义,要么采取加注或整合补偿的形式解释其双重语义。

在中国古典和当代小说中有很多的人名双关,如曹雪芹的《红楼梦》、刘震云的《我不是潘金莲》等作品中的人名,译者大多采取音译策略,至多加一注解,或在文中,或在文末,很难再现其中的双关,这也是汉英语言差异引起的。如《我不是潘金莲》中的法院官员王公道(枉公道),葛浩文夫妇的译文为"Wang Gongdao—Justice Wang",虽然有所解释,但终究还是隔了一层(王公道—枉公道),单纯采取音译的就更不用说了。莫言的长篇小说《蛙》主要讲述了姑姑万心的故事,她作为一名医生,接生的胎儿遍布高密东北乡,但由于当时严格执行计划生育政策,她扼杀的还未出生的胎儿也数不胜数。小说的题目本身就是一个双关,寓意深刻,首先与"娃"形成双关,其次还与"娲""哇"等形成双关,都与生育、生命相关,拷问了中国特殊的计划生育政策。小说中还有一个名为"牛蛙养殖中心"的地方(实为代孕中心),也是利用了"蛙"与"娃"谐音的特征。试想,葛浩文英译的书名"*Frog*"能在译文读者心中引起这一系列联想吗?不过葛浩文(或出版商)对此也不是毫无作为,其中一个英译版本的封面在标题名字(*Frog*)正上方设计了一个类似鸟巢的东西,里面躺着一个娃娃,有利于让译文读者联想到"蛙"和"娃"之间的关联,可谓匠心独运。小说中也有多处渲染这种关联,如姑姑问:蝌蚪写的剧本叫什么题目,蝌蚪回答是《蛙》,接着姑姑问:"是娃娃的'娃',还是青蛙的'蛙'?"蝌蚪回答:"暂名青蛙的'蛙',当然也可以改成娃娃的'娃',当然还可以改成女娲的'娲'。女娲造人,蛙是多子的象征,蛙是咱们高密东北乡的图腾,我们的泥塑、年画里,都有蛙崇拜的实例。"①其中的问答被译为:GUGU："Is that 'wa' as in 'wawa' for babies or 'wa' as in 'qingwa' for frogs?'" / TADPOLE："For now it's the 'wa' in 'qingwa', but I can change it later to the 'wa' in 'wawa' for babies, or in 'Nüwa', the goddess who created mankind. After she populated the earth with people, the character for frogs symbolised a profusion of children, and it has become Northeast Gaomi Township's totem. Frogs appear as creatures of veneration in our clay sculptures and our New Year's paintings." ② 该段对话是小说为什么被命名为《蛙》的最佳解释,译文中蝌蚪说的"蛙" 译成了"Wa",与小说书名的译名(Frog)并不对应。其他如"为了让雌蛙 多排卵,我们在饲料中添加了催卵素——蛙蛙蛙——哇哇哇——" (P. 197)③被译为 "... we add stuff to the feed to increase the production of eggs—wa wa wa—frog croaks—wah wah wah—babies' cries..."(P. 231),"为什么'蛙'与'娃'同音?为什么婴儿刚出母腹时 哭声与蛙的叫声十分相似?为什么我们东北乡的泥娃娃塑像中,有许多 怀抱着一只蛙?为什么人类的始祖叫女娲?'娲'与'蛙'同音……" (P. 223)被译为 "Why does the word for frogs —wa—sound exactly like the word for babies—wa? This was a prepared speech. Why is the first sound a newborn baby makes an almost exact replica of a frog's croak? How come so many of the clay dolls made in Northeast Gaomi Township are holding frogs in their arms? And why is the ancestor of humans called Nüwa? Like the 'wa' for frog." (P. 259)。可见葛浩文 对三个同音字(蛙、娃、娲)之间的语义关联还是有所补偿的(如 "wa wa wa—frog croaks—wah wah wah—babies' cries" "Is that 'wa' as in

① 莫言.蛙.上海:上海文艺出版社,2012:308.

② Mo,Yan. *Frog*. Goldblatt, H., trans. Melbourne:Penguin Group, 2014:351.

③ 在同一章节中,如果引用同一原文或译文中的例子比较多,在不引起误解的情况 下,首次引用时在脚注中标出详细文献来源,后面的引用一般则只标注出页码。

'*wawa*' for babies or '*wa*' as in '*qingwa*' for frogs"等),很大程度上强化了标题中图像与文字之间的关联。小说中的"蛙"是一种象征(生育与生命),通过译者的各种补偿手段,译文基本上再现了这种象征意义,但作为双关修辞的"蛙"却无法真正再现,这是汉语本身的特征所致,也是汉语谐音文化使然。所以"蛙"之双关在原文中浑然天成,对应译文却显得生硬乏味,审美效果远不如原文。

还有一些抗译性很强的修辞认知,也经常被转换为概念认知,如析字、飞白等。《红楼梦》第 93 回中有"'西贝草斤'年纪轻,水月庵里管尼僧"(P. 1213)的诗句,其中"西贝草斤"利用的就是析字修辞格,指的是小说人物贾芹。闵福德的译文"Jia Qin's a lucky young sod / He's in charge of the family nunnery"①,以及杨宪益、戴乃迭的译文"Jia Qin, a young supervisor, / To Water Moon Convent came"(Vol. 3, 185)都没有体现出原文的析字修辞,索然寡味。《红楼梦》中湘云的咬舌是典型的飞白,把"二哥哥"叫成"爱哥哥",霍克思对之有创造性转换,把"s"置换为"th",并贯穿在湘云的所有话语之中,如 "Couthin Bao, Couthin Lin: you can thee each other every day"等。这种创造性翻译显然比无所作为要好很多,但黛玉打趣湘云的正是一个"爱"字(也不乏醋意),译文虽保留了飞白的修辞形式,更为重要的语义却流失了。语言的差异,审美的磨损,译者的无奈,由此可见一斑。

(二)文化因素

任何语言都植根于特定的文化,很多话语表达具有较强的文化个性,很难有效地移植到目的语文化中,如形容性爱的"云雨",形容荡妇的"破鞋",形容古代女人小脚的"金莲",形容妻子有外遇使丈夫被戴上的"绿帽子"等。如果没有具体语境的依托,或对之进行巧妙的处理,即使对这些隐喻话语进行直译,译文读者也未必能够理解,未必能激起与

---

①   Cao, Xueqin & Gao, E. *The Story of the Stone* (Vol. 4). Minford, J., trans. London: Penguin Group, 1982.

原文读者相似的语义联想。如果意译的话,原文的修辞认知就很有可能被转换成译文的概念认知。《红楼梦》和《金瓶梅》中都出现了很多次"云雨",霍克思对《红楼梦》中的"云雨"基本上采取的是意译,译文中没有出现云雨的意象;芮效卫(D. T. Roy)对《金瓶梅》中的"云雨"采取的基本上是直译(clouds and rain),并且大多有语境依托,译文读者似乎也不难理解。霍克思之所以采取意译,很有可能是出于两点考虑:第一,"云雨"的文化个性较强,直译的话在行文中比较突兀;第二,"云雨"在《红楼梦》中并不是核心意象。芮效卫之所以采取音译,考虑的主要应是其在《金瓶梅》中频繁出现,是小说的核心意象。针对这些隐喻话语,再现与否不仅要看其文化个性的强弱,更要看其在具体文本中的作用与地位。莫言的《蛙》中曾利用"破鞋"意象来建构情节,塑造人物,译者不能等闲视之,至少要建立起意象与意义的关联,葛浩文虽然大多直译了(译为 worn-out shoes),但译文与原文缺乏意义关联,效果并不太理想。换言之,对原文修辞认知进行直译的,由于文化差异的存在,对应译文未必具有相应的审美功能。

中国古典诗词由于话语容量相对较小,讲求含蓄蕴藉,修辞认知现象更加普遍,并且很多具有浓郁的文化信息,对译者构成了很大的挑战。有一类古典诗词,明写一件事,实际上另有所指,唯有结合当时的写作背景才能解读作者的真正意图,我们不妨称之为语境双关,如曹植的《七哀》、张籍的《节妇吟》、朱庆馀的《近试上张水部》、秦韬玉的《贫女》等。如果译者对作者的写作背景不予介绍的话(大多译者如此),读者也就很难知晓作者的写作目的,在目的语文化中就无法构成语境双关,主题层面的修辞认知也就不复存在了。很多中国古诗词含有典故,用典也是修辞认知的一种形式,指向特定的文化信息。如果没有相应的文化背景,对诗中典故的解读就会受阻,在陌生的文化语境中更是如此。李清照写过一首歌颂项羽的《夏日绝句》:"生当作人杰,死亦为鬼雄。至今思项羽,不肯过江东。"这里"不肯过江东"指的是项羽兵败垓下,无颜见江东父老,从而在乌江自刎的故事。试想,如果直译"不肯过江东"而不加任何注解的话,译文读者能理解吗？许渊冲把后两句译为 "Think of Xiang Yu who'd not survive / His men whose blood for him was shed!"[①]，译文直接省略了"不肯过江东"的表层语义，把深层所指译了出来，但很多文化信息仍无法激活，典故翻译的棘手之处也许就在于此。王昌龄的《出塞》诗云："秦时明月汉时关，万里长征人未还。但使龙城飞将在，不教胡马度阴山。"其中的"飞将"指汉代飞将军李广，又是一典故。翁显良把后两句译为"Had there been one commander of any prowess, no Tatar marauder would have ventured into our domain"[②]，译文泛化了"飞将"（commander of any prowess），模糊所指很大程度上减轻了译文读者的阅读负担。杜牧的《金谷园》也含有典故，后两句"日暮东风怨啼鸟，落花犹似坠楼人"中的"坠楼人"指的是西晋富豪石崇的宠妓绿珠，她跳楼自杀以表忠贞，令人敬慕。翁显良译为"Only in the gloaming, when the birds pour forth their doleful music, is Nature reminded of Beauty's tragic end. Then the east wind sighs, and fated flowers flutter and fall"(P. 58)，其中的"坠楼人"也被泛化了(Beauty's tragic end)。典故的要义在于其文化联想意义，如果不能提供相关文化背景，泛化处理也不失为良策。如果能在注释中提供足够的文化背景，采取丰厚翻译手法，对古诗中的典故进行直译也未尝不可，这样会很大程度上保留原文的修辞认知，但也不宜过度补偿。

特定的意象在同一部作品中反复出现就会构成象征，象征也是一种修辞认知，有时具有较强的文化个性，在目的语文化中很难激起同样的联想意义。《红楼梦》中的"红"就是典型的例子，由于中西文化对"红"有不同的联想意义，霍克思在处理含"红"的核心话语时就省略了"红"的意象，如把"悼红轩"译为"Nostalgia Studio"，把"怡红院"译为"The House of Green Delights"，把"千红一窟"译为"Maiden's Tears"，把"红楼梦"曲子译为 "A Dream of Golden Days"等。"红"在小说中象征的是众多年轻的

---

① 袁行霈.新编千家诗.许渊冲,英译.徐放,韩珊,今译.北京:中华书局,2006:45.
② 翁显良.古诗英译.北京:北京出版社,1985:16.

女儿,霍译省略了"红"的意象,象征意义也就无法谈起。霍克思在前言中解释道:"One bit of imagery which *Stone*-enthusiasts will miss in my translation is the pervading *redness* of the Chinese novel. One of its Chinese titles is red, to begin with, and red as symbol—sometimes of spring, sometimes of youth, sometimes of good fortune or prosperity—recurs again and again throughout it. Unfortunately—apart from the rosy cheeks and vermeil lip of youth—redness has no such connotations in English and I have found that the Chinese reds have tended to turn into English golds or greens ('spring the green spring' and 'golden girls and boys' and so forth). I am aware that there is some sort of loss here, but have lacked the ingenuity to avert it." (Introduction, Vol. 1, 45)霍克思之所以采取"避红"的翻译策略,考虑的主要也是中西对"红"的联想意义有很大的不同,可谓用心良苦,但也遭到不少批评,如林以亮就认为"这不止是多少有一点损失,而是无可补偿的大损失"①。莫言的《红高粱家族》中的红高粱也是一种象征,象征高密东北乡的传统精神。作者把红高粱写活了,灵性十足,红高粱变成了乡亲们的生命写照,你中有我,我中有你,浑然一体,葛浩文的译文很大程度上再现了原文中的泛灵论(拟人修辞),象征效果同样十分凸显。这是基本上不涉及文化差异的象征,译者对之进行了再现,审美效果还是不错的。象征由于涉及整个文本的艺术设计,无论是否涉及文化差异,最好不要对之轻举妄动,否则的话很容易得不偿失,霍译对"红"的处理便是明证。

中国还有比较发达的敬称与谦称话语系统,如"贱内""寒舍""高见""贵姓",对译者也是很大的挑战,保留这种话语特征的话,译文不符合英语的表达习惯,删除的话,又不能传达汉语的文化特征。《红楼梦》中含有很多敬辞、谦辞,如"张先生向贾蓉说道:'这就是尊夫人了?'贾蓉道:'正

---

① 林以亮.红楼梦西游记——细评红楼梦新英译.台北:聊经出版事业股份有限公司,1976:15.

是。请先生坐下,让我把贱内的病说一说再看脉如何?'"(P. 123)霍克思的译文为:"'Is this the lady?' asked the doctor. 'Yes, this is my wife,' Jia Rong replied..."(Vol. 1, 224),其中"尊夫人"和"贱内"的话语特征都没有体现出来。霍译中类似的例子还有很多,如把"尊府"译为"inside here",把"依我拙裁"译为"I think",把"这位供奉贵姓"译为"And what is the Worshipful's name?"(其中 Worshipful 是"供奉"的对应译文)等。霍克思比较注重译文的可读性与可接受性,所以选择删除或弱化敬辞、谦辞的话语特征,原文修辞认知的属性也就随之消失了,但也不宜苛求译者。

(三)思维因素

总体而言,东方思维方式是悟性的,西方思维方式是理性的。悟性思维借助形象,运用直觉、灵感、联想、想象等思维形式,把感性材料组织起来,构成有条理的知识,具有直觉性、形象性、主观性、整体性、模糊性等特征;理性思维借助逻辑,运用概念、判断、推理等思维形式,探索、揭示事物的本质和内在联系,有逻辑性、抽象性、客观性、分析性、确定性等特征。[①]思维和语言无疑是相互影响的,思维特征会投射到语言之中,语言的反复使用又会强化思维特征。中国人的悟性思维在中国古典诗词中表现得淋漓尽致,尤其是意象思维与比兴思维,是悟性思维的集中表现。

意象是主观情感向外物的投射,象显而意隐,象是意的载体,意是象的归宿。意象思维是中国古代诗人最常用的思维模式,体现了诗人"感物吟志"的创作理念,具有直觉性、模糊性、主观性、意向性等特征。中国古典诗词中意象并置的现象就是诗人把意象思维发挥到极致的结果。马致远的《天净沙·秋思》是意象并置写法的典型:"枯藤老树昏鸦,/小桥流水人家,/古道西风瘦马,/夕阳西下,/断肠人在天涯。"这首小令有很多英译文,有的亦步亦趋,直译原文,同样采取意象并置的方式[如施勒普

---

① 连淑能.中西思维方式:悟性与理性——兼论汉英语言常用的表达方式.外语与外语教学,2006(7):35.

(Schlepp)的英译];有的则遵循英文语法规范,添加了很多逻辑连接词,如翁显良的译文。翁译如下:"Crows hovering over rugged old trees wreathed with rotten vine—the day is about done. Yonder is a tiny bridge over a sparkling stream, and on the far bank, a pretty little village. But the traveller has to go on down this ancient road, the west wind moaning, his bony horse groaning, trudging towards the sinking sun, farther and farther away from home."①翁译添加了很多介词和副词(如 over, with, towards, farther away 等),使意象之间的关系得以清晰化和固定化,同时也添加了一些现在分词形式(如 hovering, moaning, groaning, sinking 等),烘托了原诗的意境,具有很强的可接受性,审美效果也不错。语言是思维的镜像,翁译的"再创作"更加符合英语行文规范和西方人的思维习惯,但也削弱了原诗中意象思维的力量,缩减了译文的可阐释空间。就意象组合方式而言,原文靠的是悟性和想象,译文靠的是理性和逻辑,如果说原诗主要是修辞认知在发挥作用的话,译诗就变成了主要以概念认知发挥作用了。

中国古典诗词中的比兴思维同样十分突出,且与意象思维相互交织,基本上所有比兴手法都有意象的参与。宋代李仲蒙认为,"索物以托情谓之比,情附物者也;触物以起情谓之兴,物动情者也"。在李仲蒙看来,比兴是为情感服务的,延续了"诗缘情"之说。这里先搁置"比",主要探讨一下感兴思维及其英译。朱熹有言,"兴者,先言他物以引起所咏之词也",这里"先言"主要指诗歌话语的排列顺序,"引起"也就是李仲蒙所谓的"触物以起情"。如《诗经》中的"关关雎鸠,在河之洲;窈窕淑女,君子好逑"是以"雎鸠"起兴的,两者之间缺乏显性关联,宾纳(Witter Bynner)的译文为"On the river-island—/ The ospreys are echoing us / Where is the pure-hearted girl / To be our princess?"②宾纳的译文通过添加"echoing"把雎

---

① 翁显良.古诗英译.北京:北京出版社,1985:101-102.
② 吕叔湘.中诗英译比录.北京:中华书局,2002:6.

鸠与人关联起来,不再是触物起情,而是以物应情,很大程度上破坏了原诗中兴的思维特征。再如骆宾王《在狱咏蝉》中的"西陆蝉声唱,南冠客思深"是以蝉声起兴的,刘意青的译文为"The year is sinking west, cicadas sing, / Their songs stir up the prisoner's grief"①,这里通过添加"Their songs stir up..."也把两个事物联系起来了,这种关联还是比较得体的,符合触物起情的特征。这种译法虽未体现"兴"的表层形式特征,却保留了"兴"的深层思维特征。有时候译者还会化隐为显,在语言形式上把"兴"处理为"比",如许渊冲把《诗经·邶风·柏舟》中的"泛彼柏舟,亦泛其流"译为"Like cypress boat / Mid-stream afloat"②等。钱屏匀、潘卫民曾从接受美学视角探讨过中国古典诗词"感兴"的英译,包括一些误区(过度阐释,形式忠实),并据此提出了几条建议,如"逻辑衔接,读者接受""结构照应,巧妙留白""情感暗示,视野融合"③。这些建议体现了中庸之道或融合中西思维方式的尝试,而不是简单的再现(也就是作者所谓的"形式忠实"),毕竟文学翻译本身就是一种杂合,包括语言杂合、文化杂合、思维杂合等。所以"兴"之修辞认知也不见得非要还原为原汁原味的修辞认知,尤其是形式方面。

二、文学翻译中修辞认知转换的主观动因

在文学世界,修辞认知是优于概念认知的,把原文的修辞认知转换为译文的概念认知往往会削弱原文的审美性与文学性。译者之所以把修辞认知转换为概念认知,主要原因在于语言层面、文化层面和思维层面的跨文化交流障碍,很多时候也是译者的无奈之举。然而,只要译者充分发挥自己的主体性与创造性,这些障碍也不是不能克服的,如为中国古典诗词中的语境双关提供相关背景信息、采取适度杂合的方式对中国古诗中的

---

① 许渊冲.唐诗三百首新译.北京:中国对外翻译出版公司,1997:6.

② 许渊冲.许渊冲经典英译古代诗歌1000首 诗经.北京:海豚出版社,2012:16.

③ 钱屏匀,潘卫民.接受美学视角下中国古典诗词"感兴"之英译.外语与翻译,2015(2):21-25.

意象思维与感兴思维进行译介等。如果说这些障碍是客观存在的,是译者必须被动接受的,那么如何消除这些障碍,如何弥补由其导致的审美损失则是主观的,则是译者可以主动选择的。

修辞认知转换和译者的翻译观密不可分。如果译者的翻译观是严格忠实于原文,就往往采取保守的翻译方法,原文如何译文也就如何,鲜有创造性译法,面对修辞认知转换的障碍时,更倾向于把原文的修辞认知转换为概念认知,审美损失较大;如果译者的翻译观并不局限于忠实,有把译文作为独立文本的理念,甚至有超越原文的勇气,就会更多地采取审美补偿的译法,如把原文的概念认知转换为修辞认知、变换原文修辞认知的形式等,这样就有利于译文的总体文学性与原文持平,甚至超越原文。许渊冲特别强调发挥译语优势,和原作者展开竞赛,所以他的很多译文粲然可读,耐人寻味,如他翻译杜牧的《清明》(清明时节雨纷纷,路上行人欲断魂。借问酒家何处有,牧童遥指杏花村),译文如下:"A drizzling rain falls like tears on the mourning day; / The mourner's heart is going to break on his way. / 'Where can a wine-shop be found to drown my sad hours?' / A cowherd points to a cot amid apricot flowers."①英语读者对中国的清明节可能并不熟悉,许渊冲的译文通过添加与具体化一些话语(like tears, mourner, to drown my sad hours),化隐为显,烘托了诗歌的悲伤氛围,在目的语文化语境中也颇具审美感染力。其中,泪水隐喻意象的添加非常切合原诗的题旨情境,属于从概念认知到修辞认知的转换。再如许渊冲把李清照《醉花阴》中的"东篱把酒黄昏后,有暗香盈袖"译为"At dusk I drink before chrysanthemums in bloom; /My sleeves are filled with fragrance and with gloom"②,添加一语双叙的修辞格(filled with fragrance and with gloom),译文颇有韵味(还与 bloom 押韵),渲染了作者的伤感愁绪。许渊冲是中国古诗翻译韵体派的代表,诸如此类话

① 许渊冲.许渊冲经典英译古代诗歌 1000 首 唐诗 上.北京:海豚出版社,2012:36.
② 许渊冲.许渊冲经典英译古代诗歌 1000 首 宋词 上.北京:海豚出版社,2012:23.

语的添加(不管是否出于押韵需要),只要切合原文的题旨情境,能增强译
文本身的审美性,都是值得鼓励的。

翟理斯(H. A. Giles)也是中国古诗英译韵体派的代表,他的翻译观
也非"忠实"二字所能概括,这从他的译文中并不难看出。翟译比较灵活,
经常通过添加一些修辞认知,使译文变得韵味悠长,如把《诗经·氓》中的
"匪来贸丝,来即我谋"译为"But silk was not required by you; / I was
the silk you had in view"[①],把《古诗十九首·其二》中的"荡子行不归,空
床独难守"译为"Ah, if he does not mind his own, / He'll find some day
the bird has flown"(P. 13),把元稹《行宫》中的"白头宫女在,闲坐说玄
宗"译为"One white-haired dame, / An Emperor's flame, / Sits down
and tells of bygone hours"(P. 124),把秦韬玉《贫女》中的"谁爱风流高格
调,共怜时世俭梳妆"译为"No handsome bridegroom comes for me /
Dressed in the garb of poverty"(P. 148)等,其中的"the silk""the bird"
"flame""garb"都是译者添加的隐喻话语。即使是从修辞认知到修辞认
知的转换,翟理斯也有很多创新的译法(语义偏离较大),如把李白《秋浦
歌》中的"白发三千丈,缘愁似个长"译为"My whitening hair would make
a long long rope, / Yet could not fathom all my depth of woe"(P. 77),
把张九龄《赋得自君之出矣》中的"思君如满月,夜夜减清辉"译为"My
heart is like the full moon, full of pains, / Save that 'tis always full
and never wanes"[②]等。相对而言,翟理斯的古诗英译还算比较规矩,很
多其他国外译者的译文更加自由,如庞德(Ezra Pound)、巴德(Charles
Budd)、哈特(Henry H. Hart)等,他们的译文里也出现了很多从概念认
知到修辞认知的转换,此不赘述。

修辞认知转换和译者的翻译目的也密切相关。翻译目的有外部强加

---

① Giles, H. A (trans.). *Chinese Poetry in English Verse*. London: Bernard
Quaritch, 1898:3
② 吕叔湘.中诗英译比录.北京:中华书局,2002:187.

的,也有译者自主选择的。杨宪益夫妇的《红楼梦》翻译是任务型的,是外部强加的一项任务;霍克思的《红楼梦》翻译则是兴趣型的,是出于对中国文学的热爱。前者整体上呈现出忠实有余、灵性不足的特征;后者变通较大,时见精彩,文学性更强,作为独立文本的价值也更大。霍译添加了很多修辞认知话语,如比喻、拟人、移就等认知性修辞格,同时也有大量的再创造,巧妙地再现了原文的修辞认知。《红楼梦》第33回有这么一段文字:

> 正盼望时,只见一个老妈妈出来,宝玉如得了珍宝,便赶上来拉他,说道:"快进去告诉:老爷要打我呢!快去,快去!要紧,要紧!"宝玉一则急了,说话不明白;二则老婆子偏偏又耳聋,不曾听见是什么话,把"要紧"二字,只听做"跳井"二字,便笑道:"跳井让他跳去,二爷怕什么?"宝玉见是个聋子,便着急道:"你出去叫我的小厮来罢!"那婆子道:"有什么不了的事?老早的完了,太太又赏了衣服,又赏了银子,怎么不了事呢?"(P. 398-399)

霍译:Then suddenly, in answer to his prayers, an old woman appeared—a darling, precious treasure of an old woman (or so she seemed at that moment)—and he dashed forward and clung to her beseechingly.

'Quickly!' he said. 'Go and tell them that Sir Zheng is going to beat me. Quickly! Quickly! Go and tell. GO AND TELL.'

Partly because agitation had made him incoherent and partly because, as ill luck would have it, the old woman was deaf, almost everything he said had escaped her except for the 'Go and tell', which she misheard as 'in the well'. She smiled at him reassuringly.

'Let her jump in the well then, young master. Don't you worry your pretty head about it!'

Realizing that she had deafness, too, to contend with, he

now became quite frantic.

'GO AND TELL MY PAGES.'

'Her wages?' the old woman asked in some surprise. 'Bless you, of course they paid her wages! Her Ladyship gave a whole lot of money towards the funeral as well. And clothes. Paid her wages, indeed!' (Vol. 2, 147)

老妈妈把宝玉说的"要紧"误听为"跳井"(前文有金钏跳井的叙述),修辞认知主要涉及谐音。霍克思创造性地使用了英语中的语音修辞(Go and tell—in the well),基本上再现了原文的审美效果。还有宝玉说的"小厮"中的"厮",也明显被老妈妈误听为"事"了,所以才有后面老妈妈说的话,霍克思误置了英语单词中的首字母(pages—wages),切合语境,上下文的语义衔接也比较圆融自然。针对此例而言,霍译很好地再现了原文的修辞认知,语音和语义都十分贴切,具有很强的再创造性,其他译本(如杨译)对应译文中的语音修辞则白白流失了,变成了干巴巴的概念认知。霍译中还有很多类似的精彩例子,也都是从修辞认知到修辞认知的转换,体现出丰沛的创造精神,如翻译李贵的误引"呦呦鹿鸣,荷叶浮萍"(Hear the happy bleeding deer / Grousing in the vagrant meads... ①),翻译刘姥姥的"吃个老母猪,不抬头"(I can eat a whole sow / With her little pigs, too)等。霍克思翻译《红楼梦》完全基于自己的兴趣与热爱,对其中的修辞认知相对更加敏感,所以才会不遗余力地对之进行传达,就像他在前言中所说的,他坚守"翻译一切,甚至是双关"的原则。

庞德对中国古典诗词的翻译主要是为其诗学理念服务的,他在西方发起了意象派运动,风靡一时。他特别注重中国古诗中的意象,有时甚至添加意象作为译文的核心意象,颇具感染力。他翻译的汉武帝的《落叶哀蝉曲》就是典型,原文如下:"罗袂兮无声,玉墀兮尘生。虚房冷而寂寞,落

---

① 译文涉及两处误拼(bleeding 应为 breeding;grousing 应为 grazing),和原文有异曲同工之妙。

叶依于重扃。望彼美之女兮,安得感余心之未宁?"译文为:"The rustling of the silk is discontinued, / Dust drifts over the courtyard, / There is no sound of foot-fall, and the leaves / Scurry into heaps and lie still, / And she the rejoicer of the heart is beneath them: /A wet leaf that clings to the threshold."①。显然,庞德的译文有很大的改写成分,但被誉为经典译文,最后一句添加的隐喻意象(a wet leaf)尤为引人注目,以意象代替原文的抒情,更具情感冲击力。作为意象派的代表诗人,庞德非常欣赏中国古典诗词中意象并置的手法,如把李白的诗句"荒城空大漠"译为"Desolate castle, the sky, the wide desert"("空"在原文中是动词,在译文中则是名词,语义差别很大),自己还写出了"Rain; empty river; a voyage"等意象并置的诗句。诸如此类修辞认知的再现与改造不但帮助庞德实现了自己的诗学主张,也提高了译文本身的审美感染力。

修辞认知的转换还关涉到译者本人的语言素养与审美能力,敏锐的修辞意识有助于强化原文的修辞认知。葛浩文被誉为中国现当代小说的首席翻译家,语言功底深厚,他的译文中就有很多强化现象,尤其是涉及概念隐喻时。刘震云《我不是潘金莲》中的"赵大头一下就入了港。李雪莲二十一年没干过这种事了,一开始有些紧张。没想到赵大头入港之后,竟很会调理女人"②被译为"Big Head Zhao then steamed right into the harbor. After twenty-one celibate years, Xuelian was understandably nervous, but he was barely in the harbor when she discovered to her surprise that he was an experienced sailor, and she relaxed"③。很明显,原文中的"入港""入了港"是性爱隐喻,葛译对之进行了再现(steamed right into the harbor, in the harbor),更令人佩服的是他把"竟很会调理女人"译为"he was an experienced sailor",添加的隐喻意象(sailor)强化

---

① 丰华瞻. 庞德与中国诗. 外国语,1983(5):27.
② 刘震云. 我不是潘金莲. 武汉:长江文艺出版社,2016:174.
③ Liu, Zhenyun. *I Did Not Kill My Husband: A Novel*. Goldblatt, H. & Lin, S. L., trans. New York: Arcade Publishing, 2014:136.

了原文的隐喻修辞场,甚至比原文更具审美性。

三、小　结

　　修辞认知是一种审美化的认知方式,具有反常性、模糊性、形象性等特征,表现力远高于概念认知。以原文为出发点,文学翻译中修辞认知的转换模式有三种,即从修辞认知到概念认知的转换、从修辞认知到修辞认知的转换和从概念认知到修辞认知的转换。总体而言,三者对原文文学性依次起弱化、等化和强化作用。然而,由于语言、文化和思维三大层面的差异,译者也会有意识或无意识地把原文的修辞认知转换为译文的概念认知,尤其是在翻译抗译性较强的修辞认知时,如双关、典故、文化个性较强的隐喻等,从而导致一定的审美磨蚀。这些客观存在的跨文化交流障碍也为译者充分发挥自己的主体性提供了广阔空间。只要译者善于有意识地把原文的概念认知转换为修辞认知,或巧妙再现原文的修辞认知(包括异类转换,如把双关译为比喻等),就有可能实现译文的总体文学性与原文相当,甚至超越原文的审美效果。在主观层面,修辞认知的转换(尤其是从概念认知到修辞认知)还与译者的翻译观、翻译目的、语言修养、审美能力等密切相关。译者要善于化被动为主动,充分调用自己的修辞认知,以提高译文本身的文学性及其作为独立文本的价值,使之在新的文化语境中焕发出新的生命力。

第三章　文学作品中修辞认知的
功能与翻译研究

第一节　《红楼梦》中修辞认知的功能与英译研究①

从历时角度来看语言的发展,"风月""云雨""破鞋""红杏出墙"等词在漫长的使用过程中都具有了隐喻意义和修辞认知的属性,逐步完成了从概念认知向修辞认知的转化,形成两种语义并存的局面。"修辞认知对概念认知的隐性介入"主要表现在我们已经习以为常的隐喻化表达中,尤其是已经词汇化的死喻,如"山头""山腰""山脚"等。由此可见,修辞认知与概念认知是对立互补、相辅相成、相互转化的关系,没有概念认知作为参照,修辞认知就无从谈起,没有修辞认知的存在,人类语言就会变得很苍白,了无生气。修辞认知不仅指一种深层的认知机制,也指这种认知机制生成的话语表达,类似于概念隐喻和隐喻表达的关系。没有修辞认知机制作为基础,就不会生成相应的修辞认知话语表达,没有相应的话语表达,我们也无法理解内在的修辞认知机制。在文学世界,修辞认知更多地指具体的话语表达,毕竟是活生生的语言成就了文学作品。在文学世界,修辞认知也是优于概念认知的,文学作品的文学性和艺术性集中体现在

---

① 本节原载《当代外语研究》2018 年第 5 期,原标题为《〈红楼梦〉中修辞认知的功能与英译评析》,独立撰写,收入本书时略有改动。

修辞认知上。文学作品中的修辞认知发挥着各种各样的功能,如表达作品主旨、塑造人物性格、建构故事情节、增强语言美感等。下面以《红楼梦》及其英译为例,对小说中修辞认知的功能进行评述,分析其对应英译是否具有相似的功能。

一、《红楼梦》中修辞认知的功能评析

关于《红楼梦》的语言艺术,红学界已出版了多部专著,如林兴仁的《〈红楼梦〉的修辞艺术》(1984)、梁扬和谢仁敏的《红楼梦语言艺术研究》(2006)、周中明的《红楼梦的语言艺术》(2007)等,其中都包含一些对修辞认知现象的论述,尤其是林兴仁的专著,但都没有对之进行集中探讨,更没有出现修辞认知的概念。《红楼梦》具有体大能容的优势,里面有大量修辞认知现象,功能也非常多样化,值得深入研究。书中修辞认知的主要功能如下。

(一)表达小说主旨

针对《红楼梦》的主旨,梅新林曾总结过"三重挽歌"说,即贵族家庭的挽歌、尘世人生的挽歌和生命之美的挽歌。[①] 这三重主旨也体现在《红楼梦》书名中的三个象征型意象上,其中,"红"对应生命之美的挽歌(集中体现在众女儿身上),"红楼"对应贵族家庭的挽歌(以贾府为代表),"梦"对应尘世人生的挽歌[②]。如果《红楼梦》书名中没有这些象征修辞的存在,也就不会那么意味深长、深入人心了。

《红楼梦》是一部爱情悲剧,也是一部家族悲剧。作者为这部家族悲剧到处渲染着一种凄凉离散的语言氛围,往往通过各种修辞认知的形式予以表达,尤其是比喻。王熙凤是贾府的大管家和实际当权派人物,在描写她的曲子《聪明累》中有"忽喇喇似大厦倾,昏惨惨似灯将尽"(P. 63)之

---

① 梅新林.红楼梦哲学精神.上海:华东师范大学出版社,2007:363-393.
② 冯全功.广义修辞学视域下《红楼梦》英译研究.上海:上海外语教学出版社,2016:114-120.

句,蔡义江认为,其"不光是王熙凤的个人命运,也可视作垂死的封建阶级
和他们所代表的反动社会制度彻底崩溃的形象写照"①,贾府就是蔡义江
所谓的"垂死的封建阶级"和"反动社会制度"的缩影。"红楼梦曲子"收尾
之作《飞鸟各投林》中的"好一似食尽鸟投林,落了片白茫茫大地真干净!"
(P.64)则是家族悲剧的点睛之笔,"写出了贾府最后家破人亡、一败涂地
的景象"②。秦可卿临死时给凤姐托梦,还说了"树倒猢狲散"和"盛筵必
散"(P.145-146)两个俗语,这两个隐喻化俗语也是家族悲剧的谶语。其
中,脂批在秦氏说的"树倒猢狲散"旁还写道:"'树倒猢狲散'之语,今犹在
耳,屈指卅五年矣。哀哉,伤哉!宁不痛杀!"③作者还反复借小说人物之
口渲染这种悲散氛围,如红玉(小红)和司棋都说过"千里搭长棚,没有不
散的筵席"的话,与秦氏所说的"盛筵必散"遥相呼应。类似的修辞认知话
语还有很多,如第54回,王熙凤讲完笑话之后,说道"咱们也该'聋子放炮
仗——散了'罢"(P.690),其不仅是应景之话,也暗示了贾府终将分崩离
析。再如,第22回贾母给贾政说了一个谜语——"猴子身轻站树梢——
打一果名"(P.259),谜底是"荔枝",用的是语音双关,谜底和"立枝"(立在
枝头)发音一样,另一个谐音就是"离枝",所以在这个谜语旁才有脂批"所
谓'树倒猢狲散'是也",又曰"的是贾母之谜"。作者让贾母(原型为曹雪
芹祖父曹寅之妻)说出这样的话,也很符合她的身份,因为曹寅生前也多
次说过这样的话,所以脂批才有"今犹在耳"之说。正如《红楼梦大辞典》
中所言,"'树倒猢狲散'一语,既有对曹家家世的哀伤和感慨,又暗示了小
说中贾府彻底衰落的结局"④。小说中的戏曲大多也有象征意味。第29
回贾母等人在清虚观打醮时,神前拈了三出戏,分别为《白蛇记》《满床笏》
和《南柯梦》,三出戏体现了神的旨意,连在一起便是意味深长的象征,暗

① 蔡义江.红楼梦诗词曲赋鉴赏.北京:中华书局,2001:90.
② 蔡义江.红楼梦诗词曲赋鉴赏.北京:中华书局,2001:98.
③ 曹雪芹.脂砚斋全评石头记.霍国玲,紫军,校勘.北京:东方出版社,2006:163.该
版本底本为戚序本。
④ 冯其庸,李希凡.红楼梦大辞典(增订本).北京:文化艺术出版社,2010:438.

示了贾府由兴起至极盛而终于败落的过程。第18回元妃省亲时也点了几出戏,其中第一出为《豪宴》,"因该剧通篇写家破人亡的故事,按封建礼法,在元妃省亲日实不宜上演。作者此处写贾妃所点四剧,似在有意透露贾府及书中主要人物的结局,故脂批称《豪宴》'伏贾家之败'"①。这些修辞认知共同体现了小说的主旨之一,即贵族家庭的挽歌,使得主旨表达委婉生动,含蓄有味。

有关尘世人生挽歌和生命之美挽歌主旨的修辞认知话语也有很多。其实,贾府以及贾府中人的悲剧也是整个尘世人生的悲剧(包括宝黛之间的爱情悲剧),描写家族挽歌的修辞认知话语也同样适用于尘世人生的挽歌。但尘世人生并不限于家族悲剧,《好了歌》是写整个人生的,第2回智通寺门旁的对联"身后有余忘缩手,眼前无路想回头"(P. 16)以及妙玉经常说的范成大的诗句"纵有千年铁门槛,终须一个土馒头"(P. 819)也都是整个尘世人生的写照。人生如梦的文学母题是尘世人生挽歌的重要表现,所谓"瞬息间则又乐极悲生,人非物换;究竟是到头一梦,万境归空"②。有关生命之美挽歌的修辞认知话语就更多了,如"悼红轩""千红一窟""红消香断""落红成阵"等,此不赘述。

(二)暗示人物命运

对人物命运暗示的修辞认知话语最典型的当属第5回的金陵十二钗图册判词。如描写袭人的"又见后面画着一簇鲜花,一床破席,也有几句言辞,写道是:枉自温柔和顺,空云似桂如兰;堪羡优伶有福,谁知公子无缘"(P. 57)。图中的"花"是语义双关,实指花袭人的姓,"席"是语音双关,与"袭"同音。双关的巧妙使用确定了图册与小说人物的对应关系。判词中的"堪羡优伶有福,谁知公子无缘"暗示的是袭人最终嫁给戏子蒋玉菡的结局。再如,描写香菱的"却画着一枝桂花,下面有一方池沼,其中水涸泥干,莲枯藕败,后面书云:根并荷花一茎香,平生遭际实堪伤;自从两地

① 冯其庸,李希凡.红楼梦大辞典(增订本).北京:文化艺术出版社,2010:284.
② 曹雪芹,高鹗.红楼梦.北京:人民文学出版社,1982:3.

生孤木,致使香魂返故乡"(P. 57)。香菱原名甄英莲,也就是图中的"莲"(语义双关),"莲枯藕败"暗示了香菱的悲惨命运。图中的"桂花"则指薛蟠的妻子夏金桂,在夏金桂的蹂躏下,香菱被折磨致死,也就是诗中所谓的"自从两地生孤木,致使香魂返故乡",不过在程高本中香菱的结局被改变了。诗中的"两地生孤木"用的是析字法,两个"土"(地)字加个"木"字也就是夏金桂的"桂"字。图册判词中还有很多类似的修辞认知,如描写林黛玉和薛宝钗的"两株枯木""雪中一股金簪",描写元春的"画着一张弓,弓上挂着香橼"("弓"与"宫"谐音,"橼"与"元"谐音),描写湘云的"几缕飞云,一湾逝水",以及描写妙玉的"一块美玉,落在泥污之中"等。(P. 58)这些扑朔迷离的人物命运诗极具审美感染力,也引起了无数读者的探轶兴趣。黛玉所做的《葬花吟》《桃花行》《秋窗风雨夕》等也都含有"诗谶"的成分,正如蔡义江所言,"作者是很含蓄而有分寸的,他只把这种象征或暗示写到隐约可感觉到的程度,并不把全诗句句都写成预言"①,这正是作品的魅力所在,也是修辞认知的主要特征。

第22回的春灯谜也基本上是各自命运的谶语。贾母的"猴子身轻站树梢"(P. 259)是家族命运的写照,众姐妹的谜预示着日后各自的遭遇。元春的诗谜如下:"能使妖魔胆尽摧,身如束帛气如雷。一声震得人方恐,回首相看已化灰。"(P. 259)谜底为"爆竹",实乃元春在宫中荣华权势转瞬即逝的生命写照,脂批所谓"才得侥幸,奈寿不长"是也。探春的诗谜如下:"阶下儿童仰面时,清明妆点最堪宜。游丝一断浑无力,莫向东风怨别离。"(P. 259)谜底为"风筝",脂批曰"此探春远适之谶也"。其中,"妆点"比喻探春出嫁前的梳妆打扮,"游丝一断"比喻她远嫁他乡,脱离贾府。其他如迎春的"算盘"、惜春的"海灯"、宝钗(或为黛玉所作)的"更香"等都是自我命运的暗示。还有第63回的花名签酒令,"作者采用隐前歇后的手法把对掣签人物的命运的暗示,巧寓于明提的那一句诗的前后诗句之中,

---

① 蔡义江.红楼梦诗词曲赋鉴赏.北京:中华书局,2001:338.

而达到雅俗共赏的目的"①,如黛玉抽的"莫怨东风当自嗟"(P. 815)更多的是指原诗前句的"红颜胜人多薄命"(见欧阳修《和王介甫明妃曲二首》),香菱的"连理枝头花正开"(P. 815)更多的是指原诗后句的"妒花风雨便相催"(见朱淑真《落花》)等。如果不了解花名签酒令的文本语境,那么这种人物命运的暗示方式是很难领悟的。

小说中的戏曲也有暗示人物命运的,如元妃省亲时所点的四出戏,第一出《豪宴》伏贾家之败(前文已述),第二出《乞巧》脂批曰"《长生殿》中伏元妃之死",第三出《仙缘》脂批曰"《邯郸梦》中伏甄宝玉送玉",第四出《离魂》脂批曰"《牡丹亭》中伏黛玉死。所点之戏剧伏四事,乃通部书之大过节、大关键"②。这些内容的解读同样需要深厚的中华文化素养,舍此原文的隐含或象征意义便无从谈起。作者还用《西厢记》《牡丹亭》等戏剧中的句子来渲染人物的境遇与命运,如第23回黛玉听到的"原来是姹紫嫣红开遍,似这般,都付与断井颓垣""则为你如花美眷,似水流年""你在幽闺自怜""花落水流红,闲愁万种"(P. 271-272)等,都从侧面道出了黛玉的悲戚人生境遇。

(三)塑造人物性格

有关人物性格,《红楼梦》的章回标题中也常有所总结,如"贤袭人""敏探春""酸凤姐""勇晴雯""懦小姐""呆霸王""痴公子"等。类似的性格总结主要是通过故事情节与人物行为来传达的,此不赘述。第16回贾琏护送黛玉回来,凤姐和他说了一通话,其中含有很多修辞认知话语,如"咱们家所有的这些管家奶奶们,那一位是好缠的? 错一点儿他们就笑话打趣,偏一点儿他们就指桑说槐的抱怨;'坐山观虎斗','借剑杀人','引风吹火','站干岸儿','推倒油瓶不扶',都是全挂子的武艺"(P. 177)。这些隐喻话语不仅是写贾府中"管家奶奶"的,同时也都影射了王熙凤的"本事",对她本人性格的塑造也有一定的暗示作用,正如脂批所言,"此等文

---

① 蔡义江.红楼梦诗词曲赋鉴赏.北京:中华书局,2001:332.

② 曹雪芹.脂砚斋全评石头记.霍国玲,紫军,校勘.北京:东方出版社,2006:235.

字,作者尽力写来,是欲诸公认得阿凤,好看以后之书,勿作等闲看过"①。如第 69 回"弄小巧用借剑杀人 觉大限吞生金自逝"中凤姐把这些"武艺"基本上用上了,原文还写道,"凤姐虽恨秋桐,且喜借他先可发脱二姐,用'借剑杀人'之法,'坐山观虎斗',等秋桐杀了尤二姐,自己再杀秋桐"(P. 899-900)。"借剑杀人"和"坐山观虎斗"这两个隐喻话语在小说正文中都只出现了两次(皆为同时出现),一为凤姐形容别人时所言(更是自我写照),一为作者对凤姐的直接叙述,两者结伴而行,遥相呼应,共同刻画了凤姐"机关算尽太聪明"的性格特征,到头来却"反算了卿卿性命"。

黛玉、宝钗和宝玉之间是三角恋爱的关系,爱情是排他的,由于宝钗的介入,黛玉变得颇为尖酸,言语之间也能表现出她"心较比干多一窍"的特征。第 19 回宝玉闻得黛玉袖中有一股幽香,因问她是什么香,黛玉借机奚落一番宝玉之后,又说"我有奇香,你有'暖香'没有?"宝玉不解,问什么"暖香",黛玉点头笑叹道:"蠢才,蠢才! 你有玉,人家就有金来配你;人家有'冷香',你就没有'暖香'去配他?"(P. 226)脂批在宝玉"一时解不来"旁言曰,"一时原难解,终逊黛卿一等,正在此等处",又在下文批曰,"的是颦儿。活画。然这是阿颦一生心事,故每不禁自及之"②。这里的"暖香"是仿词(修辞认知),仿的是宝钗的"冷香(丸)",言语锋芒直指宝钗和宝玉之间的"金玉良缘",其中也不乏情感上的醋意。第 28 回黛玉对宝玉说道:"你的那些姑娘们,也该教训教训。只是论理我不该说。——今儿得罪了我的事小,倘或明儿'宝姑娘'来,什么'贝姑娘'来,也得罪了,事情可就大了。"(P. 328)这里黛玉把"宝贝"二字拆开,随口仿出了一个"贝姑娘",拿"宝姑娘"来试探宝玉对自己的情感,生动有趣,含蓄犀利。黛玉说的类似的修辞话语还有很多,处处守护着自己脆弱的情感,尤其是宝玉对宝钗赞赏或忘情之时。如第 22 回黛玉对宝玉说的"安静些看戏罢,还没唱《山门》,你倒《妆疯》了"(P. 253)(谐音"装疯",指宝玉对宝钗博学的赞

---

① 曹雪芹.脂砚斋全评石头记.霍国玲,紫军,校勘.北京:东方出版社,2006:195.
② 曹雪芹.脂砚斋全评石头记.霍国玲,紫军,校勘.北京:东方出版社,2006:251.

赏);第 28 回黛玉对宝钗说的"何曾不是在屋里来着? 只因听见天上一声叫,出来瞧了瞧,原来是个呆雁"(P. 341)("呆雁"喻指宝玉对宝钗的美貌动了羡慕之心时的发呆之状)等。第 8 回李嬷嬷曾这样评价林黛玉,"真真这林姐儿,说出一句话来,比刀子还尖"①,如果说黛玉对别人说话比较"尖"的话,涉及宝钗的时候则往往变成"尖酸"了。

鸳鸯在小说中是个忠诚、刚勇、聪明、善良的大丫鬟。她的刚勇集中表现在贾赦欲纳她为妾的风波中。她断然拒绝,誓死不愿,并当着贾母和众人的面控告贾赦,还发誓说道,"我这一辈子莫说是'宝玉',便是'宝金''宝银''宝天王''宝皇帝',横竖不嫁人就完了"②(贾赦怀疑鸳鸯拒绝他是因为看上了宝玉,抑或贾琏)。一连串利剑般的仿词,再加上当时强烈的语气和行为,一位刚勇姑娘的形象跃然纸上。邢夫人让鸳鸯嫂子劝鸳鸯,她嫂子向鸳鸯说什么"横竖有好话儿""可是天大的喜事"之类的话。鸳鸯立即照她嫂子脸上死劲啐了一口,指着骂道:"你快夹着屁嘴离了这里,好多着呢! 什么'好话'! 宋徽宗的鹰,赵子昂的马,都是好画儿。什么'喜事'! 状元痘儿灌的浆儿又满是喜事! ……看的眼热了,也把我送在火坑里去。"③鸳鸯嫂子所说的"天大的喜事"在她眼中变成了"火坑",还有鸳鸯对"好话""喜事"的别解,鲜明的对比和传神的双关有力地刻画出一个桀骜不驯、英勇过人的女性形象。

(四)增强语言美感

审美性是文学语言的本质特征,由修辞认知机制生成的语言往往是审美化的,所以修辞认知是作品文学性和审美性的集中体现。周中明的《红楼梦的语言艺术》谈论的基本上是小说语言的审美性,包括人物语言和叙述语言,如语言艺术的"整体美""风格美""哲理美""寓意美""简洁

① 曹雪芹,高鹗.红楼梦.北京:人民文学出版社,1982:129.
② 曹雪芹,高鹗.红楼梦.北京:人民文学出版社,1982:642.
③ 曹雪芹,高鹗.红楼梦.北京:人民文学出版社,1982:638.

美""绘画美"等,其中涉及大量的修辞认知①。此处不妨再聊举几例。作者善于用各种比喻描写人物外貌,韵味悠长,令人过目难忘,如第3回描写宝玉的"面若中秋之月,色如春晓之花,鬓若刀裁,眉如墨画,面如桃瓣,目若秋波"以及描写黛玉的"闲静时如姣花照水,行动处似弱柳扶风。心较比干多一窍,病如西子胜三分"②。最典型的莫过于第5回对警幻仙子的描写,赋中的比喻真乃琳琅满目,美不胜收,如:"其素若何,春梅绽雪。其洁若何,秋菊被霜。其静若何,松生空谷。其艳若何,霞映澄塘。其文若何,龙游曲沼。其神若何,月射寒江。"③人物和语言都可谓"如斯之美也"。第26回黛玉受了委屈,于是"独立墙角边花阴之下,悲悲戚戚呜咽起来。……不期这一哭,那附近柳枝花朵上的宿鸟栖鸦一闻此声,俱忒楞楞飞起远避,不忍再听"④。最后的"不忍再听"是拟人手法,颇有奇趣。林黛玉的《葬花吟》中"尔今死去侬收葬,未卜侬身何日丧",人和花(花魂)直接交流,"试看春残花渐落,便是红颜老死时",花成了人(黛玉)的象征,再加上"柳丝榆荚自芳菲,不管桃飘与李飞"(喻世态炎凉),"一年三百六十日,风刀霜剑严相逼"(P. 324)(喻冷酷现实)之类的修辞认知的运用,很大程度上造就了这篇凄美奇绝的经典诗歌。

《红楼梦》中的修辞认知还有很多其他作用,如建构故事情节(如"红"之象征,"林/雪"双关),表达人生哲理(如很多俗语的运用),批判社会现实(如宝玉杜撰的"禄蠹"),增强含意空间(如特殊的人物命名)等,此不赘述。不管修辞认知具体发挥什么作用,其都具有较强的审美性,是文学作品之所以是文学作品的魅力所在。

二、《红楼梦》中修辞认知的英译评析

目前国内已有30余部《红楼梦》翻译研究方面的著作面世,发表的红

---

① 周中明.红楼梦的语言艺术.南宁:广西人民出版社,2007.
② 曹雪芹,高鹗.红楼梦.北京:人民文学出版社,1982:49-51.
③ 曹雪芹,高鹗.红楼梦.北京:人民文学出版社,1982:74.
④ 曹雪芹,高鹗.红楼梦.北京:人民文学出版社,1982:372.

译研究论文更是不计其数,很多论著也会涉及修辞认知的翻译,如冯庆华的《红译艺坛——〈红楼梦〉翻译艺术研究》(2006),冯全功的《广义修辞学视域下〈红楼梦〉英译研究》(2016)等,但都不是专题探讨。文学翻译中修辞认知有三大转换模式:把原文的修辞认知转换为译文的概念认知、把原文的修辞认知转换为译文的修辞认知、把原文的概念认知转换为译文的修辞认知。以下结合文学翻译中修辞认知的三大转换模式,对《红楼梦》中修辞认知的英译(杨译和霍译)进行评析,尤其是对应译文的审美效果。

(一)从修辞认知到概念认知

从修辞认知到概念认知的转换意味着原文有修辞认知现象,对应译文中却变成了概念认知,如比喻的删减、双关的流失等。有的转换出于译者有意识的选择,有的则出于无奈,更多的是由语言文化差异引起的,如抗译性很强的双关、析字的翻译等。然而,面对修辞认知的语言文化差异时,如果译者充分发挥自己的主体性,审美损失就会相对小一些。

第5回描写香菱的图册判词:"……却画着一枝桂花,下面有一方池沼,其中水涸泥干,莲枯藕败,后面书云:根并荷花一茎香,平生遭际实堪伤;自从两地生孤木,致使香魂返故乡。"(P. 57-58)杨宪益和戴乃迭的译文为:"This opened at a picture of fragrant osmanthus above withered lotus in a dried-up pond. By this was written: / Sweet is she as the lotus in flower, / Yet none so sorely oppressed; / After the growth of a lonely tree in two soils / Her sweet soul will be dispatched to its final rest." (Vol. 1, 74) 霍克思的译文为: "It represented a branch of cassia with a pool underneath. The water in the pool had dried up and the mud in the bottom was dry and cracked. Growing from it was a withered and broken lotus plant. The picture was followed by these lines: / Your stem grew from a noble lotus root, / Yet your life passed, poor flower, in low repute. / The day two earths shall bear a single tree, / Your soul must fly home to its own country." (Vol. 1, 133) 由于判词暗示人物命运的功能,对应译文首先要和相关人物建立起

关联,这样才有利于读者解读其中的深层意义。图册中的"莲"为谐音双关,实指香菱的原名甄英莲。英莲在第一回就登场了,作者介绍甄士隐时写道,"年过半百,膝下无儿;只有一女,乳名英莲,年方三岁"(P. 4)。此处杨译和霍译对"英莲"采取的都是音译(Ying-lien, Ying-lian),"莲"的意象消失了,也就很难与这首判词关联起来。如果把"英莲"译为"Lotus",或者音译之后加个解释,原文中的"莲"之双关就不会流失了,作品的审美性就会变得更强。第一回癞头和尚唱的"菱花空对雪澌澌"(P. 6)也有暗示人物命运的双关,其中的"菱花"指香菱,杨译干脆省略了其中的意象;霍译为"That caltrop-glass which shines on melting snow",后文则把香菱译为"Caltrop",也是有意将二者关联起来的(不过译文中"glass"实无必要,非菱花镜也)。图中的"桂花"实指薛蟠的妻子夏金桂,第 79 回中作者首次提到她的名字时写道,"因他家多桂花,他小名就唤做金桂"(P. 1042)。对应的杨译为"As her family owned so many osmanthus trees, she had been given the pet name Chin-kuei—Golden Osmanthus",如此加一个解释就给读者留下了解读线索。霍译同样也有解释,对应译文为"Because of her name 'Jin-gui', which means 'cassia' and the abundance of cassia-trees cultivated by her family...",效果也不错。值得注意的是,两家译文对"桂花"采取的措辞不同,但前后都保持了一致,如果不一致的话,这种解读线索就不存在了。针对"两地生孤木"的析字修辞,杨译和霍译的对应译文都不甚理想(偏于直译),这是语言差异引起的。如果采取创译法,把原文转换为"自从金桂登场后"之类的表达(再次利用"桂"之双关),审美效果也许会好一些。

针对金陵十二钗判词和"红楼梦曲子",霍克思还专门加了好几页的附录对之进行说明,其中对香菱的解释如下:"This time he looks only at the first picture. It stands for Caltrop. The rebus, however, represents not 'Caltrop' but the name she was known by as a little girl before she was kidnapped: Ying-lian, which means 'lotus'. Caltrop was persecuted and, in the dénouement originally planned by Xueqin, finally done to death by Xuepan's detestable wife Xia Jin-gui, whose name means 'cassia'. The meaning of the picture is now self-evident. In the poem, the mysterious 'two earths' and 'single tree' combine to make the Chinese character for gui 'cassia'. The meaning of the second couplet, therefore, is that when Xia Jin-gui appears on the scene, Caltrop's fate will be sealed." (Vol. 1, 527-528)。紧接着霍译还对"菱花空对雪澌澌"及其翻译进行了解释,体现出较强的"整体细译"意识。霍克思的附录可谓用心良苦,霍译虽不能再现原文的修辞认知,但至少没有让读者蒙在鼓里。针对这些判词和曲子,杨译只有四个简短的注释(香菱判词中未出现),正文中也没有任何补偿,信息损失和审美损失都比较严重。杨译对香菱判词的处理就是典型的例子,其他类似的如把描写袭人的"一簇鲜花,一床破席"译为"a bunch of flowers and a tattered mat",把描写元春的"一张弓,弓上挂着香橼"译为"a bow from which was suspended a citron"等。试想,这样的译文能让译文读者建立起这些判词、曲子与小说人物的关联吗?霍译在附录中至少都有解释。鉴于这些人物判词和曲子在小说中极端重要,都有暗示人物命运的作用,如果不能再现其中的修辞认知,采取各种翻译手段(如加注补偿、整合补偿等)对之进行解释还是有必要的。

《红楼梦》是女性的赞歌,更是女性的挽歌,小说中有"怡红""悼红"之说,"红"是小说中一个意味深长的象征(众女儿),众多含"红"的象征话语组成了一个强大的象征修辞场,集中体现了"生命之美的挽歌"。然而,霍译删除了大多核心话语中"红"之意象,象征修辞场几近不复存在,如把"悼红轩"译为"Nostalgia Studio",把"怡红院"译为"The House of Green Delights",把"千红一窟"译为"Maiden's tears",把"怡红公子"译为"Green Boy",把"红消香断"译为"Of fragrance and bright hues bereft and bare",把"红楼梦"曲子译为"A Dream of Golden Days",把"埋香冢飞燕泣残红"译为"And Beauty suspiring weeps for fallen blossoms by the Flowers' Grave",把"原来是姹紫嫣红开遍,似这般,都付与断井颓垣"

译为"Here multiflorate splendour blooms forlorn / Midst broken fountains, mouldering wall"。霍译由于采取"避红"策略,甚至把小说的书名也处理为*The Story of the Stone*。当然,霍译也有再现原文中"红"之意象的,如把"落红成阵"译为"The red flowers in their hosts are falling",把"花落水流红"译为"As flowers fall and the flowing stream runs red",但很难构成"红"之象征修辞场。如此一来,原文的修辞认知就变成概念认知了,审美损失比较严重,也不利于表达原文女性悲剧的主旨。此外,小说中"林/雪"双关(如"空对着,山中高士晶莹雪;终不忘,世外仙姝寂寞林")和"三春"双关(如"三春去后诸芳尽,各自须寻各自门")反复出现,具有表现小说主旨、暗示人物命运、建构故事情节、塑造人物形象等功能,翻译时也要特别注意前后关联。杨译与霍译都不尽理想,尤其是杨译,审美损失更为严重。霍译虽然声称坚持"翻译一切,甚至是双关"(to translate everything—even puns)的原则,他也努力了(加上附录说明),但效果依然不太理想,尤其是在修辞认知的翻译方面。诸如此类极端重要但抗译性较强或文化差异较大的修辞认知话语,译者要在通盘考虑、全局策划的基础上,"极尽语言文字的可能性"[①]对之再现,尤其是再现相关修辞场效应。

有的修辞认知在语篇层面运作,如象征、反复出现的双关,金陵十二钗判词等,事关整个小说文本的艺术设计,翻译时不宜轻举妄动。大多修辞认知则在话语片段(句子)层面运作,重要性就没有那么显著,如果把其中的修辞认知转换为概念认知的话,虽然也有审美损失,但不至于那么惨重。第 44 回,贾琏和鲍二家的私通,贾母说他"成日家偷鸡摸狗",杨译为"never stop philandering",把原文的修辞认知转换为概念认知了;霍译为"sniffing after other skirts",意象被置换了,原文的隐喻转变成了译文的转喻(skirts 代表女人),属于从修辞认知到修辞认知的异类转换,审美效果要优于杨译。第 68 回王熙凤说的"一味的只劝二爷保重,别在外面眠

---

① 陈望道.修辞学发凡.上海:复旦大学出版社,2008:9.

花宿柳"中的"眠花宿柳"也是描述贾琏的,杨译为"keep away from brothels",依然是从修辞认知到概念认知的转换;霍译为"go sleeping out 'under the willows'(you know what I mean)",再现了原文的修辞认知,还因担心读者不理解而加了个提示。杨译的概念认知虽也能传达贾琏作为"浪荡子"的性格特征,霍译的修辞认知却是艺术地传达,更能体现文学作品(包括译文)的审美特质。第47回作者还用"眠花卧柳"来描述柳湘莲,杨译为"fond of the company of singsong girls"(概念认知),霍译为"he frequented the budding groves"(修辞认知,稍显费解)。正如洪涛所述,霍译还把第28回一个叫"锦香院"(妓院)的地方处理为"the Budding Grove, a high-class establishment specializing in female entertainers",还有普鲁斯特《追忆似水年华》第二卷的英译名为"Within a Budding Grove"(该卷主人公处身于一群少女之中)①,如果译文读者能联系上下文并积极进行互文联想的话,似乎也不难体悟其中的喻义。从这几个小例子不难看出,杨译对小说中的修辞认知并不是太敏感,通常把其转换为概念认知,霍译则设法传达,文学性更强一些。

还有一些文化个性较强、类似死喻的修辞认知话语,两家译文都不约而同地删除了其中的意象,对应的译文也都变成了概念认知。如第65回中"那贾琏吃了几杯,春兴发作"中的"春兴",杨译和霍译分别为"feeling randy"和"to grow amorous";第73回中"这痴丫头原不认得是春意"中的"春意",杨译和霍译分别为"pornography"和"what the naked people were up to"等。类似话语可认为是修辞认知对概念认知的隐性介入,其本身基本上已经概念化了,其中的意象很难再被激活,在小说中如果是零星出现,并且地位不是特别重要的话,在翻译过程中即使被转换成概念认知,也无伤大雅。

---

① 洪涛.女体和国族:从《红楼梦》翻译看跨文化移殖与学术知识障.北京:国家图书馆出版社,2010:108-109.

(二)从修辞认知到修辞认知

文学翻译强调忠实再现,所以从修辞认知到修辞认知的转换是文学翻译中修辞认知转换的主导模式,如果不涉及较大的文化差异,往往能取得与原文相似的审美效果。这种转换包括两种形式,即同类转换(如把比喻译为比喻)和异类转换(如把比喻译为拟人),其中前者更为常见。有时即使都是从修辞认知到修辞认知,审美效果仍有强弱之别,尤其是在概念隐喻和语篇隐喻的翻译中,添加一些相关话语往往会使译文更有表现力,强化原文的隐喻修辞场。

第28回,锦香院的妓女云儿唱了一首小曲,如下:"豆蔻开花三月三,一个虫儿往里钻;钻了半日钻不进去,爬到花儿上打秋千。肉儿小心肝,我不开了,你怎么钻?"(P. 335-336)杨译为:"On the third of the third moon blooms the cardamom; / Fain to creep into it an insect is come; / Failing to enter it clings / To the petals and there it swings. / Dear heart, if I don't let you in, / Your chances are thin!"(Vol. 1, 413)霍译为:"A flower began to open in the month of May. / Along came a honey-bee to sport and play. / He pushed and he squeezed to get inside, / But he couldn't get in however hard he tried. / So on the flower's lip he just hung around, / A-playing the see-saw up and down. / Oh my honey-sweet, / Oh my sweets of sin, / If I don't open up, / How will you get in?"(Vol. 2, 57)云儿唱的曲子是典型的性爱隐喻(类似于语篇隐喻),比较符合她的身份,人物形象刻画得十分鲜明。杨译和霍译都再现了原文的修辞认知,但需要读者积极联想,才能领悟其中的隐喻型性话语,尤其是杨译。霍译则对之有所渲染,如用"he"来指代原文的"虫儿",比杨译的"it"更能激发译文读者的审美联想。霍译显化或添加的"sport and play","pushed and squeezed","the flower's lip"也都比较容易让读者联想起性爱,所以他的译文不仅更加生动形象,也更具暗示性和文学性,是修辞认知向修辞认知转换的范例。此外,霍译云儿的曲子还使用了居中排列的方式,更具形式美感(属形貌修辞,不在认知范畴

之内)。第 15 回作者用"入港"(类似于死喻)来描写秦钟和智能的性爱行为,霍译为"the ship was in the harbour",添加的意象"the ship"丰富了原文的隐喻表达,使之在跨文化交际语境中焕发出新的活力,在具体文本语境中读者也很容易理解这个新鲜的性爱隐喻。

第 16 回凤姐评价贾府管家奶奶们的那些话,包括如"坐山观虎斗""借剑杀人""引风吹火""站干岸儿"等俗语,杨译为:"... and 'accusing the elm while pointing at the mulberry tree' if one shows the least bias. Talk about 'sitting on a hill to watch tigers fight,' 'murdering with a borrowed sword,' 'borrowing wind to fan the fire,' 'watching people drown from a dry bank' and 'not troubling to right an oil bottle that's been knocked over'... " (Vol. 1, 214) 霍译为:"You know their way of 'cursing the oak-tree when they mean the ash'. Those old women know just how to sit on the mountain-top and watch the tigers fight; how to murder with a borrowed knife, or help the wind to fan the fire. They will look on safely from the bank while you are drowning in the river. And the fallen oil-bottle can drain away: they are not going to pick it up." (Vol. 1, 308) 这些俗语的文化个性不是很强,所以两家译文都再现了原文的意象,译文读者也不难理解其中的修辞认知。第 69 回描写凤姐的"借剑杀人"和"坐山观虎斗",两家译文也都再现了原文的修辞认知,杨译为:"... by 'killing with a borrowed sword' and 'watching from a hilltop while two tigers fought.'" (Vol. 2, 496) 霍译为:"She would 'kill with a borrowed knife'—or rather she would watch the killing from a safe distance, like a traveller reclining on a mountainside who watches two tigers tearing each other to pieces in the valley below."(Vol. 3, 363) 读者若能把前后两回的这些俗语联系起来,就不难发现,王熙凤对别人的评价和自己的行为是毫无二致的,对别人的评价实际上也就转换成了自我评价。此外,霍译还把第 69 回中两个俗语的内在逻辑展示出来(kill... watch the killing... like),比喻中套比喻,并且

增添了一些细节,使描述更加生动,但"坐山观虎斗"的措辞前后差异较大,不利于向英语世界输入新的表达法,也不利于解读第 16 回中凤姐使用那些俗语的"自评"性质。

有的俗语的文化个性较强,如小说中出现的三个"得陇望蜀",杨译为两个意译(the more you get, the more you want; to hunker for more)和一个直译(to covet the land of Shu after getting the region of Lung),霍译则介于直译和意译之间,三次的措辞都比较相似(One conquest breeds appetite for another),省略了"陇"和"蜀"的意象,霍译以及杨译的直译也都属于修辞认知再现的范畴。如果遇到文化个性特别强的隐喻话语,霍译也会采取概念认知的方式对之进行处理,如小说中多次出现表男女性爱的"云雨",霍译采取的都是意译,删除了"云雨"的意象(如"the art of love""makes love""the act of love"等),杨译则更多地保留了原文的意象(如"sport of cloud and rain""rain-and-cloud games"等),在具体语境的烘托下,译文读者应该也不难理解其隐喻意义。还有对于含"红"之象征的核心话语,霍译避免将"红"译为"red",考虑的主要是中西的文化联想意义有很大不同,在前言中对之也有所说明;杨译基本上是直译(如把"悼红轩"译为"Mourning-the-Red Studio",把"千红一窟"译为"Thousand Red Flowers in One Cavern"等),很大程度上再现了这种象征修辞场。如果归化和异化是一个连续体的话,则"杨译多用异化—归化连续体的两端译法,霍译多用中段译法"[①]的特征,上述例子也一定程度上验证了这种观点。

概念隐喻是一种特殊的修辞认知机制,相关隐喻表达也是修辞认知话语。从隐喻表达中可提取出相关概念隐喻,概念隐喻也可生出更多的隐喻表达,两者类似根与叶的关系。第 79 回中有这么一段文字:"那金桂见丈夫旗纛渐倒,婆婆良善,也就渐渐的持戈试马。先时不过挟制薛蟠,后来倚娇作媚,将及薛姨妈,后将至宝钗。宝钗久察其不轨之心,每每随

---

① 海芳.归化、异化的统计与分析——《红楼梦》口语辞格英译研究.外语学刊,2003(1):99.

机应变,暗以言语弹压其志;金桂知其不可犯,便欲寻隙,苦得无隙可乘,倒只好曲意附就。"(P. 1043)这段文字有很多战争话语,如"旗纛渐倒""持戈试马""挟持""弹压""不可犯"等,暗含的概念隐喻是"家庭关系是战争"或"家庭是战场"。杨译为:"Seeing that her husband was lowering his colours and her mother-in-law was good-natured, Chin-kuei pressed her attack by degrees. At first she simply kept Hsueh Pan under her thumb; later she tried artfully to control Aunt Hsueh as well, and Pao-chai too. Pao-chai had long recognized her impropriety and knew how to cope with it, giving her hints not to over-reach herself. When Chin-kuei saw that she was not to be bullied, she tried to pick fault with her in various ways; but being unable to find any chinks in her armour, she finally had to come to terms with her." (Vol. 2, 685) 霍译为:"Having already, in this first encounter, caused her husband to lower his colours and at the same time discovered that her mother-in-law was harmless, Jin-gui began pressing forwards in quest of yet further victories. At first she would do no more than consolidate her ascendancy over Xue Pan; then, using her feminine charms to make him her instrument, she would extend her dominion over Aunt Xue; and finally Bao-chai too should be brought under her control. But Bao-chai saw through her sister-in-law's little game very quickly and was able to meet ruse with ruse—even, by means of an occasional quiet but well-placed remark, to give her ambitions some check. Finding that she was not to be taken with cunning, Jin-gui began looking for occasions for a direct confrontation with her; but as Bao-chai was equally careful not to give her any, she was for the time being obliged, albeit reluctantly, to treat her with respect." (Vol. 3, 593-594)

针对原文的战争话语,两家译文都再现了,都是从修辞认知到修辞认知的转换。原文中的"旗纛渐倒""持戈试马""不可犯",对应的杨译为

"lowering his colours""pressed her attack by degrees""not to be bullied",对应的霍译为"to lower his colours""pressing forwards in quest of yet further victories""not to be taken with cunning",虽然和原文的措辞并不完全对应(主要是省略了"持戈试马"的意象),但都是密切相关的隐喻表达(战争话语)。原文中还有"挟制……将及……后将至"之说,在这个语境中也是战争话语的具体表现,杨译与霍译都有所具体化,分别译为"kept Hsueh Pan under her thumb... to control Aunt Hsueh as well, and Pao-chai too"和"consolidate her ascendancy over Xue Pan... extend her dominion over Aunt Xue... Bao-chai too should be brought under her control",尤其是霍译添加的相关措辞,更是强化了原文的概念隐喻修辞场。原文中的"随机应变""弹压其志"在译文中也都变成了战争话语的一部分,杨译分别为"knew how to cope with it""giving her hints not to over-reach herself",霍译分别为"to meet ruse with ruse""to give her ambitions some check"。杨译和霍译不仅把原文中的战争话语给具体化了,也有巧妙转化或添加的战争话语,如杨译把"无隙可乘"译为"unable to find any chinks in her armour",霍译把"便欲寻隙"译为"looking for occasions for a direct confrontation with her"等。值得注意的是,"chink in one's armour"本来已经词汇化了(类似于死喻),杨译的使用又使之重新焕发出新的活力,强化了原文的概念隐喻。针对这个概念隐喻,杨译和霍译都予以再现,并且都有所强化,人物塑造也都比较成功。

(三)从概念认知到修辞认知

从概念认知到修辞认知的转换最能体现译者的主体性与创造性,如果译者秉承的是僵硬的忠实观,不敢越雷池半步的话,就鲜有这样的转换现象,尤其是有意识的从概念认知到修辞认知的转换;如果译者信奉的是灵活的忠实观或者是超越观(超越原文)的话,这种转换就相对频繁一些。杨译是任务型的,强调忠实和直译,霍译是兴趣型的,灵活性更大一些,有很多创造性叛逆现象。针对《红楼梦》的翻译,正如杨宪益的妻子戴乃迭所言,"我们的灵活性太小了。有一位翻译家,我们非常钦佩,名叫大卫·霍克思。他就比我们更有创造性。我们太死板,读者不爱看,因为我们偏于直译"①。所以相对杨译而言,霍译从概念认知到修辞认知的转换更多,译文本身也更具文学性。

《红楼梦》中的人名命名本身也体现出很强的修辞认知性质,尤其是双关,如甄士隐谐音"真事隐"、甄英莲谐音"真应怜"、甄应嘉谐音"真应假",有刻画人物性格、表达小说主旨的作用。译者无论是音译还是重新命名(意译),哪怕是加注,其中的修辞认知大多还是流失了。霍译中出现了个别转换而来的修辞认知。作者是这样描述多浑虫(原名多官儿)的老婆的,"因这媳妇妖调异常,轻狂无比,众人都叫他'多姑娘儿'"(P. 245)。霍译为 "Because of her pneumatic charms and omnivorous promiscuity this voluptuous young limmer was referred to by all and sundry as 'the Mattress'."(Vol. 1, 425)原文中还有"谁知这媳妇子有天生的奇趣,一经男子挨身,便觉遍体筋骨瘫软,使男子如卧棉上"(P. 246)。此处"多姑娘儿"被霍克思译为"Mattress"(床垫)简直是神来之笔,首先床垫(男)人皆可睡之(原文中所谓"宁荣二府之人,都得入手"),其次睡在床垫上也会让男子"如卧棉上"。杨译的音译(Miss To)就完全没有这种味道了。如果说"多姑娘儿"是概念认知的话,霍译就是隐喻型修辞认知;如果把"多姑娘儿"视为双关的话(表指跟着丈夫"多官儿"的姓,实指情人众多),霍译也可视为从修辞认知(双关)到修辞认知(隐喻)的异类转换。霍译还设法传达原文中的修辞认知,如把"娇杏"(谐音侥幸)译为"Lucky",把善姐(反讽)译为"Mercy"等。类似把"鸳鸯"译为"Faithful",把"平儿"译为"Patience"等也都有修辞认知的意味,但更多是转换而来的。

霍译还添加了移就、比喻等修辞认知,一定程度上强化了译文本身的文学性。上面提到的多姑娘儿"(一经男子挨身,)便觉遍体筋骨瘫软"被

---

① 杨宪益.从《离骚》开始,翻译整个中国:杨宪益对话集.文明国,编.北京:人民日报出版社,2010:4.

霍克思译为"... she felt a delicious melting sensation invading her limbs",其中的"delicious melting sensation"便添加了一个移就修辞格。霍译中类似添加移就的还有很多,如"扭捏了半日"对应译文(after a certain amount of coy resistance)中的"coy resistance","镇日无心镇日闲"对应译文(Or, in the night-time, in my wakeful bed)中的"wakeful bed","我心里时时刻刻自有你"对应译文(the concern I feel for you every waking minute of the day is wasted)中的"waking minute","满屋内阴阴翠润,几簟生凉"对应译文(to make a green gloom within, lending a cold, aquarian look to the floor and the surfaces of the furniture)中的"green gloom"等。霍译添加的比喻也很多,如把"(跪在地下)乱颤"译为"trembling like a leaf",把"聪明乖觉"译为"his mind is as sharp as a needle",把"造劫历世"译为"to enter the vale of tears",把"分明是彩云偷了"译为"It's as plain as the nose on your face",把"奶奶是容不过的"译为"the mistress will be down on us like a ton of bricks",把"吟成豆蔻诗犹艳"译为"Composing amidst cardamoms, you shall make verses like flowers"等。霍译添加概念隐喻表达的更为常见(添加的大多是英语中常用的隐喻表达,相对比较抽象),如把"正经下个气儿"译为"put your pride in your pocket"(PRIDE IS OBJECT),把"不觉又添了醋意"译为"Her jealousy was further inflamed"(JEALOUSY IS FIRE),把"细想这一句意味"译为"to ponder its words and to savour their meaning"(MEANING IS FOOD)等。当然,杨译添加的概念隐喻表达也有很多,如把第六回中的"刘姥姥会意,未语先飞红了脸,欲待不说,今日又所为何来? 只得忍耻说道……"译为"Although her face burned with shame, she forced herself to pocket her pride and ... "(SHAME IS FIRE, PRIDE IS OBJECT)等。霍译还有添加通感修辞的,如把"那一股清香比是花都好闻呢"译为"... they have a delicious, cool fragrance that is in some ways superior to that of flowers"("delicious, cool fragrance"同时打通味觉、触觉和嗅觉),把"仙花馥郁,异草芬芳"译为

"The courtyards outside them were full of deliciously fragrant fairy blooms and rare aromatic herbs"("deliciously fragrant"打通味觉和嗅觉)等。这些修辞认知的添加也颇有生趣。

从概念认知到修辞认知的转换一般是局部的、隐蔽的,话语表达的新鲜性也不是特别显著。鉴于学界大多是以原文为起点和归宿的翻译批评,发现的往往是把原文的修辞认知转换为概念认知的现象,尤其注重译文的审美损失。如果把译文视为独立的文本,以译文为翻译批评的起点和归宿,就更容易发现从概念认知到修辞认知的转换现象,相对原文,这样译文的文学性更高,也更能体现译者的主体性,尤其是译者有意识的转换。

三、小 结

文学作品中修辞认知的功能是多样化的,其中审美是其主导功能,无论任何形式的修辞认知,都具有审美属性,与作品的文学性息息相关。本节以《红楼梦》为例,首先探讨了小说中修辞认知的主要功能,包括表达小说主旨、暗示人物命运、塑造人物性格、增强语言美感等,然后分析了《红楼梦》英译中的修辞认知转换模式,包括从修辞认知到概念认知、从修辞认知到修辞认知和从概念认知到修辞认知的转换。在文学翻译中,忠实于原文是绝大多数译者所追求和遵循的,是译者的天职,所以修辞认知的再现最为常见,是主导转换模式;其次是修辞认知的删减,大多是语言文化差异所致;修辞认知的添加相对少见,但更能体现译者的主体性和创造性。霍译《红楼梦》中修辞认知添加的现象相对多见,一定程度上提升了译文本身的文学性。即使是无法再现的,尤其是小说中发挥重要功能的修辞认知(如暗含人物命运的双关),霍译也会在相关副文本中予以说明,体现出对读者高度负责的精神。避"红"策略无疑是霍克思深思熟虑之后采取的,但因删除了书中"红"之象征修辞场,得不偿失。文学翻译中修辞认知转换模式和译文文学性密切相关,从修辞认知到概念认知、从修辞认知到修辞认知、从概念认知到修辞认知的转换对原文文学性分别起弱化、等化和强化作用。这就启发译者要善于调用自己的修辞认知机制,尽量提高译文本身的文学性和审美感染力,霍译《红楼梦》为我们树立了很好的榜样。

第二节　《推拿》中修辞认知的功能与英译研究①

　　毕飞宇的小说语言雅致,描写细腻,人物鲜明,意蕴深刻,引起了读者的广泛关注,包括《青衣》《推拿》《玉米》《平原》等,部分被改编成了电影或电视剧。其中长篇小说《推拿》于 2011 年获第八届茅盾文学奖,2014 年被改编为同名电影。《推拿》是专门写盲人的,聚焦于"沙宗琪推拿中心"一群盲人推拿师的生活经历与心理情感,惟妙惟肖地刻画出一个独特的盲人世界。《推拿》在叙事上也许是借鉴《水浒传》的写法,稍显松散,但在人物形象塑造方面则非常成功,有很多细腻的心理描写,并且主要采取了盲人的独特视角,很多话语表达令人过目不忘。沈光浩曾评论道:"《推拿》中的叙事者犹如一位心灵的歌者与灵魂的牧师,自由地游走在'盲'的世界中,在这个单维的世界里,盲者具有不同于常者的出奇的自尊心和无法漠视的自我情感。他们虽有着与生俱来的焦虑、耻辱,以及被命运抓涉后的精神创痛,经历着常人无法感知和理解的尴尬与困顿,却不自轻自贱、甘居落后,而是顽强生存,为维护自我的完整性与优越性进行着绝望而忧郁的抗战。我们在他们身上可以轻而易举地触摸到生命中强悍的力量,嗅到灵魂中不屈的血腥,抚摸到人格的铮铮傲骨。"②我们不妨认为《推拿》是盲人的赞歌,也是盲人的哀歌:和正常人一样,他们也终究逃脱不了普遍的人性、复杂的人生。不管《推拿》的主题是什么,爱也好,尊严也好,自强不息也好,它的独特魅力主要在于其叙述对象的特殊性(盲人),以及描

---

① 本节原载《西安外国语大学学报》2020 年第 3 期,原标题为《修辞认知与盲人世界——毕飞宇小说〈推拿〉及其英译评析》,与宋奕(第二作者)合作撰写,收入本书时略有改动。

② 沈光浩.论毕飞宇《推拿》诗性伦理建构.小说评论,2009(6):131.

写刻画的特殊性(盲人叙事),它活脱脱地建构了一个迷人的盲人世界,主要建构手段便是修辞认知。

一、修辞认知建构出的盲人世界

修辞认知是一种诗性的、审美化的、反逻辑的认知方式,在日常话语和文学话语中都比较常见。在文学作品中,修辞认知的审美感染力优于概念认知,修辞认知也是作品文学性的重要生成机制。修辞认知在《推拿》中有广泛的表现,也是建构盲人世界的重要手段。盲人最大的特征就是看不见,没有视觉也就缺少了从外部吸收信息最重要的渠道,只能靠其他感官和外部世界进行沟通,其他感觉相对常人也往往更加敏锐,包括听觉、嗅觉等。盲人由于看不见外部的世界,所以特别喜欢幻想,借助幻想来释放自己的情感或压力。当然,盲人对视觉是非常渴望的,尤其是后天失明的,比如《推拿》中的小马,小时候的一场车祸夺走了他的视觉神经。作者是这样描述小马对视觉的渴望的:"他要'看'。他想'看'。该死的眼睛却怎么也睁不开。其实是睁开的。他的手就开始撕,他要把眼前的黑暗全撕了。可是,再怎么努力,他的双手也不能撕毁眼前的黑暗。"①毕飞宇在描写盲人时采取的主要是盲人的视角,我们也不妨称之为盲人叙事。盲人叙事侧重天马行空的心理描写和视觉之外的其他感知,这就会涉及各种各样的修辞认知,如隐喻、通感、拟人等。

我们先看看毕飞宇是如何通过修辞认知来描写盲人小马的。盲人喜欢沉默,后天失明的小马更是如此,不过他的沉默或安静是假的,他在玩,玩他的玩具,他的玩具是时间。对他而言,"时间有它的物质性,具体,具象,有它的周长,有它的面积,有它的体积,还有它的质地和重量"(P. 129)。小马心中或身体不只是像台钟那样会咔嚓、咔嚓地响,他还会组装时间和拆解时间,他甚至把时间想象成是圆的,或是一个三角形,或

---

① 毕飞宇.推拿.北京:人民文学出版社,2013:42.本节此后引用《推拿》原文仅在正文中注明页码。

是一条竖立的直线,可以沿着直线往上爬;时间有可能是硬的,也可能是软的;时间可能在物体的外面,也可能在物体的里面;时间可以有形状,也可以没有形状;"小马看到时间魔幻的表情了,它深不可测"(P. 133)。与时间在一起,与咔嚓在一起,这就是小马的沉默。然而,嫂子小孔的出现打破了小马的沉默,这沉默变成了"沉默中的沉默",他学会了关注。小孔第一次去王大夫宿舍(王大夫和小马是上下铺)串门,小马本来是沉默的,但嫂子身上的气味第一时间捕捉到他了,他被她身上的气味笼罩了,"嫂子的气味有手指,嫂子的气味有胳膊,完全可以抚摸、搀扶,或者拥抱。小马全神贯注,无缘无故地被嫂子拥抱了"(P. 50)。在嫂子和他动手动脚的过程中,"他的胳膊突然碰到了一样东西,是两坨。肉乎乎的。软绵,却坚韧有力,有一种说不上来的固执"(P. 52)。小马开始暗自喜欢上了嫂子,嫂子串门成了常态,小马的幸福也一天一天地滋生。他对嫂子的气味着迷,甚至把这气味本身叫作嫂子,这样嫂子就无所不在了,仿佛搀着小马的手,到处乱走。小马开始密切地关注嫂子,他把嫂子想象成一只蝴蝶,自己和她一块飞翔在万里晴空;他把自己想象成大海里的一条鱼,嫂子则是一条光洁、润滑的海豚;他把嫂子想象成一匹马,自己也是一匹马,纵情地奔跑在草原与山冈上;嫂子还是一抹光,一阵香,是花瓣上的露珠,山尖上的云朵,是纠缠在小马身上的一条蛇。这就是小马"沉默中的沉默"。在对小马的描述中,作者调用的主要是隐喻修辞认知,时间变成了具体的实体,嫂子变成了各种各样的动物,此外还有拟人修辞认知,如时间有表情,气味有手指等。还有小马对嫂子的迷恋是从迷恋嫂子身上的气味开始的,或者说是从嗅觉开始的,气味有了不可抗拒的魔力,这也是一种典型的盲人叙事。小马后来把洗头房的妓女小蛮想象成了嫂子,原文这样写道:"他的没有目光的眼睛一直在盯着小蛮。他在看。望着她,端详着她,凝视着她,俯瞰着她。他的手指在抚摸,抚摸到哪里他的没有目光的眼睛就盯到哪里、看到哪里、望到哪里、端详到哪里、凝视到哪里、俯瞰到哪里。"(P. 258)这段文字其实包含着"触觉是视觉"的概念隐喻(眼睛随着手指的抚摸在"看")。盲人世界就是这样不可思议,明明看不见,还要盯着"看",体现了小马对嫂子的一片痴心。

作者对金嫣和徐泰来这对恋人的描写中也到处都是(隐喻)修辞认知,尤其是金嫣对自己婚礼的想象。作者写道,金嫣"把她的恋爱搞得哗啦啦、哗啦啦的,就差敲锣打鼓了"(P. 92)。金嫣千里迢迢找到素昧平生的泰来,就像泰来的第一个恋人夸他的口音一样(泰来对此是极其自卑的),金嫣也说:"你说话好听死了。真好听。"作者说"这句话是一颗炸弹。是深水炸弹。它沿着泰来心海中的液体,摇摇晃晃,一个劲地下坠。泰来感觉到了它的沉坠,无能为力。突然,泰来听到了一声闷响。它炸开了。液体变成了巨大的水柱,飞腾了,沸腾了,丧心病狂地上涌,又丧心病狂地坠落"。(P. 112)后来他们就恋爱了,金嫣便开始等待和想象自己的婚礼,作者甚至说,金嫣不是在"谈恋爱",而是在"想婚礼",失明之前她就在小说和电影中看过无数婚礼的场面。金嫣想中式婚礼,连洞房里的红蜡烛都亭亭玉立,千娇百媚;金嫣想西式婚礼,把婚纱看作特殊的肌肤,拥有金蝉脱壳的魔力,甚至连风从她的肩膀上滑过去,因为不能在她的肩头驻足而加倍忧伤。金嫣是泰来手中的风筝,泰来是金嫣的悠悠球,两人都被拴住了,再也分不开。对金嫣而言,婚礼是无处不在的:她可以为筷子举办一个十分隆重的婚礼;她用的火罐也可以结婚,客人的脊背是巨大的礼堂,可以在那里给它们成双成对地举办集体婚礼;滋味也可以结婚,其中甜和酸,麻和辣最为般配;自行车也可以结婚,两个轮子一前一后,始终有距离却从来都是步步相随;花生也可以结婚,金嫣最喜欢花生的婚礼了,花生剥开就是一个金童,一个玉女,光溜溜的,性感死了。金嫣决定,要给自己举办两场婚礼,一中一西,嫁一次娶一次,她也舍得花钱,钱就是花骨朵,是含苞欲放的花瓣,只要"花"出去,每一分都可以绽放。金嫣对婚礼的遐想基本上是拟人化的,她把自己对婚礼的痴望投射到了其他物体之上。

沙复明对美的苦苦追寻也有很多是通过修辞认知话语实现的。新来的都红手艺还不过关,但客人点她的钟,生意开始热火朝天,原来都红是个美女,惊人的"漂亮",连导演都夸她"太美了",对这些盲人而言,"'美'

无非是一种惊愕的语气"。但沙复明却开始琢磨"美是什么",并深深地陷了进去,他甚至心想,"把都红从头到脚摸一遍吧",但手又能摸出什么呢?毕竟美更多的是视觉体验,而不是触觉的。连都红本人也不知道自己美在哪里,这让沙复明有一种说不出来的悲哀,这悲哀阒然不动,却能兴风作浪。沙复明觉得美是旋涡,周而复始,危险而又迷人,他陷进去了,不停地沉溺。美是"灾难",美能"妖言惑众",美具有不可抗拒的吸引力,美让那个春天变得温暖撩人,美让沙复明"闻到了都红作为一朵迎春花的气息",美让他不可收拾地爱上了都红,美让他放弃了"一定要得到一份长眼睛的爱情"。盲人看不到美,想摸到美,听到美,闻到美,这就是盲人的世界。

沙宗琪推拿中心的另一老板张宗琪小时候总是防备着被后妈毒死,作者这样描述道:"为了更加有效地防范,张宗琪拼了命地听。他的听力越来越鬼魅,获得了魔力。张宗琪的耳朵是耳朵,但是,它们的能力却远远超越了耳朵。它们是管状的,像张开的胳膊那样对称,疯狂地对着四方舒张。他的耳朵充满了不可思议的弹性,可大,可小,可短,可长,随自己的意愿自由地驰骋,随自己的意愿随时做出及时的修正。无孔不入。无所不能。"(P. 202)这种带点魔幻味道的话语也属于修辞认知的范畴。

总之,作者调用的这些修辞认知,包括隐喻、拟人、通感等,都是小说盲人叙事的有机组成部分,这种盲人叙事聚焦于视觉之外的其他感觉,包括听觉、触觉、嗅觉等,共同构建了一个独特的盲人世界。译者能否注意到这种独特的盲人世界,能否有效再现其中的盲人叙事,这是下面要探讨的主要问题。

二、盲人世界中的修辞认知英译评析

葛浩文和林丽君夫妇翻译了《推拿》,2014 年由企鹅出版集团出版。有关《推拿》的翻译,学界鲜有专门的研究。许诗焱、许多曾以俄克拉荷马大学中国文学翻译档案馆所收藏的葛浩文、林丽君翻译《推拿》过程中与毕飞宇之间的往来邮件为基础,将译者阅读的原文、译者提出的问题、作者做出的回答与最终出版的译文结合起来分析,展现了译者与作者在翻译过程中的互动,包括意义追索、意图交流、矛盾求证等①。葛永莉曾把《推拿》中金嫣的话语描写和心理描写同其英译本进行对比,考察两种描写方式的转变对塑造人物性格的影响及其与叙事距离的关系②。这两篇文章的视角都比较独特,但基本上没有涉及其中修辞认知话语(盲人叙事)的翻译。下文就从通感、隐喻等角度对之进行分析。

(一)通感修辞认知英译评析

金嫣和徐泰来的一段对话很有趣,也是典型的盲人叙事,原文如下:"'泰来,我可漂亮了。我可是个大美女,你知道么?'/'知道。'金嫣一把抓住泰来的手,说:/'你摸摸,好看么?'/'好看。'/'你再摸摸,好看吗?'/'好看。'/'怎么一个好看法?'/徐泰来为难了。他的盲是先天的,从来就不知道什么是好看。徐泰来憋了半天,用宣誓一般的声音说:/'比红烧肉还要好看。'"(P. 152)先天盲人不知道什么是美或者好看,只能通过视觉之外的其他感觉去体认,所以金嫣让泰来"摸摸"自己是否好看,泰来只好连用"好看""好看"来回答,最后的回答"比红烧肉还要好看"简直妙绝了,其实这里作者调用了味觉,用红烧肉好吃来形容金嫣的好看,是一种典型的通感修辞。如果正常人这么说,那就不正常了,但出自盲人之口,语言的魅力就来了。葛浩文和林丽君的译文再现了这种奇趣横生的盲人叙事,如"'Touch my face.' She took his hand. 'Am I pretty?'""Keep touching. Am I pretty?""Prettier than braised pork"③等。不管是原文还是译文,对最后一句的解读都需要采用盲人逻辑,识别其中的通感修辞,其实译文也不妨显化处理,译为"prettier than the flavor of braised

———————

① 许诗焱,许多.译者—作者互动与翻译过程——基于葛浩文翻译档案的分析.外语教学与研究,2018(3):441-450.

② 葛永莉.基于语料库的《推拿》英译本对人物话语和心理描写的处理——以金嫣为例.河北北方学院学报(社会科学版),2017(5):56-61.

③ Bi, Feiyu. *Massage*. Goldblatt, H. & Lin, S. L., trans. Melbourne: Penguin Group, 2014:154. 本节此后引用《推拿》的译文仅在正文中注明页码。

pork"之类的话语。

　　毕飞宇在《推拿》中多次用拟声词"哗啦啦",用得很独特,多指沙复明对都红的不轨之心或爱慕之情。如"事实上,沙复明已经开始对着自己'哗啦啦'了,都红听见了,沙复明的手在自己的脸上'哗啦啦'。他一定还想通过其他更为隐蔽的方式'哗啦啦'"(P. 184)。沙复明爱都红,曾让都红被动地抚摸过他的脸,所以原文才有"都红听见了,沙复明的手在自己的脸上'哗啦啦'"之说,作者这里打通了触觉和听觉,话语表达甚是新鲜。对应译文为:"Truth was, Sha Fuming had already begun to let his desire rage towards Du Hong by touching her face. And he would surely want to let loose his desire in more secretive ways, closing in on her."(P. 185)葛氏夫妇把"哗啦啦"译为"let his desire rage"与"let loose his desire",盲人的敏锐的听觉不见了(把"都红听见了"这种典型的盲人叙事话语也删除了),通感修辞也不见了,作者独特的话语风格也不见了,审美效果不如原文。原文还有"每个人都是走肉,肉在'哗啦啦'"和"她迟早也是一块肉,迟早要'哗啦啦'"之说,这两处的"哗啦啦"都被译成了"flesh with raging desire",其他几处"哗啦啦"的用法也都被处理成了类似的话语,如"no matter how his desire raged""one with a burning desire for her"等。听觉是盲人和外部世界进行交流的最主要感官,原文中的"哗啦啦"用得很别致,也非常符合盲人叙事的特征(调用视觉之外的其他感觉),但译文由于未能再现原文表听觉的拟声词,通感修辞手法随之流失,盲人叙事也有所减弱。

　　盲人叙事采取的主要是盲人视角,其中的视觉是缺席的,如下面讨债人和王大夫之间的对话:"'我们不怎么样。'好听的声音说,'我们只管要钱,实在要不到就拉倒。别的事有别的人去做。这是我们的规矩。我们是规矩人。'/这句话阴森了。王大夫的耳朵听出来了,每个字都长着毛。"(P. 156)这段话聚焦于王大夫,他看不见,只能用"好听的声音"来指代讨债者,葛译中的"the voice continued"以及前面用的"the pleasant voice said"等都再现了原文中的提喻修辞认知。"这句话阴森了。王大夫的耳朵听出来了,每个字都长着毛"这两句话则涉及通感(打通听觉与触觉),其中"每个字都长着毛"与其说是视觉,不如说是触觉,毕竟盲人无法看到但能摸到"毛"的存在。葛译为"What a sinister comment. Wang heard a threat in every word"(P. 157)。译文再现了盲人的核心感官听觉(heard a threat),但删除了"每个字都长着毛"的语义,通感修辞也流失了。通感流失的还有把"刀口正发出白花花的鸣响"(P. 237)译为"... it made a loud, crisp sound"(P. 242)等,其中这句采用的也是盲人视角(王大夫),非常贴切,译文"白花花"的视觉词语被转换成了听觉词语(loud, crisp),通感或移就修辞不见了,一定程度上弱化了原文的文学性。视觉在盲人世界也可以想象性地存在,并且和其他感官打通,如:"小马的手专注了。他睁开自己的指尖,全神贯注地盯住了嫂子的胳膊,还有手,还有头发,还有脖子,还有腰,还有胸,还有胯,还有臀,还有腿。小马甚至都看到了嫂子的气味。这气味是包容的,覆盖的。他还看到了嫂子的呼吸。"(P. 256)小马的手或指尖变成了眼睛,盯住了嫂子(其实是小蛮)的胳膊、手等,这是触觉向视觉的转换;看到了嫂子的气味,这是"视觉"向味觉的转换;甚至还看到了嫂子的呼吸。这些都是想象性的,很大程度上表现了盲人对视觉的渴望。译文中的"With concentration in his hands, his fingers opened up, like seeing eyes, to focus their gaze on 'Sao-zi's' arms... ""He could even see her scent... "和"... could also see her breath... "(P. 254)基本上再现了原文的盲人叙事与隐喻修辞认知(like seeing eyes),其中的通感也不难体会到。

(二)隐喻修辞认知英译评析

在构建盲人世界的修辞认知话语中,作者用得最多的还是隐喻,并且经常用眼睛或有关视觉的事物做喻体。眼睛(视力)对盲人来说是缺失的,又是极其珍贵的,他们渴望得到光明,所以经常会用眼睛比喻一些重要的事物,如爱情、金钱等。小孔就多次把爱情比喻成眼睛(她父母不允许她"嫁给一个全盲"),如"爱真好。比浑身长满了眼睛都要好"(P. 89),"爸,我爱他是一只眼睛,他爱我又是一只眼睛,两只眼睛都齐了"

(P. 294)。两处译文分别为:"Love was terrific, better than having eyes all over your body"(P. 93)和"Pa, my love for him is one eye, his love for me is the other, so now we have two eyes"(P. 290)。还有王大夫对小孔说的"我一天也不想离开你。你一走,我等于又瞎了一回"(P. 16)也是把爱情比喻成了眼睛,译文为:"If you're gone, I'll feel as if I'd been blinded again."(P. 17)这些译文忠实地再现了原文"爱情是眼睛"的概念隐喻,取得了相似的审美效果。沙复明对自己爱情与婚姻的要求是"一定要得到一份长眼睛的爱情"(P. 125),其实也就是找一个视力完好的伴侣,对应译文"His love must come with a pair of eyes"(P. 129)同样体现了盲人对眼睛(视力)的渴盼。沙复明还说过"由于有了盲文,所有的盲人一下子有了眼睛"(P. 122),对应译文为"Now that they had a writing system, all blind people suddenly had eyes"(P. 126)。原文还有"小孔的吝啬是著名的,她把她的每一分钱都看得和她的瞳孔一样圆,一样黑"(P. 302),对应译文为"Then there was Xiao Kong, who was a famous miser; she treasured every penny, round and black like her own pupils"(P. 297)。这些都是忠实的再现,同样体现了原文盲人叙事的重要特征,也就是用很多和视力(眼睛)有关的话语设喻。

盲人没有视力,很多时候就把其他感官(如手、耳朵、鼻子等)当作自己的眼睛,这也是盲人叙事的独特特征,其中隐含的概念隐喻便是"其他感官是眼睛"。小马暗恋小孔,不能自拔,"动不动就要用他的耳朵和鼻子紧紧地'盯'着'嫂子',一'盯'就是二三十分钟,连下巴都挂下来了。盲人自有盲人的眼睛,那就是耳朵和鼻子"(P. 216)。对应译文为:"... as he fixated on her with his ears and nose, often for as long as half an hour. His mouth hung open. A blind man's ears and nose are his eyes."(P. 216)译文再现了原文中"耳朵和鼻子是眼睛"的概念隐喻。发挥视觉功能最多的还是盲人的耳朵,如:"他们唯一能做的事情就是面面相觑。他们在面面相觑。是耳朵在面面相觑,彼此能听到粗重的喘息。"(P. 317)对应译文为:"The only thing any of them could do was *look around*.

While they were *looking around*, their ears were doing the same thing. They all heard each other's heavy breathing."(P. 312)这里的"面面相觑"译得不见得准确(look or looking around),但译文同样体现了"耳朵是眼睛"的概念隐喻。类似的概念隐喻表达还有很多,如"他正躺在沙发上啃苹果。苹果很好,很脆,有很多的汁,听得出来的"(P. 243)。这是通过听觉来感知的盲人视角(至少最后一句是王大夫的视角),译文为:"He was lying on the sofa, eating an apple, a good one, crisp and juicy enough for Wang to hear."(P. 241-242)最后的"for Wang to hear"感觉有点偏离了盲人叙事,不如译为:"He was lying on the sofa, eating an apple, a good one, crisp and juicy; Wang could hear it."盲人还可以通过嗅觉在人群中找到某人(用嗅觉替代视觉),如"王大夫的鼻尖嗅了几下,终于走到小孔的面前了"(P. 312),对应译文为"He easily sniffed her out, walked up to her..."(P. 308),"sniffed her out"用得就非常地道。"鼻子是眼睛"的概念隐喻还有其他表现,如"沙复明闻到了都红作为一朵迎春花的气息"(P. 116)。对应译文为:"He detected the scent of winter jasmine in the person of Du Hong."(P. 120)不过这里的"detected"用得有点泛,不如用"smell""sniff"等表嗅觉的词语更能体现原文的盲人叙事。当然,原文中还有很多"手是眼睛"的隐喻表达,如沙复明想"把都红从头到脚摸一遍",看她到底美在哪里,金嫣让徐泰来"摸摸"自己好看不好看等。这些隐喻表达共同组成了独特的盲人叙事,译者不可等闲视之。译文也有比原文更能体现盲人叙事的地方,如:"小蛮和小马一定是太专心、太享受了,以至于他们共同忽略了门面房里所有的琐碎动静。"(P. 267)被译为"They were so focused on their enjoyment that they had turned a deaf ear to the tiny movements in the shop"(P. 264),这里的"turned a deaf ear to"就比原文的"忽略了"更得体,更能体现盲人的视角,一定程度上强化了原文"耳朵是眼睛"的概念隐喻修辞场。

毕飞宇还用了一种特殊的手法,让盲人有视觉,但会给相关表视觉的词加双引号,表明他们不是真正地在看,类似话语在原文中频频可见,也不妨将其视为"其他感官是眼睛"的隐喻表达。如:"王大夫就'望'着自己的父亲,又'望了望'自己的母亲。"(P. 240)对应译文为:"He *looked at* his parents, first his father and then his mother."(P. 238)这里译者把表视觉的动词"looked at"用斜体标识了,发挥的作用和原文的双引号是相同的。类似的斜体标识也多次使用,其他如把"季婷婷把这一切都'看'在眼里"(P. 59)译为"Ji Tingting *saw* all this"(P. 61)以及前文"面面相觑"的翻译(*look / looking around*)等。稍为遗憾的是译者却没有一贯到底,如"盲人就是这样,身边的东西什么也看不见,但是,隔着十万八千里,反过来却能'看得见',尤其在电话里头"(P. 20)被译为". . . they can't see what's next to them, but they can see things a million miles away, especially over the phone"(P. 21),这里第二个"see"最好也斜体标识,这样处理不仅会引起读者的注意,也容易让读者识别其中隐含的"听觉是视觉"的通感(隐喻)表达。双引号和斜体的使用都体现了独特的盲人叙事。

(三)拟人与双关修辞认知英译评析

拟人也是一种典型的修辞认知,具有典型的隐喻思维特征,也就是把人的特征投射到了其他事物身上,话语表达具有很强的审美感染力。原文中有:"年轻人有一个特点,人在委顿的时候胃却无比地精神。饿到一定的地步,胃就变得神经质,狠刀刀的,凭空伸出了五根手指头。它们在胃的内部,不停地推,拉,搓,揉,指法一点也不比沙复明差。"(P. 37)这里的"胃"就被拟人化了,并且结合了沙复明的职业进行描述,非常生动。对应译文为:"When young people are exhausted, they commonly develop a voracious appetite, and when that appetite goes unsatisfied, the stomach turns hysterical and vicious, as if it has grown five fingers to pull, tug, push, rub and knead, as skillful as Sha's tuina movements." (P. 39)译文的拟人效果有所减弱,尤其是对"胃却无比地精神"的处理,远不如原文形象。原文还有这样的描述:"盲人的不安全感是会咬人的,咬到什么程度,只有盲人自己才能知道。"(P. 70)对应译文为:"The blind's sense of insecurity can be very intense. As to how intense, only they can answer that."(P. 73)原文把"盲人的不安全感"给拟人化了,译文转换了"咬人"与"咬"的语义(intense),其中的拟人修辞就完全流失了。这种修辞认知话语是文学作品文学性的具体表现,不宜随便转换成干巴巴的概念认知。针对拟人修辞,译者更多的还是再现,审美效果与原文相当,如把"张一光在火车上摩拳擦掌了,十只手指头都炯炯有神。张一光意识到它们早已经对着他渴望的生活虎视眈眈了"(P. 213)译为"On the train he was raring to go; even his fingers seemed to sparkle like bright seeing eyes, giving him the feeling that they were hungering for the life he'd longed for"(P. 213);把"嫂子的气味有手指,嫂子的气味有胳膊,完全可以抚摸、搀扶,或者拥抱"(P. 50)译为"... her fragrance, which seemed to grow fingers and arms that could caress, hold and embrace"(P. 52);把"王大夫的每一个手指都在对小孔的指缝说'我爱你',小孔的每一个手指也在对王大夫的指缝说'我也爱你'"(P. 83)译为"... all his fingers were telling the spaces between her fingers 'I love you', and hers did the same"(P. 86)等。这些拟人话语大多是根据盲人的职业或生理特征生发的,如推拿技法、对气味的敏锐感知等,翻译过程中既要注意这些拟人修辞的文学性,又要知道其也是盲人叙事的有机组成部分。

双关修辞认知在原文中也有所运用,如:"沙复明相信自己是可以'复明'的,一如父母所期盼的那样。"(P. 35)对应译文为:"Sha Fuming believed he would regain his sight, as implied in the name his parents had given him, *fu*—to recover, and *ming*—brightness. They had hoped he'd be able to see again."(P. 37)这里译者通过解释性翻译试图传达原文中的双关。王大夫替他的"人渣"或"活老鬼"弟弟还赌债,他把钱放在冰箱里,后来拿出来时,原文有这样的描述:"钱贴在王大夫的小肚子上。一阵钻心的冷。砭人肌肤。钱真凉啊。"(P. 243)其中"钱真凉啊"无疑也是双关,表指温度低,实指由钱造成的世态(亲情)炎凉,对应译文"Money is so cold"(P. 242)中的"cold"也能体现原文的双关。王大夫前面还发过这样的毒誓,"如果我说了瞎话,一出门我的两只眼睛就什么都能看见"(P. 243)，同样体现了他不愿意看到这个"肮脏"的世界，与"钱真凉啊"形成了前后呼应。原文中还有"一旦做了盲人的父母，他（或她）自己首先就瞎了，一辈子都生活在自己的一厢情愿里头"(P. 85)，其中第二个"瞎"字也是双关，实指盲人父母对子女的盲目要求（如小孔的父母非得让她找一个视力完好的配偶），译文中的"... they turn blind once..."也同样具有双关之妙。

三、小　结

《推拿》的魅力很大程度上在于其盲人叙事的魅力，盲人叙事很大程度上是通过修辞认知实现的，通过修辞认知与盲人叙事，毕飞宇给读者建构了一个独特的盲人世界。小说中涉及的主要修辞认知包括隐喻、通感和拟人，其他还有双关、移就、委婉语等。盲人叙事的主要特征包括注重盲人天马行空的心理描写、通过视觉之外的其他感官感知世界、广泛运用通感以及"其他感官是视觉"的隐喻表达、广泛存在眼睛或视力作为喻体的隐喻意象、对盲人视觉能力的想象性运用等。作为译者，首先要识别并再现这种由修辞认知和盲人叙事构建出的独特的盲人世界。由以上分析可知，葛浩文和林丽君对小说中的盲人叙事有比较敏锐的认知，译文也很大程度上再现了这种独特的盲人世界（尤其是由隐喻修辞认知构建出的）。然而，由于英汉语言差异和作者个性化的语言风格对翻译构成了很大挑战，译文的整体文学性不如原文，很多修辞认知话语被删除或抹平了，盲人叙事的力度以及译文的审美感染力也随之减弱，如把原文中的"哗啦啦""白花花"（通感）以及"盲人的不安全感是会咬人的"（拟人）等修辞认知转换成了概念认知，把"每个字都长着毛""胃却无比地精神"等修辞认知话语删除了。葛译也有强化原文盲人叙事的地方，但比较罕见，如果多加运用的话，无疑会弥补原文的审美磨蚀，更加有效地展现盲人世界的独特性。

第四章 中国当代小说中的
隐喻修辞认知翻译研究

第一节 中国当代小说中的概念隐喻及其英译研究①

隐喻研究在中西都有很长的历史。隐喻最初主要作为修辞手段,二十世纪后期人们开始认识到隐喻不仅是一种修辞技巧,更是一种认知与思维方式。隐喻的认知研究也随之成为众多学科尤其是认知语言学的热点。其中,当以莱考夫和约翰逊合著的《我们赖以生存的隐喻》(*Metaphors We Live By*)为代表性成果。概念隐喻(conceptual metaphor or metaphorical concept)的思想也是在该著中首先提出的,作者认为人们赖以思考和行动的概念系统本质上是隐喻的,隐喻意味着隐喻性概念,隐喻性概念(概念隐喻)具有系统性。语言中的隐喻表达(metaphorical expression)与隐喻概念是系统地连接在一起的,可以通过隐喻化的语言表达来研究隐喻概念的性质,同时对我们行为的隐喻性质也有所了解。②概念隐喻与其表层实现类似于根隐喻与派生隐喻的关系。所谓根隐喻指的是一个作为中心概念的隐喻,如人生是一种旅途,由此派生出来的隐

---

① 本节原载《外语与外语教学》2017 年第 3 期,原标题为《中国当代小说中的概念隐喻及其英译评析——以莫言、毕飞宇小说为例》,独立撰写,收入本书时略有改动。

② Lakoff, G. & Johnson, M. *Metaphors We Live By*. Chicago: The University of Chicago Press, 1980:3-9.

喻,如人生的起点或终点、生命的车站等就叫作派生隐喻。① 派生隐喻也可被认为是隐喻表达,即概念隐喻跨域映射的表层实现或语言表达。② 概念隐喻(根隐喻)的生成性(派生性)是其系统性的根本原因。除此之外,根隐喻还具有相对性,如"人是花"是一种根隐喻,可派生出"人是玫瑰""人是菊花"等派生隐喻,但对"人是植物"而言却又是派生隐喻。概念隐喻本身也有抽象与具象之分,前者如"多是上"(MORE IS UP)、"少是下"(LESS IS DOWN) 以及"高兴是上"(HAPPY IS UP)、"悲伤是下"(SAD IS DOWN) 等,后者如"论辩是战争"(ARGUMENT IS WAR)、"爱情是旅途"(LOVE IS A JOURNEY)、"时间是金钱"(TIME IS MONEY)等。隐喻意义的产生是不同概念域之间映射的结果,如"翻译是婚姻"这个(根)隐喻,便是把源域(婚姻)的特征系统地映射到目的域(翻译)之中,如男人与女人之间的爱恋、情欲、忠实、责任、妥协、互利等关系。两个概念域之间的潜在相似性越大,隐喻的认知解读空间也就越大,越容易派生出新的隐喻,翻译界常说的"翻译如女人,美而不忠,忠而不美"便可被视为"翻译是婚姻"的一个派生隐喻。

　　语言学界讨论隐喻的认知性与系统性多从日常语言或不同的文本中汲取语料,有的甚至是"自创话语",语料来源大多与语篇建构没有太大的关系。隐喻实际上是一种有效的谋篇手段,因此它也具有语篇功能。③ 文学作品中很多概念隐喻与语篇建构密切相关,体现了文本的衔接、连贯、信息性等,不仅具有认知属性,还有审美属性,是认知与审美的统一。有经验的作家往往充分利用概念隐喻的系统性(根隐喻的派生性)来建构作品,提升文学作品的审美价值,强化读者对相关事物的认知。本节以中国当代小说中几个典型的概念隐喻为例,探讨作者是如何利用概念隐喻的

---

① 束定芳.隐喻学研究.上海:上海外语教育出版社,2000:54-55.
② Lakoff, G. The Contemporary Theory of Metaphor. In Ortony, A. (ed.), *Metaphor and Thought* (2nd edition). Cambridge: Cambridge University Press, 1992:203.
③ 任绍曾.概念隐喻和语篇连贯.外语教学与研究,2006(2):99.

系统性来建构文学作品,如何借此提升文学作品的艺术性与审美性,如何强化读者对相关事物(如人物性格等)的认知,译者又是如何再现或处理这些概念隐喻及其隐喻表达的,以及译文是否具有相似的认知空间与审美效果等。

一、中国当代小说中的概念隐喻

概念隐喻有的是抽象的,有的是具象的,文学作品中最具文学性与审美价值的当属含有具体意象的概念隐喻。当然,作者利用的往往不是这些干巴巴的概念隐喻,而是由此派生的隐喻,即概念隐喻的具体语言表征。概念隐喻就像树根,派生隐喻则是看得见的枝叶。概念隐喻的识别与提取需要依据具体的派生隐喻。如果没有这些派生隐喻的出现,概念隐喻的审美价值、认知作用以及语篇建构作用便会失去依托,大打折扣。莫言的《檀香刑》中出现了很多典型的概念隐喻,如"情欲是火""枪是女人""执行是表演"等。此处暂以"枪是女人"为例,对小说中的概念隐喻及其表征、作用予以分析。女人有很多角色,如妻子、母亲等。莫言也充分利用了这一点,把这个概念隐喻置入人物对话,反映了不同的人对枪的不同认知。"枪是女人"集中表现在袁世凯与钱雄飞的对话上(第十一章《金枪》):

> 卫兵装好子弹,把枪递给袁大人。袁接过枪,笑着问:
>
> "听说真正的军人,把枪看成自己的女人,绝不允许旁人染指,是不是这样子?"
>
> "诚如大人所言,许多军人都把枪看作自己的女人,"他毫不怯弱地说,"但晚生认为,把枪看成自己的女人,实际上是对枪的亵渎和奴役。晚生认为,真正的军人,应该把枪看成自己的母亲。"
>
> 袁世凯嘲讽地笑着说:"把枪比作女人,已经是奇谈怪论;把枪比作母亲,更是荒谬绝伦。你说把枪比作女人是亵渎了枪,但你把枪比作母亲,难道不怕亵渎了母亲?枪是可以随便换的,但母亲能换吗?枪是帮助你杀人的,但母亲能、或者说你能让母亲帮助你杀人吗?"

……放完了金枪，他冷冷地说：“其实，枪就是枪，既不是女人，更不是母亲。”

他立正垂首道：“晚生感谢大人教诲，愿意修正自己的观点——诚如大人所言，枪就是枪，既不是女人，更不是母亲。”

“你也不用顺着俺的竿儿往上爬，把枪比喻母亲，本督是不能接受的；但把枪比作女人，马虎还有几分道理。”袁世凯把一支枪扔了过来，说：“赏你一个女人。”他一伸手就逮住了，宛如逮住了一只生动的鹦鹉。袁世凯又把另一支枪扔过来，说：“再赏你一个女人，姊妹花哪！”他用另一只手逮住了，宛如逮住了另一只生动的鹦鹉。金枪在手，他感到周身血脉贲张。这两支金枪，被袁世凯粗暴蛮横地放了头响，就像目睹着两个妙龄的孪生姐妹被莽汉子粗暴了一样，令他心中痛楚，但又无可奈何。他握着金枪，感觉到了它们的战栗，听到了它们的呻吟，更感觉到了它们对自己的依恋之情，他在内心里，实际上也推翻了把枪比喻母亲的惊人之语，那就把枪比喻美人吧。通过这一番以枪喻物的辩论，他感到袁世凯不仅仅是治军有方，而且肚子里还有很大的学问。

……

“我想做这两支金枪的主人！”他坚定不移地说。

袁世凯愣了一下，直盯着他的脸，突然间，豪爽的大笑爆发出来，笑罢，说：

“你还是做它们的丈夫吧！”

……他的手抚摩着腰间的金枪，他感到它们在颤抖，宛如两只被逮住的小鸟，不，宛如两个女人。伙计们，别怕，真的别怕。

……“钱队长，你在忙什么呢？”

“卑职正在擦枪。”

“不对了，”袁世凯嬉笑着说，“你应该说，正在为你的妻妾擦澡！”

……但在最关键的时刻，金枪背叛了他。他把两支枪举到眼前看看，愤怒地把它们投进了海河。他骂道：

"你们这些婊子!"

……"袁大人,你说得对,枪不是母亲!"

袁世凯微笑着说:

"枪也不是女人。"①

引文中的六个省略号省略了原文中的部分内容,只保留与"枪是女人"这个概念隐喻相关的内容与前后语境。值得注意的是,"枪是女人"中的"女人"泛指女性,小说中的"女人"特指男人的妻子。原文中这个根隐喻主要有三个派生隐喻,即枪是女人(妻子)、枪是母亲、枪是婊子。钱雄飞是从日本留学归来潜伏在袁世凯手下的一名刺客(欲替戊戌六君子报仇),后准备用袁世凯赠送给他的两支金枪刺杀袁世凯,但由于枪失灵没有成功。"枪是女人"是袁世凯的观点,"枪是母亲"是钱雄飞开始的观点,后来刺杀未果,枪在钱雄飞眼中变成了婊子,因为"金枪背叛了他",在最关键的时刻没有发挥作用。袁世凯说枪是自己的女人,强调的是"绝不允许旁人染指","枪是随便可以换的",自己的女人也同样如此,甚至还可以"赏你一个女人"。在袁世凯看来,枪就像自己的女人一样,更多的是一种工具,或者说"枪就是枪,既不是女人,更不是母亲"。这种从修辞(隐喻)认知到概念认知的转换反映了袁世凯对枪的复杂感情:既能爱之,又可弃之。袁世凯也是这样做的,他把德国朋友送给他的两支金枪赏给了钱雄飞,就像赏了一对"姊妹花"。钱雄飞是一位"精通各种步兵武器,尤善短枪,能双手射击"的军中精英,枪对他而言似乎有一种神圣感,所以开始他反对把枪比作自己的女人,觉得这"实际上是对枪的亵渎和奴役",他更倾向于"把枪看成自己的母亲"。在中国男人心中,母亲的地位远远高于妻子,尤其是在古代,所以钱雄飞才有这样的观点,体现了他对枪的强烈情感。但经过袁的一番"高论"之后(实际上是转移了枪与母亲之间的相似点),钱"违心地"改变了自己的观点,开始接受袁的观点(枪就是枪、枪是自己的女人),或者说是顺着袁的竿儿往上爬。不过也能看出一些微妙的

---

① 莫言.檀香刑.上海:上海文艺出版社,2012:219-224.

变化,钱似乎真正认可了枪是(自己的)女人的观点。莫言这样写道:"他在内心里,实际上也推翻了把枪比喻母亲的惊人之语,那就把枪比喻美人吧""他的手抚摩着腰间的金枪,他感到它们在颤抖,宛如两只被逮住的小鸟,不,宛如两个女人"。但这"两个女人"马上"背叛了他",于是变成了翻脸不认人的"婊子",所以钱才会说,"袁大人,你说得对,枪不是母亲"(看来钱之前依然抱有"枪是母亲"的观点)。派生隐喻之喻体的变化实际上就是钱雄飞心理变化的一种外部显露,反映了他在不同时期对枪的不同认知。袁世凯与钱雄飞对"枪是女人"的不同认知(包括钱雄飞不同时期的认知)也说明了隐喻的双重功能——凸显与遮蔽(highlighting and hiding),凸显了"枪是女人"的某一方面就意味着遮蔽了其他方面。

从以上引文我们也可清晰地看到概念隐喻的系统性,莫言把很多派生隐喻植入行文当中,尤其是人物话语之内,极具审美价值,并且也起着建构文本、塑造人物性格、推动小说情节发展的作用。"枪是女人"系统性的其他语言表征还包括:赏枪是赏女人,赏双枪是赏姊妹花;两支金枪"被袁世凯粗暴蛮横地放了头响"就像"两个妙龄的孪生姐妹被莽汉子粗暴了一样";钱雄飞"听到了它们的呻吟,更感觉到了它们对自己的依恋之情";做金枪的主人被视为做金枪的丈夫;擦枪被视为给"妻妾擦澡";金枪失灵被视为"背叛"等。上述大多隐喻化描述也可被认为是"枪是妻子"的派生隐喻,与"枪是女人"的根隐喻构成了层级关系,体现了概念(根)隐喻的相对性。有经验的作家往往利用这一点来增强文本的生动性与审美性,强化或细化读者对概念隐喻的认知体验。隐喻是一种典型的修辞认知,一种"诗性的、反逻辑的、审美化的认知方式"[1],与概念认知是一种相辅相成的关系。在文学作品中,修辞认知(包括具象的概念隐喻)是优于概念认知的,如上述的"枪是女人"就比"枪就是枪"更具解读空间与审美内涵。

---

[1]　冯全功.修辞认知与文学翻译.东方翻译,2013(4):30.

二、中国当代小说中概念隐喻英译评析

隐喻修辞认知在文学作品中无处不在,如果搜集相关语料的话,也能够从文学作品中提炼出各种各样的概念隐喻。然而,如果概念隐喻及其系统性表征源自不同作品的话,虽然也能够保留其认知功能,但文学性与审美功能便很有可能会大打折扣。所以同一部文学作品中的概念隐喻最具审美价值,是文学作品的有机构成部分,尤其是描述同一人物或事件的概念隐喻。学界也有研究文学作品中概念隐喻及其英译的,如肖家燕①、梁晓晖②、郑凌燕③、金艳④等,但鲜有关注其系统性表征以及前后关联的,对概念隐喻的作用也没有十分清醒的认识。那么,译者是否能够充分意识到中国文学作品中概念隐喻的系统性? 他们又是如何传达类似"枪是女人"这些典型概念隐喻的系统性的? 效果如何? 下面主要以中国当代小说中三个典型概念隐喻的英译予以分析。

(一)情欲是火

情欲旺盛的时候往往是燥热的,所以汉语中有"欲火中烧""欲火焚身"等说法,这也是"情欲是火"之概念隐喻的具体语言表现。莫言在《檀香刑》中便充分利用了这一概念隐喻,表达了孙眉娘对高密知县钱丁的苦苦思念之情。生性浮浪的孙眉娘是不解风情的屠夫钱小甲的老婆,号称"狗肉西施""大脚仙子"等,曾与钱丁偶遇,两人在钱丁与孙丙(孙眉娘的爹)的"斗须"会上再次相见,从此孙眉娘便暗恋上了这位县太爷,然不得相见,备受折磨,"为伊消得人憔悴"。"情欲是火"的语言表征在莫言笔下是这样表现的:

---

① 肖家燕.《红楼梦》概念隐喻的英译研究.北京:中国社会科学出版社,2009.
② 梁晓晖.《丰乳肥臀》中主题意象的翻译——论葛浩文对概念隐喻的英译.外国语文,2013(5):93-99.
③ 郑凌燕.《围城》中的"人是动物"概念隐喻翻译.河北广播电视大学学报,2014(3):51-53.
④ 金艳.论葛译莫言小说《酒国》中"酒"的隐喻翻译.译苑新谭,2015(7):171-176.

滚烫的情话在她的心中变成了猫腔的痴情调儿被反复地吟唱，她脸上神采飞扬，目光流盼，宛若飞蛾在明亮的火焰上做着激情之舞……①

她在欲火中煎熬着，她在情海里挣扎着。（P. 126）

这场烈火一样的单相思，注定了不会有结果。（P. 126）

与小甲闹完后（引导不解人事的小甲与自己交欢，笔者注），她感到思念钱丁的心情更加迫切，如同烈焰上又泼了一桶油。（P. 126-127）

"大娘啊，俺爱上了一个人……我被他给毁了……"（P. 127）

这两只鸟儿的爱情表演，把孙眉娘感动得热泪盈眶。（P. 130）

她的滚烫的脸把地上的野草都揉烂了……（P. 130）

"鸟儿，可怜可怜我这个被爱烧焦的女人吧……"（P. 130）

她感到自己的火热的屁股已经坐在了凉爽的淤泥里……（P. 131）

俺把这宝贝放在瓦片上烘干，研成粉末，然后加上巴豆大黄，全是去心火的烈药。（P. 131）

鸟，鸟儿，神鸟，把我的比烈火还要热烈、比秋雨还要缠绵、比野草还要繁茂的相思用你白玉雕琢成的嘴巴叼起来，送到我的心上人那里去。（P. 132-133）

她已经说不出在自己心中翻腾着的究竟是爱还是恨，是怨还是冤，她只是感到自己的胸膛就要爆炸了。（P. 138）

滚烫的泪水，从她的眼窝里咕嘟咕嘟地冒出来。（P. 139-140）

力量在积蓄，温度在升高。终于不知谁先谁后，两个人闪电般地拥抱在一起。（P. 140）

他和她闭了眼。只有四片热唇和两根舌子在你死我活般的斗争

着,翻江倒海,你吞我咽,他们的嘴唇在灼热中像麦芽糖一样炀化了……(P. 140)

这些描写情欲的文字都出现在小说的第六章"比脚"之中,共同支撑着"情欲是火"的根隐喻。火是热的,温度很高,可以烧伤人,可以引爆,可以火上浇油等,故原文有"滚烫的脸""滚烫的情话""滚烫的热泪""火热的屁股""被爱烧焦的女人""自己的胸膛就要爆炸了""如同烈焰上又泼了一桶油"之说。这些都是把火的某些特征投射到了情欲(相思)上,在原文语境下具有较强的审美性,反映了眉娘在单相思状态下的焦灼状态。葛浩文对"情欲是火"(派生隐喻)中的核心意象又是如何处理的呢?"滚烫的情话"被译为"monologue, sizzling with passion"(内心的独白被情欲烧得嘶嘶响),把原文的触觉转换为听觉,并且通过"sizzling"保留了火的特征,生动形象,自然得体。"她脸上神采飞扬,目光流盼,宛若飞蛾在明亮的火焰上做着激情之舞"被译为"... brought a glow to her face and a salacious twinkle to her eyes, leaving the impression of a moth performing a fervent dance around a flame"[1],译者添加或转换的"glow""salacious"(淫荡的)强化了原文的火的形象以及与情欲的关联,同时也再现了原文"飞蛾扑火,自取灭亡"的内涵。其他再现的译法包括:"她在欲火中煎熬着"被译为"flames of desire engulfed her";"烈火一样的单相思"被译为"one-sided burning lovesickness";"与小甲闹完后,她感到思念钱丁的心情更加迫切,如同烈焰上又泼了一桶油"被译为"sex with her husband only increased the urgency of her longing for Magistrate Qian; it was like spraying oil on a raging fire"(P. 126);"我被他给毁了"被译为"that love is destroying me";"她的滚烫的脸把地上的野草都揉烂了"被译为"Her feverish face wilted the grass beneath it";"被爱烧焦的女人"被译为"a woman whose heart has been seared by love";"火热

---

① Mo, Yan. *Sandalwood Death: A Novel*. Goldblatt, H., trans. Norman: The University of Oklahoma Press, 2013:125.

的屁股"被译为"her heated buttocks";"心火"被译为"internal heat";"比烈火还要热烈"被译为"hotter than a raging fire";"温度在升高"被译为"the heat was rising";"他们的嘴唇在灼热中像麦芽糖一样炀化了"被译为"lips began to melt from the heat"等。这些译文(包括各种形容火的名词、动词、形容词)同样营造出一种"情欲是火"的修辞场,译文读者也很容易识别其中的概念隐喻。

上述修辞话语都是描述孙眉娘本人的,译者有时也会通过添加类似隐喻来强化"情欲是火"的根隐喻。如葛浩文把原文中"对他们她(孙眉娘)一律报以甜蜜的媚笑,让他们想入非非,神魂颠倒"(P. 138)译为"and responding with a sweet smile that let their imagination run wild and set their souls on fire"(P. 136)。译者添加的"set their souls on fire"就反映了"情欲是火"的认知方式,一定程度上强化了原文的隐喻修辞场。译者还把"泪水"处理为"hot tears",在特定语境下发挥了同样的作用。眉娘与钱丁终得相见之时的"温度在升高"显然是情欲燃烧的结果,译者处理为"the heat was rising"而非"the temperature was rising"是非常精确的,一定程度上说明了译者对"情欲是火"的敏锐感知。眉娘想到与老爷纵情交欢的情景,"眼睛里焕发出了又湿又亮的光彩"(P. 248)被译为"... radiant lights, moist and bright, glowed in her eyes"(P. 244),诸如此类的细节描述都是"情欲是火"的具体语言表征,有力地刻画了孙眉娘的性格特征,莫言将其概括为一个"浪"字。

(二)冷漠是冰

如果说莫言在《檀香刑》中通过"情欲是火"的概念隐喻塑造了孙眉娘的"浪"形象,毕飞宇则在《青衣》中通过"冷漠是冰"的概念隐喻塑造了筱燕秋的"冷"形象。筱燕秋是《青衣》中的核心人物,在戏剧《奔月》中扮演嫦娥的角色,也把自己想象成了嫦娥,她自己还说过"我就是嫦娥"的话。《红楼梦》中也有"自是霜娥偏爱冷"(史湘云咏白海棠的诗句)之说,"冷"是嫦娥的性格特征,筱燕秋最典型的性格特征也是一个"冷"字,贯穿在整部小说之中。毕飞宇通过多方渲染,尤其是通过"冷漠是冰"的概念隐喻,

刻画出一个典型的冷美人形象,令人过目不忘。小说中的主要相关描述
如下:

> 其实戏演到一半,筱燕秋已经披着军大衣来到舞台了,一个人站
> 立在大幕的内侧,冷冷地注视着舞台上的李雪芬。①

> 面对面(李雪芬与筱燕秋,笔者注),一个热气腾腾,一个寒风飕
> 飕。(P. 265)

> 热气腾腾的李雪芬一点一点地凉下去。(P. 266)

> 筱燕秋似乎被什么东西击中了,鼻孔里吹的是北风,眼睛里飘的
> 却是雪花。(P. 266)

> 筱燕秋胖了,人却冷得很,像一台空调,凉飕飕地只会放冷风。
> (P. 268)

> 这个女人平时软绵绵的,一举一动都有些逆来顺受的意思,有点
> 像水,但是,你要是一不小心冒犯了她,眨眼的工夫她就有可能结成
> 了冰,寒光闪闪的。(P. 268)

> 那时的筱燕秋绝对是一个冰美人。(P. 273)

> 再怎么说他面瓜也配不上这样亮晶晶的美人的。(P. 273)

> 面瓜一见到筱燕秋两只手就凉了,心口也凉了。筱燕秋一身寒
> 气,凛凛的,像一块冰,要不像一块玻璃。(P. 273)

> 筱燕秋不是一块玻璃,而是一块冰。只是一块冰。此时此刻,她
> 可以在冰天雪地之中纹丝不动,然而,最承受不得的恰恰是温暖。即
> 使是巴掌里的那么一丁点余温也足以使她全线崩溃,彻底消融。
> (P. 275)

> 筱燕秋冷冷地望着面瓜……坚硬的冰块一点一点地、却又是迅
> 猛无比地崩溃了、融化了。(P. 275)

> 筱燕秋喜出望外,喜出了一身冷汗。(P. 302)

---

① 毕飞宇.青衣.北京:人民文学出版社,2013:264-265.本书此后引用《青衣》原文仅
在正文中注明页码。

　　"冷"是冰与筱燕秋的共享特征,把筱燕秋说成是"冰美人"实际上也就是把冰的特征投射到了筱燕秋身上。冰遇到温暖会融化,失意绝望的筱燕秋遇到面瓜笨拙的关怀,也便"彻底消融"了。冰是水结成的,水有逆来顺受的特征,女人是水做的骨肉,"遇冷"时随时都有可能结成冰,筱燕秋更是如此。"寒光闪闪"的筱燕秋也随时可以把别人变凉变冷,哪怕你"热气腾腾"。上述修辞话语共同实现了"冷漠是冰"的概念隐喻,是其在小说中的表层实现。有些话语本身似乎并不能构成隐喻,如"冷冷地注视",与其说是"冷漠是冰"的派生隐喻,不如说是其隐喻表达。"冷冷地注视"被葛浩文与林丽君译为"stood aloof in the wings to watch..."①译文中的"aloof"对应原文中的"冷冷地",两者修饰的对象虽不相同,但都能起到刻画筱燕秋形象的作用。所以概念隐喻的再现有时并不是严格对应的,只要能取得相似的整体效果,不管是转移修饰位置,抑或是增添或删减具体的隐喻表达,都是可行的选择。"一个寒风飕飕"被译为"cold emanating from the other"(P. 10),其中的"寒风"被译为抽象的"cold",更能传达"冷漠是冰"的概念隐喻,也更能表现筱燕秋冷气逼人的性格特征。所以即使她"微笑着",也能让"热气腾腾的李雪芬一点一点地凉下去",译文"Still smiling, she gazed at Xuefen, watching her passion slowly cool"(P. 12)传达了相似的信息。筱燕秋"鼻孔里吹的是北风,眼睛里飘的却是雪花""人却冷得很,像一台空调,凉飕飕地只会放冷风",句中虽然没有出现冰的形象,但描述的是和冰属于同一语义场的事物,突出的还是一个"冷"字。译文中的"north wind""snowflakes""frosty and aloof""emitting coldness"也传达了相似的内涵。译者还添加了一个"frosty"(有霜的)的形容词意象,一定程度上强化了筱燕秋的冷形象,真可谓"冷若冰霜"。"结成了冰,寒光闪闪的"被译为"turn frosty",这却弱化了原文的隐喻话语力量,译者把冰置换为霜的形象,因为只有冰才可能

---

① Bi, Feiyu. *The Moon Opera*. Goldblatt, H. & Lin, S. L., trans. London: Telegram Books, 2007:9.

是"寒光闪闪的",所以译者也顺势省略了这几个字的翻译。笔者认为,筱燕秋是一个"冰美人"(译文为"an ice queen"),一个"亮晶晶的美人"(译文为"a sparkling beauty"),毕飞宇强调的是冰意象,原文也多次出现这个意象。所以"结成了冰,寒光闪闪的"不如改为"turn icy and shiny",这样更有助于建构一个强大的概念隐喻。

译文还要注意概念隐喻的前后关联,轻举妄动的话很容易出错。"面瓜一见到筱燕秋两只手就凉了,心口也凉了。筱燕秋一身寒气,凛凛的,像一块冰,要不像一块玻璃"这两句被译为:"When Miangua first laid eyes upon Yanqiu, his hands went cold, and the chill reached down to the pit of his stomach. She was shrouded in a frigid air, like a glass sculpture."(P. 29)前句中面瓜的反应是筱燕秋"凉飕飕地只会放冷风"的结果,译文很地道。然而,译者删除了后句中的"像一块冰",把"一块玻璃"转换成了玻璃雕像(glass sculpture),两个喻体意象变成了一个,这不能不说是一处败笔。下文作者推翻了把筱燕秋比作玻璃的论断,即"筱燕秋不是一块玻璃,而是一块冰",只要有一点温暖,足以使她"彻底消融"。译文为"At that moment, she was not so much a glass sculpture, but a block of ice"(P. 31)。虽然译者似乎也注意到了两者的关联,但仔细体会的话,两者还是有很大差别的。冰是原文中多次出现的意象,玻璃则是临时意象,译文"At that moment, she was..."则把冰置换成了临时意象,玻璃似乎成了筱燕秋的固有特征。筱燕秋"像一块冰,要不像一块玻璃"反映了作者思维的临时游移,后来则又坚定地捍卫了"冷漠是冰"的概念隐喻,并且强调筱燕秋"只是一块冰"(译者把这理应保留的五个字也删除了)。译文中的"her glacial demeanor""her exterior""melt away""the ice began to melt"等也同样是对冰的描述。译者不仅要注意上下文的隐喻关联,也要注意句子内部的语义关联。莫言的《檀香刑》中有这么一句——"心中的病根儿不失时机地抽出了娇嫩的芽苗"①,其中的概念隐喻

---

① 莫言.檀香刑.上海:上海文艺出版社,2012:132.

便是"病是植物",其译文为"... as the source of her illness lost no time in producing fresh new sprouts"①。译文中的"source"就用得不好,因为其原始语义是水源,不如改为"the root of her illness",这样既能保留原文的意象,又能再现原文概念隐喻的系统性。

筱燕秋是一位"冰美人",所以喜出望外之时,也是"喜出了一身冷汗"。译文"She was so happy she broke out in a cold sweat"(P. 89),也是很好的再现。再现是译者最常用的翻译策略,虽然有时也不尽完美。当然,补偿策略也是,因为原文中有弱化的地方,译文就不妨在某些方面进行强化。如译者省略了"筱燕秋冷冷地望着面瓜"中的"冷冷"二字,接着却又显化或转化了"不可挽回"的意思,译为"she... could not recapture her coldness"(P. 32),这何尝不是对"冷漠是冰"的一种烘托,一种补偿。再如,"筱燕秋重重地吁出一口气,僵在那儿"(P. 289),其中"僵在那儿"被译为"she stood frozen"(P. 63),也不妨视为一种潜在的补偿与烘托,毕竟"frozen"很容易让人想起冰的意象。

(三)减肥是战争

二十年后,筱燕秋要重新登上舞台扮演嫦娥的角色。然而,筱燕秋胖了,她决定减肥,因为,用她自己的话说,"观众可不承认嫦娥是个胖婆娘"。减肥不是一朝一夕的事,很难在短时间内取得立竿见影的效果。为了快速减肥,"筱燕秋热切而又痛楚地用自己的指甲一点一点地把体重往外抠,往外挖"(P. 287)。她把减肥看作战争,作者是这样描述的:

> 这是一场战争,一场掩蔽的、没有硝烟的、只有杀伤的战争。筱燕秋的身体现在就是筱燕秋的敌人,她以一种复仇的疯狂针对着自己的身体进行地毯式轰炸,一边轰炸一边监控,减肥的日子里头筱燕秋不仅仅是一架轰炸机,还是一个出色的狙击手。筱燕秋端着她的狙击步枪,全神贯注,密切注视着自己的身体。身体现在成了她的终

---

① Mo, Yan. *Sandalwood Death*: *A Novel*. Goldblatt, H., trans. Norman: The University of Oklahoma Press, 2013:131.

极标靶，一有风吹草动筱燕秋就会毫不犹豫地扣动她的扳机。

这是一场残酷的持久战。汤、糖、躺、烫是体重的四大忌。（P. 287）

It was a battle of stealth, devoid of gunpowder, but producing significant casualties nonetheless. Her body was now her enemy, and she carpet bombed it with an avenging madness, all the while closely monitoring the situation. During those days, she was not only a bomber jet, but also an accomplished sniper, as, rifle in hand, she watched her body closely. It was her ultimate target, and she unflinchingly pulled the trigger whenever the slightest movement caught her attention.

It was a long, cruel battle. Liquids, sugar, lying down, and hot foods are the four enemies of weight loss. (P. 60)

相对而言，"减肥是战争"的概念隐喻并没有像"冷漠是冰"那样得到作者的刻意渲染与全面烘托。上述引文是"减肥是战争"的集中表现。"硝烟""杀伤""敌人""地毯式轰炸""监控""轰炸机""狙击手""步枪""标靶""扳机"等都是战争术语，生动形象地描述了筱燕秋是如何减肥的。译文中"battle""gunpowder""casualties""enemy""carpet bombed""bomber jet""sniper""rifle""target""pulled the trigger"等战争术语的运用再现了原文的概念隐喻。值得注意的是，"汤、糖、躺、烫是体重的四大忌"，其中"体重的四大忌"被巧妙地处理为"four enemies of weight loss"，通过添加一个与"减肥是战争"具有蕴含关系（entailment）的"敌人"意象，一定程度上强化了原文的概念隐喻修辞场。这种译法是值得鼓励与效仿的，也是优化原文的一种表现，有利于弥补原文的审美损失（如译文未能体现原文的四个同音异形字）。换言之，合理地增添一些隐喻话语可以强化概念隐喻的连贯性与系统性，从而提高译文本身的文学性与审美性。再如，在莫言的《丰乳肥臀》中有这样的描写："耿莲莲的灰眼睛只用一秒钟便变成了两只蛇眼睛……耿莲莲怒诧道:'闭嘴。'"①译文如下:"Within the space of a second, Lianlian's gray eyes turned into those of a snake... 'Shut your mouth!' Lianlian hissed"②。译者把"怒诧"处理为"hissed"也非常得体,因为"hiss"这里特指蛇发出的声响,与前面把耿莲莲比喻成蛇浑然一体,加强了喻体的形象性,一定程度上强化了"女人是蛇"之概念隐喻的系统性。

再回到《檀香刑》中"枪是女人"的概念隐喻上,葛浩文基本上对之进行了再现。其中"自己的女人"与"(既不是)女人"被分别处理为"his woman"与"one's woman",指的也是"妻子"之意。最后袁世凯说的"枪也不是女人"被译为"Nor is it a woman"(P. 220),这里"a woman"有泛指女性的意思,不如改为"one's woman",并且能与前文的"one's mother"形成照应,同时也能反映袁世凯的观点。"真正的军人,把枪看成自己的女人,绝不允许旁人染指"被译为"... for a true soldier, his weapon is his woman, and he will not permit another man to touch it"(P. 215)。译文中的"it"若置换成"her"则更能体现隐喻的连贯性与系统性。译文也出现了众多枪的喻体(如"woman""mother""sisters""schoolgirls""whores"等)以及这些喻体的行为(如"being manhandled""bathing""betrayed"等),与其他隐喻话语共同建构了"枪是女人"的概念隐喻。

三、小 结

中国当代小说中还有大量其他典型的概念隐喻,如《青衣》中的"演出是出嫁",《檀香刑》中的"执刑是表演",《酒国》中的"人是酒",《丰乳肥臀》中的"人是动物"(如鸟、蛇),《红高粱家族》中的"红高粱是人"等。通过对上述典型概念隐喻的英译进行分析,发现葛译基本再现了这些概念隐喻

① 莫言.丰乳肥臀.北京:中国工人出版社,2001:350.
② Mo, Yan. *Big Breasts and Wide Hips*. Goldblatt, H., trans. New York: Arcade Publishing, 2004:499.

的系统性,译文本身具有类似的审美价值与解读空间,同样具有建构文本、深化认知、塑造人物性格、推动情节发展等作用。译者有时也会通过添加相关内容(隐喻话语),强化原文的(隐喻)认知修辞场,这种补偿策略很大程度上弥补了译文的审美损失(包括主观失误导致的以及客观条件限制导致的),从而在整体上营造出一种与原文相当的审美效果。针对概念隐喻,再现与补偿是译者采取的两大翻译策略,尤其是再现,更是翻译的常规。鉴于概念隐喻具有系统性,作者也往往充分利用概念隐喻的语言表征来建构文本(包括小说的故事情节),所以译者还要特别注意概念隐喻具体语言表征(派生隐喻)之间的前后关联,对之进行再现或强化,以保证译文本身的有机整体性与修辞(隐喻)场效应。然而,并不是所有作家都会在同一部作品中有意识地利用概念隐喻的系统性进行文本建构,所以也不妨从不同的文学作品中提取其中的概念隐喻(如"女人是水""爱情是战争""人生是旅途""情感是物体"等)及其对应的翻译进行评析,探索审美与认知的共性以及译者采取的翻译策略。如果这些概念隐喻(包括派生隐喻)涉及文化差异的话,译者又是如何处理的? 会不会转换、删减等? 这些都是值得进一步研究的话题。

第二节 中国当代小说中的隐喻型性话语及其英译研究[①]

性是人类永恒的主题,大多数小说会或多或少包含一些性话语。性话语指与性有关的任何话语,"不限于通常所说的对性的描写,它包括所有关于性和与性有关的叙述"[②]。改革开放以来,中国当代小说蓬勃发展,有一个特点不容忽视:相对现代小说而言,当代小说中性话语的比例明显升高。这主要得益于社会的发展进步,中国人的思想逐步开放,对性话语

---

① 本节已于 2018 年被《外语教学理论与实践》录用,尚未发表,与徐戈涵(第二作者)合作撰写,收入本书时略有改动。

② 王彬彬. 毕飞宇小说中的"性话语". 当代作家评论,2008(1):102.

的接受程度逐步提高。葛浩文接受采访时表示一般美国读者比较喜欢
"sex(性爱)多一点"①的中国小说。从这点而言,中国当代小说中大量性
话语的存在也比较符合一般英语读者的阅读口味,翻译过程中如果处理
得好的话,也有利于激发他们的阅读兴趣。

在文学作品中,性话语可分为三种主要类型:直白型性话语、隐喻型
性话语和委婉型性话语。直白型性话语主要指对性行为或与性相关的行
为、事物(性器官)、场景等进行直接叙述与描写,给人一种赤裸裸的感觉。
中国人一般不习惯直来直去地谈性,这就导致了不管是在现实生活中还
是在文学作品中,隐喻型性话语和委婉型性话语都会频繁地出现。隐喻
型性话语主要指在涉及性的话语中有隐喻的出现,将性行为比作其他类
型的事物,以此来达到作者使用性隐喻的目的:或塑造人物性格,或推动
情节发展,或增大审美空间,或使语言更加生动形象等。委婉型性话语指
作者通过相关话语来含蓄、委婉地描写和叙述性行为、性器官与性场景
等,而不是使用直接呈现的方式。当然,很多隐喻型性话语也具有委婉表
达的功能,有时与委婉型性话语也很难分清界限。国内性禁忌的惯性力
量依然很大,大多作家并不倾向于在作品中使用直白型性话语,所以中国
当代小说中的隐喻型与委婉型性话语相对较多,这不仅使作品更具审美
内涵,也更加符合中国读者对性话语的接受习惯。

国内学界对性话语的研究还相对较少,并且大多局限于从文学本身
的视角对含有性话语的作品进行分析,探讨性话语的文本建构作用及其
所发挥的功能,如任亚荣②、王彬彬③、何丹④等。此类研究往往局限于某
部作品或某一作家的性话语,不太注重分析性话语构建的总体特征。针
对性话语的英译,国内研究更是鲜有涉及。彭爱民曾探讨过《红楼梦》中

---

① 葛浩文.葛浩文随笔.史国强,编;闫怡恂,译.北京:现代出版社,2014:221.
② 任亚荣.论《平原》中的性话语.名作欣赏,2007(10):86-88.
③ 王彬彬.毕飞宇小说中的"性话语".当代作家评论,2008(1):102-106.
④ 何丹.一曲乡村女性命运悲剧的挽歌——论《玉米》中的"性与权力"叙事.名作欣
赏,2017(11):50-52.

的性文化及其英译,指出其既涉及"风月""云雨""动物""植物"等与自然相关的现象,又涉及性交往的"错记"(同性恋)现象,译者在翻译过程中,只有忠实于原语文本中的性文化现象才能揭开中国性文化的神秘面纱。[①]至于中国当代小说中的性话语翻译,专题研究目前基本上还处于空白状态。贾燕芹在其专著中单列一章专门探讨过莫言小说中的性话语(叙事)及其英译,包括性隐喻的可译性和性话语的翻译尺度等问题[②],对本研究有一定的启发。笔者探讨过毕飞宇和莫言小说中几个典型的概念隐喻及其英译,指出也可从不同的文学作品中提取其中的概念隐喻及其对应的翻译进行评析,探索审美与认知的共性以及译者采取的翻译策略。[③] 遵循这一思路,我们细读了一批中国当代知名小说,如贾平凹的《废都》、毕飞宇的《玉米》和《青衣》、刘震云的《我不是潘金莲》、莫言的《蛙》和《酒国》、余华的《兄弟》、苏童的《米》等,搜集了其中的性话语及其对应的英译。

　　本节以概念隐喻为分析工具,针对其中的隐喻型性话语进行研究,总结其最常使用的源域类型(如食物、战争等),并结合其在小说中的具体功能探讨隐喻型性话语对应英译的优劣得失,以期对中国小说中性话语的翻译有所启发。

一、中国当代小说中的隐喻型性话语

　　隐喻不仅是一种修辞技巧,更是一种认知与思维方式。概念隐喻具有生成性、系统性和层级性,可派生出众多或旧或新的隐喻表达,共同构成隐喻修辞场。概念隐喻是深层的、隐匿的,就像埋在地下的树根,隐喻表达是表层的、显现的,犹如舞在空中的枝叶。从众多相似的隐喻表达中

---

① 彭爱民.再现红楼风月——《红楼梦》性文化英译赏析.红楼梦学刊,2012(1):325-334.

② 贾燕芹.文本的跨文化重生:葛浩文英译莫言小说研究.北京:中国社会科学出版社,2016.

③ 冯全功.中国当代小说中的概念隐喻及其英译评析——以莫言、毕飞宇小说为例.外语与外语教学,2017(3):20-29.

也可提取出不同层级的概念隐喻。根据我们搜集的隐喻型性话语语料，"性是植物""性是动物""性是食物""性是战争""性是农业"的概念隐喻最为常见。

（一）"性是植物"

女人与植物（尤其是花）经常被关联起来，所以文学作品中很多隐喻型性话语也含有各种植物的意象，如"桃花运""水性杨花""眠花卧柳""拈花惹草""一树梨花压海棠"等。在所搜集的语料中，典型的"性是植物"的隐喻表达如下：

（1）可我一个姑娘家光了身子给你，落得个花开了没结果。①

（2）赵京五原是没奢望到这一步，见柳月如此，也就干起来，但毕竟没有经验，又惊惊慌慌，才一见花就流水蔫了。（《废都》，P. 398）

（3）她还可怜，水性杨花的淫妇儿！（《废都》，P. 481）

（4）桃花官司，多中听的名字！（《废都》，P. 436）

（5）师母这朵家花的香气闻都闻不够的，哪儿还有鼻子去闻野花?!（《废都》，P. 270）

（6）宁在花下死，做鬼也风流吗？（《废都》，P. 436）

（7）我不怕她骂了我勾动了之蝶在外边拈花惹草的。（《废都》，P. 196）

（8）谁能料到枯木又逢春、铁树再开花呢。②

（9）这个晚上的筱燕秋近乎浪荡。她积极而又努力，甚至还有点奉承。她像盛夏狂风中的芭蕉，舒张开来了，铺展开来了，恣意地翻卷、颠簸。③

---

① 贾平凹.废都.北京：北京大学出版社，1993：398.本节后面引用该小说中的例子，则在正文的括号中注明《废都》和页码，脚注中不再一一标注。其他小说原文和对应译文首次出现时在脚注中注明，随后也照此标注。
② 毕飞宇.玉米.重庆：重庆大学出版社，2011：90.
③ 毕飞宇.青衣.北京：人民文学出版社，2013：276.

概念隐喻具有层级性或相对性,如"性是植物"的概念隐喻还可派生出"性是花"的概念隐喻。"性是花"派生出的隐喻表达在中国当代小说中最为常见,这和中国以花来比喻女人的文化传统是分不开的,其自然也会延伸至审美化的性话语之中,如《红楼梦》中的"豆蔻花开三月三,一个虫儿往里钻",《西厢记》中的"花心轻拆,露滴牡丹开"等。花是常见之物,绚烂多姿,娇美可爱,风情无限,恰如男人眼光中的女人一样。以上隐喻表达的源域基本上也是花,或套用俗语,如"水性杨花""拈花惹草",或独创新词,如"家花""桃花官司";目的域或是性行为,如例(1),或是性器官,如例(2),或是性场景,如例(9)。至于源域向目的语投射了哪些特征(相似性),要具体例子具体分析,有的在行文中已经给出,有的只能靠读者自己去体会。如果作者只是简单套用已经失去活力的性隐喻的话,语言的表达力就比较有限,如例(3)、例(7);如果自创新词或设喻新鲜的话,语言的表现力会更强,更具审美感染力,如例(5)、例(9)等。

（二）"性是动物"

源域不管是植物,还是动物,基本上是人类习以为常的,隐喻一般也都是以比较熟悉的事物来体验与理解相对陌生或不宜直言的事物。"性是动物"典型的隐喻表达如下:

(10)档里的东西都已经小鸟依人了。(《玉米》,P. 229)

(11)王连方尝到了甜头,像一个死心眼儿的驴,一心一意围着有庆家的这块磨。(《玉米》,P. 36)

(12)那些女人上了床要不筛糠,要不就像死鱼一样躺着,不敢动,胳膊腿都收得紧紧的,好像王连方是杀猪匠,寡味得很。(《玉米》,P. 35)

(13)身子已无法控制,扭动如蛇。(《废都》,P. 328)

(14)周敏说:"你越来越没性欲了?"妇人说:"年纪大了嘛。"周敏说:"三十如狼四十如虎哩,你才多大年纪?"(《废都》,P. 321)

(15)庄之蝶一下子翻上来狼一样地折腾了,一边用力一边在拧,

在咬,在啃,说:"我是醉着,我还醉着!"(《废都》,P. 311)

(16)他还有几次蜻蜓点水式的艳遇。如果是往常,他早就会像下山猛虎一样,把这个小母羊抱在怀里。①

(17)她举着双臂,叉开双腿,能打开的门户全部打开了。/"你真的不想吗?"她懊恼地问侦察员,"你嫌我难看吗?"/"不,你很好看。"侦察员懒洋洋地说。/"那为什么?"她讽刺道,"是不是被人阉了?"/"我怕你咬掉我的。"/"公螳螂都死在母螳螂身上,可公螳螂绝不退缩。"/"你甭来这一套。我不是公螳螂。"(《酒国》,P. 163)

对性的隐喻化描述中,作者会使用各种各样的动物意象,比较常见的源域为虎狼之类的动物,如例(14)、例(15)、例(16)等。有些死喻在特殊的语境下也可以复活,指涉不同的内容,从而焕发出新的表达活力,如例(10)中的"小鸟依人",本来形容女孩的娇小可爱,这里却形容阴茎的疲软无力。隐喻表达也要注意系统性,这样才更有表现力,如例(11)中用"驴"和"磨"来形容王连方和有庆家的不同寻常的关系,例(17)用"公螳螂"来形容面对性诱惑时"绝不退缩"的男人。任何隐喻型性话语的解读都需要具体语境的支持,只要设喻切合语境,都是可以接受的,如王小波在《黄金时代》中写道,"阳具就如剥了皮的兔子,红通通亮晶晶足有一尺长,直立在那里"②,主要强调了阴茎的颜色和长度与"剥了皮的兔子"比较相似,话语表达十分新鲜。

(三)"性是食物"

食物是人类之必需,以食物作为源域的概念隐喻可谓不计其数,单单性话语中就充满了有关吃或食物的隐喻表达,有的已约定俗成,有的是临时组合,读起来都感觉自然亲切。虽然"食色,性也"已成为国人共识,但谈色(性)的远远没有谈食物的多,所以很多谈食物的话语就逐渐渗入了性话语之中,久而久之,也就习惯成自然了。

---

① 莫言.酒国.上海:上海文艺出版社,2012:162.
② 王小波.黄金时代.长春:时代文艺出版社,2001:17.

(18)男人就那样,贪的就是那一口。(《玉米》,P. 93)

(19)男人嘴馋一世穷,女人嘴馋裤带松。(《玉米》,P. 147)

(20)魏向东到底荤惯了,这一天嘴一滑,居然拿祁老师开起了玩笑。(《玉米》,P. 227)

(21)王连方一下子喜欢上这块肉了。王连方胃口大开,好上了这一口。(《玉米》,P. 35)

(22)要听素的还是要听荤的?(《废都》,P. 222)

(23)送上门的好东西儿,吃了白吃,不吃白不吃。(《废都》,P. 219)

(24)"你吃饱了吗?"庄之蝶说:"你呢?"妇人说:"我饱了,吃饱一次,回去就可以耐得一星期的。"(《废都》,P. 179)

(25)"我不行了,怎么就不行了?"牛月清说:"这好多年了,你什么时候行过? 勉勉强强哄我个不饥不饱的。"(《废都》,P. 342)

(26)光那两个奶子馋过多少男人。(《废都》,P. 240)

(27)小丽撒起娇来就在他身上蹭,那双奶子拥在他的脸上,手也在下面揣了,还说这是香肠,我想吃香肠的。(《废都》,P. 283)

(28)面瓜唯一的缺点就是床上贪了些,有点像贪食的孩子,不吃到弯不下腰是不肯离开餐桌的。(《青衣》,P. 275)

(29)他家已经是春色满园了,仍然时常忍不住要到林姐这里来逛逛,他说是家里的饭菜吃多了,就想着要到林姐这里尝尝野味。①

由以上"性是食物"的隐喻表达不难看出,从源域(食物)投向目的域(性)的相似点主要是贪、馋、饥饱之类的特征,如例(18)、例(24)、例(26)、例(28)等,生动地表达了对性的渴望以及这种渴望是否得到满足。荤的是含肉的,和肉体关系联系比较紧密,并且吃荤和性爱都会给人愉悦的感觉,所以两者也经常"挂钩",基本上变成了汉语中约定俗成的表达,如例(20)、例(22)等。"性是食物"意味着发生性关系就是吃东西,如例(23)的

---

① 余华.兄弟.北京:作家出版社,2012:620.

泛指,例(27)的特指。例(29)中的"野味"和例(5)中的"野花"比较相似,都是指和自家女人之外的其他女人发生性关系,自家的女人则被分别喻为"家里的饭菜"和"家花"(前者指刘成功离婚之后家中包养的多个妙龄女子,后者指庄之蝶的妻子牛月清)。这些隐喻表达或表特征,或表过程,或表结果,不一而足,但都在吃的语义场之内,源域相关表达越丰富,话语就往往越有表现力,如例(28)、例(29)等。

二、中国当代小说中隐喻型性话语英译分析

概念隐喻是一种基本的认知方式,对同一目的域的理解可以通过不同的源域实现。从源域到目的域的投射特征也不尽相同,译者是否能再现这些投射特征,投射的程度如何,弱化、等化还是强化?从隐喻表达而言,译文是否具有意象的删减与增添现象,对译文的艺术效果有何影响?如果相关隐喻表达具有文本构建作用,译文是否能发挥相似的功能?

(一)"性是战争"的概念隐喻及其英译分析

从众多隐喻型性话语中也可以归纳出"性是战争"的概念隐喻,投射的相似点主要为征服,征服了女人(男人)犹如征服了敌人一样。当然,其中潜在的相似点是无限的,具体隐喻表达的生成或对投射特征的挖掘还要看作者设喻的目的。

(30)一晚上最便宜的是管那娘儿们一碗馄饨就行了,可以放那么一炮,还可以整夜让她抱了脚暖。(《废都》,P. 367)

译文:The women were so cheap they could be bought with a bowl of wontons, and the men could satisfy their needs and warm their feet in the women's arms all night long.①

(31)这几天里,彭国梁与玉米所做的事其实就是身体的进攻与防守。……玉米步步为营,彭国梁得寸进尺,玉米再节节退让。(《玉

---

① Ja, Pingwa. *Ruined City*. Goldblatt, H., trans. Norman: The University of Oklahoma Press, 2016:374.

米》,P. 48)

译文:For days they'd been engaged in alternating attack and defense. ... Yumi advanced cautiously, and Peng Guoliang took advantage of every step to go further as Yumi yielded. ①

(32)王连方既不渴望速胜,也不担心绝种。他预备了这场持久战。(《玉米》,P. 3)

译文:Not in the least anxious that he might be denied a son to carry on the line, he settled in for a long, drawn-out battle rather than seek a speedy victory. (P. 5)

(33)这一道关口她一定要守住。除了这一道关口,玉米什么都没有了。……守着那一道关口做什么?(《玉米》,P. 48-49)

译文:This stronghold could not be breached. It was her last defense ... How important was keeping that last stronghold from being breached? (P. 56)

(34)在床上打遍天下无敌手的李光头,第一次遇上劲敌了,李光头使出浑身解数,864 号也使出浑身解数,两个人在床上大战了不知道多少个回合。(《兄弟》,P. 523)

译文:Previously without rival in bed, Baldy Li had finally met his match. He gave it all he had, and so did she, as the two engaged in endless rounds of battle. ②

(35)他说昨天晚上两个人翻来覆去打了一场旷世罕见的肉搏大战,最后是两败俱伤不分胜负。(《兄弟》,P. 523)

译文:He said that the previous night the two of them had fought endless rounds of an extraordinary carnal battle, and

① Bi, Feiyu. *Three Sisters*. Goldblatt, H. & Lin, S. L., trans. New York: Houghton Mifflin Harcourt Publishing Company, 2010:55.

② Yu, Hua. *Brothers*. Chow, E. C. & Rojas, C., trans. New York: Pantheon Books, 2009:525.

finally both ended up so wounded that they had to call it a draw.
(P. 526)

在汉语文化语境下,男女性爱经常被喻为战争,隐喻表达会使用很多战争术语,其中的相似点往往是征服(男人)与被征服(女人),很多作家在小说中也反复利用了这一概念隐喻,如例(32)、例(34)等。例(30)中的"放那么一炮"也是性爱隐喻,译文则泛化为"the men could satisfy their needs",似乎不利于再现"性爱是战争"的概念隐喻。《废都》中还有这么一句性话语,"你偏真枪真刀地来了"(P. 329),对应译文为"But no, you had to actually do it"(P. 334),"真枪真刀"的战争话语也被省略了。例(31)译文中的"attack and defense""advanced""yielded",例(32)中的"long, drawn-out battle""speedy victory",例(34)中的"rival""match""engaged in endless rounds of battle",例(35)中的"endless rounds of an extraordinary carnal battle""wounded""draw"等基本上再现了原文的概念隐喻,同样比较生动形象,感染力很强。例(31)中"身体的进攻与防守",对应译文对"身体的"语义有所省略,不如添加一个"bodily"或"sexual"之类的形容词来指涉原文的目的域,不妨对比例(35)中的"肉搏大战"及其对应译文。例(33)中的"关口"指玉米把自己的身子给别人("关口"本身喻指女人的私处),葛浩文的译文十分精彩,把原文的"守住"转换为译文的"不能被攻破"(could not be breached),并把"除了这一道关口,玉米什么都没有了"巧妙地转换为"It was her last defense"(最后的防守),一定程度上强化了原文中"性是战争"的隐喻表达。例(34)中的"在床上打遍天下无敌手的李光头",对应译文为"previously without rival in bed",由于译者删除了"打遍天下"的语义,隐喻表达不如原文生动。例(35)的正文前后还有很多类似"性是战争"的隐喻表达,如"崇尚进攻""战鼓擂""兵来将挡,水来土掩"等,译者将其中"兵来将挡,水来土掩"的语义删除了,隐喻的系统性也随之有所降低。余华的《兄弟》、毕飞宇的《玉米》等小说中含有大量"性是战争"的隐喻表达,译者要尽量再现这种隐喻修辞场,再现原语文化对性爱隐喻的认知特征。在《我不是潘金莲》中,作者也会偶尔使用类似的隐喻话语,如"赵大头也是五十出头了,没想到奔波了一夜一上午,还攒下这么大的火力"①。这句话被译为 "... not even a day and a half of travel could quench his fire"②,译文虽也有"fire"的意象,但更多的是指欲火而非原文中的"火力"。如果只就艺术性而言,这种译文也未尝不可(尤其是原文类似隐喻表达较少的情况下),但如果考虑到传达"性是战争"认知方式的话,就不见得特别合适。

(二)"性是农业"的概念隐喻及其英译分析

中国历来是一个农耕社会,相关话语也渗透到社会的方方面面,性爱行为也经常和农业与农业生产联系起来。其中与"播种"相关的隐喻话语更是常见,男人的精子是种子,女人的生殖器官是土地,种子在(肥沃的)土地上可以生根发芽等。

(36)女人只是外因,只是泥地、温度和墒情,关键是男人的种子。(《玉米》,P. 2)

译文:To him, women were external factors, like farmland, temperature, and soil condition, while a man's seed was the essential ingredient. (P. 5)

(37)这么多年来王连方光顾了四处莳弄,四处播种,再也没有留意过玉米。(《玉米》,P. 7)

译文:Over the years, he'd been so focused on fooling around and spreading his seed that he hadn't paid enough attention to Yumi. (P. 10)

(38)她对我说,她的沟里土地极其肥沃,炒熟的种子也发芽。(《酒国》,P. 93)

译文:She told me once that she is the most fertile of soils, and

---

① 刘震云.我不是潘金莲.武汉:长江文艺出版社,2016:174.
② Liu, Zhenyun. *I Did Not Kill My Husband: A Novel*. Goldblatt, H. & Lin, S. L., trans. New York: Arcade Publishing, 2014:137.

gets pregnant by any man who comes in contact with her. [1]

(39)眉中小瘤道:那就赶快给嫂子下种啊! 阔口警察道:她是盐碱地,我只播种,但她不发芽! 高个警察道:你也别只管抱怨嫂子,自己也去查查,没准你的种子是炒过的![2]

译文:Eyebrow Growth teased, Then go home and give your seed to your wife. Can't, Wide Mouth said, she's barren. I can do the planting, but there'll be no sprouts. The tall cop joined the conversation: Don't put all the blame on her, he said. Go get checked. Maybe your seeds have all been fried. [3]

(40)再说,我那老伴儿,土壤严重板结,栽上一棵小树,三天就变成一根拐棍儿。(《蛙》,P. 321)

译文:Then, there's my wife, whose soil has seriously hardened. If I planted a sapling, in three days it would be a cane. (P. 365)

(41)咱高密东北乡生孩子的事都归您管,谁家的种子不发芽,谁家的土地不长草,您都知道。您帮她们借种,您帮他们借地……(《蛙》,P. 325)

译文:You took care of all our Northeast Gaomi Township babies. You knew whose seeds would not sprout and whose soil would not grow grass, so you borrowed seeds and soil... (P. 369)

(42)干旱已久的林红仍然享受到了高潮的来临……(《兄弟》,P. 565)

译文:Lin Hong felt another orgasm coming on. (P. 570)

(43)她这三亩地怎么就那么经不起惹呢? 怎么就随便插进一点什么它都能长出果子来的呢?(《青衣》,303)

---

[1] Mo, Yan. *The Republic of Wine*. Goldblatt, H., trans. New York: Arcade Publishing, 2012b:94.

[2] 莫言.蛙.上海:上海文艺出版社,2012:263.

[3] Mo, Yan. *Frog*. Goldblatt, H., trans. Melbourne: Penguin Group, 2014:302.

译文：How could she be so fertile? How could such a little escapade come to this? ①

概念隐喻具有认知属性,反映了人们认识和理解事物的特殊方式。"性是农业"的概念隐喻正是通过农业生产来理解性事的。不同作家的隐喻表达可能不尽相同,但都源自相同的概念隐喻。他们使用的也基本上是农业话语,或者说属于"农业"语义场的表达,如"种子""发芽""借种""借地""干旱""长草""果子""盐碱地""四处播种""沟里土地""极其肥沃""土壤严重板结"以及"泥地、温度和墒情"等。整体而言,这些译文基本上再现了原文丰富的隐喻表达,如 "spreading his seed" "the most fertile of soils" "your seeds" "planted" "not sprout" "barren" "sapling" "soil... hardened" "grass" "borrowed seeds and soil" "fertile" "farmland, temperature, and soil condition"等。《玉米》中有这种说法,即"有庆家的是王连方的自留地,他至少还可以享一享有庆的呆福"(P. 58),对应译文为"Youqing's wife was his private plot, a place where he could always enjoy some of her husband's dumb luck"(P. 67),也再现了原文中"自留地"的说法。《丰乳肥臀》中的"每天夜里,他都像一个不知疲倦的农夫,耕耘着老金肥沃的土地"②,被译为"Every night, like a farmer who never tires, he cultivated Old Jin's fertile soil"③,同样再现了原文丰富的隐喻表达,在前后语境衬托下效果也很好。这些隐喻型性话语共同体现了"性是农业"的概念隐喻,由于这个概念隐喻的文化个性不是很高,在具体语境的烘托下基本上不会对译文读者的理解造成障碍。

不过针对具体的例子,有的译文也不尽理想,如例(38)、例(43)等。例(38)把"炒熟的种子也发芽"译为"gets pregnant by any man who

① Bi, Feiyu. *The Moon Opera*. Goldblatt, H. & Lin, S. L., trans. London: Telegram Books, 2007:92.
② 莫言. 丰乳肥臀. 北京:中国工人出版社,2001:338.
③ Mo, Yan. *Big Breasts and Wide Hips*. Goldblatt, H., trans. New York: Arcade Publishing, 2012:486.

comes in contact with her"，很大程度上弱化了原文的隐喻表达，也降低了原文的文学性，毕竟直接译出的喻义和前面的"the most fertile of soils"并不具有逻辑上的关联，审美效果就打了折扣。例(43)同样也有弱化原文隐喻场的问题，原文形象的隐喻表达在译文中流失严重，只有一个"fertile"属于农业语义场的话语，但在英语中也有了"具有生育能力"之意（也是喻化思维的结果），如果没有其他话语共现的话，就很难向读者传达"性是农业"的概念隐喻。例(36)中的"只是泥地、温度和墒情"的译文也不太妥当（或者说原文的设喻也不太合理），如果改为"like a farmland with (good) temperature and soil conditions"，效果可能更好一些。例(39)中有形容女人是"盐碱地"的说法，译文中的"barren"比较到位，莫言在《酒国》中也大量使用了这一隐喻，如丁钩儿和女司机的对话："你怀孕了吗"……"我有毛病，盐碱地"……"我是农艺师，善于改良土壤"……"小妞，再见了，我有上等的肥田粉，专门改良盐碱地"（《酒国》，P. 3-5）等。对应的译文为"'So, are you pregnant?'"… "'I've got a problem, what they call alkaline soil'"… "'I'm an agronomist who specializes in soil improvement'""'So long, girl,' he said. 'Remember, I've got the right fertilizer for alkaline soil.'"（P. 2-4），措辞基本上也比较到位。《酒国》中的丁钩儿和女司机再次相遇时，他们甚至直接用"盐碱地"和"肥田粉"相互称呼（P. 117-118），对应的译文为"Miss Alkaline""Mr Fertilizer"（P. 119-121），很好地体现了这一概念隐喻，对原文情节的建构和人物的塑造发挥着同样的功能。其实，葛译例(39)（《蛙》）中的"她是盐碱地"也不妨改为"Hers is alkaline soil"或"She is a patch of alkaline land"之类的表达，如此一来，便和后面的译文更加圆融一体，也更能体现"女人是盐碱地"的审美内涵和认知方式。例(41)中的"您帮她们借种，您帮他们借地"的隐喻表达也比较新鲜，作者还特意把"她们"和"他们"区分开，对应译文"you borrowed seeds and soil"则稍显含混，不如译为"you borrowed seeds for women and soil for men"，这样就更能体现原文蕴含的隐喻关系。例(42)中"干旱"的语义被译者省略了，原文生动的性隐喻表达也随之流失,不利于再现原文"性是农业"或"女性是土地"的概念隐喻。毕飞宇的《玉米》中还有这么一句性话语,"玉米一直待在家里,床上床下都料理得风调雨顺"(P. 91),对应的译文为"So she became a proper housewife, serving her husband in and out of bed"(P. 105)。这里"风调雨顺"的农业生产意象也被删除了,译文的艺术性也就随之打了一定的折扣。与"性是战争"的概念隐喻相比(英汉语中都有很多类似的隐喻表达),"性是农业"则更能体现中国人的认知方式和中国传统文化,在翻译过程中译者要尽量通过类似的话语表达再现这种认知方式,不宜对其隐喻表达削枝减叶,降低这种概念隐喻的系统性。

(三)"性是食物"等其他概念隐喻及其英译分析

中国当代小说中的隐喻型性话语多姿多彩,其对应的源域也各种各样,可从中归纳出很多概念隐喻。不妨回头看一下"性是食物"的隐喻表达及其英译。例(18)被译为"Men are like that. What they want is sex"(P. 106);例(20)中的"魏向东到底荤惯了"被译为"As someone given to vulgarity"(P. 253);例(22)被译为"You want to hear something clean or off-color?"(P. 229);例(23)被译为"Why pass up something good that drops right in your lap"(P. 125);例(24)中的"吃饱一次,回去就可以耐得一星期的"被译为"I'm so satisfied it should last me a week"(P. 184);例(25)中的"勉勉强强哄我个不饥不饱的"被译为"You can hardly get it up and barely give me any pleasure at all"(P. 347)。这些例子的原文都是典型的"性是食物"的隐喻表达,译文中由于没有出现相关隐喻话语,也就无法体现这种特殊的认知方式,审美效果也随之减弱。当然,也有再现的,这些再现的译文取得了与原文相当的审美效果,如例(21)被译为"She was a cut of meat Wang Lianfang loved to chew on, and he was a man of considerable appetites, which she satisfied"(P. 41);例(28)被译为"He had one flaw though: he was greedy in bed, like a ravenous child who refuses to leave the table until he can no longer straighten up from all the food"(P. 33)等。《玉米》中"施桂芳刚刚嫁过来的那几十天,两个

人都相当地贪,满脑子都是熄灯上床"(P. 17),对应英文为"During the first few weeks of marriage, he and his wife were insatiable and could not wait to turn off the light and jump into the bed."(P. 22),这里译者用"insatiable"来对应原文中的"贪"也是一种再现译法。在具体语境的支持下,译文读者并不难解读这种再现的隐喻型性话语,其审美效果往往比删除的好一些,也有利于传达"性是食物"的认知方式。

(44)他的手自然地过来在织云的乳峰上捏了一把,织云扬手扇了五龙一记耳光,她骂道,畜生,这种日子你还有好心情吃老娘的豆腐,你还算个人吗?①

译文:His fingers glided over to pinch one of her nipples. She slapped him. You bastard! Flirting with me at a time like this. What kind of man are you? ②

(45)她说老都老了,还吃我的豆腐。我说麻婆豆腐是要老豆腐嘛!③

译文:'I'm too old a piece of tofu for you to swallow,' she replied. 'Old tofu tastes the spiciest,' I told her!④

在汉语文化语境下,"吃豆腐"通常表示男人调戏女人、占女人便宜之意,茅盾在《子夜》也写过:"你不要慌,我同女人是规规矩矩的,不揩油,不吃豆腐。"例(44)中的"吃老娘的豆腐"被译为"flirting with me",省略了"豆腐"的意象。其实,作者已经为读者提供了语境——"在织云的乳峰上捏了一把",所以织云才说"吃老娘的豆腐"。有具体语境支持的话,直译也不失为上乘选择,不仅能够传达汉语的特殊表达,还能体现原文特殊的认知方式。例(45)中的"吃我的豆腐"就再现了原文的意象,并和后面的

①　苏童.米.上海:上海文艺出版社,2005:132.

②　Su, Tong. *Rice*. Goldblatt, H., trans. London: Scribner, 2000:152.

③　张爱玲.色,戒.北京:十月文艺出版社,2007:272.

④　Chang, E. *Lust Caution*. Lovell, J., trans. New York: Anchor Books, 2007:7.

"Old tofu tastes the spiciest"形成搭配,很大程度上再现了原文独特的认知特征。

很多性隐喻表达的文化个性较强,如"拈花惹草""眠花卧柳""桃花官司"等,译者往往对之进行删减处理,不利于传达"性是植物"的概念隐喻。如例(6)被译为"You would rather die at the hands of a woman, since you'd become a romantic ghost?"(P. 441);例(7)中的"拈花惹草"被译为". . . involved in any monkey business"(P. 22);例(4)被译为"A lawsuit over a sex scandal, it sounds nice"(P. 441);例(3)中的"水性杨花的淫妇儿"被译为"She's a slut!"(P. 485)。《废都》中还有"水性杨花的浪荡女人"之说(P. 123),被译为"a wanton woman with loose morals"(P. 129)。例(4)的译文更加失败,原文中"多中听的名字"指的是"桃花官司",仅仅用"sex scandal"译之,试想这会"sounds nice"吗? 其实,像"宁在花下死,做鬼也风流"等文化个性不是太强的隐喻表达,也不妨再现原文的意象,毕竟中西都有以花喻(女)人的文化传统。针对跨文化适应性较强的隐喻表达,如"性是动物"的隐喻型性话语,译者大多采用再现策略,译文读者也很容易理解。如例(14)中的"三十如狼四十如虎哩"被译为"They said a woman is like a wolf in her thirties and a tiger in her forties"(P. 326),例(16)中的"如果是往常,他早就会像下山猛虎一样,把这个小母羊抱在怀里"被译为"In days past, he'd have easily held this little lamb in his grasp, like a ferocious tiger that had come charging down off the mountain"(P. 168)等。一般而言,隐喻表达的文化个性越强,跨文化适应性就越弱,译者就越倾向于删除其中的意象,尤其是孤零零的隐喻意象。如果原文的隐喻表达比较丰富,具有语篇建构的功能,哪怕其文化个性较强,译者也会再现之。

(46)小娘子,你以为你是什么? 你不过是一只破鞋,男人穿两天就会扔掉,你现在让六爷扔到我脚上了。现在随便我怎么治你,我是你男人。(《米》,P. 86)

译文:Who do you think you are, you little whore? A worn-out

shoe, that's what you are, one that men wear for a day or two then throw away. Sixth Master gave you to me, and I can wear you any way I want. I'm your husband. (P. 98)

(47)因为破鞋偷汉,而她没有偷过汉。①

译文:Because, to be damaged goods, she had to have cheated on her husband, but she never did.②

笔者在阅读中国当代小说的过程中,发现很多作家都会用"破鞋"这个意象来塑造人物形象和建构故事情节。在中国文化语境下,"破鞋"指与多个男人有不正当关系的女人,是对女人的一种蔑称。例(46)对小说人物的塑造就很典型,出现了很多相关隐喻表达,生动地道出了织云在五龙心目中的形象与地位。"破鞋"被译为"worn-out shoe",与前面的"little whore"相呼应,译文读者并不难理解这个意象的意义。原文"扔到我脚上了"的隐喻表达的对应译文中没有出现"脚"的意象,但把"现在随便我怎么治你"译为"I can wear you any way I want",很大程度上补偿了原文的审美损失。试想,如果把"Sixth Master gave you to me"改为"Sixth Master gave you for my feet",再加上后面译者添加的"I can wear you any way I want"的隐喻表达,效果是不是会更好一些? 例(47)中的"破鞋偷汉"四个字道出了女人被称为"破鞋"的原因,译文中的"damaged goods"太泛了(并且"破鞋"二字在《黄金时代》中反复出现,是一核心意象),不如直译,直译的话至少可以建立起两者的逻辑关联,也有助于向目的语文化输入新的性话语表达。莫言在《蛙》中也曾利用"破鞋"意象来建构故事情节——红卫兵把一只破鞋挂在姑姑脖子上示众,姑姑誓死反抗。译文中也多次出现了"worn-out shoes""worn shoes"的意象,但似乎很难与"破鞋"的喻义建立起关联。原文中有这么一句,"姑姑后来说,反革命、

---

① 王小波.黄金时代.长春:时代文艺出版社,2001:1.

② Wang, Xiaobo. *Wang in Love and Bondage*. Zhang, H. & Sommer, J., trans. Albany: State University of New York Press, 2007:61.

特务,这些罪名都可以忍受,但绝对不能忍受'破鞋'的称号"(P. 71)。对应的译文为"I could bear up under the labels of counter-revolutionary and special agent, Gugu said, but not harlot, not ever" (P. 86)。这里的"破鞋"却被意译为"harlot",删除了其中的关键意象,如果稍加变通,把其译为"but not harlot—a worn-out shoe",整个破鞋的喻义或象征意义便能与小说情节圆融无间。莫言的《丰乳肥臀》中还有这么一句,"独乳老金戴着一顶高帽,脖子上还挂着一只破鞋"(P. 307),被译为"... but Old Jin was, along with an old shoe that hung around her neck, as a sign of wantonness" (P. 446)。葛浩文显然理解"破鞋"的真正所指,直译之外还添加了一个解释(as a sign of wantonness),也有利于译文读者了解这种独特的意象。"女人是破鞋"是一个具有中国特色的概念隐喻,可以归在"性是实体"的概念隐喻之下,在翻译中要谨慎对待。

(48)连个过渡都没有,赵大头一下就入了港。李雪莲二十一年没干过这种事了,一开始有些紧张。没想到赵大头入港之后,竟很会调理女人。(《我不是潘金莲》,P. 174)

译为:Big Head Zhao then steamed right into the harbor. After twenty-one celibate years, Xuelian was understandably nervous, but he was barely in the harbor when she discovered to her surprise that he was an experienced sailor, and she relaxed. (P. 136)

原文中的"入港"指男女交欢,特指男人的阴茎进入女性阴道里的那一刻,就像船只进入了港口。这种隐喻表达也很有中国特色,《红楼梦》中曾多次出现过,如第15回形容秦钟和智能偷欢时的"这里刚才入港"①等。在具体语境的支持下,如例(48)前文中的"李雪莲让赵大头剥光了。赵大头也脱光了自个儿的衣服"等,译文读者也很容易想象其中的隐喻关系,

① 曹雪芹,高鹗.红楼梦.北京:人民文学出版社,1974:172.

所以译者使用了"steamed right into the harbor""in the harbor"对之进行再现。难能可贵的是,译者还把原文的"竟很会调理女人"译为"he was an experienced sailor",通过添加一个"sailor"的意象,强化了原文的隐喻修辞场。原文随后又有"接着又入了港"(P. 178)之说,对应译文为"He returned to the harbor"(P. 139),同样再现了这种修辞认知。霍克思把《红楼梦》中的"这里刚才入港"译为"the ship was in the harbor"(Vol. 1, P. 299),也是再现,并且顺势添加了"the ship"的意象,更有利于激发读者的审美想象。

三、小　结

中国当代小说中的性话语是多种多样的,其中以隐喻型和委婉型最为常见。本节针对其中的隐喻型性话语及其英译进行研究,发现"性是植物""性是动物""性是战争""性是食物""性是农业"的概念隐喻最为常见,对应的隐喻表达也多姿多彩,是小说文学性和审美性的重要表现,译者也不可等闲视之。这些概念隐喻反映了中国人理解和体验性的特殊认知方式,译者要尽量通过各种手段对之进行再现。通过系的例证分析不难看出,译者的再现并不是很到位,很多生动的隐喻意象与隐喻表达被删除了,审美效果打了很大的折扣,也在很大程度上弱化了原文的性隐喻修辞场,不利于传达中国人对性的认知和表达方式。译者删减较多的是那些文化个性较强或不参与文本建构的性隐喻表达。针对跨文化适应性较强或参与文本建构"场力"较大的隐喻表达(后者主要指在文本中多次出现,或在上下文中有诸多类似的隐喻表达,它们共同发挥着建构故事情节、塑造人物形象、增大阐释空间等作用),译者往往予以再现,效果一般也比较理想。当然,译者有时也会增添一些相关的隐喻表达,强化了原文的隐喻修辞场,译文的审美效果也会随之提高,但这种现象并不多见。隐喻型性话语体现的不仅是一种审美化的语言表达,更是一种认知和思维方式,在中国文学对外译介与传播过程中,要注意通过系统地运用各种语言手段传递这种认知和思维方式。

第五章　中国古典诗词中的
隐喻修辞认知翻译研究

第一节　中国古典诗词中的语篇隐喻及其英译研究①

　　隐喻不仅是一种语言现象,同时也是一种认知和思维模式,在日常话语与文学作品中都普遍存在,往往具有审美和认知双重属性。隐喻既可以在词语、短语、句子层面运作,也可以在篇章层面运作,其中在篇章层面运作的可被称为语篇隐喻。有关语篇隐喻,国内外有很多研究,尤其是从系统功能语法视角展开的研究,如魏纪东②、董娟和张德禄③等。何清顺把语篇隐喻分为主位隐喻、信息隐喻和衔接隐喻④,这也是典型的系统功能语法隐喻观。系统功能语法视角下语篇隐喻的存在和界定本身还有很多争议,有把其分为发生在小句(及复合体)范围内、由词汇语法结构变化来体现的"语篇语法隐喻"和发生在语篇语义层面、由非结构性的衔接机制来体现的"织篇隐喻"⑤,也有把其分为基于词汇(概念)之上的语义隐喻

---

① 本节原载《中国文化研究》2020 年第 1 期,标题未变,独立撰写,收入本书时略有改动。
② 魏纪东.篇章隐喻研究.上海:上海外语教育出版社,2009.
③ 董娟,张德禄.语法隐喻理论再思考——语篇隐喻概念探源.现代外语,2017(3):293-303.
④ 何清顺.语篇隐喻的类别及体现规则.云梦学刊,2009(5):144-147.
⑤ 董娟,张德禄.语法隐喻理论再思考——语篇隐喻概念探源.现代外语,2017(3):293.

和语篇中基于功能或语法之上的语法隐喻①等。魏纪东把语篇（篇章）隐喻界定为"以某种衔接和连贯方式延伸于一定篇幅甚至整个篇章,从而形成该篇章的基本语法和语义框架的那种隐喻"②。这种界定和董娟、张德禄所谓的"织篇隐喻"比较相似。但系统功能语法视角下的语篇隐喻和我们理解的语篇隐喻有较大的差别,尤其是在文学作品中。

文学作品中的语篇隐喻以意象或意象群为构筑要件,注重的是意象或意象群对语篇建构的隐喻意义,并且这种意象(群)贯穿于整个语篇之内,或者说这种隐喻(意象)是在整个语篇层面运作的,更加注重隐喻意象的审美性及其承载语篇意旨的媒介性。系统功能语法视角下的语篇隐喻更加注重其衔接机制,注重隐喻的语法和篇章建构作用,基本上不关注隐喻的审美属性,并且其所理解的隐喻的身份也颇有争议。针对文学作品,语篇隐喻在语篇层面的运作形式并不是固定的,最典型的是某个隐喻意象贯穿于整个语篇,通常反复使用,也有分散在其核心篇幅的。无论占据或贯穿的篇幅有多大,文学作品中的语篇隐喻都非常注重其场域效应,也就是反复使用某一隐喻意象或建构一个属于同一语义场的意象群(后者类似于某一概念隐喻的隐喻表达)来间接地表达作者的情感意旨。意象(群)的修辞(隐喻)场域效应是文学作品中语篇隐喻的本质特征。象征文学作品与寓言文学作品很大程度上也可被视为语篇隐喻,尤其是象征主义文学作品,其中的象征意义通常是由具体意象承载的。相对其他文学体裁而言,诗歌最注重意象化语言的运用(尤其是中国古典诗词),因其篇幅相对短小,所以其中的语篇隐喻也最为常见。本节旨在探讨中国古典诗词中语篇隐喻的形成机制和表现形式及其在对外译介与传播过程中需要注意的一些问题。

一、中国古典诗词中的语篇隐喻

中国古典诗词强调含蓄风格,所谓"不著一字,尽得风流",运用高度

---

① 魏纪东.篇章隐喻研究.上海:上海外语教育出版社,2009:13.
② 魏纪东.篇章隐喻研究.上海:上海外语教育出版社,2009:6.

意象化的语言来表达诗人的意旨,具有典型的"托物言志"传统。意象思维是中国古典诗词的核心特征,很多意象(群)是篇章建构的有效手段,具有较强的场域效应,形成了大量的语篇隐喻。古典诗词中的语篇隐喻和象征修辞以及"语境双关"具有一定的重叠。象征修辞只要是在语篇层面运作的(某一意象出现在标题中,或反复使用,或具有特定的意象群),也就变成了语篇隐喻,如明代于谦的《咏石灰》:"千锤万凿出深山,烈火焚烧若等闲。粉骨碎身浑不怕,要留清白在人间。"[①]很明显,这里的石灰象征着一种伟岸的人格,或者说把石灰的一些特征投射到了人身上,是一种典型的隐喻思维。所谓语境双关主要指"在特殊的交际情景下整个诗篇具有言在此而意在彼的修辞技巧,双关是在语篇层面运作的,对双关的解读必须有交际背景的支持"[②]。如唐代朱庆馀的《近试上张水部》:"洞房昨夜停红烛,待晓堂前拜舅姑。妆罢低声问夫婿,画眉深浅入时无?"这里的标题已经暗含了双关的深层意义,也就是临近科考时作者咨询张籍(张水部)对自己诗作的意见(行卷),也可将其深层意义视为整首诗歌的语篇隐喻意义。类似的诗歌都是隐喻思维的结果,把诗人的情志赋形于或寄托在典型的意象(群)上,生动含蓄,饶有韵味。同样,对此类诗歌的解读也需要充分发挥隐喻思维的作用,以意逆志,从语篇的意象(群)着手来捕捉诗人(诗歌)的情感意旨。总之,隐喻思维在语篇隐喻的建构与解读中都发挥着至关重要的作用。

在中国古典诗词中,对语篇隐喻的解读往往要依赖文本外语境,尤其是作者身世及其所处的时代环境。如果只从文本内部就能解读其中的语篇隐喻意义,这样的诗词就可被称为语境独立型语篇隐喻;如果对语篇隐喻意义的解读必须结合文本外的相关语境,这样的诗词就可被称为语境依赖型语篇隐喻。这两者也不是泾渭分明的,如杜甫的《孤雁》:"孤雁不

---

① 本节所引中国古典诗词的原文主要源自"古诗文网",网址为:https://www.gushiwen.org/。

② 冯全功.中国古典诗词中的双关语及其英译研究.中国文化研究,2018(4):151.

饮啄,飞鸣声念群。谁怜一片影,相失万重云? 望尽似犹见,哀多如更闻。野鸦无意绪,鸣噪自纷纷。"这首诗是象征型语篇隐喻,孤雁象征诗人自己。不同的读者有不同的读法,如果需要"知人论世"的话,就要结合文本外背景,如果把其视为一个独立文本的话,那么即使不了解作者的背景,读者也很容易解读其中的象征意义。就这点而言,所谓语境独立型或语境依赖型语篇隐喻也很大程度上取决于读者对诗歌的解读方法与解读目的。有些诗词如果不结合文本外语境,连其标题也很难理解,如朱庆馀的《近试上张水部》等,这些可认为是语境依赖型的语篇隐喻。曹植的《七步诗》——"煮豆燃豆萁,豆在釜中泣。本是同根生,相煎何太急?"也是语境依赖型语篇隐喻,包括标题的拟定也是高度语境化的,对这首诗的解读最好结合相关历史背景信息。于谦的《咏石灰》可视为语境独立型语篇隐喻,毕竟不结合文本外信息,不结合作者身世,也照样可以解读出其中的象征意义。陆游的《卜算子·咏梅》——"驿外断桥边,寂寞开无主。已是黄昏独自愁,更著风和雨。无意苦争春,一任群芳妒。零落成泥碾作尘,只有香如故"等也可视为语境独立型语篇隐喻。不管是语境独立型还是语境依赖型语篇隐喻,对其解读都需要读者的想象性介入与隐喻化思维,把对具体事物的描述和人关联起来,唯有如此,才能真正解读出其中的语篇隐喻意义。

诗歌反复使用的同一意象或同属一个语义场的意象群,是语篇隐喻之所以是语篇隐喻的区别性特征,如《诗经》中的《硕鼠》、屈原的《橘颂》等,其中的意象(群)在语篇整体层面发挥作用,是整个语篇建构的基点与中心。具体诗篇中偶尔使用的并不承载诗歌意旨的隐喻意象,则构不成语篇隐喻,只能称之为语篇中的隐喻,如白居易《琵琶行》中的"大弦嘈嘈如急雨,小弦切切如私语。嘈嘈切切错杂弹,大珠小珠落玉盘"。这样的隐喻意象只是零散地点缀在语篇之内,没有形成一定的场域效应,意象(群)的话语力量远远没有语篇隐喻中的大。有些诗篇未必具有象征意义,也不是所谓的语境双关,但包含了同属一个语义场的隐喻化意象群,也是典型的语篇隐喻,如贺知章的《咏柳》:"碧玉妆成一树高,万条垂下绿丝绦。不知细叶谁裁出,二月春风似剪刀。"其中的"绿丝绦""裁出""剪刀"就是同属一个语义场的意象(话语),并和柳条、细叶、春风构成隐喻关系。清代查慎行的《舟夜书所见》:"月黑见渔灯,孤光一点萤。微微风簇浪,散作满河星。"其中的"渔灯""孤光""一点萤""满河星"也是同属一个语义场的意象群,意象之间具有隐喻关系。还有很多古典诗词中的意象未必反复使用,也未必有一个由很多意象组成的强大语义场,但其中的意象有点题作用,在整个语篇占据核心地位,如张九龄的《赋得自君之出矣》:"自君之出矣,不复理残机。思君如满月,夜夜减清辉。"其中"满月"就是一个核心意象(和"清辉"同属一个语义场),其他如乐府诗《上山采蘼芜》中的"将缣来比素,新人不如故"("缣"和"素"的意象上文也有所提及)等,这样的诗词也可视为语篇隐喻。

很多语篇隐喻包含了概念隐喻,或者说从具体诗篇中可以提取出相关概念隐喻,其中的隐喻表达越独特,越丰富,诗歌本身就往往越有韵味。如宋代吕本中的《采桑子》:"恨君不似江楼月,南北东西,南北东西,只有相随无别离。恨君却似江楼月,暂满还亏,暂满还亏,待得团圆是几时?"这里的概念隐喻便是"人是月",整个诗篇就是其隐喻表达,把源域"月"的特征投射到了目的域"人"身上,并且同时投射了不同的特征,饶有趣味。张九龄的《赋得自君之出矣》也包含了"人是月"的概念隐喻,投射的特征便是"夜夜减清辉"。大多象征型语篇隐喻蕴含着相关概念隐喻,如《硕鼠》中的"人/统治者是硕鼠"、陆游《卜算子·咏梅》中的"人是梅"、于谦《咏石灰》中的"人是石灰"等。古典诗词中的托物言志诗基本上蕴含有相关概念隐喻,整首诗也通常是某一概念隐喻的隐喻表达,这就是所谓的象征型语篇隐喻,包括"人是植物"(如梅兰竹菊)、"人是动物"(如孤鸿飞雁)、"人是实物"(如日月江河)等。一般而言,这种象征型语篇隐喻具有认知共性,对文本外语境的依赖程度相对较小。然而,相对其他文化而言,很多象征型语篇隐喻又有文化个性,只有在本民族文化土壤中才能对之进行有效解读,如描写花中四君子的诗篇。因此,针对中国古典诗词的对外译介与传播,其中语篇隐喻的翻译策略应该也是有区别的,语境依赖型以及文化个性较强的语篇隐喻就不宜简单移植,补充一些文化背景信息还是有必要的。那么现实中译者对中国古典诗词中的语篇隐喻到底是如何处理的呢,译介效果又如何呢?

二、中国古典诗词中的语篇隐喻英译评析

对中国古典诗词中语篇隐喻的解读与翻译需要持有双重语境观,也就是要从表达语境和接受语境两方面考虑。其中表达语境主要指诗人写作之时所处的历史文化语境,包括诗人的身世以及写作目的等;接受语境主要指当下读者在阅读诗作时所能激起的语境视野,这包括现代读者对原诗的接受语境以及译文读者对译文的接受语境。只有"当接受语境与表达语境重叠或者部分重叠的时候,才能实现接受者与表达者的沟通"①。这也涉及历史语境和当下语境的问题,由于中国古典诗词的写作背景年代久远,当下中国读者阅读时也常常会感觉隔了一层,对外国读者而言,阅读译作往往是隔了两层。这是中国古典诗词翻译的主要困境之一,尤其是对文本外语境依赖程度较高的古典诗词。如何处理语境依赖型的语篇隐喻(往往也是文化个性较强的),就需要译者认真考虑了。

针对语境独立型语篇隐喻,由于表达语境和接受语境相差不大,读者(包括译文读者)也许可以轻而易举地想象原文的表达语境(两者很容易重叠)。这样的诗篇翻译就相对好处理一些,往往只需译出其中的文本信息即可,其中的语篇隐喻意义并不难理解。

(1)咬定青山不放松,立根原在破岩中。千磨万击还坚劲,任尔东西南北风。(郑燮《竹石》)

译文:The firm bamboo bites into the green mountain steep;/ Its toothlike root in broken rock is planted deep;/ Steady and strong though struck and beaten without rest,/ It cares not if the

---

① 谭学纯,唐跃,朱玲.接受修辞学(增订本).合肥:安徽大学出版社,2000:95.

wind blows north, south, east or west. (许渊冲译)①

　　这是一首典型的象征型语篇隐喻,以竹写人,体现的是一种刚正不阿、坚忍顽强的不屈精神。这首诗对文本外语境的依赖程度相对较低,可视为语境独立型语篇隐喻。即使不了解作者的生平与背景,也容易体会到其中的象征意义,毕竟原诗不仅是作者的自画像,更象征了所有坚忍不屈的人。这里的表达语境和接受语境基本上是重合的,对诗歌主旨的理解无须外求,在文本内就可完成。许渊冲的翻译同样再现了原文的语篇隐喻意义,译文中"firm""bites into""toothlike""steady and strong""struck and beaten""cares not"等措辞的运用也塑造了一个拟人化或隐喻化的"竹石"形象,整体审美效果还是不错的。古诗中类似的中西具有认知共性或文化通约性的语境独立型语篇隐喻还有很多,如唐代秦韬玉的《贫女》、宋代朱熹的《观书有感》、元代王冕的《墨梅》等,只要译文能准确地传达原文的语义信息和整体氛围,就能再现其中的象征意义或语篇隐喻意义,译文读者也不难识别。

　　(2)新裂齐纨素,鲜洁如霜雪。裁为合欢扇,团团似明月。出入君怀袖,动摇微风发。常恐秋节至,凉飙夺炎热。弃捐箧笥中,恩情中道绝。(班婕妤《怨歌行》)

　　译文:Glazed silk, newly cut, smooth, glittering, white, / As white, as clear, even as frost and snow. / Perfectly fashioned into a fan, / Round, round, like the brilliant moon, / Treasured in my lord's sleeve, taken out, put in— / Wave it, shake it, and a little

---

① 本节译文来源具体包括以下译著(正文中不再一一标明):袁行霈.新编千家诗.许渊冲,英译.徐放,韩珊,今译.北京:中华书局,2006;许渊冲.中诗英韵探胜——从《诗经》到《西厢记》.北京:北京大学出版社,1992;吕叔湘.中诗英译比录.北京:中华书局,2002;翁显良.古诗英译.北京:北京出版社,1985;Allen, C. F. R. *The Book of Chinese Poetry*: *Being the Collection of Ballads*, *Sagas*, *Hymns*, *and Other Pieces Known as the Shih Ching*, *or Classic of Poetry*. London: Kegan Paul, Trench, Trubner & Co., Ltd., 1891.

wind flies from it. / How often I fear the Autumn Season's coming / And the fierce, cold wind which scatters the blazing heat. / Discarded, passed by, laid in a box alone; / Such a little time, and the thing of love cast off. (Tr. by Amy Lowell.)

这首诗是一个典型的语篇隐喻,蕴含的概念隐喻便是"人是扇子",其中扇子被抛弃象征女人被抛弃。诗歌中也出现了同属一个语义场的意象群,如"齐纨素""合欢扇""君怀袖""微风""炎热"等,再加上很多相关动词(新裂、裁、出入、动摇)以及形容词(鲜洁、团团)的使用,很大程度上强化了这一语义场。我们也可把其视为语境独立型语篇隐喻,类似于中国传统的弃妇诗,在中西文化中具有较强的认知共性。洛威尔(A. Lowell)译文的具体措辞再现了这一语义场,如"silk""cut""smooth""white""fashioned""fan""round""taken out""put in""sleeve""wave""shake""wind""heat""discarded"等,比较准确地再现了原文的语篇隐喻意义。令人稍遗憾的是原文的"合欢"和"团团"在译文中未能得到有效的表现("合欢"的语义被删除了,"团团"的对应译文未能体现团圆之意),原文体现了作者对圆满爱情的祈求与渴望,与后面的"恩情中道绝"形成了鲜明对比,译文的前后对比效果不如原文。关于人称代词的选择,译文也流于平庸,原文的人称是隐匿的、模糊的,尤其是"常恐秋节至"的主语,译者选择"I"(诗人)做主语也说得通,但如果把扇子拟人化为"I",再对其中的代词进行置换(Wave me, shake me, and a little wind flies from me. / How often I fear...),这样的译文会更具审美感染力。

(3)耕犁千亩实千箱,力尽筋疲谁复伤?但得众生皆得饱,不辞赢病卧残阳。(李纲《病牛》)

译文:You've ploughed field on field and reaped crop on crop of grain. / Who would pity you when you are tired out and done? /If old and young could eat their fill, then you would fain / Exhaust yourself and lie sick in the setting sun.(许渊冲译)

中国自古就有"以意逆志""知人论世"的文学批评传统。遵循这种读解传统,结合诗人的身世背景对这首诗进行评析,无疑会加深对这首诗的理解,同时也会加深对诗人的认识。作为一首典型的托物言志诗,这里的"牛",是诗人自喻。宋代的李纲官至宰相,为官清正,反对媾和,力主抗金,亲自率兵收复失地,但为投降派奸佞所排挤,为相七十天即"谪居武昌",次年又"移澧浦",内心极为愤抑不平,因此,作《病牛》诗以自白①。通过诗歌了解诗人,通过诗人理解诗歌,两者相得益彰。中国的普通读者对作者李纲应该也不太熟悉,何况是英语读者。如果遵循英美新批评的阅读理念,不管作者背景,只管文本细读,许渊冲的英译也还是成功的,至少也传达了原文的象征意义。如果从中国传统"知人论世"的批评理念出发,译文还是值得商榷的,没有对作者的介绍,就很难形成文本与作者相互阐释的局面。中国古典诗歌的翻译最好强调一下异质性,包括解读传统,所以这首诗的翻译也可合理地添加一些作者信息,以便实现诗歌与作者的双向阐发。一般而言,中国古典诗词中的人称是缺失的,英译时往往需要补充人称,化隐为显,化模糊为明晰。许译采取的是第二人称"you",作者与病牛的关系是类比的、象征的;但如果采取第一人称"I",作者与病牛就直接是同一关系了,同时还能增强译文本身的灵性。

(4)明月照高楼,流光正徘徊。上有愁思妇,悲叹有余哀。借问叹者谁?言是宕子妻。君行逾十年,孤妾常独栖。君若清路尘,妾若浊水泥。浮沉各异势,会合何时谐?愿为西南风,长逝入君怀。君怀良不开,贱妾当何依?(曹植《七哀》)

译文:Softly on the tower streams of light play;/ It seems the moon is loath to move away. / For here is beauty wilting, tender sighs, / Telling of a tender heart in pain, which cries. / May we ask who is there so full of ruth? / A wife in name, a widow, ah,

---

① 参见:https://so.gushiwen.org/search.aspx? value = % E7% 97% 85% E7% 89% 9B(2019-7-10)。

in truth! / "You are far, far away for o'er ten years; / I am alone, alone and oft in tears. / "You're like the dust drawn upward on the way; / Like mud in dirty water still I stay. / One sinking, the other swimming we remain. / If ever, when are we to meet again? / "Would that I were the wind from the southwest, / That I could rush across the land to your breast! / From your embrace, if you should shut me out, / Where should I go? Where should I roam about?"（许渊冲译）

这首诗是典型的语境依赖型语篇隐喻,也可称为语境双关,曹植借夫妻关系比喻他和哥哥曹丕的关系,妻子被抛弃意味着曹植被抛弃,妻子渴望与丈夫"会合"意味着曹植渴望与哥哥"会合"。如果只是把其视为简单的弃妇诗,就会丧失其深层意义,所以中国"知人论世"的批评传统对这首诗歌的解读至关重要。针对这首诗的翻译而言,许渊冲的很多措辞借鉴了翁显良的散体译文,总体上诗意盎然,审美效果与原文相似,甚至还有所提高。许译再现或者强化了原文中很多修辞认知(包括比喻、拟人)的用法,如"the moon is loath to move away""You're like the dust... " "Like mud in dirty water still I stay""Would that I were the wind... "等,灵性十足,韵味悠长。针对"会合"二字的翻译,许译的"to meet"不如吴伏生和哈蒂尔(G. Hartill)的"unite in harmony"①确切。然而,如果不加任何解释,切断译文和作者身世联系的话,译文的语篇隐喻意义就不复存在了,至少对译文读者而言如此。许渊冲在译文后面还加了一个很长的评论(commentary),对曹植的身世、文学成就以及诗歌的意旨等都有所介绍,无疑给读者提供了一个非常有效的解读语境。摘录如下:
"During the reign of his father, he was the prince in favor; after his father's death he was banished from the capital by his brother. That is the reason why his poetry became melancholy and sorrowful after he

---

① 吴伏生,哈蒂尔.三曹诗选英译.北京:商务印书馆,2016:209.

was 29. / If we compare his *Lament* with Cao Pi's *Song of the North*[①], we find both describe a lonely wife longing for her absent husband. In Cao Pi we only see the poet's sympathy with the woman separated from her husband by a long war; in Cao Zhi, the abandonment of the woman alludes in effect to his own banishment and the comparison between 'dust' and 'mud' applies not only to husband and wife but also to the two brothers. In other words, Cao Pi's poem is an objective description of a woman's sorrow while Cao Zhi's expresses his subjective or personal feelings. So we may well say his poetry surpasses his brother's in depth and strength."[②]许渊冲的评论通过提供相关文本外语境,把该诗的语篇隐喻意义基本上揭示出来了,这种增添副文本或"附翻译"[③]的译法还是值得借鉴的,尤其是针对语境依赖型语篇隐喻而言,如曹植的《七步诗》、张籍的《节妇吟》、朱庆馀的《近试上张水部》等也很有必要加上相关附注信息,以扩大译文读者的语境视野,实现诗歌和作者的相互阐释。

(5)硕鼠硕鼠,无食我黍! 三岁贯女,莫我肯顾。逝将去女,适彼乐土。乐土乐土,爰得我所。/硕鼠硕鼠,无食我麦! 三岁贯女,莫我肯德。逝将去女,适彼乐国。乐国乐国,爰得我直。/硕鼠硕鼠,无食我苗! 三岁贯女,莫我肯劳。逝将去女,适彼乐郊。乐郊乐郊,谁之永号?《诗经·国风·魏风·硕鼠》

译文:Rats, rats, rats, / From our millet refrain. / Oh rats, rats, rats, / Spoil not our standing crops, / Leave uninjured our grain. / Three weary years; / Never a kindly deed / These three

---

① 曹丕的《燕歌行》,诗中有"贱妾茕茕守空房,忧来思君不敢忘,不觉泪下沾衣裳"之句。

② 许渊冲.中诗英韵探胜——从《诗经》到《西厢记》.北京:北京大学出版社,1992:114.

③ 文军.附翻译研究:定义、策略与特色.上海翻译,2019(3):1-6.

weary years, / Never a wish to spare / Us in our bitter need. / So let us depart / Where sorrow shall cease, / There in a happy land, / Happy land, happy land, happy land, / Home of comfort and peace. (Tr. By Clement. F. R. Allen)

这首也是语境依赖型语篇隐喻,其中的"硕鼠"肯定另有所指。《毛诗序》有言:"硕鼠,刺重敛也。国人刺其君重敛,蚕食于民,不修其政,贪而畏人,若大鼠也。"英国汉学家阿连壁(Allen)的《诗经》翻译是典型的丰厚翻译,内含 22 个序言和 311 个注释①,为译文读者提供了充分的解读语境。其对该诗的注释如下:"A commentator observes that this poem is the last in the book to show that shortly after the date when it was written, the State of *Wei* was absorbed by *Chin* 晋. Another commentator remarks that in that part of the country there actually were large field rats who did great mischief, so that the metaphor of the rats applied to bad rulers, would at once appeal to the imagination of the people."②这个注释非常重要,也指出了原文的语篇隐喻意义(rats—bad rulers),有助于英语读者深入了解中国古诗中"托物言志"的写作手法。针对诗歌本身的翻译,译者还对原文进行了结构重组(如把"无食我黍""无食我麦""无食我苗"放在了第一诗节),译文变得更加简洁,虽少了些原文"一咏三叹"的感觉,但也不乏诗意。

(6)早秋惊落叶,飘零似客心。翻飞未肯下,犹言惜故林。(孔绍安《落叶》)

译文:Autumn has just set in. It fills me with misgiving to see

① 冯全功,彭梦玥. 阿连壁《诗经》丰厚翻译研究. 外国语言与文化,2018(2):104-114.

② Allen, C. F. R. *The Book of Chinese Poetry: Being the Collection of Ballads, Sagas, Hymns, and Other Pieces Known as the Shih Ching, or Classic of Poetry*. London: Kegan Paul, Trench, Trubner & Co., Ltd., 1891:140-141.

yellowing leaves falling before their time, drifting desolate like so many exiled souls. Yet they twist and twirl, struggling to get back on the trees. I seem to hear them crying, "To the home of our fathers we are eternally bound."（翁显良译）

这首诗的作者孔绍安虽然四十多岁就去世了,但经历了几个朝代(南北朝、隋朝、唐朝),所以这首诗也是借落叶慨叹身世的,表达了作者对故国的怀念。诗歌本身也委婉地表达了这一点,其中的"客心"指的是作者或者像作者这样的群体,身在异乡为异客,对"故林"有种种不舍之情。相对而言,这首诗对文外语境的依赖程度并没有曹植的《七哀》等诗歌那么强,具有独立的审美价值,因为诗歌本身就是一个很好的语篇隐喻,比喻和拟人的运用更是把落叶给写活了,落叶的心理变成了"客心"(作者或包括作者的群体)的心理。翁显良的译文采取的是散体译法,不分行也不押韵,比较适合补充或显化相关语境信息。其中"客心"被译为"exiled souls",指的是包括作者在内的异国客,"故林"被译为"the home of our fathers",很容易让人联想起故国来,并且前文还有"exiled souls"之说。值得注意的是译文中还有"struggling to get back on the trees"的措辞,这里的"the trees"和后面的"the home of our fathers"已经是隐喻化的同一关系了,所以不妨说"the home of our fathers"是译者添加的,目的就是更好地传达原诗的语篇隐喻意义。由以上分析可知,针对原文语篇隐喻意义的传达,尤其是语境依赖型语篇隐喻,译者不仅可以采取副文本或附翻译的形式,也可以直接在译文中添加或显化相关隐喻信息,后者在散体译法中较为常见。

三、小　结

对中国古典诗词中语篇隐喻的翻译首先要持一种整体观,毕竟语篇隐喻本身就是注重整体性的,要注意再现甚至强化其中的隐喻修辞场,包括其中的核心意象和隐喻表达以及对人称代词的选择。针对诗歌本身的翻译而言,大多数译者还是能够做到的,尤其是语境独立型语篇隐喻,不管译文本身的审美感染力如何。语境独立型语篇隐喻与语境依赖型语篇隐喻并不是截然分开的,两者只是依赖的程度不同而已,与读者的解读方式也密不可分。如果语篇隐喻对文本外语境依赖程度较高的话,译者最好简明扼要地提供一些文本外信息,如以评论、加注等副文本的形式,或者把补偿的信息直接植入翻译文本之内,以翁显良为代表的散体译法比较适合进行文内整合补偿。唯有如此,才能有效传达原文的象征意义或语篇隐喻意义,如例(4)许渊冲的评论就为译者树立了很好的榜样。中国自古有"知人论世"的批评传统,为了弥补原文读者和译文读者的语境视差,更好地对外译介与传播中国古典诗词文化,翻译时建议适当地添加一些副文本信息,或采用附翻译的各种手段,如作者介绍、加注补偿、整合补偿、译者评论、他人翻译等,翻译语境依赖型语篇隐喻时应尤为如此。

第二节　中国古典诗词中的情感隐喻及其英译研究[①]

　　隐喻自古被视为一种修辞技巧,随着认知语言学的发展,尤其是 1980 年莱考夫和约翰逊合著的《我们赖以生存的隐喻》(*Metaphors We Live By*)的出版,隐喻逐渐被视为一种认知与思维方式。概念隐喻理论由此产生,如"人生是旅途""论辩是战争""时间是金钱"等。概念隐喻一般相对抽象,可生成很多具体的隐喻表达,这是概念隐喻具有系统性与生成性的根本原因。莱考夫和特纳描述了隐喻意义产生的机制,即一个概念域(源域)向另一个概念域(目的域)映射的结果,映射的内容包括源域的特征与关系等图式结构。[②] 任何事物的特征与属性都是多样化的,可以把同一源域的相同或不同特征投射到不同的目的域。换言之,不同的隐喻表达也会共享同一源域。如在中国古典诗词中,水作为源域,既可表达"柔情似

---

① 本节原载《语言与翻译》2017 年第 3 期,标题未变,与李琳(第二作者)合作撰写,收入本书时略有改动。

② Lakoff, G. & Turner, T. *More than Cool Reason: A Field Guide to Poetic Metaphor*. Chicago: The University of Chicago Press, 1989.

水"的爱情,又可表达"桃花潭水深千尺"的友情,还可表达"迢迢不断如春水"的离愁等。这些隐喻表达往往凸显了水的某一特征(即与水的相似点),同时也遮蔽了水的其他特征。

人类的情感丰富多样,情感是人类体验的重要组成部分,表达情感也是隐喻的重要功能之一。在不同的文化圈内,情感隐喻表达既有共性,又有个性。王小潞、何代丽基于语料库研究了英汉两种语言在用隐喻表达情感方面存在的共性与差异,指出"共性在于两种语言都有采用自然现象和人的具身体验作为情感隐喻的喻体;差异不仅在于汉语情感隐喻多数是以自然现象作为其喻体,而英语则比汉语更多地使用人的身体部位以及具身体验作为情感隐喻的喻体,还在于英语中使用方位表示主观感情的隐喻多于汉语,而汉语情感隐喻中使用日常生活中独立于人体之外的无生命物多于英语"①。这在中国古典诗词中也有比较明显的体现,诗人多借助外物来表达自己的情感,形成了多姿多彩的意象隐喻,从而把抽象的情感具体化,使诗歌更具诗性魅力与艺术感染力。莱考夫和特纳认为诗性思维运用日常思维的机制,但会对之进行拓展、详述与整合,从而超越日常思维机制②,其中诗性隐喻是其核心表现,也包括表达各种情感的诗性隐喻。中国古典诗词中有哪些常见的情感隐喻?这些隐喻的运作机制是什么?源域和目的域的常见映射关系是什么,利用了源域的哪些主要特征?不同的情感对应同一源域的话,是否利用了源域的共享特征?在中西文化语境下,这些情感隐喻的文化共性或文化个性的表现程度如何?在认知层面中西又有多大的可通约性?中国古典诗词对外译介与传播过程中,译者又是如何处理这些情感隐喻的?如果对之进行再现的话,是否也能起到有效的跨文化交流作用?本节通过梳理与分析中国古典诗词中几种典型的情感隐喻及其对应英译(尤其是具有相同源域的情

---

① 王小潞,何代丽.基于语料库的英汉情感隐喻对比研究.外国语文研究,2015(2):32.

② Lakoff, G. & Turner, T. *More than Cool Reason: A Field Guide to Poetic Metaphor*. Chicago: The University of Chicago Press, 1989:67.

感隐喻),尝试对这些问题进行解答,以期对中国古典诗词"走出去"有
所启发。

一、中国古典诗词中的情感隐喻

关于诗歌的功能,中国自古就有"诗言志"之说,自从晋代陆机在《文
赋》中提出"诗缘情而绮靡"之后,"诗缘情"之说也开始成为文坛共识,与
"诗言志"之说形成了分庭抗礼的局面。"诗缘情"抛开了儒家的诗歌政教
作用,强调诗歌的审美特征以及诗人对内心情感的抒发与宣泄,影响了一
代又一代人的诗歌创作。我们对唐诗、宋词、元曲以及汉魏六朝诗等语料
进行收集,发现中国古典诗词中的情感隐喻以表达(悲)愁、爱(情)、相思
等主旨的较多,而每一种情感又有其不同的内涵。比如,愁可以是闺怨之
愁、家国之愁,也可以是郁郁不得志之愁;爱可以是夫妻之爱,也可以是父
母之爱、友人之爱等;相思可以是对爱人的思念、对故乡的思念,也可以是
对亲朋好友的思念。这些情感也都是人类基本的情感,在中国古典诗歌
中被表现得淋漓尽致,在外界客观环境(物体)与诗人主观感知(体验)的
共同作用下,催生出了众多新鲜的情感隐喻。由于人类情感的种类是有
限的,外界事物是无限的,所以理论上而言,内在情感向外映射的对象(源
域)也是无限的。针对同一情感,如果同一映射对象重复多次出现(不管
隐喻表达是否相同),便会构成概念隐喻。

概念隐喻类似于根隐喻,可以派生出很多具体的隐喻表达(子隐喻)。
换言之,也可以从具体的隐喻表达中总结出相对抽象的概念隐喻。中国
文人自古就有"托物言志""借物喻情"的传统,所以象征和比喻在中国古
典诗词中运用得非常广泛。但就"愁"的隐喻表达而言,可以总结出以下
类型的概念隐喻:"愁是液体""愁是实物""愁是植物"等。这些概念隐喻
还可以进一步细分,如"愁是液体"就可以具体分为"愁是水""愁是雨""愁
是海""愁是酒"等概念隐喻。覃修桂、黄兴运通过对汉语诗词中"愁"之概
念隐喻进行分析,认为概念域内在的多面性、认知主体的时代背景和生活

经历、感官差异性以及隐喻聚焦的意向性共同决定了隐喻始源域的"多元性"。① 这就告诉我们研究隐喻,尤其是文学作品中的隐喻,还要考察施喻者的体验认知和隐喻聚焦的意向性,以及对外译介与传播过程中是否具有认知通约性,因为隐喻说到底还是人化的隐喻。这里不妨先看一下中国古典诗词中"愁"和"相思"之具体概念隐喻下的隐喻表达。②

"愁是液体"的典型隐喻表达如下:(1)"离愁渐远渐无穷,迢迢不断如春水"(欧阳修《踏莎行》);(2)"问君能有几多愁?恰似一江春水向东流"(李煜《虞美人》);(3)"便作春江都是泪,流不尽,许多愁"(秦观《江城子》);(4)"漫将江水比闲愁,水尽江头愁不尽"(贺铸《木兰花》);(5)"自在飞花轻似梦,无边丝雨细如愁"(秦观《浣溪沙》);(6)"昼雨新愁,百尺虾须在玉钩"(李煜《采桑子》);(7)"花红易衰似郎意,水流无限似侬愁"(刘禹锡《竹枝词(其二)》);(8)"春去也,飞红万点愁如海"(秦观《千秋岁》);(9)"朝朝暮暮愁海翻,长绳系日乐当年"(李贺《梁台古愁》)等。由此可见,"愁是液体"的隐喻表达多以水、河、雨、海等为源域,或显或隐地体现了愁之多、愁之深、愁之细、愁之延绵不断等特征。

"愁是植物"的典型隐喻表达如下:(1)"撩乱春愁如柳絮,依依梦里无寻处"(冯延巳《鹊踏枝》);(2)"风急桃花也似愁,点点飞红雨"(如晦《楚天遥过清江引》);(3)"萧萧江上荻花秋,做弄许多愁"(贺铸《眼儿媚》);(4)"弹泪别东风,把酒浇飞絮:化了浮萍也是愁,莫向天涯去"(蒋春霖《卜算子》);(5)"塞鸿难问,岸柳何穷,别愁纷絮"(廖世美《烛影摇红》)等。此类隐喻表达经常和柳絮联系在一起,突出了愁之纷乱。

"愁是实物"的典型隐喻表达如下:(1)"敲碎离愁,纱窗外、风摇翠竹"(辛弃疾《满江红》);(2)"晚日寒鸦一片愁"(辛弃疾《鹧鸪天》);(3)"彩舟载得离愁动,无端更借樵风送"(贺铸《菩萨蛮》);(4)"只恐双溪舴艋舟,载

---

① 覃修桂,黄兴运.概念隐喻中始源域"多元性"的体验哲学观——以汉语诗词中"愁"的概念隐喻为例.外语与外语教学,2014(5):24-29.

② 本节所引中国古典诗词的原文主要源自"古诗文网",网址为:https://www.gushiwen.org/。

不动、许多愁"(李清照《武陵春》);(5)"树影留残照,兰舟把愁都载了"(贯云石《清江引》);(6)"刀不能剪心愁,锥不能解肠结"(白居易《啄木曲》);(7)"剪不断,理还乱,是离愁"(李煜《相见欢》);(8)"溪云压帽兼愁重"(王守仁《诸门人送至龙里道中二首》);(9)"愁堆长短亭"(洪适《长相思》);(10)"清愁万斛,柔肠千结,醉里一时分付"(张孝祥《鹊桥仙》)等。"愁是实物"的隐喻表达一般未出现具体的实体意象,但同样生动形象,引人遐想,如愁能敲碎,能刀剪、能舟载、能斛量,还能堆在一起。诗人往往赋予抽象的愁以重量,耐人寻味,其他典型的如"常挑着一担愁"(徐再思《清江引》)、"谩惹起、新愁压旧愁"(苏轼《沁园春》)、"满马春愁压绣鞍"(王实甫《西厢记》)等。

"愁是细丝"的典型隐喻表达如下:(1)"思往事,愁如织"(萨都剌《满江红》);(2)"新愁易积,故人难聚"(柳永《竹马子》);(3)"早收拾、新愁重织"(张埜《夺锦标》);(4)"杨柳丝丝弄轻柔,烟缕织成愁"(王雱《眼儿媚》);(5)"寂寞深闺,柔肠一寸愁千缕"(李清照《点绛唇》);(6)"一点相思愁万缕,几时却跨青鸾去"(袁去华《蝶恋花》);(7)"算空有并刀,难剪离愁千缕"(姜夔《长亭怨慢》);(8)"更那堪、斜风细雨,乱愁如织"(刘克庄《贺新郎》)等。此类隐喻表达主要运用了细丝能够织在一起的特征,就像织布,体现了愁之密。其在中国古典诗词中的出现频率还是很高的,也可归在"愁是实体"的概念隐喻之下,毕竟这些隐喻表达中也通常不会出现具体的意象,隐喻的实现机制主要是陌生化的搭配。

相思也是中国古典诗歌常见的主题,有关相思的概念隐喻包括"相思是植物""相思是液体""相思是实物"等。由于相思与愁都是人类抽象的情感,所以诗人隐喻化地表达这两种情感时会出现很多相同的源域,很多时候源域投射出的特征也完全相同。

"相思是液体"的典型隐喻表达如下:(1)"人道海水深,不抵相思半。海水尚有涯,相思渺无畔"(李冶《相思怨》);(2)"相思似海深,旧事如天远"(乐婉《卜算子》);(3)"相恨不如潮有信,相思始觉海非深"(白居易《浪淘沙》);(4)"相忆今如此,相思深不深"(王维《赠裴迪》);(5)"章水能长湘水远,流不尽、两相思"(向子諲《少年游》);(6)"别恨啼猿苦,相思流水深"(灵一《送别》);(7)"相思如汉水,日夜向浔阳"(令狐楚《秋怀寄钱侍郎》);(8)"西湖水是相思泪"(陈袭善《渔家傲》);(9)"酒入愁肠,化作相思泪"(范仲淹《苏幕遮》);(10)"情分重如山,相思深似海"(贾仲明《李素兰风月玉壶春》)。此类概念隐喻多以海、流水、酒等作为源域,表达相思之深、源源不断的特征,常与"愁是液体"共享源域。

"相思是植物"的典型隐喻表达如下:(1)"红豆生南国,春来发几枝。愿君多采撷,此物最相思"(王维《相思》);(2)"花木相思树,禽鸟折枝图"(刘时中《醉中天》);(3)"当初不合种相思"(姜夔《鹧鸪天》);(4)"芭蕉叶叶为多情,一叶才舒一叶生。自是相思抽不尽,却教风雨怨秋声"(郑燮《咏芭蕉》);(5)"欲织相思花寄远,终日相思却相怨"(李商隐《燕台四首·秋》);(6)"连理千花,相思一叶,毕竟随风何处"(纳兰性德《台城路》);(7)"一点相思,满塘春草"(赵汝茪《摘红英》);(8)"相思叶底寻红豆"(陈允平《惜分飞》);(9)"回首故园花与柳,枝枝叶叶相思"(黄机《临江仙》);(10)"还静倚、修竹相思,盈盈翠袖"(史达祖《玉烛新》);(11)"若比相思如乱絮。何异。两心俱被暗丝牵"(张先《定风波》);(12)"相思若烟草,历乱无冬春"(李白《送韩准、裴政、孔巢父还山》);(13)"门外一株杨柳,折来多少相思"(张炎《清平乐》);(14)"绾尽垂杨,争似相思寸缕"(薛梦桂《三姝媚》);(15)"唯有相思似春色,江南江北送君归"(王维《送沈子福之江东》)等。此类隐喻的源域既有比较泛化的,又有相对具体的,前者如"相思树""相思花""相思叶""种相思",甚至是"春色"等,后者如"红豆""修竹""乱絮""垂杨"等,都有一种睹物思人的效果,后者还往往具有象征属性。相思与愁共享的源域主要为乱絮,投射的特征也基本一致。

"相思是实物"的典型隐喻表达如下:(1)"相思,沉沉一担儿"(兰楚芳《雁儿落过得胜令》);(2)"颗颗相思,无情漫搅秋心"(吴文英《声声慢》);(3)"素约谐心事,重来了,比看相思"(赵长卿《别怨》);(4)"从来夸有龙泉剑,试割相思得断无"(张氏《寄夫》);(5)"犹有当时气味,挂一缕相思,不断如发"(周邦彦《看花回》);(6)"捐佩洲前裙步步,渺无边、一片相思苦"(蒋捷《贺新郎》);(7)"怎奈向、一缕相思,隔溪山不断"(周邦彦《拜星月》);(8)"抱相思、夜寒肠断"(赵闻礼《水龙吟》);(9)"沅湘旧愁未减,有黄金、难铸相思"(张炎《声声慢》);(10)"相思杳不见,月出山重重"(杨衡《宿吉祥寺寄庐山隐者》);(11)"苦多情朝思夜梦,害相思沉沉病重"(邦哲《寿阳曲》);(12)"寒浸罗襦,一阵阵相思透骨"(刘庭信《金钱问卜》);(13)"相思塞心胸,高逸难攀援"(孟郊《戏赠无本》);(14)"琵琶闲抱理相思,必拨朱弦断"(陈亚《生查子》);(15)"春心莫共花争发,一寸相思一寸灰"(李商隐《无题》);(16)"莫怪南康远,相思不可裁"(张祜《送沈下贤谪尉南康》)等。这类表相思的隐喻就像"愁是实物"的概念隐喻一样,往往不会出现具体的实物意象,但从和相思的具体搭配中(包括动词、副词、形容词等)可以推出作者把相思实物化了,如相思"一担儿"、相思"沉沉""颗颗相思""一寸相思",相思还可看、可割、可抱、可铸、可裁、可理等,真可谓姿态横生,饶有趣味。

中国古典诗词中有关相思的概念隐喻中还有很多"容器隐喻",把相思视为可以进出的容器,如"入我相思门,知我相思苦"(李白《秋风词》);"云态度,柳腰肢。入相思"(晏几道《诉衷情》)等。也出现了很多博喻,以两种或多种意象来比喻相思,如"杏花风景,梧桐夜月,都是相思"(刘学箕《眼儿媚》;"平生不会相思,才会相思,便害相思。身似浮云,心如飞絮,气若游丝"(徐再思《折桂令》)等。愁也是一样的,并不只限于以上三种常见的概念隐喻。在所搜集的语料中,不难发现宋词占绝大多数,这也表明宋词在表达情感方面的优越性。从以上对愁和相思作为目的域的众多隐喻表达的分析可知,中国古典诗词中表达情感的概念隐喻多以各种植物(如杨柳、飞絮、春草等)、液体(包括水、雨、海、酒等)以及没有明说的"实物"作为源域,或托物寄情,或借物喻情,或睹物起情,生动形象,具有很强的文学魅力。这些情感隐喻的运作机制主要包括:(1)利用源域的某一或某些特征表达抽象情感,如海之深、柳絮之纷乱、河流之迢迢不断等;(2)运用属于某类实物的特征表达抽象的情感,如愁有重量、"颗颗相思"等;

(3)运用类似于象征的"托物寄情"法,如红豆表相思、杨柳表友情等。相对于西方诗歌中常用的"直抒胸臆"法,中国古典诗歌中借助外物的情感隐喻显得更加委婉,有韵味,尽得诗之风流。

二、中国古典诗词中的情感隐喻英译分析

学界对情感隐喻已有一些研究,如孙毅[①],李孝英、杨毅隆[②]等,对中国古典诗词中的情感隐喻也有个别学者涉及,如覃修桂、黄兴运[③]等,但也多聚焦于愁之情感隐喻。目前似乎还没有出现专门对中国古典诗词中情感隐喻的翻译进行研究的。下面以相同的源域为分类依据,探讨中国古典诗词中情感隐喻的英译及其得失。

(一)"情感是液体"的概念隐喻及其英译

这类概念隐喻还可以进一步分类,包括区分具体的情感和具体的液体,如"愁是水""愁是雨""相思是海""相思是酒""友情是水"等。典型的隐喻表达及其英译如下:

(7)花红易衰似郎意,水流无限似侬愁。(刘禹锡《竹枝词(其二)》)

译文:Red blossoms fade fast as my gallant's lover; / The river like my sorrow will e'er flow.(许渊冲译)

(8)相思似海深,旧事如天远。泪滴千千万万行,更使人、愁肠断。(乐婉《卜算子》)

译文:My love is deep as the sea high; / The past is far away as the sky. / The thousand streams of tears I shed / Make me heart-

① 孙毅.基于语料的跨语言核心情感的认知隐喻学发生原理探源.中国外语,2011(6):40-46.
② 李孝英,杨毅隆.后现代视域下情感隐喻的体验基础探究.西南民族大学学报(人文社科版),2016(10):179-182.
③ 覃修桂,黄兴运.概念隐喻中始源域"多元性"的体验哲学观——以汉语诗词中"愁"的概念隐喻为例.外语与外语教学,2014(5):24-29.

broken and half dead.（许渊冲译）

（9）柔情似水，佳期如梦。（秦观《鹊桥仙》）

译文 1：This tender love flows like a stream；/ Their happy date seems but like a dream.（许渊冲译）

译文 2：Their tender feeling is like a long long stream，/ Their rendezvous is like a transient dream.（卓振英译）

译文 3：Their love is constant，as water is，in its flow. / Their lover's meeting is short，as sweet dreams go.（徐忠杰译）

（10）桃花潭水深千尺，不及汪伦送我情。（李白《赠汪伦》）

译文：However deep the Lake of Peach Blossoms may be / It's not so deep，O Wang Lun! As your love for me.（许渊冲译）

以上四例皆是"情感是液体"的隐喻表达，目的域分别为愁、相思、爱情和友情，源域则是水和海。例（7）运用了"水流无限"的特征来表达源源不断的"依愁"，许译 "The river like my sorrow will e'ver flow"再现了源域和目的域之间的映射关系。如果原文明确了隐喻的相似点（源域投向目的域的特征），译文不妨对之进行再现。例（8）中"相思似海深"的译文 "My love is deep as the sea high"同样如此。此外，译者还把原文中的"泪滴千千万万行"处理为"The thousand streams of tears I shed"，通过添加"streams"的隐喻意象（和译文中的"sea"属于同一语义场），更是强化了原文中"相思是海"的概念隐喻修辞场。例（10）中"友情是水"的概念隐喻也是用了源域潭水之深的特征，译文中的"deep"也是典型的再现。其他如许渊冲把欧阳修《踏莎行》中的"离愁渐远渐无穷，迢迢不断如春水"译为"The farther he goes, the longer his parting grief grows / Endless as vernal river flows"；把徐干《室思六首》（其三）中的"思君如流水，何有穷已时"译为"My thoughts of you like river flow. / O when can they no longer grow"；把韦承庆《南行别弟》中的"澹澹长江水，悠悠远客情"译为"The long, long river coolly flows；My parting sorrow endless grows"等。例（9）中的"柔情似水"强调的似乎是源域和目的域的共享特征"柔"

字,但也有可能是"水"的其他特征,只是作者未明说而已,所以三家译文凸显的对象也是不一样的,许译强调的是"tender",或者说许译同样隐藏了源域与目的域的共享特征,卓振英强调的是"long",徐忠杰强调的是"constant",都有利于表现牛郎与织女之间缠绵不断的爱情。

(11)春去也,飞红万点愁如海。(秦观《千秋岁》)

译文:Away spring's sped; / My grief looks like a sea of falling petals red.(许渊冲译)

(12)自在飞花轻似梦,无边丝雨细如愁。(秦观《浣溪沙》)

译文:The carefree falling petals fly as light as dream; / The boundless drizzling rain resembles a tearful look.(许渊冲译)

(13)捻倩东风浣此情,情更浓于酒。(秦湛《卜算子》)

译文:I'd ask the east breeze to bring her a lover's line, / For love intoxicates more than wine.(许渊冲译)

例(11)和例(12)表达的是愁,例(13)是相思。例(11)中的"愁如海"没有点明两者之间的相似点或共享特征,许译的"My grief looks like a sea of falling petals red"把"愁如海"转换为"愁如飞红万点",并把"falling petals red"比作"sea",一定程度上拓展了原文的审美空间。不过原文的"飞红万点"很有可能是"愁如海"的原因(之一),这样译文就很难体现其中隐含的逻辑关系。例(12)中的"无边丝雨细如愁"被许渊冲译为"The boundless drizzling rain resembles a tearful look",译文没有明显体现出"愁"之目的域,可能是为了和下句"The broidered curtain hangs idly on silver hook"押韵。许译把其转换为"a tearful look",变换了其中的源域,但两者之间很难建立起合理的映射关系(tears 是可以的,但 a tearful look 则比较牵强)。例(13)中的"情更浓于酒"用"浓"字把源域和目的域关联起来,许译的"For love intoxicates more than wine"则巧妙地把酒浓之特征转换为酒的效果(intoxicate),并且"intoxicate"兼具酒醉与陶醉之意,别有一番韵味。由此可见,如果能够取得更好的诗意效果(相对原文),源域和目的域之间的特征在翻译中也是可以变换的。有时译者也会有意无意地添加一些概念隐喻表达,从而使原文更加形象,更具审美性。如许渊冲把李白《静夜思》中的"举头望明月,低头思故乡"译为"Looking up, I find the moon bright; / Bowing, in homesickness I'm drowned",其中"in homesickness I'm drowned"便是把作者的思乡之情比喻成了一种液体(水),与"床前明月光"的译文"Before my bed a pool of light"形成很好的呼应,可谓匠心独运,妙手偶得;把曹操《短歌行》中的"忧从中来,不可断绝"译为"Grief from within comes nigh; / Ceaselessly it flows on",其中的"Ceaselessly it flows on"则是把忧愁比喻成了中国古典诗词中常见的迢迢流水。这种添加的动词性隐喻往往比较隐蔽,细加考察的话也不难发现其中的关联意象,译文也因此变得更有韵味。

(二)"情感是植物"的概念隐喻及其英译

这类情感隐喻的表达中多出现具体的植物意象,如柳絮、红豆等,有时也会通过动词加以体现,如"栽满愁城深处"中的"栽"等。有的意象成了象征型比喻,借以表达某种情感,如红豆表达相思或爱情等。"情感是植物"的典型隐喻表达如下:

(14)撩乱春愁如柳絮,依依梦里无寻处。(冯延巳《鹊踏枝》)

译文:Spring grief is running wild like willow-down, it seems; / Nowhere can I find you, even in my lonely dreams.(许渊冲译)

(15)离愁正引千丝乱,更东陌、飞絮濛濛。(张先《一丛花令》)

译文:My sorrow interweaves a thousand twigs of leaves; / The pathway east of the town / Is shrouded in wafting willow-down.(许渊冲译)

(16)暖雪侵梳,晴丝拂领,栽满愁城深处。(史达祖《齐天乐》)

译文:My comb seems invaded by snow white, / My collar

caressed by sunbeams bright，/ My heart overgrown with grief will fade.(许渊冲译)

例(14)、例(15)和例(16)的目的域都是愁。例(14)突出了愁之乱如柳絮,译文"running wild like willow-down"再现了乱之特征。例(15)的源域是柳枝"千丝"和"飞絮濛濛",投射的特征也主要是一个"乱"字。许渊冲的译文"My sorrow interweaves a thousand twigs of leaves"很到位,用"interweaves"把源域和目的域糅合在了一起,也在一定程度上体现了愁之乱。不过后面的译文却未能体现"sorrow"与"willow-down"之间的关联(原文是有的),如果在"wafting willow-down"之前添加一个"sorrowful"之类的单词,应该更能强化原文的愁绪,实现"一切景语皆情语"的审美效果。雍陶在《题情尽桥》中写道,"自此改名为折柳,任他离恨一条条",把离恨比喻成柳枝一条条,十分形象(与"离愁正引千丝乱"具有相似的审美蕴含)。许渊冲的译文"Plant willow trees for parting friend；Your longing for him will stand fast"把柳枝转换成了柳树,"离恨一条条"的陌生化效果也损失严重,由于中西文化差异的存在,英语读者也很难建立起柳树与离别(柳与留谐音,折柳送别)之间的关联,在此不妨添加一些信息或灵活处理。例(16)则是通过"栽"字体现了"愁是植物"的概念隐喻,生动活泼,韵味悠长。译文的"overgrown with grief"基本再现了原文的概念隐喻,因为"overgrow"有植物长满、过度生长之意,但陌生化程度似乎不如原文。

(17)美人笑道,莲花相似,情短藕丝长。(杨果《小桃红》)

译文:The pretty girl smiles：/ The lotus flowers similar to our love，/ Their roots may snap, but the fibers stay joined, no ending.(周方珠译)

(18)红豆生南国,春来发几枝? 愿君多采撷,此物最相思。(王维《相思》)

译文1:Red beans grow in southern land. / How many load in

spring the trees? / Gather them till full is your hand; / They would revive fond memories.(*许渊冲译*)

译文 2:When those red berries come in springtime / Flushing on your southland branches / Take home an armful, for my sake / As a symbol of our love. (Tr. by Bynner)

译文 3:Red beans are grown in a southern clime. / A few branches burgeon in spring time. / On your lap, try to gather as many as you can: / The best reminder of love between woman and man.(*徐忠杰译*)

例(17)中的"丝"是双关,寓"思"之意("相似"也是双关,暗含相思之意),很好地反映了采莲女"常记相逢若耶上"("情短""情断"之双关)的绵绵相思之情。周方珠的译文"The lotus flowers similar to our love, / Their roots may snap, but the fibers stay joined, no ending"虽未能体现出原文的双关,却也再现了原文的隐喻,其中"fibers"以及添加的"roots"所指比较模糊,解读空间也随之变得更大,包括"情短"和"roots may snap"之间的关联。"春色"也是由植物体现的,王维《送沈子福之江东》中的"惟有相思似春色,江南江北送君归"也可视为"相思是植物"的概念隐喻,许渊冲的译文"Only my longing heart looks like the vernal hue; / 'Twould go with you along northern and southern shores"同样再现了"江南江北送君归"的特征。如果"情感是植物"隐喻所涉及的文化差异不大,译者往往会采取再现法。例(18)的标题是《相思》,红豆是其源域,或者说是一种文化个性较强的象征型隐喻。红豆又名相思子,《本草纲目》有载,"相思子,一名红豆"。相传古代有男子出征,其妻朝夕倚于树下祈愿,因思念爱人而终日以泪洗面,泪水流干后便流出鲜红的血滴,掉落地上生根发芽,秋去春来便结出红豆,其相思之意便是由此而来。许译和徐译都保留了源域"red beans",但由于文化差异的存在,英语读者未必能在其和相思之间建立有效的关联,所以徐译添加了"The best reminder of love",效果比许译要好一些。宾纳(Bynner)把"红豆"转换为"red berries",并且也添加了"As a symbol of our love",与徐译有异曲同工之妙。就传达中国文化而言,笔者倾向于认同保留隐喻意象的译法,如果隐喻表达的文化个性较强(认知通约性较低)的话,不妨像徐译那样稍加解释,以便读者更好地解读与接受。

(三)"情感是实物"的概念隐喻及其英译

在中国古典诗词中,"情感是实物"的隐喻表达也十分常见。一般而言,此类概念隐喻的源域往往是隐藏的,未出现具体的意象,而是通过反常的搭配实现隐喻表达,如愁可理、可剪、可抱、可看等。翻译时要尽量再现这种陌生化的搭配,保留概念隐喻的映射关系。

(19)只恐双溪舴艋舟,载不动、许多愁。(李清照《武陵春》)

译文1:But I'm afraid the grief-o'erladen boat / Upon Twin Creek can't keep afloat.(许渊冲译)

译文2:Ah,but I fear / On River Shuang / The boats are frail. / They cannot bear / My weight of care.(Tr. by Candlin)

译文3:However,I doubt if there is a boat big enough there / That can bear the weight of so much sorrow and despair!(卓振英译)

(20)算空有并刀,难剪离愁千缕。(姜夔《长亭怨慢》)

译文:In vain of scissors sharp have I a pair;/ Of parting grief how can I cut off thread on thread.(许渊冲译)

(21)捣碎离情,不管愁人听。(张可久《迎仙客》)

译文:Pounded into pieces is the sorrow of parting, / They take no care of the heart-broken one's feeling.(周方珠译)

例(19)把抽象的愁比作有重量的物体,可以舟载(载不动)。三家译文中的"grief-o'erladen boat""They cannot bear / My weight of care""That can bear the weight of so much sorrow and despair"也都通过类似的搭配建构了"愁是实物"的概念隐喻,取得了类似的审美效果。中国

古典诗词中还有很多类似的隐喻表达,译者也大多再现了原文中的陌生化手法,如许渊冲把贺铸《菩萨蛮》中的"彩舟载得离愁动"译为"The painted boat carries my parting grief away",把苏轼《虞美人》中的"只载一船离恨向西州"译为"Laden with parting grief, you've left the town",周方珠把姚燧《凭阑人》中的"这些兰叶舟,怎装如许愁"译为"How can these ornamented boats, / Be laden with so much worry and sorrow"等。例(20)原文中的"难剪离愁千缕"就是上文所谓"愁是细丝"的概念隐喻,也不妨把其归在"愁是实物"之下。译文中的"Of parting grief how can I cut off thread on thread"也是原文陌生化搭配的再现。例(21)中"捣碎离情"的译文"Pounded into pieces is the sorrow of parting"也是再现。其他如杨炎正《水调歌头》"中有离愁万斛"的表达,也是把愁实体化了,可以盛放在容器之内;白居易《长相思》中的"吴山点点愁"使抽象的愁具有了视觉效果;晏几道《玉楼春》中的"碧楼帘影不遮愁"让愁变成了可以遮掩的物体。许渊冲对应的译文分别是"Brimming with parting grief""The Southern hills dotted with woe""The bower's curtain can't hide my grief over spring"也都建构了类似的隐喻类型以及相应的审美空间。

(22)晚来庭院景消疏。闲愁万缕。(阿里耀卿《醉太平》)

译文:Bleakness prevails over the courtyard still and quiet / What is she gloomy about?(周方珠译)

该例中的"闲愁万缕"也是典型的"愁是实物"或"愁是细丝"的概念隐喻。周方珠的译文"What is she gloomy about"把原文的修辞(隐喻)认知转换成了概念认知,形象性就不如原文。这种翻译删掉了原文的概念隐喻,文学性也会随之降低。有删就会有增,译文也有增添概念隐喻表达的现象,相对原文,文学性则有过之而无不及。许渊冲就是这方面的高手,这与他的翻译观(如发挥译语优势、竞赛论等)也不无关联。如许渊冲把苏轼《昭君怨》中的"飞絮送行舟,水东流"译为"Let willow down follow your boat laden with sorrow",把李白《宣州谢朓楼饯别校书叔云》中的

"举杯消愁愁更愁"译为"Drink wine to drown your sorrow, it will heavier grow"等。当然,也有转换或调整源域的现象,李白《秋浦歌》中的"白发三千丈,缘愁似个长"是"愁是实物(白发)"的隐喻,翟理斯的译文"My whitening hair would make a long long rope, / Yet could not fathom all my depth of woe"却别具匠心地用水之深来映射愁(可能受李白名句"桃花潭水深千尺,不及汪伦送我情"的启发),其中的概念隐喻就变成了"愁是液体",译文也浑然天成,甚至比原文更加有韵味。

从中国古典诗词中我们还能总结出很多情感类概念隐喻,如"情感是人",隐喻表达如徐再思《清江引》中的"相思有如少债的,每日相催逼"等;"情感是动物",隐喻表达如李群玉《长沙九日登东楼观舞》中的"唯愁捉不住,飞去逐惊鸿"等,此不赘述。

三、小 结

中国古典诗歌的主导功能便是抒情,诗人往往寄情于物,借物抒情,形成了众多类型的情感隐喻。本节主要以将愁、相思、爱情作为目的域的几种情感隐喻为研究对象,发现源域多为液体(水、河、海、雨等)、植物(柳絮、莲藕、桃花、红豆等)以及未明说的实体(主要通过反常搭配实现)。在翻译过程中,译者基本上会再现原文中的源域和目的域以及两者之间的投射关系(相似点),从而建构出相似的隐喻表达与审美空间。译者有时也会把作者未说的源域特征投射到目的域,如徐忠杰对"柔情似水"的处理等,或者转换源域的投射特征,如许渊冲英译的"情更浓于酒"等。鉴于人类认知体验的通约性,大多隐喻表达的再现还是比较成功的。针对文化个性较强的象征型概念隐喻,译者不妨对之稍加解释,为译文读者提供一定的交际线索,如"红豆""折柳"的英译。还有些译者会删除或增添隐喻表达,一般而言,增添的审美效果会更强。译者改变源域的现象也存在,有时还会取得意想不到的效果,如翟理斯对"白发三千丈,缘愁似个长"的处理。总之,针对中国古典诗词中情感隐喻表达,译者能再现时就要尽量再现(如针对具有认知体验通约性的隐喻),不宜再现时则求变通

（如针对文化个性较强的隐喻），如果能提高译文的审美性与独立存在的价值，也鼓励在译文中添加相关隐喻表达，或转换源域的投射特征，甚至是更换源域。这种翻译策略无疑有利于向异域文化展示中国古典诗词中情感表达的独特方式，同时也会照顾到读者的理解与接受，相信会取得更好的对外传播效果。

第三节　中国古典诗词中的星象隐喻及其英译研究①

按照认知语言学的观点，隐喻旨在以源域的经验来理解与构建目的域的经验。隐喻在不同的概念域之间运作，反映的是源域和目的域之间基于相似性的映射关系。隐喻在日常话语中无处不在，如"银河"就是以地上的河来理解与建构天上的星群，这是因为夜晚天空中浅浅闪闪的星带很像是泛着浪花的清河，于是河的部分特征便被投射到了星群上。然而，对于目的域中的同一事物，不同的文化在源域中可能会有不同的映射对象，如英语中的"the Milky Way"就是以地上道路的经验来建构银河的，因为在西方人看来那条闪闪的星带更像是洒着女神赫拉的乳汁的道路。不同文化对于天空有不同的建构方式，这使得星象隐喻具有较大的文化差异性，也给翻译带来了很大困难。在中国翻译史上，"the Milky Way"的汉译就引起了很大的争论，到底是译成"银河"还是"牛奶路"（仙奶路、神奶路）至今仍有分歧，成为翻译界的一大公案。这种星象隐喻的翻译值得进一步探讨，尤其是中国古典文学文化典籍中的星象隐喻的翻译。有学者提出了"异化加注"的翻译策略②，但如何翻译并不能一概而论，还要结合隐喻本身的文化特征以及其在具体语篇中的作用加以

---

① 本节原载《中国文化研究》2017 年第 1 期，原标题为《中国古典诗词中星象隐喻英译研究——基于认知翻译假设的分析》，与刘春燕（第二作者）合作撰写，收入本书时略有改动。

② 邓亚雄.中国星宿文化特质及其翻译策略.重庆交通大学学报（社会科学版），2009（5）：69-74.

辩证分析。

　　有关隐喻的翻译(不管隐喻作为修辞手段还是认知与思维方式),学界多有探讨,但大多局限于短语或句子层面的分析,鲜有结合语篇整体探讨的。曼德尔比特(Mandelbit)根据概念转换的难易程度(the easiness of the conceptual shift)将隐喻分为两类,即相似映射条件(similar mapping conditions)的隐喻和不同映射条件(different mapping conditions)的隐喻,以此来确定相应的翻译方法,这就是所谓的"认知翻译假设"(cognitive translation hypothesis)。① 爱-哈斯那维(AI-Hasnawi)还提出了映射相似但选词不同的条件(similar mapping but lexically realized differently),这种隐喻与前两者构成了连续体关系。② 对于不同的映射条件,译者需要采取不同的隐喻翻译方法。针对相似映射条件和映射相似但选词不同的条件而言,只需要将其译为认知对等的目的语隐喻即可,第二种情况还要考虑伦理、宗教等文化背景是否对等。针对不同映射条件,可以采用目的语中的明喻或者是通过改写、脚注、解释、省略等方式来进行翻译。这些基于映射条件的隐喻翻译方法主要是爱-哈斯那维总结的,但这些方法遵循具体问题具体分析的原则,解释力到底有多大还有待验证。唐韧曾对上述"认知翻译假设"(包括上述三种映射条件)进行探索,强调认知对等的重要性。③ 波玛科娃和玛茹吉娜(Burmakova & Marugina)也曾以文学话语中拟人隐喻(anthropomorphous metaphors)的翻译为例对"认知翻译假设"进行了验证。④ 然而,两者都局限于句子层

---

① Mandelblit, N. The Cognitive View of Metaphor and Its Implications for Translation Theory. In *Translation and Meaning*, PART 3. 1995(3):483-495.

② Al-Hasnawi, A. R. A Cognitive Approach to Translating Metaphors. http://translationjournal.net/journal/41metaphor.htm. Accessed on 2016-03-22.

③ 唐韧.基于认知翻译假设的隐喻翻译探析.合肥工业大学学报(社会科学版),2008(3):138-141.

④ Burmakova, E. A. & Marugina, N. I. Cognitive Approach to Metaphor Translation in Literary Discourse. *Procedia-Social and Behavioral Sciences*, 2014(154): 527-533.

面的分析,没有注意到隐喻在具体语篇中的不同作用。本节以"认知翻译假设"为理论基础,据此对隐喻进行分类,同时结合语篇翻译观(主要遵循整体性与和谐性两大原则)以及隐喻的具体功能,探讨中国古典诗词中星象隐喻(如银河、北斗等)的英译,以期对中国古典诗词对外译介与传播有所启示。

一、东西文化中的星象体系对比

东西方对天空有不同的认知,对天空的文化建构也大不相同。然而,中西星象体系有个共同点,即将古人熟悉的地上物体的形象投射到陌生的天空中,并以此来划分星群,为之命名,如北斗七星(the Big Dipper),其在中西星系中都是一个勺子类容器的形象。除了北斗七星这种形状比较明显的星群外,中西其他星群的组织和命名方式还是很不一样的。如参星中的"参"是"叁"的变体,指位于参宿中央的三颗星,而在西方的星座体系中,参宿只是猎户座的一部分。总体而言,中国的星象体系更加有组织性和纪律性,它把天空分为三垣和二十八星宿,并且以封建社会的运作模式来理解天空,如紫微垣是天帝所居住的宫殿,垣里的星群多以宫中的事、物、人来命名(如御女、尚书、华盖等)。西方的星象体系更加自由,组织性较弱。在公元前 270 年左右,古希腊人就把部分天空分为 48 个星座,并且按照假想动物或人物形象的线条将星座中主要的、明亮的星连接起来。这些形象与命名多取材于古希腊神话,各个星象之间的关联性并不是很强。有学者这样总结道,中国的星象体系像是一个完整的封建社会,以人(神)名、官衔、国家名称以及与人的生活有关的器物命名的占90%左右,而古希腊的星象体系更像一个五彩缤纷的动物世界。① 现在国际上通用的星象划分系统源自西方,中国古代的星象体系在天文学的科学研究上已经不再适用了。

然而,中国式的星象隐喻已融入古代社会的方方面面,在中国古典文

---

① 崔石竹,等.追踪日月星辰:中国古代天文学. 北京:人民日报出版社,1995:59.

学作品中随处可见。对中国古代文化典籍的对外传播者而言,了解中西方星系的对应方式还是很有必要的。唐艳芳、耿礼彦就曾根据各种文献和香港天文馆的资料,整理了中国二十八宿与国际通用星座之间的对应表,可为科技译者与一般译者提供参考。① 然而,中国古典诗词中星象隐喻的翻译更加复杂,其不只是简单的指称对应关系,而更加强调星象隐喻的文化内涵与整体效果。李白《望庐山瀑布》中的名句"飞流直下三千尺,疑是银河落九天",将源域中"河"或"银河"的形象与目的域中的"瀑布"联系起来,使二者更加具有可比性。翻译时,也就不能与原诗整体割裂开来,单论"银河"的翻译。杜牧的"天阶夜色凉如水,卧看牵牛织女星",利用了"牛郎织女"(隔河相望,不得相见)的文化内涵。这些星象隐喻在中国古典诗歌中发挥着不同的作用,或强调自然功能,或强调文化功能,或强调占卜功能,或强调语篇建构功能等,翻译方法也不宜一概而论。不过现有中国古典诗词英译中星象隐喻所发挥的功能相对有限。如占卜是星象的重要功能,中国古代一直把星象占卜看作严肃的政治活动,这种观念也渗透到了日常生活中。如韩愈就曾经在《三星行》中以自己的生辰星象来解释自己的坎坷命运,抒发在官场宦途的不平之气。② 在大量的中国古典诗词中,星象也起占卜作用,只是笔者暂未找到这类诗歌的英译本。其中的原因可能是星象占卜较为复杂晦涩,若没有专业的知识,则更加难以理解和翻译。

二、中国古典诗词中星象隐喻的分类

按照"认知翻译假设",隐喻翻译可分为三种类型:相似映射条件的隐喻,相似映射但选词不同条件的隐喻以及不同映射条件的隐喻。对于具有相似映射条件的隐喻而言,源域和目的域之间的映射是相似的,概念的

---

① 唐艳芳,耿礼彦.我国古代二十八宿星官名称英译问题探讨.浙江师范大学学报(社会科学版),2005(6):63-66.

② 邱艳.从《三星行》解读韩愈的为宦仕途.黄冈师范学院学报,2012(1):79-81.

转换相对容易。对于映射相似但选词不同条件的隐喻而言,源域与目的域之间的映射相似,指向共同或相似的概念域,但由于文化背景不同,会有不同的词语表达。对于不同映射条件的隐喻而言,源域与目的域之间的映射是完全不同的,此类隐喻往往具有较强的文化个性。笔者在查阅了理雅各(James Legge)、巴德(Charles Budd)、杨宪益、许渊冲等英译的中国古典诗词之后,挑选出其中常见的星象隐喻,并按照"认知翻译假设"对之进行分类,如表 5-1 所示。

表 5-1　中国古典诗词中常见的星象隐喻分类

映射条件	星象隐喻
相似映射条件	北斗 The Big Dipper
相似映射但选词不同条件	北斗 The Plough 天狼 Sirius（The Dog Star or Orion's Dog）
不同映射条件	银河/星河/天河 The Milky Way； 牵牛 Altair；织女 Vega

在表 5-1 中,映射条件最为相近的是"北斗",在中英文中,其都很凑巧是类似勺子的容器形象。然而,在某些英语国家(英国和北爱尔兰),它被视为耕地的犁(Plough)。若是将北斗七星的连线减少一条,原来的勺子形象的确会变成犁的形象。北斗七星对于中国古代农业社会的季节确定具有重要作用(如《鹖冠子》中提到,"斗柄东指,天下皆春;斗柄南指,天下皆夏;斗柄西指,天下皆秋;斗柄北指,天下皆冬"),和农业生产也密切相关,虽然并不像西方的犁与农业的关系那样直接。天狼星在中国文化中是像狼一样充满侵略性、象征战乱的凶星。在西方文化中,Sirius 在希腊语中是"炎热"的意思,天狼星升起来的时节正是夏季,天气炎热,植物干枯,人心烦躁。古希腊人认为只有狗才会发疯似的在如此炎热的天气跑出去,因此这颗星也被称为"犬星"。然而,不管是西方的"犬星"还是中国的"天狼星",都是以动物命名的,也都暗示着一种负面形象。不同映射条件下的东西星象隐喻的差别更大,如"箕星"在西方属于射手座,"银河"对

应西方的"牛奶路","牵牛""织女"都对应鹰类等。这些星象大多给人不同的文化联想,很难在诗歌翻译中准确地传达。

三、中国古典诗词中星象隐喻的英译分析

基于认知翻译假设、比较文化以及文化变体的理念,梅莱吉(Maalej)提出了一种隐喻翻译模型,具体分三个认知步骤:(1)解包(unpacking)原文化中隐喻,找到对等的概念;(2)进行文化对比,确定概念隐喻在跨文化交流中是否有"相似映射条件"或"不同映射条件";(3)根据目的语文化的经验实践,重新打包(repacking)目标语中的概念对等物。① 总体而言,这种隐喻翻译模型的步骤还是比较合理的。然而,最重要的还是如何根据语境"重新打包"原语中的隐喻,正如斯奈尔-霍恩比(Snell-Hornby)所言,隐喻的翻译并不取决于一套抽象的规则,而是依赖于具体隐喻在具体语篇中的结构与功能②,这也是我们在下文中需要重点探讨的。

(一)相似映射条件的星象隐喻翻译

中西文化中属于相似映射条件的星象隐喻较少,所搜集到的语料中只有"北斗"一例。中国古典诗歌中出现"北斗"通常有以下几种情况:(1)由北斗的形状引发的审美想象与艺术创造;(2)根据北斗的位置来判断时间;(3)根据北斗星象进行占卜,以易静的《占北斗》为代表。然而占卜类的诗歌尚未找到对应的英文译本,暂不探讨。

（23）维北有斗,不可以挹酒浆。(《诗经·大东》)

---

① Maalej, Z. A. Translating Metaphor Between Unrelated Cultures：A Cognitive Perspective. *Sayyab Translation Journal*，2008(1)：60-73.

② Snell-Hornby, M. *Translation Studies*：*An Integrated Approach*. Shanghai：Shanghai Foreign Language Education Press，2011：58.

译文：In the north there is a Dipper，/ But it cannot ladle wine.①（杨宪益、戴乃迭译）

（24）援北斗兮酌桂浆（屈原《楚辞·九歌·东君》）

译文 1：The Dipper's used，oh! to ladle wine.（许渊冲译）

译文 2：From the North Star sweet Cassia Wine I pour.（杨宪益、戴乃迭译）

（25）更深月色半人家，北斗阑干南斗斜。（刘方平《月夜》）

译文 1：When the moon has colored half the house，/ With the North Star at its height and the South Star setting. (Tr. by Witter Bynner)

译文 2：The night being late，o'er half of one's house the moonshines glow. / The Plough appears slanting and the Southern stars slant also.（王玉书译）

译文 3：The moon shines over the half yard in the dead of night，/ The South Star starts to set as the North Star slips to sight.（刘军平译）

译文 4：The moon has brightened half the house at dead of night；/ The slanting Plough and Southern stars shed dying light.

---

① 本节所引的中国古典诗词译文主要包括（正文中仅注明译者）：吕叔湘.中诗英译比录.香港：三联书店有限公司，1988；苏轼.东坡之诗：苏轼诗词文选译（汉英对照）.任治稷，译.上海：复旦大学出版社，2008；王恩保，王约西.古诗百首英译.北京：北京语言学院出版社，1994；徐忠杰.词百首英译.北京：北京语言学院出版社，1986；王方路.《诗经·国风》白话英语双译探索.成都：四川大学出版社，2009；杨宪益，戴乃迭.楚辞选.北京：外文出版社，2001；许渊冲.精选诗经与诗意画.北京：五洲传播出版社，2006；许渊冲.宋词三百首 汉英对照.北京：中国对外翻译出版公司，2006；屈原.楚辞.许渊冲，译.长沙：湖南出版社，1995；王玉书.王译唐诗三百首.北京：五洲传播出版社，2004；郭著章，江安，鲁文忠.唐诗精品百首英译（修订版）.武汉：武汉大学出版社，2010；Budd, C. *Chinese Poems*. London：Oxford University Press，1912；Legge, J. *The Chinese Classic*. Taipei：SMC Publishing Inc.，1991.

（许渊冲译）

例(23)和例(24)中的"北斗"在诗歌中不是单独存在的,它与周围的词语相互搭配形成合理的语义场(用"斗"来酌酒,实乃作者的艺术想象)。例(23)中杨宪益与戴乃迭的译文以及例(24)中许渊冲的译文都将其翻译成对应的"Dipper",有"长柄勺"之意,与译文中的"ladle wine"形成搭配,契合无间,由于映射条件相似,取得了与原文相似的艺术效果。例(24)中杨宪益与戴乃迭的译文却将"北斗"处理成"the North Star",这实属误译。首先,"the North Star"是指北极星而不是北斗;其次,"the North Star"与"sweet Cassia Wine I pour"很难在语义上联系起来,毕竟星星是不能用来盛酒的,它也不像"北斗"能让人联想到盛酒的容器,整句存在语义冲突,违反了"语义和谐律"①,或者说在英语中"重新打包"失误。例(23)原文之前的"睆彼牵牛,不以服箱","维南有箕,不可以簸扬"等都是利用星象隐喻中的形象来建构诗句和发挥艺术想象的。例(25)中宾纳、刘军平也将"北斗"翻译成"the North Star",从科学角度来看,这也属于误译。然而,针对"北斗"在诗中的功能,这种译文也是可以接受的。例(25)中的"北斗"只是起着判断时间的作用,用于强调前半句"更深月色半人家"的氛围,"the North Star"以及译文2与4中的"Plough"也都可传递同样的意思,发挥同样的作用。再如,许渊冲还曾把周邦彦《蝶恋花》中的"楼上阑干横斗柄"处理为"From upstairs can be seen the Plough across the sky",其中"斗柄"也是指示时间的,译文同样可以接受。根据"认知翻译假设",相同或相似映射条件的隐喻的翻译,只要选择对应目的语中的隐喻或明喻即可,如中国古典诗词中的"北斗"就可直接处理为"the Big Dipper"或"the Dipper"。但对源域或原文语境依赖度不高的星象隐喻,即使将其转换成别的星象或用其他译名(如与"北斗"具有相似映射但选词不同的"Plough"),只要能发挥相同或相似的作用,这样的翻译也无可厚非,未尝不是一种选择,例(25)中"北斗"的四家译文便是如此。

---

① 陆俭明.修辞的基础——语义和谐律.当代修辞学,2010(1):13-20.

(二)相似映射但不同选词条件的星象隐喻翻译

所搜集语料中,相似映射但不同选词条件的星象隐喻也同样很少,较有代表性的是"天狼"。虽然它只是天空星象,在中国古典诗歌中却常被诗人想象成为真实的动物。"天狼"象征着灾难和战乱,英语中对应的"the Dog Star"同样有负面象征意义,象征着炎热;两者都属于动物范畴。按照"认知翻译假设",将"天狼"对译为"the Dog Star"是可行的。

(26)举长矢兮射天狼。(屈原《楚辞·九歌·东君》)

译文1:To pierce the Dog Star my long Shaft I raise. (杨宪益、戴乃迭译)

译文2:I shoot the Wolf, Oh! it is done. (许渊冲译)

(27)会挽雕弓如满月,西北望,射天狼。(苏轼《江城子》)

译文1:And I would draw the sculpted bow to a full moon, / With a northwest gaze, / To shoot the Celestial Wolf*.

Note: a star, a. K. A. Dog, representing aggression; here, it refers to Liao and West Xia, both were harassing the border areas of China. (任治稷译)

译文2:My bow like a full moon, and aiming northwest, I / Will shoot down the fierce Wolf from the sky. (许渊冲译)

例(26)、例(27)的三个译文,只有杨宪益和戴乃迭的版本将"天狼"处理成对应的"the Dog Star",既与"射"(pierce)的语义吻合,又能轻易唤起具体的意象所指。例(26)中许渊冲的译文很难引起读者的审美联想(容易误解为实指),如果后面加一"Star"也许效果会好一些,虽然译文读者还是不知其具体所指,但至少知道作者把某一星体比喻成了"the Wolf"。例(27)中的许译存在同样的毛病,虽然有"from the sky"衬托,但译文读者还很有可能不知所云。任治稷的译文为"the Celestial Wolf",再加上脚注说明,译文读者则不难理解,有利于传达原文的象征意义与中国的异质文化。但诗歌毕竟是诗歌,审美功能是第一位的,相对而言,许译与任译的异化译法似乎不如杨译的归化译法来得自然、贴切,后者也更有利于译文读者的接受。由此可见,即使映射条件相同或相似,也不一定采取现成的对译法,这也许与译者的文化立场与翻译策略有关,但这样做容易弄巧成拙,如许译的"天狼"等。

(三)不同映射条件的星象隐喻翻译

中国古典诗歌中大多数星象隐喻与西方对应的星象隐喻具有不同的映射条件。本节仅选取两个较为常见的隐喻(银河与牛郎织女)来概括这类隐喻的翻译情况。

中国传统文化中把夜晚出现在天空的星带视为天河(银河)。诗人看到陆地上的河流瀑布的时候,自然会联想到银河,并且将它们之间的联系带入诗歌创作中。然而,在古代西方传说中,所谓的银河被视为洒满赫拉乳汁的路(the Milky Way)。"路"的语义属性与"河"的语义属性有时很难兼容,甚至相互冲突。如果不加思考地将"银河"一律对译为"the Milky Way",就很有可能造成语义冲突,破坏原诗中融洽的语义环境。

(28)飞流直下三千尺,疑是银河落九天。(李白《望庐山瀑布》)

译文 1:For three thousand feet high, abruptly down it files;/ From empyrean, it seems, the Galaxy alights.(吴钧陶译)

译文 2:Its torrent dashes down three thousand feet from high,/ As if the Silver River* fell from azure sky.

Note:The Chinese name for the Milky Way.(许渊冲译)

译文 3:Its torrent flies adown thousands of feet;/ Could it be the Milky Way that falls from the sky?(赵甄陶译)

译文 4:These "rapids" thrown, it seems, from nowhere / Plunge 3,000 feet sheer down the steep. / As if the Milky Way / Into the lower Ninth Heaven, leap.(徐忠杰译)

译文 5:Flying waters descending straight three thousand feet,/ Till I think the Milky Way has tumbled from the ninth height of Heaven. (Tr. Burton Waston)

(29)天接云涛连晓雾,星河欲转千帆舞。(李清照《渔家傲》)

译文 1：Where in the heavens that mingle billow clouds and mists of morn / On the River of Stars a-whirl go a-flutter a thousand sails (Tr. by John Turner)

译文 2：Sky links cloud waves, links dawn fog. / The star river is about to turn. / A thousand sails dance. (Tr. by Wills Barnstone & Sun Chu-chin)

译文 3：Dawn breaks. The stars turn to go. Where sky meets water and billowing clouds merge into the misty foam, a swarm of sails toss and sway.(翁显良译)

译文 4：Morning mist and surging clouds spread to join the sky, / The Milky Way fades, a thousand sails dance on high.(许渊冲译)

译文 5：By twilight, the sky looks like a boundless sea. / O'erlapping waves are what clouds appear to be. / The Milky Way has changed from a patch of light—/ Into thousands of sails dancing. What a sight! (徐忠杰译)

例(28)中,吴钧陶采用的是转述法,用"the Galaxy alights"来翻译原文中的"银河落九天",并淡化了原文中"流"的语义,译文中即使没有出现"河"的形象,也不失为比较巧妙的处理。许渊冲的译文保留了"银河"的形象,并且加脚注对之进行解释,有助于读者实现认知对等。许译的"torrent"与"the Silver River"属于同一语义场,与原文一样,整体上都很和谐。赵甄陶的译文直接使用了"the Milky Way",笔者认为其与"fall from the sky"是冲突的,毕竟道路不能像水流那样可与"fall"搭配,并且与前文中的"torrent"以及原诗歌中的"瀑布"等也不属同一语义场,造成了词语与词语之间的失谐,如此一来,译文本身的艺术性就打了很大的折扣。徐忠杰与华兹生(Waston)的对译存在同样的毛病。针对例(29)中星象隐喻的英译,前两家都保留了"星河"的"河"的意象,后三家译文要么省略意象(翁译),要么直接套用目的语中的隐喻"the Milky Way"(许译与徐译)。直接套用的译法(对译法)显然与译文本身是有语义冲突的,至少与上下文语境是不和谐的(如译文中的"sails""waves""sea""surging clouds"等)。中国译者(如赵甄陶、许渊冲、徐忠杰)之所以会较外国译者更加青睐于"the Milky Way",可能是由于他们对"银河"太熟悉了,没有察觉它是个隐喻(死喻),没有意识到里面"河"的意象及其与诗歌整体的有机关联。而对外国译者而言,"银河"是个新鲜的表达,他们更容易捕捉到隐喻的映射条件与整首诗的关联,从而更倾向于选择保留原语隐喻中的意象。换言之,原语中词汇化的星象隐喻(死喻)可能会在新的跨文化语境中得以重新激活,表现出新的生命力。所以针对映射条件不同的星象隐喻,有时也不妨通过直译或加注对其所要表达的概念进行打包整理,如例(28)中的许译,有利于丰富目的语对某一事物的表达方式。例(28)中的"银河"与例(29)中的"星河"(其他如"银汉""天河"等)实为同一事物的不同说法,并且两例中"河"的意象与上下文都有密切的关系,但许渊冲对之却采取了不同的译法,可见他似乎也没有充分意识到星象隐喻的语篇建构功能。当然,如果原诗与河之意象的关联并不是太大,译为"the Milky Way"也未尝不可,如许渊冲英译的"银汉迢迢暗度"(Across the Milky Way the Cowherd meets the Maid)就不存在语义冲突。

牛郎和织女是隔着银河相望的两颗星。它们的名字出现得较早,可能在华夏祖先刚刚进入农耕社会的时候就已经确定了。《诗经·大东》中就有相关记载:"跂彼织女,终日七襄。虽则七襄,不成报章。睆彼牵牛,不以服箱。"在这首古诗中,牵牛和织女是广大劳动人民的象征,或"报章",或"服箱"(英译时也要注意其整体关联),终日劳作却因为官僚的干扰而无所收获。广为流传的牛郎和织女的爱情故事在秦朝的时候才正式成型。此后很多诗歌创作的主题是通过他们之间的爱情故事来演绎的,因此,牛郎、织女也不宜简单地对译为"Altair"和"Vega"(鸟类),很多时候还要考虑故事的象征意义与文化内涵。

(30)天阶夜色凉如水,卧看牵牛织女星。(杜牧《秋夕》)

译文 1:The steps seem steeped in water when cold grows the night, / She lies watching heart-broken stars shed tears in the skies.(许渊冲译)

译文 2:The night grows colder every hour, —/ it chills me to the heart / To watch the Spinning Maiden from the Herdboy far apart* .

Note: Referring to two stars which are separated by the Milky Way, except on the 7th night of the 7th month in each year, when magpies form a bridge for the Damsel to pass over to her lover. (Tr. By Herbert A. Giles)

(31)牵牛西北回,织女东南顾。(陆机《拟迢迢牵牛星》)

译文:From the north-west comes the 'Herd-Boy', / From the south-east looks the 'Maid'* .

Note: According to a Chinese legend the stars K'ien-Niu (Cowherd) and Chih-Nü (Spinning-Maid) are two lovers, doomed by the gods to live on opposite sides of the 'River of Stars' (Milky Way). As there is no bridge over this river, the two lovers can only stand afar and gaze at each other. (Tr. by Charles Budd)

(32)牵牛织女遥相望,尔独何辜限河梁。(曹丕《燕歌行》)

译文 1:The Cowherd* and the Spinning-Girl* , / Lament the doom that bars / The meeting of true lovers, / Across the Stream of stars.

Note: the explanation is the same with that above. (Tr. by Charles Budd)

译文 2:(The Milky Way, stream westward; the night not even half over. /) Herd Boy and Weaving Maid* , you gaze at each other from afar, / Why are you confined alone to the "river" bridge?

Note：The legend of the Cowherd（the Herdboy）and the Weaver（the Weaving Maiden）is very popular in China. The Weaving Maiden（Vega），granddaughter of *Tiandi*（the Emperor of Heaven）and an expert of weaving，married the Herdboy（Altair），but after her marriage she neglected her weaving. To punish her，her grandfather placed the couple on opposite sides of *Tianhe*（the River of Heaven，the Milky Way）. They are permitted to meet only once a year，on the seventh day of the seventh lunar month，when sympathetic *xique*（magpies）form a bridge for them over the stream of stars.（Tr. by Ronald C. Miao）

译文 3：The Cowherd from afar gazes on Weaving Star. / What is wrong on their part to be kept far apart!（许渊冲译）

这些诗歌中的译者都避免了直接对应式的处理,大多保留了牛郎织女的形象,将牛郎译为"Herd-Boy"或"Cowherd",将织女译为"Weaving Maid""Spinning-Girl""Spinning Maiden"等,再现了原文的星象隐喻,并通过加注说明了其实际所指与牛郎织女之间的神话故事,实为一种"丰厚翻译"(thick translation)的策略,在处理具有丰富内涵/故事的星象隐喻时也未尝不是一种可行的翻译策略。例(32)中,许渊冲把"织女"译为"Weaving Star"同样具有隐喻的意味,加了一个泛指词"Star",说明了其是星星,对星象隐喻的翻译不无启示。例(30)中许渊冲的译文比较特殊,他舍弃了牛郎织女的意象,将两星及其牛郎织女之间的爱情故事简化为"heart-broken stars shed tears"。显然,许氏这里也把星星拟人化了,只是没有出现具体的人名而已,很简洁地传达了该诗的意旨,同样表现了诗中宫女的孤戚心情。许译此例有的版本又为"She sits to watch two stars in love meet in the skies",与前一版本有异曲同工之妙。例(30)中翟理斯添加的"far apart"也准确到位。例(32)中缪文杰(Ronald C. Miao)的"The Milky Way, stream westward; the night not even half over"是原诗"星汉西流夜未央"的对应译文,译文本身同样有语义冲突的毛病。试想,道路如何会"stream westward"呢?银河横隔牛郎织女的神话在中国家喻户晓,有时银河本身便是一种隐喻化象征,如袁枚的《马嵬》"莫唱当年长恨歌,人间亦自有银河。石壕村里夫妻别,泪比长生殿上多"等。所以对"银河"等核心星象隐喻的翻译,译者要格外重视,不妨从整体上渲染一种语言氛围,以传达中国文化的异质内涵。除了牛郎织女的神话故事之外,也有很多诗歌利用"牵牛"的意象来描述事理或抒发情感,具有一定的语篇建构功能,如《诗经·大东》中的"睆彼牵牛,不以服箱",无名氏《明月皎夜光》中的"南箕北有斗,牵牛不负轭"等,翻译时也要注意诗歌前后的语义关联,简单的对译法(如把牵牛译为 Altair)显然是行不通的。

四、小 结

认知翻译假设旨在根据隐喻的映射关系来确定具体的翻译方法。具有相似映射条件的隐喻(不管在选词层面是否有差别)处理起来相对简单,似乎转换成目的语中对应的隐喻即可。然而,通过例(24)、例(25)的分析可知,根据星象隐喻在具体语篇中的功能,相似映射条件的隐喻在某些情况下也可采用更加灵活的翻译方法。对于具有不同映射条件的隐喻而言,认知翻译假设建议的翻译方法主要包括:采用目的语的明喻,或进行解释、改写,或添加脚注,或直接省略。面对这么多的选择,该理论假设并没有说明在何种情况下采用何种翻译方法。研究发现其取决于隐喻在具体语篇中的功能与作用。如"牛郎"与"织女"就不宜采取对译的方法,因为其在语篇中承载着文化意义,最好再现原文的意象,如有必要则加注说明。有关"银河"的翻译,要考虑到"河"的谋篇作用以及整个语义场的和谐,所以有时不宜对译为"the Milky Way",如果这样译的话,就会造成语义冲突,使得诗歌的意义和美感受到损失。所以中国古典诗歌中星象隐喻的翻译不仅要考虑映射条件的差异,更要注意其在具体诗篇中的主导作用(或建构语篇,或承载文化,或启发想象,或指示时间,或占卜命运,不一而足),故根据语境灵活处理这些星象隐喻显得格外重要。

第六章　中国古典诗词中的通感与
拟人修辞认知翻译研究

第一节　中国古典诗词中的通感修辞及其英译研究①

　　人类的外部感觉主要有五种,即视觉、听觉、嗅觉、味觉和触觉,日常语言中五种感觉经常交错使用,如"响亮"(听觉和视觉)、"热闹"(触觉与听觉)、"清香"(视觉与嗅觉)、"痛苦"(触觉与味觉)等。这种感官功能交错使用的语言现象在修辞学中叫移觉,张弓谓之"将甲种感官的作用,移到乙感官上,使文辞别呈一种美丽",陈望道则称之为"官能底交错"②。钱锺书于 1962 年发表了《通感》一文,认为"在日常经验里,视觉、听觉、触觉、嗅觉等往往可以彼此打通或交通,眼、耳、鼻、身等各个官能的领域可以不分界限。颜色似乎会有温度,声音似乎会有形象,冷暖似乎会有重量。诸如此类在普通语言里就流露不少"③。由于钱锺书的名声大,文章有分量,"通感"作为这种修辞现象的命名广被接受。通感首先是人类共有的生理现象与思维方式,在人类语言中起不可忽视的构词和词义转移

---

① 本节原载《外文研究》2019 年第 1 期,标题未变,独立撰写,收入本书时略有改动。

② 转引自:胡范铸.钱钟书的《通感》与陈望道的《官能底交错》.华东师范大学学报(哲学社会科学版),1998(5):97.

③ 钱锺书.通感.文学评论,1962(1):13.

功能;其次是一种有效的修辞手段,多见于文学作品,尤其是诗歌作品中。① 通感修辞不仅具有语言属性和审美属性,还具有生理属性、认知属性和思维属性。汪少华、徐健从概念隐喻视角来研究通感,认为通感也是一种隐喻,表现为不同感官特征之间的映射过程。② 概念隐喻为理解通感提供了强大的理论工具,有利于深入探索通感修辞的语言表现和认知特征的互动关系。

通感修辞具有审美性、形象性、直觉性、认知性、反逻辑性等特征,是修辞认知家族的典型成员之一。如果说修辞认知的认知属性主要体现在日常语言中,其审美属性则主要集中在文学语言中,是审美和认知的统一。审美主要是一种感性体验,通感之美就在于能调动接受者不同感官的感性经验,使之在具体语境中实现和谐统一。刘勰在《文心雕龙·物色》中有言:“岁有其物,物有其容;情以物迁,辞以情发……是以诗人感物,联类不穷。流连万象之际,沉吟视听之区。写气图貌,既随物以宛转;属采附声,亦与心而徘徊。”中国古典诗词中的通感主要是诗人“感物”的产物与抒情的需要,但并不局限在“视听之区”,而是涉及所有可能的感官领域,不同的感觉相互交织在一起,共同表达诗人独特的心理感受。宋祁《玉楼春》中有“红杏枝头春意闹”之句,其中“闹”字的使用便是典型的通感,打通了视觉和听觉,为历代读者所称颂,王国维在《人间词话》中评道,此句“著一‘闹’字而境界全出”,成为古代诗人炼字的佳例。中国古典诗词中有大量类似的通感,其常见的映射途径有哪些? 在具体语境中发挥什么作用,审美效果如何? 对应的英译是否再现了原文的通感,是否保留了原来的映射途径,是否具有相似的修辞认知作用? 通感翻译在理论上有哪些翻译方法,实际上又该如何操作? 本节尝试对这些问题进行解析。

一、中国古典诗词中通感修辞的映射途径

概念隐喻是认知语言学的重要理论,被视为人类的深层认知和思维

---

① 李国南.论“通感”的人类生理学共性.外国语,1996(3):34-40.

② 汪少华,徐健.通感与概念隐喻.外语学刊,2002(3):91-94.

方式,各种各样的隐喻话语则是相关概念隐喻的隐喻表达。莱考夫和约翰逊认为,"隐喻的本质是通过一种事物来理解与体验另一种事物"①。通感修辞则是通过一种感觉来体验和理解另一种感觉,所以通感本质上也是隐喻,有其对应的概念隐喻。概念隐喻都有一个映射过程,把属于甲事物(源域)的特征有选择地映射到乙事物(目的域)上,通感则是把感官甲的特征映射到感官乙上。就理论层面而言,任何感觉都可以作为通感的源域,任何其他不同的感觉都可以作为目的域,如果把人类感觉分为视觉、听觉、嗅觉、味觉、触觉 5 种的话,那么通感之概念隐喻就有 20 种(只限两种感觉之间的组合),如"视觉是听觉""听觉是嗅觉""嗅觉是味觉""味觉是触觉"等。中国古典诗词中常见的通感有哪些映射途径呢?

（一）以视觉作为目的域的通感表达

人类的视觉最为重要,至少有 80% 的外界信息是通过视觉获得的。古代诗人仰观俯察,触物生情,所谓"登山则情满于山,观海则意溢于海"(刘勰《文心雕龙·神思》)。在描写视觉的时候诗人往往会交错使用其他感觉,或者说用其他感觉来描述视觉,不管是有意识的还是无意识的,这种新奇的表达往往会令读者眼前一亮。如下面几例:

（1）柳色黄金嫩,梨花白雪香。(李白《宫中行乐词八首》)②

（2）松摇夜半风声壮,桂染中秋月色香。(戴复古《折桂寺》)

（3）车驰马逐灯方闹,地静人闲月自妍。(黄庭坚《次韵公秉子由十六夜忆清虚》)

（4）寺多红药烧人眼,地足青苔染马蹄。(王建《江陵即事》)

（5）促织灯下吟,灯光冷于水。(刘驾《秋夕》)

（6）云根苔藓山上石,冷红泣露娇啼色。(李贺《南山田中行》)

---

① Lakoff, G. & Johnson, M. *Metaphors We Live By*. Chicago: The University of Chicago Press, 1980:5.

② 本节所引用的古典诗词主要源自"古诗文网",网址为:https://www.gushiwen. org/.

（7）骝马新跨白玉鞍，战罢沙场月色寒。（王昌龄《出塞二首》）

（8）新愁一寸，旧愁千缕。杜鹃叫断空山苦。（程垓《忆秦娥·愁无语》）

以视觉作为目的域的通感修辞在中国古典诗词中比较常见，多以写景为主，其中的概念隐喻有四种："视觉是听觉""视觉是味觉""视觉是嗅觉"和"视觉是触觉"。例（1）中的"白雪香"、例（2）中的"月色香"属于"视觉是嗅觉"的隐喻表达；例（3）中的"灯方闹"属于"视觉是听觉"的隐喻表达；例（4）中的"红药烧人眼"、例（5）中的"灯光冷于水"、例（6）中的"冷红"、例（7）中的"月色寒"属于"视觉是触觉"的隐喻表达；例（8）中的"空山苦"属于"视觉是味觉"的隐喻表达。诗人写景是为了抒情，外在景物的描写往往是内心情感的投射，这些通感的使用都比较切合诗歌的题旨情境，如例（7）中的"月色寒"、例（8）中的"空山苦"等。另外，通感修辞的反逻辑性恰恰体现在其审美逻辑上，如例（2）中的"月色香"本来是说不通的，但正是由于"桂染中秋"（桂香）语境的存在，使之在审美上具有了合理性，似乎月色也染上了桂花的香气。

（二）以听觉作为目的域的通感表达

听觉也是人类比较发达的感知系统，获得外部信息最多的感官，除视觉之外当属听觉。由于听觉难以把握，人们在听音乐之时脑海中通常会浮现出视觉形象，如《伯牙绝弦》中所叙述的"伯牙鼓琴，志在高山，钟子期曰：'善哉，峨峨兮若泰山！'"。在中国古典诗词中，以听觉作为目的域的通感最为常见，源域也包括其他四种感觉。

（9）促织声尖尖似针，更深刺著旅人心。（贾岛《客思》）

（10）翦翦轻风未是轻，犹吹花片作红声。（杨万里《又和二绝句》）

（11）月凉梦破鸡声白，枫霁烟醒乌话红。（李世熊《剑浦陆发次林守一》）

（12）风随柳转声皆绿，麦受尘欺色易黄。（严遂成《满城道中》）

（13）入定雪龛灯焰直，讲经霜殿磬声圆。（王禹偁《寄杭州西湖昭庆寺华严社主省常上人》）

（14）溪冷泉声苦，山空木叶干。（高适《使青夷军入居庸三首》）

（15）鹧鸪声苦晓惊眠，朱槿花娇晚相伴。（李商隐《偶成转韵七十二句赠四同舍》）

（16）山花冥冥山欲雨，杜鹃声酸客无语。（周紫芝《思归乐》）

（17）水光入座杯盘莹，花气侵人笑语香。（秦观《游监湖》）

（18）雨过树头云气湿，风来花底鸟声香。（贾惟孝《登螺峰四顾亭》）

（19）已觉笙歌无暖热，仍嫌风月太清寒。（范成大《新邻招集强往便归》）

（20）一曲银钩帘半卷，绿窗睡足莺声软。（刘翰《蝶恋花》）

例（9）至例（13）中的通感表达属于"听觉是视觉"的概念隐喻，其中的"声尖""声圆""红声""鸟话红""声皆绿"正如钱锺书所言，"声音似乎会有形象"，陌生化效果十分显著。例（10）和例（12）都是描写风的，但风的颜色并不相同，例（10）中"花片"是"红声"的原因，例（12）中"柳"是"声皆绿"的原因。由此可见，具体的文本语境是通感修辞是否具有审美合理性的重要原因。例（14）至例（16）中的通感属于"听觉是味觉"的概念隐喻，其中的"声苦""声酸"主要是诗人情感向外投射的结果。例（17）和例（18）属于"听觉是嗅觉"的范畴，都是花赋予了"笑语""鸟声"以香气。例（19）和例（20）则属于"听觉是触觉"的范畴，"暖热"和"软"都是触觉词语，分别形容"笙歌"和"莺声"。声音是靠声波来传播的，是看不见摸不着的东西，相对比较抽象，所以诗人经常使用其他感觉来描述听觉，从而给人一种更为真切、具体的心理感受。这也很大程度上解释了为什么"以听觉作为目标感觉域的通感式表达，其数量要高出以其他感觉为目标感觉域的通感式表达"①。

（三）以触觉、味觉和嗅觉作为目的域的通感表达

相对视觉和听觉而言,触觉、味觉和嗅觉是人类比较低级的感觉。乌尔曼(S. Ullmann)曾对文学作品中的通感修辞进行实证分析(基于2000条通感语料),发现80%的通感呈现出从低级到高级、从简单到复杂的移动态势,他把六种感觉从低级到高级依次排列为:触觉、温觉、味觉、嗅觉、听觉、视觉。② 换言之,感官越高级,越容易成为通感隐喻的目的域。③ 在中国古典诗词中,以触觉、味觉和嗅觉作为目的域的就相对比较少见。

（21）雨洗娟娟净,风吹细细香。(杜甫《严郑公宅同咏竹》)

（22）芙蕖抱枯香,颓颜羞不遇。(李若水《秋怀》)

（23）晚艳出荒篱,冷香著秋水。(王建《野菊》)

（24）便系马、莺边清晓,烟草晴花,沙润香软。(吴文英《倦寻芳》)

（25）女巫浇酒云满空,玉炉炭火香咚咚。(李贺《神弦》)

（26）瑶台雪花数千点,片片吹落春风香。(李白《酬殷明佐见赠五云裘歌》)

（27）芳意阑,可惜香心,一夜酸风扫。(张炎《解语花》)

（28）音声犹带涧风涩,颜色尚染岚烟黑。(强至《卖松翁》)

（29）不应便杂天桃杏,半点微酸已著枝。(苏轼《红梅三首》)

（30）心之忧矣,其毒大苦。(《诗经·小明》

例(21)至例(25)描写的都是香,目的域为嗅觉,源域包括例(21)和例

----

① 石琳.认知视角下的英汉通感实证研究.大学英语(学术版),2013(3):175-181,189.

② Ullmann, S. *Language and Style*. Oxford: Basil Blackwell, 1964. 按照惯例,本节把触觉和温觉统称为触觉。

③ 这种假设还需要大量语料的验证(包括听觉与视觉之间),并且可能具有文化差异性。

(22)中的视觉(细细香、枯香),例(23)和例(24)中的触觉(冷香、香软)以及例(25)中的听觉(香咚咚)。例(26)至(28)描写的都是风,目的域都是触觉,其中例(26)的源域是嗅觉(春风香),例(27)和例(28)的源域是味觉(酸风、风涩)。例(29)和例(30)的目的域都是味觉,源域都是视觉(微酸、大苦)。犹如隐喻,通感表达的新鲜性或陌生化程度也不尽相同,如例(25)中的"香咚咚"就比例(29)中的"微酸"更加形象,后者类似于死喻,经反复使用基本上已经词汇化了,很难激起读者的新鲜感觉。对通感新鲜程度的判断很大程度上取决于语用频率,换言之,通感表达越是罕见,其新鲜程度也就越高。不管通感的新鲜程度如何,都要切合具体语境,具有审美合理性。通感作为一种独特的认知方式,在东西方文化中是相通的,具有"人类生理学共性"①;作为具体的修辞话语,有时却存在一定的文化差异,在翻译过程中需要引起译者的重视。如例(27)中的"酸风"本有三义,包括刺骨的寒风、醋意以及文人迂腐拘执的习气,如果照字面直译,译文读者未必能够理解,如果只把刺骨寒风之意译出来,表醋意的联想意义就流失了。

二、中国古典诗词中通感修辞的英译分析

通感修辞的翻译也引起了部分学者的注意,尤其是文学作品、茶酒文化中的通感。包通法认为通感修辞表述方法和喻体的不同并非思维本质共性的相异,在跨文化交际中应在认知共性的基础上通过恰当的翻译方法(归化与异化)寻求原语读者和目的语读者心理感受的相似②。王牧群认为在文学语言的翻译过程中,保留通感隐喻的修辞特征,有利于透视文学家独特的心理体验和认知过程,再现原文的艺术性③。邱文生对比分析

① 李国南.论"通感"的人类生理学共性.外国语,1996(3):34-40.
② 包通法.美学认知中的通感与翻译.江南大学学报(人文社会科学版),2005(6):87-89,96.
③ 王牧群.通感隐喻与文学语言的翻译.燕山大学学报(哲学社会科学版),2006(1):90-93.

了英汉通感在认知与语言层面的共性与差异,强调不同文化语境下通感呈现的情状是译者翻译语言通感的重要参照①。包通法、王牧群和邱文生都强调了通感的认知属性,指出了中西通感思维层面的共性以及语言表达层面的差异,也都提倡再现原文中的通感。对于中国古典诗词中通感的翻译,目前还鲜有专门对之进行探索的。本节结合概念隐喻和修辞认知,尝试对其中的通感翻译方法进行总结,评价对应译文的审美得失。

(31)疏影横斜水清浅,暗香浮动月黄昏。(林逋《山园小梅二首》)

译文 1:Sparse shadows slant across the shallow water clear / And gloomy fragrance floats at dusk in dim moonlight.(许渊冲译)②

译文 2:In a shallow pool is the image of its twigs, sparse and slanting, / In moonlit dusk its delicate fragrance is floating and floating.(刘克璋译)

此例中的"暗香"是通感机制生成的典型词语,在中国古典诗词中甚为常见,其源域是视觉("暗"),目的域是嗅觉("香")。许渊冲的译文"gloomy fragrance"试图传达原文的这种通感,可是"gloomy"有形容某个

---

① 邱文生.文化语境下的通感与翻译.中国外语,2008(3):89-94.

② 本节译文来源主要包括以下译著(正文中不再一一标明):吕叔湘.中诗英译比录.北京:中华书局,2002;许渊冲.中诗英韵探胜——从《诗经》到《西厢记》.北京:北京大学出版社,1992;许渊冲.许渊冲经典英译古典诗歌 1000 首(共 10 册).北京:海豚出版社,2012;Huang, Hongquan. *Anthology of Song-Dynasty Ci-Poetry*. Beijing: People's Liberation Army Publishing House, 1988; Watson, B. *The Selected Poems of Du Fu* (Library of Chinese Classics Chinese-English). Changsha: Hunan People's Publishing House, 2009;孙大雨.英译唐诗选.上海:上海外语教育出版社,2007;翁显良.古诗英译.北京:北京出版社,1985;朱曼华.中国历代诗词英译集锦(第 2 版).北京:商务印书馆国际有限公司,2016;刘克璋.唐宋诗一百首欣赏与英译.北京:新华出版社,2006;任治稷,余正.从诗到诗:中国古诗词英译.北京:外语教学与研究出版社,2006.张廷琛,魏博思.唐诗一百首.北京:中国对外翻译出版公司,1991.

地方昏暗之意,但同时也指人之忧伤,这个联想意义并不符合这首诗的氛围。许渊冲还把贯云石《清江引》中的"有时节暗香来梦里"译为"Sometimes their gloomy fragrance steals into our dreams",其中的"暗香"也被译为"gloomy fragrance",同样具有负面的联想意义,与原文的"咏梅"主题不甚符合。李清照《醉花阴》中的"东篱把酒黄昏后,有暗香盈袖"被许渊冲译为"At dusk I drink before chrysanthemums in bloom; / My sleeves are filled with fragrance and with gloom",把原文的通感转换为译文的一语双叙,属于从修辞认知到修辞认知的"异类转换",效果也还比较理想。李清照的《醉花阴》是伤感的,有"薄雾浓云愁永昼""莫道不销魂,帘卷西风,人比黄花瘦"之句,如果把其中的"暗香"译为"gloomy fragrance",就会很切合诗歌主题。刘克璋把这里的"暗香"译为"delicate fragrance","delicate"可以形容嗅觉,也可形容视觉、味觉等,所以通感修辞就不复存在了,译者用的类似措辞还有"faint""subtle"等,如黄宏荃(Huang Hongquan)把辛弃疾《青玉案》中"笑语盈盈暗香去"中的"暗香"译为"faint fragrance",翁显良把其译为"subtle sweetness",任治稷、余正把苏轼《洞仙歌》中"水殿风来暗香满"中的"暗香"译为"faint scent",黄宏荃把其译为"gentle perfume"等。许渊冲则把"水殿风来暗香满"中的"暗香"译为"unperceivable fragrance",其中"unperceivable"主要指的是视觉,再现了原文之通感,审美效果也还不错。

(32)绿杨烟外晓寒轻,红杏枝头春意闹。(宋祁《玉楼春》)

译文 1:Beyond the willow's greenish mist / The wakening morn yet is cold; / Among the apricot's sprays / Spring riots in her play.(黄宏荃译)

译文 2:Beyond green willows morning chill is growing mild; / On pink apricot branches spring is running wild.(许渊冲译)

此例中的"春意闹"是典型的通感,投射路径是从听觉(闹)到视觉(春意),历来被人津津乐道。文学翻译的忠实很大程度上是一种审美的忠实,所求并不在于一一对应,只要总体文学性和原文相当,取得和原文相似的审美效果,就值得肯定与鼓励。黄宏荃把"春意闹"译为"Spring riots in her play",无法体现原文的通感,但译文本身也十分耐读,颇有韵味,主要原因在于其对修辞认知的反复调用,如添加的移就修辞格(greenish mist),添加的拟人修辞格(The wakening morn, Spring riots in her play),提升了译文本身的艺术性。黄译中的"greenish mist",搭配本身并不符合逻辑,但在"绿杨"熏染下白色的雾就变成绿色的了,就像例(2)中的"月色香"、例(11)中的"鸟话红"一样,在具体语境中又有了审美上的合理性。原文中的"绿杨"以及许渊冲译文中的"green willows"属于概念认知,黄译的"greenish mist"就是修辞认知(移就),文学作品中修辞认知的审美感染力优于概念认知,相信黄宏荃的创造性翻译是有意识的选择。许渊冲把"春意闹"译为"spring is running wild",虽有一定的拟人意味,但通感流失后没有原文生动,其他地方也没有明显的审美补偿。

(33)枯桑老柏寒飕飕,九雏鸣凤乱啾啾。(李颀《听安万善吹觱篥歌》)

译文1:Mulberry withered and cypress old seemeth its ringing sound; / A chirping phoenix with nine small chicks nestling against her down.(孙大雨译)

译文2:Dry mulberry-trees, old cypresses, trembling in its chill. / There are nine baby phoenixes, outcrying one another. (Tr. by Witter Bynner)

此例中的通感主要是在语篇层面运作的,原诗写的是听歌,总体上属于听觉范畴,其中"枯桑老柏寒飕飕"有视觉,也有触觉,用来描写诗人听歌的感受,兼有通感和比喻两种修辞认知。孙大雨的译文"Mulberry withered and cypress old seemeth its ringing sound"也打通了听觉与视觉,并且通过添加一些词语(seemth its ringing sound),很大程度上显化了诗中的审美逻辑,化隐为显,也比较符合英语读者的审美习惯。但遗憾的是原文的触觉(寒飕飕)并没有体现出来,如果把"ringing sound"改为"chilly sound"(和原文一样,同为打通触觉和听觉的通感),效果也许会更好一些。宾纳的译文没有化隐为显,但也有通感的存在,并且具有视觉和触觉双重意象,但审美逻辑和孙译有所不同,孙译是类同关系(比喻),宾纳的译文是致使关系(... trembling in its chill),笔者更倾向于认同孙译的审美逻辑。李贺的《李凭箜篌引》也有类似的语篇通感,用很多视觉意象来描写乐声,如"昆山玉碎凤凰叫,芙蓉泣露香兰笑"。许渊冲的译文"Broken jade or dew-shedding lotus is not more sad; / Nor is phoenix's song or sweet orchid's smile more glad"重新组合了原文的意象,也很大程度上显化了诗人的情感("sad""glad"),总体效果也还不错。如果把其中的"dew-shedding"改为"tears-shedding"则更能体现乐声中的愁绪悲调,同时也不会弱化原文的拟人色彩。张廷琛、魏博思的译文"As sweet as shattering jade and phoenixes' cries. / Lotus shed their dewy tears, and orchids smile at / Sounds that... "也添加了一个表达主观情感的词汇(sweet),但似乎不如许译的"sad"符合情理。如果说原文也是类同关系的话,和上述宾纳的译文一样,张廷琛、魏博思的后半句译文也变成了致使关系(Lotus shed their dewy tears, and orchids smile at / Sounds that...),虽然这种审美逻辑也说得通,但通感修辞的审美特征还是少了一些。

(34)二十四桥仍在,波心荡,冷月无声。(姜夔《扬州慢》)

译文 1:Those twenty four bridges still arched there. Beneath them silent waves were tossing / The cold image of the moon.(黄宏荃译)

译文 2:The Twenty-Four Bridges can still be seen, / But the cold moon floating among / The waves would no more sing a song. (许渊冲译)

译文 3:The Twenty-Four Bridges are still here. In the centre of the lake, the water ripples, / And the cold moon makes not a sound.（Tr. by Huang Kuo-pin）

此例中的"冷月"是通感修辞,源域是触觉(冷),目的域是视觉(月)。黄宏荃的译文"The cold image of the moon"再现了原文的通感,同时还添加了一个比较常见的通感,即"silent waves"(从听觉到视觉的投射),或者说是把冷月的"无声"转移到了水波上。许渊冲的"cold moon"也再现了原文"冷月"之通感,"无声"的对应译文是"... no more sing a song",一定程度上强化了原文的拟人修辞。黄国斌(Huang Kuo-pin)的译文用的也是"cold moon",总体上更加贴近原文,但审美效果似乎不如许译和黄译,后者更加灵动。李商隐《无题》中"晓镜但愁云鬓改,夜吟应觉月光寒"中的"月光寒"也是从触觉(寒)向视觉(月光)的投射,朱曼华的对应译文"the moonlight was cold"以及张廷琛、魏博思的译文"the moonlight has grown chill"也都再现了原文的通感修辞。其他如范仲淹《苏幕遮》中"秋色连波,波上寒烟翠"中的"寒烟"被赵彦春译为"cold smoke",王安石《桂枝香》中"六朝旧事随流水,但寒烟衰草凝绿"中的"寒烟"被许渊冲和弗兰克尔(Hans H. Frankel)译为"chilly mist"(其中前者"衰草凝绿"的对应译文"fragrant grasses stiff with frost"还添加了一个通感)等。

(35)香雾云鬟湿,清辉玉臂寒。(杜甫《月夜》)

译文1：Fragrant mist in her cloud hair damp, / clear lucence on her jade arms cold—(Tr. by Burton Watson)

译文2：Your cloudlike hair is moist with dew, it seems; / Your jade-white arms would feel the cold moonbeams.(许渊冲译)

译文3：Her cloudy coiffure is moistened / By a mist of odorous flavour; / The moon's fair lustre is cooling / Her gem-hued arms to deliver / Λ shapely curvaturc.(孙大雨译)

此例中的"香雾"为通感修辞,源域是嗅觉(香),目的域是视觉(雾)。华兹生(Watson)译文中的"fragrant mist"再现了原文的通感,但原文中"湿"和"寒"为使动用法,译文中却变成了形容词。许渊冲的译文删除了原文中"香雾"的通感修辞,但添加的通感修辞"cold moonbeams"不失为一种审美补偿。孙大雨的译文"a mist of odorous flavour"也再现了原文的通感,对"清辉玉臂寒"的逻辑解读也非常到位。其他类似的再现如苏轼《海棠》"东风袅袅泛崇光,香雾空蒙月转廊"中的"香雾"被许渊冲译为"fragrant mist",王安石《菩萨蛮》中"凉月白纷纷,香风隔岸闻"中的"香风"(从嗅觉到触觉)被许渊冲译为"fragrant breeze",李白《鹦鹉洲》中"烟开兰叶香风暖,岸夹桃花锦浪生"中的"香风"被朱曼华译为"fragrant air"等。当然,也有巧妙的转换,如刘眘虚《阙题》中的"时有落花至,远随流水香"被翁显良译为"... an endless stream of drifting flowers that carry the sweetness of the mountains to the outer world",原文中的"流水香"(从嗅觉到视觉)是通感,译文中的"the sweetness of the mountains"(从味觉到视觉)也是通感,两者的审美效果相似。

(36)人静乌鸢自乐,小桥外、新绿溅溅。(周邦彦《满庭芳》)

译文 1:The crows are merry when human voices subside,/Beyond the little bridge the spring flood a rippling music plays.(黄宏荃译)

译文 2:Reposeful to be sure. Even the kites are at ease,perching over there beyond the little bridge,where so many rills join to swell the babbling stream.(翁显良译)

此例中"新绿溅溅"为通感,源域为听觉(溅溅),目的域为视觉(新绿),话语表达十分新鲜,犹如例(25)中的"香咚咚"。然而,不管是黄译中的"the spring flood"还是翁译中的"the babbling stream",都把"新绿"的实指(溪水)明说出来,陌生化效果不如原文。相对而言,翁译的措辞"stream"比黄译的"flood"更为精确,更容易引起读者的审美联想。另外,黄译添加拟人修辞(the spring flood a rippling music plays)也是值得鼓励的。"新绿溅溅"的确不好处理,读者不妨一试。例(25)中的"香咚咚"倒不妨直译为"resounding fragrance"之类打通嗅觉和听觉之间界限的措辞。米芾《西江月》中"溪面荷香粼粼,林端远岫青青"中的"荷香粼粼"也是很新鲜的通感表达,打通了视觉和嗅觉之间的界限,许渊冲的对应译文为"The lotus on the creek spreads fragrance far and nigh;/ Above the green, green woods undulates hill on hill",由于省略了"粼粼"的语义,通感修辞也就不复存在了,如果在"fragrance"之前加个"bright"等表视觉的形容词,效果可能会好一些。

(37)荷风送香气,竹露滴清响。(孟浩然《夏日南亭怀辛大》)

译文 1:Loaded with lotus-scent the breeze sweeps by,/ Clear dripping drops from tall bamboos I hear. (Tr. by Herbert A. Giles)

译文 2:The evening breeze across the lilies blowing / With fragrant coolness falls upon my head. / And in the solemn stillness—all-pervading,/ The fall of dewdrops from the tall bamboos— / Which grow in graceful rows along the railing—/ Sounds through the silence soft as dove's faint coos. (Tr. by Charles Budd)

译文 3:The night wind tells me secrets / Of lotus lilies blue;/ And hour by hour the willows / Shakes down the chiming dew. (Tr. by L. Cranmer-Byng)

译文 4:The wind brings me odours of lotuses,/ And bamboo-leaves drip with a music of dew. (Tr. by Witter Bynner)

此例中的"清响"是通感,源域是视觉(清),目的域是听觉(响)。翟理斯译文中的"clear dripping"是再现,也是从视觉向听觉的投射。巴德把"清响"泛化为"sounds",此处的通感流失,但添加了一个比喻(Sounds through the silence soft as dove's faint coos),属于修辞认知的异类转换,前文还添加了一个打通嗅觉与触觉的通感(fragrant coolness)。巴德的译文有很大的创译成分,总体上文学性还是很高的。克莱默-宾译文中的

"chiming dew"也是通感,投射路径却变成了从听觉转换到视觉,同样具有很强的审美感染力。宾纳的译文"bamboo-leaves drip with a music of dew"也是化通感为隐喻(a music of dew),同属于修辞认知的异类转换。由此可见,如果没有对原文的通感进行再现,添加一些认知性修辞格(如隐喻、拟人、一语双叙等)也是一种有效的审美补偿。姜夔《点绛唇》中"数峰清苦。商略黄昏雨"中的"清苦"也是通感,投射路径为从视觉到味觉,黄宏荃的译文"A few lonesome peaks and sad / Are communing with the evening rain"同样没有再现原文通感,但拟人的强化也使译文非常耐人寻味,可谓"一切景语皆情语"。

(38)醉拍春衫惜旧香(晏几道《鹧鸪天》)

译文1:Drunk, I caress my sleeves where perfume old won't pass. / Does mine remind them of caress of my dear one? (许渊冲译)

译文2:Drunk! with wine, and with the sweetness of a spring long past—it still lingers in the old robe.(翁显良译)

此例中的"旧香"是从视觉向嗅觉投射的通感修辞,与例(31)中"暗香"的投射路径一致,但后者新鲜性不如前者,或者说"暗香"很大程度上已经词汇化了。许译中的"perfume old"是再现,翁译把"旧"移植到了"old robe"上,逻辑上没问题,不过审美上当以再现为妙。值得注意的是,翁译添加了一个一语双叙的修辞认知(Drunk! with wine, and with the sweetness of a spring long past),使译文颇有韵味,文学性不减原文。黄巢《题菊花》中"飒飒西风满院栽,蕊寒香冷蝶难来"中的"香冷"也是通感,投射路径是从触觉到嗅觉,朱曼华的对应译文"All the pistils were fragrant but cold"转移了"冷"的修饰对象,通感修辞也就流失了。晏殊《清平乐》中"金风细细,叶叶梧桐坠"中的"金风细细"则是从视觉(细细)到触觉(金风)的通感,许渊冲的译文"Gently, gently blows golden breeze"同样没有再现其中的通感修辞。文学翻译是有得有失的艺术,艺术之失或出于无奈,或出于无意;艺术之得往往是有意的,是译者充分发挥自己主体性的结果。通感修辞如果无法再现,或者未能再现,就要善于在其他地方补偿,以降低翻译过程中的审美磨蚀。

(39)正是江南好风景,落花时节又逢君。(杜甫《江南逢李龟年》)

译文 1:Now the Southern scenery is most sweet,/ But I meet you again in parting spring.(许渊冲译)

译文 2:Now when the scenery is finest here south of the Yangzi,/ that we should meet once more just as blossoms are falling!(Tr. by Burton Watson)

此例原文中并没有通感,许译"the Southern scenery is most sweet"却有通感修辞,是译者添加的,属于典型的从概念认知到修辞认知的转换。英语中的"sweet"有多义,但最基本的语义还是"甜的",表味觉,许译就是从味觉(sweet)到视觉(scenery)的投射,虽然类似于死喻化的通感,但还是有一定表现力的。华兹生的译文就没有出现相关通感,其采取的措辞"finest"的表现力似乎不如许译中的"sweet"。苏轼的《念奴娇》中有"江山如画,一时多少豪杰"之句,黄宏荃的译文为"An enchanting painting sweet,/ Reminiscent of the heroes that thronged the fleeting age",这里的"painting sweet"也是译者添加的通感修辞,与许渊冲英译的"正是江南好风景"有异曲同工之妙。由此可见,原文有通感修辞或修辞认知的,译文未必有,原文没有的,译文也未必没有,译者要学会转换与补偿。换言之,针对中国古典诗词中通感修辞翻译的评价,要持一种(相对的)有机整体观,不仅要看是否再现了原文的通感,更要考虑到对应译文(片段)总体文学性的强弱变化。

三、小 结

通感是一种典型的修辞认知,也可归在隐喻的范畴,在文学作品中具有较强的审美感染力。就概念隐喻而言,通感的投射途径有 20 种,如从视觉到听觉、从触觉到味觉、从嗅觉到视觉等。中国古典诗词言简意赅,意蕴丰富,充斥着大量的通感修辞,其中以听觉、视觉和嗅觉作为目的域的最为常见。古典诗词中的通感修辞兼具认知和审美双重功能(审美为其主导功能),也是诗性话语的有机组成部分。笔者对其中的通感翻译进行分析,发现:(1)大多译文再现了原文的通感修辞,也保留了同样的投射路径,具有相似的审美效果和认知功能;(2)通感再现中,也有改变原文映射途径的,但比较罕见;(3)有的译者会有意无意地删除原文的通感,但会在别的地方进行补偿,或增添通感,或增添拟人、比喻等修辞认知,文学性和原文不相上下;(4)有的删除了原文的通感,但未做任何审美补偿,译文的文学性相对原文有所损失;(5)也有译者会在译文中添加一些通感修辞(不常见),一定程度上提升了译文的审美性。中国古典诗词中通感修辞的新鲜程度是不一样的,往往语用频率越低,新鲜程度越高,对于新鲜程度较高的要尽量再现;如果由于各种原因(如文化差异、字数限制等)而删除了原文的通感修辞,译者还要学会进行审美补偿,尽量使译文的总体文学性和原文的相当,甚至有所超越;译诗强调的是整体意境,原文中的通感修辞不管如何翻译,都要保证译文本身"有离开原作而独立存在的价值"①,如果译文具有了较高的独立存在的价值,中国古典诗词的译介就更容易被国外读者所接受。

第二节　中国古典诗词中的拟人修辞及其英译研究②

泛灵论,又称万物有灵论,是一种发源并盛行于 17 世纪的哲学思想,后来又发展成为宗教信仰的种类之一。泛灵论认为天下万物皆有灵魂或

---

① 翁显良.情信与词达——谈汉诗英译的若干问题.外国语,1980(5):23.

② 本节原载《外国语文》2017 年第 5 期,原标题为《中国古典诗词中的泛灵论及其英译研究》,与常敏扩(第二作者)合作撰写,收入本书时略有改动。

自然精神,如动物、植物、岩石、河流、天气、手工艺品,甚至是话语本身也都和人一样,是有灵性的、活生生的。泛灵论不仅是一种古老的信仰系统,还是一种认知方式,至今仍以各种形式存在于世,尤其是存在于传统部落与社会中,体现在如祭天、祈雨等行为中。19 世纪以来,人类学家对原始人类的精神和文化进行了深入的探讨,其中就包括对泛灵论现象的探讨。爱德华·泰勒(Edward Tylor)在其经典著作《原始文化》(*Primitive Culture*)中就用了很大的篇幅来论述原始文化中的泛灵论,书中提到的"野蛮人"认为灵魂无处不在,河流、石头、树木、武器等,都被视为活着的智慧生命,人可以同这些生命进行交谈,安抚它们,还会因为它们造成的伤害而惩罚它们。① 与拜物教不同的是,泛灵论并没有提出一个灵异的事物作为崇拜的对象,而是认为灵魂或灵性是大自然中所有物体的共有属性,尤其是有生命的物体,主张"所有活物都是主体"②。霍尔(Matthew Hall)指出植物也像人一样具有知识和道德意识,因为它们同样有"敏感的、有目的的、有意志的行为"③。当植物把叶子转向太阳时,其实就是在进行一种感官知觉和认知参与的有意志运动。所以对植物的拟人化描写广泛出现在各种文学作品中,具有很强的艺术魅力。

泛灵论的产生是因为人们在理解事物的过程中总会在头脑中产生一些情绪体验,早期人类之所以被认为具有灵魂,是因为他们受到强烈的情感体验的影响,由于原始人类的认知系统在生理和心理上都有一定的局限性,他们无法认识到这一点,所以相信生命和灵魂是无处不在的。④ 古希腊哲人曾说过,"人是万物的尺度",人类用自己的感觉来衡量整个世界的存在,王国维在《人间词话》中所谓"以我观物,故物皆著我之色彩"。人

① Tylor,E. *Primitive Culture*. London:John Murray,1871:477.
② Hornborg,A. Animism Fetishism and Objectivism as Methods for Knowing(or Not Knowing)the World. *Ethnos*,2006(1):29.
③ Hall,M. *Plants as Persons:A Philosophical Botany*. New York:State University of New York Press,2011:12.
④ 刘满贵.早期人类泛灵心理及观念源析.内蒙古师范大学学报(哲学社会科学版),1989(3):100.

类通过个人经验来认识事物的认知模式,也是诗性思维的根本源头,中华民族尤其如此。在古代中国,人们相信生命是一体化的,《易·系辞(下)》中所谓"天地之大德曰生""天地氤氲,万物化醇;男女构精,万物化生"。与原始人类的认知思维模式相似,儿童的思维也往往是泛灵的。儿童心理学家皮亚杰(Jean Piaget)的研究也充分证明了儿童的泛灵论思维及其在不同阶段的不同表现。[①] 在当代科学家看来,泛灵论可能是荒谬的,不过泛灵论并没有因科学的发展而褪色。人类学家指出,人经常会从当地的生态系统中感知自己的存在,这种立场被称为"关系"立场,植物甚至岩石这样的物体都可作为交际主体,而不是现代主义者所认为的惰性物体。[②] 事实上,我们从未现代化,所有人生来就是前现代的,对关联性有一种天生的熟悉感,并在生活中通常维持一定程度的群体性。随着对泛灵论的深入探讨,"新泛灵论"也应运而生,人类和非人类都是一种人格化的存在,生活在同一个大社区中,相互尊重,相互关联,类似于布伯(Martin Buber)的"关系本体论"。总之,泛灵论是人们体验世界、认识世界、介入世界的一种独特方式,使人类,尤其是儿童,在与非人类的外部环境交互中,感知与体认"他者"的存在,并以此来确立自我的存在,这在文学作品(尤其是中国古典诗词)中有十分明显的表现。古典诗词中的泛灵论思想就集中表现在拟人修辞上。

一、中国古典诗词中的泛灵论

泛灵论思想在中西文学作品中都有典型的表现,在中西文学史中占有重要地位。西方的作品如海明威(Ernest M. Hemingway)的《老人与

---

① 转引自:Russell,R. W. & Dennis,W. Studies in Animism:I. A Standardized Procedure for the Investigation of Animism. *The Journal of Genetic Psychology*,1939(1):390.

② Hornborg,A. Animism Fetishism and Objectivism as Methods for Knowing(or Not Knowing)the World. *Ethnos*,2006 (1):22.

海》①,艾丽斯·沃克(Alice Walker)的《紫颜色》《父亲的微笑之光》②,赫斯顿(Zora N. Hurston)的《他们眼望上苍》③,狄更斯(Charles J. H. Dickens)的系列小说④等都有典型的泛灵论思想,这些泛灵论话语或塑造人物形象(渲染环境),或描写人与自然的精神交流与和谐关系,或揭露基督教的虚伪性,进而提倡宗教信仰的多样性等,目的不一而论。如果说西方的泛灵论宗教性较强的话,中国的泛灵论则更具哲理性与文艺性,如莫言的《红高粱家族》⑤等。中国自古强调"天人合一",强调人与自然的和谐关系,往往把人的属性投射到万物之上,这种思想在中国古典文论与文学作品中表现得淋漓尽致。钱锺书指出,中国古代文学批评有"把文章通盘的人化或生命化"或"把文章看成我们自己同类的活人"的特征,这种"人化文评不过是移情作用发达到最高点的产物"⑥。其实,所谓的人化文评不只是一种移情作用,还是古人泛灵论思想的具体表现。换言之,文章也被视为有生命的实体,如以下典型论述:颜之推《颜氏家训》中的"文章当以理致为心肾,气调为筋骨,事义为皮肤,华丽为冠冕";刘勰《文心雕龙》中的"夫才童学文,宜正体制。必以情志为神明,事义为骨髓,辞采为肌肤,宫商为声气"等。鉴于人与自然、与文章等都是"同构"的,所以"感物"说在中国古典文论中特别流行,刘勰在《文心雕龙·明诗》中所谓"人禀七情,应物斯感,感物吟志,莫非自然"。童庆炳认为"感物"说秉持的是心物

① 王文臻,刘庆松.论《老人与海》中的泛灵论思想.西安外国语学院学报,2006(4): 76-79.

② 朱荣华.论艾丽斯·沃克小说中的泛灵论思想.重庆工商大学学报(社会科学版), 2012(2):105-110.

③ 陈莹莹.论《他们眼望上苍》中的泛灵论思想.南京航空航天大学学报(社会科学版),2008(3):72-76.

④ Gibson, P. Dickens's Uses of Animism. *Nineteenth-Century Fiction*,1953(4): 283-291.

⑤ 冯全功.活生生的红高粱——《红高粱》中的泛灵论及其英译.广译:语言、文学、与文化翻译,2014(1):89-104.

⑥ 转引自:吴中胜.万物有灵观念与中国文论的人化现象.中国文化研究,2011(2): 174.

一体的观念，"心及于物，物也及于心，心深入物，物也深入心，心与物相互交感、应答"，原因就是"世界上一切自然物皆有生命"，也"正是在各种生命体的相互深入中，诗情画意自然而然地产生了"。① 中国古典诗词便是在心物一体、天人合一等古代哲学理念的影响下形成的文学瑰宝，其中的拟人话语到处可见，耐人寻味，珊珊可爱。

诗人往往还保持一颗"绝假纯真"的童心，法国作家都德（Alphonse Daudet）也说，"诗人就是还能够用儿童的眼光去看的人"②。儿童看世界万物带有浓厚的泛灵论色彩，诗人也是如此。当然，儿童和作家（诗人）对外界事物的泛灵化、生命化还是有区别的。在儿童那里，是由于对事物的不理解，把自己转化到事物里去，将事物与自己等同起来，这是人的天性（最初一念之本心）不自觉的表现；在作家那里，则是在对事物理解之后，有意把自己内在的世界与外部客观世界打通，使物融入我，我融入物，达到物我同一，以建立一个诗意的世界，这是自觉的，是艺术家才能的表现。③ 凡是把有生命的物体（包括人）的特征投射到无生命的物体之上，都属于泛灵论的表现，也可称为宽泛意义上的拟人手法。从泛灵论的视角来看，中国古典诗词为我们提供了一个更微妙、更生动的审美体验，从中也可直接窥视诗人的盎然童心。就句法而言，中国古典诗词中的泛灵论往往体现在无灵主语和有灵动词的搭配使用上。典型的如李白的《独坐敬亭山》中的"相看两不厌，只有敬亭山"，《月下独酌》中的"月既不解饮，影徒随我身"，《春思》中的"春风不相识，何事入罗帏"，《宿白鹭洲寄杨江宁》中的"绿水解人意，为余西北流"；杜甫《春夜喜雨》中的"好雨知时节，当春乃发生"；李商隐《无题》中的"春蚕到死丝方尽，蜡炬成灰泪始干"；李清照《怨王孙》中的"水光山色与人亲"；晏殊《蝶恋花》中的"明月不谙离恨苦"；辛弃疾《贺新郎》中的"我见青山多妩媚，料青山见我应如是"等。类

---

① 童庆炳.现代视野中的中华古代文论系统.北京：北京师范大学出版社，2016：95-96.
② 转引自：童庆炳.维纳斯的腰带：创作美学.北京：中国人民大学出版社，2009：183.
③ 童庆炳.维纳斯的腰带：创作美学.北京：中国人民大学出版社，2009：190.

似的诗句就是把有生命体的特征投射到了无生命的事物上,如山、水、风、月等。还有些是把人的特征投射到其他动植物之上,如杜甫《春望》中的"感时花溅泪,恨别鸟惊心";韩愈《晚春》中的"杨花榆荚无才思,惟解漫天作雪飞";晏殊《蝶恋花》中的"槛菊愁烟兰泣露";林逋《山园小梅》中的"霜禽欲下先偷眼,粉蝶如知合断魂";陆游《卜算子》中的"无意苦争春,一任群芳妒";刘禹锡《饮酒看牡丹》中的"但愁花有语,不为老人开";龚自珍《己亥杂诗》中的"落红不是无情物,化作春泥更护花"等。这类诗句往往把动植物给拟人化了,描写的对象虽也都是具有灵性的生命体,但灵性毕竟还是有大小之分、强弱之别的。所以泛灵论观点的核心就是世界上万事万物,尤其是动植物与自然现象,都具有人的属性与特征,都是具有灵性的生命体。

中国古典诗词中泛灵论的作用主要分为两个方面:(1)作为诗人泛灵论思想的载体,体现了诗人认知与体验世界的独特方式;(2)作为诗歌审美性与艺术性的有机组成部分,有助于提升诗歌本身的蕴含意味与解读空间。通过诗歌,诗人表现了"感物"的创作理念,实现了物我同一的境界,中国古典诗歌尤其如此。那么,在英语世界如何传达中国古典诗词中的泛灵论思想?译介过程中是否会发生变异?针对泛灵论话语,译者采取的翻译策略主要有哪些?各种策略有何利弊?对中国古典诗词走出去又有何启示?

二、中国古典诗词中的泛灵论英译评析

针对中国古典诗词中的泛灵论话语,根据我们搜集的语料①,译者的

---

① 本节语料来源主要包括(正文中不再一一标明出处):翁显良.古诗英译.北京:北京出版社,1985;许渊冲.许渊冲经典英译古代诗歌 1000 首(共 10 册).北京:海豚出版社,2012;袁行霈.新编千家诗.许渊冲,英译.徐放,韩珊,今译.北京:中华书局,2006;张智中.汉诗英译美学研究.北京:商务印书馆,2015;吕叔湘.中诗英译比录.北京:中华书局,2002;Giles, H. A(trans.). *Chinese Poetry in English Verse*. London: Bernard Quaritch, 1898; Budd, C. *Chinese Poems*. London: Oxford University Press, 1912.

翻译策略大致可分为五种:删除、弱化、等化、强化和增添。其中前四种策略是根据译文和原文中的泛灵论话语对比而言的,增添则是指在译文中添加了原文中并没有出现的泛灵论话语。这五种翻译策略基本上是一种连续体的关系,即译文中泛灵论话语的强度相对原文而言是依次递增的。由于同一原文会有不同的英译文,译者对其中泛灵论话语的翻译策略也不尽相同,这里我们暂把弱化、等化和强化策略放在一起讨论,把删除与增添策略放在一起讨论。

(一)弱化、等化与强化策略

在我们搜集的语料中,这三类翻译策略最为常见,尤其是等化,也就是译文中泛灵论话语强度和原文相当。三种策略的表达效果呈依次递增的趋势,即弱化削弱了原诗中的泛灵论话语,等化再现了原诗中的泛灵论话语,强化则是增强了原诗中的泛灵论话语,后者主要表现在一些词语的搭配与运用上,尤其是有灵动词与无灵主语的搭配。

(40)好雨知时节,当春乃发生。随风潜入夜,润物细无声。(杜甫《春夜喜雨》)

译文 1:Happy rain comes not by happy chance; of spring's return it's well aware. Soft as the breeze, quiet as the night, it soothes the thirsting multitudes.(翁显良译)

译文 2:Good rain knows its time right, / It will fall when comes spring. / With wind it steals in night; / Mute, it moistens each thing.(许渊冲译)

译文 3:Oh! She is good, the little rain! And well she knows our need / Who cometh in the time of spring to aid the sun-drawn seed; / She wanders with a friendly wind through silent night unseen, / The furrows feel her happy tears, and lo! the land is green. (Tr. by L. Cranmer-Byng)

例(40)中的泛灵论话语主要体现在两个词的运用与搭配上,即"知"

和"潜"两字与好雨的搭配,体现了雨是有意识的主体。针对这两个动词,翁译用"comes"来对译"知",省略了"潜"字的语义,似乎弱化了原文的泛灵论,但诸如"happy rain""well aware""soothes""the thirsting multitudes"等词语、短语的运用很大程度上弥补了原文泛灵论话语的损失,并且后文对"花重锦官城"的英译(flowers, heavily beaded, smiling on the waking city)更是活灵活现,在语篇层面也可归在等化的范畴。许译的"knows""steals""mute"三个单词的运用再现了原文的泛灵论话语,属于等化的范畴。克莱默-宾(Cranmer-Byng)的译文最有特色:首先,译文中的"knows""wanders""aid"再现了原文的有灵动词;其次,"The furrows feel"增添了有灵动词与无灵主语的搭配,强化了原文的泛灵论;再者,译者把好雨(the little rain)称为"she",并且多次反复使用,强化了雨的拟人效果;最后,其他相关词语也强化了原文中的泛灵论,如"her happy tears""a friendly wind"以及后文中的"like angry meteors"等。所以与原文相比,克莱默-宾的译文中的泛灵论强化了很多,译文的审美性也随之提高。

(41)举杯邀明月,对影成三人。月既不解饮,影徒随我身。(李白《月下独酌》)

译文1:Till, raising my cup, I asked the bright moon / To bring me my shadow and make us three. / Alas, the moon was unable to drink / And my shadow tagged me vacantly. (Tr. by W. Bynner)

译文2:Raising my cup I beckon the bright moon, / For he, with my shadow, will make three men. / The moon, alas, is no drinker of wine; / Listless, my shadow creeps about at my side. (Tr. by A. Waley)

译文3:Then the moon sheds her rays / on my goblet and me, / And my shadow betrays / we're a party of three! / Though the moon cannot swallow / her share of the grog, / And my shadow must follow / wherever I jog. (Tr. by H. Giles)

译文 4:I raise my cup to invite the Moon who blends / Her light with my Shadow and we're three friends. / The Moon does not know how to drink her share; / In vain my Shadow follows me here and there.(许渊冲译)

李白具有很强的泛灵论意识,在他的大量诗歌中也都有所体现,不愧是盛唐浪漫主义诗歌的代表人物。该例中的泛灵论主要表现在作者把明月和影子看成了"醒时同交欢,醉后各分散"的伴侣。宾纳的译文除了修饰影子的"vacantly"之外,几乎没有诗人把月亮和影子作为有灵生物的痕迹,更多的是诗人向月亮发问,"the moon was unable to drink"的拟人化程度也不高,很大程度上弱化了原文中的泛灵论。相对译文 1 而言,译文 2 中的泛灵话语就更贴近于原文,最为明显的就是译者用"he"指代月亮,说明译者意识到月亮对于诗人来说像是一个陪伴在身边的人,但我们认为在中国文化中用"she"指代月亮才能更贴切地形容月亮的娇羞与柔美,译文 3 和译文 4 用的就是"she",并且英语诗歌中也有很多类似的表达。译文 2 中的"For he, with my shadow, will make three men""The moon, alas, is no drinker of wine""listless, my shadow"更是再现了原文中的泛灵论话语。其实,也可认为人称代词的运用(用在人之外的其他事物之上)是对原文泛灵话语的一种强化,其他如翁显良英译的"多情只有春庭月,犹为离人照落花"(张泌《寄人》)也使用了"she"指代"春庭月",其译文如下:"But the moon still came, bathing them in a soft silvery light. She seemed to remember, compassionate one. The only one?"当然,这种人称代词的添加与英、汉语之间的差异也有一定的关系。英语是形合语言,句子建构需要人称代词的参与;汉语是意合语言,人称代词或相关主语经常隐匿。然而,译文 2 中并没有用"it"来指代月亮,也说明了译者很清楚原文中的泛灵论及其再现的必要性。译文 3 和译文 4 都用了人称代词"her"指代明月,相关单词、短语的运用也再现了原文中的泛灵论,如"betrays""a party of three""swallow""her share of the grog" "follow(s)""three friends""does not know""to drink her share"等,都体现了明月与影子作为有灵主体的特征。针对例(41)中的这两句而言,如果说译文 1 是弱化了原文的泛灵论的话,译文 2、译文 3、译文 4 则介于再现与强化之间,其中人称代词(he, her)的运用起了强化作用。当然,如果要判断以上四家译者各自泛灵论话语的强度以及对应的翻译策略,还要通观整首诗的英译,因为原诗其他诗句对应译文中的泛灵话语程度有时比原文还要高,如各家译文对原诗中"我歌月徘徊"的处理。其中,宾纳译为"I sang. The moon encouraged me",翟理斯译为"See the moon——how she glances response to my song",许渊冲译为"I sing and the Moon lingers to hear my song",这些对应译文的拟人程度都要比原文高,也更有韵味。由于篇幅所限,在此暂不对语篇层面的泛灵论处理策略过多讨论。

(42)相看两不厌,只有敬亭山。(李白《独坐敬亭山》)

译文 1:Gazing on Mount Jingting, nor I / Am tired of him, nor he of me.(许渊冲译)

译文 2:What of it? We find peace in communion with each other, the mountain and I.(翁显良译)

例(42)还是李白的诗句,同样把无生命的"敬亭山"主体化了,体现了诗人对自然的由衷喜爱。译文 1 中的"Gazing on Mount Jingting"没有体现出"相看"的感觉,只描绘了诗人看敬亭山,体现不出两者是平等的主体。后面的"nor he of me"虽也表达了敬亭山也不厌倦诗人的意思,但明显弱化了山作为有灵生物的灵性,或者说译者将其放在一个弱于诗人的低等位置,主要还是一个"被看"的对象。译文 2 中的"We find peace in communion with each other"就强调了敬亭山的主体性,"we"是"the mountain and I",很好地体现了我与山之间的平等、和谐的关系。所以针对该例中的泛灵论话语,许译为弱化,翁译为等化。如果考虑到许译中人称代词"he""him"的使用,也可认为其为等化处理。

(43)羁鸟恋旧林,池鱼思故渊。(陶渊明《归园田居》)

译文 1:The migrant bird longs for the old wood；/ The fish in the tank thinks of its native pool. (Tr. by A. Waley)

译文 2:The caged bird longs for the fluttering of high leaves. / The fish in the garden pool languishes for the whirled / Water of meeting streams. (Tr. by A. Lowell)

译文 3:The captive bird laments its forest home；/ The fish in tanks think of the sea's broad strands. (Tr. by C. Budd)

例(40)、例(41)和例(42)中的泛灵话语涉及的都是无生命的物体,但在诗人的笔下都具有了灵性或人的特征。例(43)涉及的是有生命的动物,诗人也把人的特征投射到了动物身上,这一点突出体现在"恋"和"思"两字的运用上。在这里,陶渊明以"羁鸟"和"池鱼"自比,表达自己对自然和田园的热爱。译文 1 分别将"恋"和"思"译为"long for"和"think of",既对仗工整,又再现了原文中的泛灵话语。译文 2 对"恋"的措辞以及译文 3 对"思"的措辞和译文 1 是一样的。相对而言,译文 2 对"思"的措辞(languishes for)更能体现池鱼的强烈情感,被困在池塘里面的鱼是多么渴望畅游在自由的小溪中,若这种渴望得不到满足,鱼儿也会像人一样感到苦恼与憔悴。有了这样的情感类比,读者就更容易体会到诗人对田园生活的恳切向往之情,这样处理绝对会胜过简单的"think of"所带来的情感冲击。译文 3 对"恋"的措辞(lament)偏离了原文的语义,不如"long for"得体。由此可见,三家译文中动词的选择虽都能再现原文中的泛灵论,但具体的措辞还是有优劣之分的。

(44)深林人不知,明月来相照。(王维《竹里馆》)

译文 1:Remote from the rest of men. Who knows my riot / Except the Moon who lights me all along！(王宝童译)

译文 2:In the deep woods where I'm unknown，/ Only the bright moon peeps at me.(许渊冲译)

译文 3:No ear to hear me，save my own；/ No eye to see me，save the moon. (Tr. by H. Giles)

王维的诗歌大多具有浓厚的禅意，强调人与自然的和谐。原文中的"明月来相照"具有一定的泛灵论色彩，尤其是"来"字的运用。译文 1 中的"Who knows my riot / Except the Moon"通过有灵动词"knows"把明月也拟人化了，并且比原文中的"来"更具灵性，译文 2 和译文 3 中的"peeps""see"具有同样的效果，尤其是许译的"peeps"更是别有一番风味，和明月穿透深林照到诗人身上的情景也十分吻合。王维《鹿柴》中的"返景入深林，复照青苔上"基本上没有泛灵论色彩，许渊冲的译文"Through the dense wood the sunbeams peep / And are reflect'd on mosses green"也使用了"peep"一词来表达"sunbeams"的动作，同样生动形象，但这属于添加而非强化的范畴。译文 3 对原文的语义稍有变通，也显得十分灵动，除了用"see"和"the moon"进行搭配外，还添加了"eye"，给读者的感觉就是月亮也有眼睛，与译文 2 中的"peeps"具有异曲同工之妙。所以和原文相比，三种译文都对原文中的泛灵话语有所强化，尤其是译文 2 和译文 3。

（二）删除与增添策略

删除策略指原诗中有泛灵论话语，译文中却没有相关表达。增添策略指原诗中没有出现相关泛灵论话语，译文中却有，是译者根据语境添加的。相对而言，删除策略由于完全抹掉了原诗中的泛灵论色彩，译文会变得比较呆板，缺少灵动性，这种策略在中国古典诗词对外译介与传播过程中较为少见。增添策略的效果则相反，会使本来未含泛灵话语的原诗在目的语包装下变得更加具有审美意味与解读空间，很大程度上体现了译者的主体性与创造性，也有利于从整体上传达中国古代诗人的泛灵论思想。

（45）春风又绿江南岸，明月何时照我还？（王安石《泊船瓜洲》）

译文:The vernal wind has greened the Southern shore again. / When will the moon shine bright on my return? O when? （许渊

冲译）

该例与例(44)中的"明月来相照"相似,也将"明月"拟人化了,好像明月高照是为了让诗人回家一样。许译的"When will the moon shine bright on my return"体现不出这种微妙的关系,所以可把其归为删减的范畴。如果把其中的"on my return"改为"for my return",介词一换,明月的灵性就容易浮现了。柳宗元《渔翁》中有"岩上无心云相逐"之句,也具有典型的泛灵论色彩,许渊冲的译文为"What does he see but clouds freely wafting on high",基本上也属于删减。如果把其中的"wafting"改为"playing",拟人修辞就出现了。由此可见,译文的泛灵论效果很大程度上取决于译者对具体措辞的选择。

(46)古道西风瘦马。（马致远《天净沙·秋思》）

译文 1：Ancient road，west wind，lean horse.（李定坤译）

译文 2：On ancient road in the west wind a lean horse goes.（许渊冲译）

译文 3：But the traveler has to go on down this ancient road，the west wind moaning，his bony horse groaning.（翁显良译）

(47)春眠不觉晓,处处闻啼鸟。夜来风雨声,花落知多少。（孟浩然《春晓》）

译文 1：I slept in spring not conscious of the dawn，/ But heard the gay birds chattering all around. / I remember，there was a storm at night. / Pray，how many blossoms have fallen down？（Tr. by R. Payne）

译文 2：Late！ This spring morning as I awake I know. All round me the birds are crying，crying. The storm last night，I sensed its fury. How many，I wonder，are fallen，poor dear flowers.（翁显良译）

例(46)和例(47)的原诗中并没有泛灵论话语,但是翁显良的译文中却出现了,属于典型的增添策略。例(46)中的行文采取意象并置法,译文1也采取意象并置法,译文2采取英语的行文方式,但两者都没有出现相关泛灵话语,基本上属于意义或意象直接再现的范畴。译文3通过添加两个分别描述西风和瘦马的单词(moaning, groaning),为译文添加了很多灵性,并且与"断肠人在天涯"的孤苦心情相呼应,进一步强化了原诗所传达的语言氛围。例(47)的两种译文描写的语言氛围差别很大,译文1注重欢快(the gay birds chattering all around),译文2注重悲凉,并且这种悲凉氛围也是通过添加的泛灵话语渲染的,如"the birds are crying, crying""The storm last night, I sensed its fury""fallen, poor dear flowers"。如此一来,翁显良就把整首诗给译活了,通过对啼鸟、风雨、落花的拟人描写,反映出诗人的心理感受,王国维所谓"一切景语皆情语"也。除增添之外,翁显良的译文中还有很多强化原文泛灵话语的现象,如把杜牧《赠别》中的"蜡烛有心还惜别,替人垂泪到天明"译为"Even the candle grieves at our parting, All night long it burns its heart out, melting into tears",把韦庄《台城》中的"无情最是台城柳,依旧烟笼十里堤"译为"Most heartless are willows. Draped in gauze, they dance, gay as ever, on the dikes around the former palace grounds"等。翁显良的译文中会经常出现泛灵论的增添与强化现象,这与他的诗歌翻译观不无关联,尤其是用散体译诗体的创新尝试,强调通过添加相关话语来烘托原诗的意境,以迎合英语诗歌直抒胸臆的传统。因此,翁显良的译文虽然没有诗歌的形式,读起来却诗意扑面,意趣盎然。

(48)明月不谙离恨苦,斜光到晓穿朱户。(晏殊《蝶恋花》)

译文:But the moon, you ought to go away, too, instead of hovering about here, keeping me awake all night. Don't you understand the feelings of one lovelorn?(翁显良译)

例(48)原诗中也有泛灵论话语,即"明月不谙离恨苦",通过无灵主语和有灵动词的搭配实现,所以也可以把翁显良该例的译文归在强化的范畴。这里我们之所以把其放在增添的范畴之内,主要是因为翁译添加了人称代词,把明月称为"you",视之为可以与作者直接对话的有灵物体。翁译中还有很多类似的现象,有的还以直接引语的形式出现,如把"那能对远客,还作故乡声"(韦鼎《长安听百舌》)译为"How could you, blackbird, sing to an exile the same tune he used to hear at home!";把"春无踪迹谁知?除非问取黄鹂。百啭无人能解,因风飞过蔷薇"(黄庭坚《清平乐》)译为"Spring is gone. Which way, which way? Who would know, if not you, Oriole? She answers in song, trills and twitters that nothing tell. Then she takes wing and, mounting with the wind, sweeps over the rose bush and—she too is gone";把"但愁花有语,不为老人开"(刘禹锡《饮酒看牡丹》)译为"If only—if only they wouldn't say: 'Our bloom is not for you, old man!'";把"不免相烦喜鹊儿。先报那人知"(辛弃疾《武陵春》)译为"I shout to a passing magpie:'Go quick! Tell her I'm coming'"等。当然,其他译者也有类似的翻译现象,如许渊冲把"春风不相识,何事入罗帏"(李白《春思》)译为"Vernal wind, intruder unseen, / O how dare you part my bed-screen!",翁显良的译文为"To the spring breeze fluttering my flimsy curtains I say:Kindly keep out, stranger!",两家译文具有类似的审美效果。这种人称代词以及对话形式的添加使得译文更加灵动形象,妙趣丛生,也进一步拉近了人与自然的距离,有利于传达中国古典诗词中的泛灵论以及天人合一的思想。

三、小 结

泛灵论话语承载着作者的泛灵论思想,这在中国古典诗词中表现得尤为明显,实现手段便是广义的拟人手法。在中国古典诗词对外译介与传播过程中,译者有义务向译文读者传达这种泛灵论思想,或者说这种独特的体验与认知世界的方式。我们根据译者对原文中泛灵论话语的再现程度,把对应的翻译策略分为五种,即删除、弱化、等化、强化和增添,这五种策略是一种连续体的关系。相对而言,删除与弱化策略的文学性效果不如后三者,等化基本上是再现,强化与增添更能体现译者的创造性,审美效果也更佳。通过以上分析不难发现,不管是原诗还是译诗,其中的泛灵论话语描述的对象基本上都是一些动植物和自然现象,如鸟、花、月、山、雨等,实现方式也经常是赋予其拟人的特征。对于无生命的自然现象而言,则往往是通过无灵主语和有灵动词的搭配实现,大多译文也再现了这种陌生化搭配,传达了原文的泛灵论色彩。有的译文还通过添加相关话语,如用人称代词指代事物,用修饰人的话语修饰动植物等,强化了原文的泛灵论话语,审美效果也往往更好。还有的译者,即使原诗中没有泛灵论话语,也会在译文中添加相关泛灵话语,翁显良的译文便是典范,具有更高的作为独立文本的价值。就文学性与传播效果而言,对于中国古典诗词中的拟人修辞与泛灵论话语,译者要尽量再现,也不妨强化与增添。

第七章　中国当代小说中的反讽与委婉语修辞认知翻译研究

第一节　《我不是潘金莲》中的反讽修辞及其英译研究①

反讽在西方文论中占有重要地位,英美新批评甚至把反讽视为诗歌的"本体性"原则,以及评价文学作品的内在标准与美学尺度。反讽修辞是"作者由于洞察了表现对象在内容和形式、现象与本质等方面复杂因素的悖立状态,并为了维持这些复杂的对立因素的平衡,而选择一种暗含嘲讽、否定意味和揭蔽性质的委婉幽隐的修辞策略"②。由此可见,反讽本质上是一种对立或悖立状态,具有委婉地嘲讽、否定、揭蔽、批判、挖苦、亲昵等语用功能。对反讽的解读需要具体语境的支持,"语境是促使说话者和听话者最终达成共识、听话者最终理解话语反讽意义的决定性因素"③。这里的语境不仅包括上下文文本语境,还包括文本外的社会语境、文化语境等。杨钧把小说中的反讽分为四种类型,即言语反讽、情境反讽、结构反讽和模式反讽。其中,言语反讽是最普遍的,指叙述者或小说人物表面上说了一层意思,实际上指另外一层意思,作者的真正意图是含而不露

---

① 本节原载《燕山大学学报》(哲学社会科学版)2019 年第 6 期,标题未变,与陈肖楠(第二作者)合作撰写,收入本书时略有改动。
② 李建军.论小说中的反讽修辞.小说评论,2001(4):38.
③ 姚俊.反讽暗示的形式与功能.中国外语,2008(2):26.

的,只能依靠语境破译其中的奥秘;情境反讽从局部语言扩展到小说中相对独立而完整的情节与场景中,通过对立与矛盾使小说场景显现出反讽意味;结构反讽在小说的整体上体现反讽,涉及整个文本的艺术建构;模式反讽更多的是一种互文关系,只有通过与其他小说的对比才能识别。[①]赵毅衡认为,"反讽首先被视为语言技巧,然后发展成宏观的、作品全局性的结构特征"[②],也很大程度上呼应了杨钧对反讽的分类。

反讽不仅是修辞现象,同时也是一种认知和思维方式。谭学纯、朱玲曾提出过广义修辞学的三大功能层面,即修辞技巧、修辞诗学和修辞哲学,分别对应话语(片段)建构方式、文本建构方式和人的精神构建。[③] 反讽也具有这三个功能层面,言语反讽基本上对应修辞技巧,情景反讽介于修辞技巧与修辞诗学之间,结构反讽与模式反讽属于修辞诗学的范围。文本的局部与整体是相对而言的,同一言语反讽的反复使用也会拓展至修辞诗学层面,从而参与文本整体的建构。涂靖认为,"反讽是一种复杂的语言和思维现象,是对常规的反动和变异,是各种对立成分相互作用的结果。它以动态和辩证的方式反映人们对客观世界的认识,这种认识产生于交际双方的不同视角"[④]。所谓"以动态和辩证的方式反映人们对客观世界的认识"就参与了"人的精神构建"(不管是何种类型),属于修辞哲学层面,体现了说、写者的世界观、人生观、价值观、审美观等。反讽也是一种修辞认知,一种主体化的认知行为,挣脱了事物的逻辑关系,重建一种审美关系,以审美的权力颠覆现成语义的权威,重返被现成概念屏蔽的诗意。[⑤] 从具体的语言表征而言,修辞认知是一个原型概念,反讽是修辞认知家族的重要成员,在文学作品中发挥着各种各样的作用。那么,反讽修辞在具体文学作品中是如何发挥其认知功能并体现作者精神建构的?

---

① 杨钧.试论小说中反讽的四种类型.学术交流,1994(6):64-68.
② 赵毅衡.重访新批评.天津:百花文艺出版社,2009:163-164.
③ 谭学纯,朱玲.广义修辞学(修订版).合肥:安徽教育出版社,2008.
④ 涂靖.反讽的认知研究.外语学刊,2004(2):9.
⑤ 谭学纯,朱玲,肖莉.修辞认知和语用环境.福州:海峡文艺出版社,2006:23.

它在诗学与技巧层面是如何运作的？翻译过程中能否有效再现反讽的审美效果？反讽修辞的翻译应该注意哪些问题？本节通过对刘震云的长篇小说《我不是潘金莲》及其英译进行分析，尝试回答这些问题。

一、《我不是潘金莲》中的反讽修辞

刘震云的作品中充满了反讽修辞，具有很强的批判性，体现了作者对复杂人生的认识与体悟。2012年出版的《我不是潘金莲》便是一部典型的反讽作品，延续了作者一贯的反讽手法，辛辣地讽刺与批判了中国官场文化。小说主要讲述了一位名叫李雪莲的农村妇女为了"合法"生二胎与丈夫"假离婚"，之后前夫另有新欢，"假离婚"变成了真离婚，她一时咽不下这口气，尤其是前夫给她戴了"潘金莲"的帽子，她开始状告前夫，从县里告到市里再告到北京，导致多位县市级政府官员纷纷落马，前后持续了整整二十年，最后因前夫车祸离世不了了之。整部小说以反讽的手法诠释了《红楼梦》中"假作真时真亦假"的哲学命题。

小说中最典型的结构反讽便是其有悖常理的章节设置，整部小说共分为三章，第一章为"序言：那一年"，第二章为"序言：二十年后"，第三章为"正文：玩呢"。其中前两章序言部分讲的主要是李雪莲告状的故事，第三章正文讲的主要是落马县长史为民（老史）在春节期间买不到回家的票而假喊冤（故意借用李雪莲的上访模式），被两个协警护送回家从而得以与患了绝症的朋友最后一次搓麻将的故事，正文部分完全撇开了李雪莲，并且只有整部小说十分之一左右的篇幅。序言与正文的置换一定程度上反映了官场本末倒置的现实，讽刺了官员们不关心民生、只在乎自己沉浮升迁的官僚作风，并借此"来暗讽官场之弊对人性的扭曲与戕害，不着一字，尽显机锋"①。作者之所以把史为民被罢官之后经营店铺"又一村"以及与朋友定时搓麻将的质朴故事作为"正文"，作为落脚点，也很大程度上

① 金琼.试论《我不是潘金莲》的官场反讽叙事及其成因.广州大学学报（社会科学版），2013(5)：93.

嘲讽了很多人不把"正文"当"正文"看的人生选择,赋予人生之"正文"过小的篇幅与价值,尤其是官场人士,也包括了把告状视为人生意义的李雪莲。换一种选择,"别在一棵树上吊死",也许就能通达"柳暗花明又一村"的境地。这种本末倒置的篇章设置从反面突出了小说的主旨:对人生意义的追寻以及人生道路的选择。这也许就是作者声称《我不是潘金莲》并不是一部政治小说,而是生活小说的重要原因。

情境反讽在小说中比比皆是,表现在各个方面:或情节的发展与小说人物(读者)的预想背道而驰;或小说的氛围营造与人物内心流露极不和谐,两者形成巨大的反差;或小说人物与叙述者表现出来的思想、言语和行为超出了常规,与流行的社会观念与公认的行为规则构成了突出的矛盾等①。李雪莲上访的初衷是把前夫的生活闹得鸡飞狗跳,让他不得安宁,二十年来,她年年上访,但折腾的只有她自己,这件事以前夫秦玉河的意外死亡不了了之,而她并未实现自己的目的。"正文"中史为民"申冤"是为了和朋友搓麻将,却轻松达到了目的,与李雪莲的上访形成了鲜明的对比。"人代会"期间,由于大领导提到了上访的李雪莲,省长储清廉为了自己的仕途升迁,后来罢免了一批官员,到头来却被大领导认为"心机也太重了",堵住了他的升迁之路。小说开头李雪莲攀法院审判员王公道的亲戚,二十年后王公道(已升为法院院长)却来攀李雪莲的亲戚,镇长赖小毛也来攀李雪莲的亲戚;小说开头李雪莲拎着老母鸡叫王公道家的门,二十年后王公道带着一条猪腿叫李雪莲家的门,这些对比都有很强的反讽意味。李雪莲养了两头牛——老母牛和"牛女儿",中间李雪莲问老牛要不要告状,老牛"点点头";二十年过去了,李雪莲又问老牛的女儿要不要告状,老牛的女儿在临死前"摇了摇头",李雪莲相信了老牛女儿的话,决定不再告状了。那些害怕她上访的官员却不相信李雪莲的话,觉得她在奚落他们,就像王公道说的"宁肯听畜生的话,也不听政府的话,这不等于

①　杨钧.试论小说中反讽的四种类型.学术交流,1994(6):65.

说,各级领导,连畜生都不如吗?"①各级政府逼李雪莲,不让她告状,她"反倒又要去北京告状了",告状很大程度上变成了赌气,"矛头对准的不是前夫秦玉河,而是法院院长、县长和市长了"(P. 141)。从人不如牛到告状目的的转变都蕴藏着反讽的机锋。李雪莲决定不去告状还有一个重要原因,那就是她要嫁人,要嫁给赵大头,重新生活,被逼之后才又要去告状的。赵大头帮李雪莲逃出后,劝她不要再去告状了,并与李雪莲发生了关系,谁知赵大头要和李雪莲结婚最重要的目的是让自己在畜牧局当临时工的儿子转正,是和法院专委贾聪明一块设的一个局,这又是个极大的反讽。秦玉河出车祸死了,"告状的缘由没了,今后无法再告状了",于是李雪莲想自杀,走到北京郊区的一个桃园上吊,被桃园的主人"卸了下来",不让她在那里自杀,不然城里人谁还会去那里采摘桃子呢? 随后那人指着对面山坡对李雪莲说:"你要想真死,也帮我做件好事,去对面山坡上,那里也是桃林,花都开着,那是老曹承包的,他跟我是对头。"(P. 267)他补充的一句"别在一棵树上吊死"倒让李雪莲"噗嗤"笑了。小说"序言"部分以此结束,李雪莲的故事也就结束了,也许正是这位陌生的"采摘园"主人的一句话点醒了绝望中的李雪莲。这些情境反讽一个接一个,相互交织,前后呼应,是小说反讽叙事的核心组成部分,也赋予了作品一定的戏剧效果。

　　言语反讽最典型的表现莫过于对小说人物的命名了,很多人名中含有双关,名字的意义与人物的行为构成了极大的反讽,作者也经常使用这些人物的名字做文章,构成作者反讽叙事的一部分。如县法院审判委员会的专职委员董宪法(懂宪法),他从部队转业的时候,县委组织部部长"看不出他有啥特长,但看他的名字,不该去畜牧局,也不该去卫生局,应该去法院,'懂'宪法,就是懂法律嘛"(P. 32)。然而,董宪法压根儿不喜欢法院的工作,整天在法院混日子,同事们看不起他,他自己更看不起自己。二十年后法院专委的名字叫贾聪明,也就是他设了一盘让赵大头和李雪

① 刘震云.我不是潘金莲.武汉:长江文艺出版社,2016:141.

莲结婚的局,后来却落了个聪明反被聪明误的结局。贾聪明的局设得很妙,市长和县长对他态度的前后反差构成了强烈的对比(前褒后贬),反讽效果也十分显著。诸如此类的人名双关(如王公道、荀正义等)以及借助这些人名双关进行叙事反讽的例子还有很多,此不赘述。

模式反讽在《我不是潘金莲》中表现并不明显,"序言"与"正文"的置换似乎也可归在其中。以上提到的结构反讽、情境反讽和言语反讽基本上参与了作者的反讽叙事,金琼对《我不是潘金莲》中的官场反讽叙事有详细阐述,包括对叙事策略层面的"双重揶揄与影射"与叙事话语层面的"谐谑与反讽"的阐述①,读者不妨参考。反讽修辞微妙地体现了作家对整个人情世故的深刻认识,用"正言若反"的方式表达了人生的复杂性。

二、《我不是潘金莲》中的反讽修辞英译评析

反讽修辞是中西共有的言说方式,在认知上强调的都是一种对立状态,包括言与意的对立、理智与情感的对立、现象与本质的对立等。有了共同的认知基础,在具体语境的支持下,反讽的翻译似乎不会对译者构成太大的挑战,往往直译即可,大多译文读者也不难心领神会。然而,事实上并非如此。译者首先要识别双关的存在与语用功能,不然的话反讽的效果就很难保证。很多反讽同时利用了双关等文化个性极强的修辞方式,处理起来也比较棘手,有时还需要稍微增添一些信息,为有效解读反讽提供交际线索。

(一)言语反讽的翻译

言语反讽主要在修辞技巧层面运作,往往会涉及各种修辞格,如双关、比喻等,如果反复使用同一言语反讽的话,就会在修辞诗学层面发挥作用。

(1)李雪莲没拿出自己的真身份证,递上去一个假的。也是为了

---

① 金琼.试论《我不是潘金莲》的官场反讽叙事及其成因.广州大学学报(社会科学版),2013(5):90-96.

躲避警察盘查,三年前,李雪莲花了二百块钱,在北京海淀一条胡同里,办了一个假身份证。身份证上的名字,取她名字中一个"雪"字,前边加一个"赵"字,叫"赵雪",平反"昭雪"的意思;二十年告状,可不就为了平反昭雪吗?这假身份证制得跟真的一样,往年别的警察没有看出来,现在盘查李雪莲的警察也没有看出来。(P. 231)

译文:She handed him a false set she'd spent two hundred yuan for three years before in a lane in Beijing's Haidian District specifically to avoid interrogations. They were so authentic looking they fooled the police, then and now.①

这段文字有双重反讽:第一,打假是警察的本职工作之一,他们连李雪莲的假身份证都看不出来,并且还是在紧要关头,反讽意味极强;第二,李雪莲连年告状是为了"平反昭雪",但一直没有结果,一直得不到"昭雪",也是一个反讽,矛头直指包括警察在内的政府官员不分真假、不辨是非的行为作风。相对原文而言,译文简化很多,也省略了部分(核心)内容,这是葛浩文翻译中国现当代文学的一大特征。如果说译文中的"They were so authentic looking they fooled the police, then and now"也很大程度上体现了对警察的讽刺的话,那么更为重要的反讽"赵雪"的翻译却被删除了。作者已为读者解释了其中的双关(如果不解释,原文的含意空间与审美效果会更大),译者也一目了然,但为什么不译呢?人名双关的确很难译,但也并不是不可能的,至少能用解释型翻译吧。针对"赵雪"这样的核心内容,删除译法是很不明智的,不仅弱化了原文的文学性与艺术效果,原文的反讽效果也随之流失。有关反讽型人名的翻译,译者也并不是毫无作为的,如下例:

(2)李雪莲头一回见王公道,王公道才二十六岁。王公道那时瘦,脸白,身上的肉也白,是个小白孩。小白孩长一对大眼。(P. 3)

---

① Liu, Zhenyun. *I Did Not Kill My Husband*: *A Novel*. Goldblatt, H. & Lin, S. L., trans. New York: Arcade Publishing, 2014:177-178.

译文：Li Xuelian first met Wang Gongdao—Justice Wang—when he was only twenty-six, a thin youngster of pale face and body, light-skinned with big eyes. (P. 3)

相对原文而言，葛译中国当代小说都比较简练，可读性也比较高。该例中译者就把原文的三句整合成了一句，更加符合英语的行文规范。译文很简洁，但译者还是解释了一下"王公道"的语义（Justice Wang），而不仅仅是音译。这里的"Justice"不仅可以指公正、公道之意，也可以指法官（与王公道的身份相符），相对原文又增添了一层意义。这种解释性补偿基本上是在相关人名第一次出现时进行的，结合整个文本语境，读者很容易体会到其中的反讽意味（但还有一层双关语义未译出，王公道—枉公道）。类似的译法还有几个，如把法院专委董宪法译为"Dong Xianfa—Constitution Dong"，把法院院长荀正义译为"Xun Zhengyi—Impartial Xun"，把县长史为民译为"Shi Weimin—For the People Shi"等。小说还有很多类似的人物命名，如市长蔡富邦、副市长刁诚信、省长储清廉等，"作家的用意非常明显，人名的崇高化，恰恰是一种反语或影射相反的意义，成了'伪崇高'"，人物命名本身"承载了刘震云对官场时弊的暗讽和揶揄"①。遗憾的是译者对后面几个人名只是音译，并未传达出其中的深层语义，很大程度上弱化了由小说中的人物命名系统构成的反讽修辞场，这种系统化的人名命名也是修辞诗学的重要表现。如果在译文开头添加一个（主要）人物列表，并把相关人物名称的深层意义指出来，无疑会再现甚至强化人名引起的反讽效果。

（3）李雪莲叹了一口气，除了知道李英勇并不英勇……（P. 9）

译文：Xue Lian sighed. Now she realized that her brother was neither a hero (ying) nor brave (yong). (P. 7)

---

① 金琼.试论《我不是潘金莲》的官场反讽叙事及其成因.广州大学学报（社会科学版），2013(5):95.

李雪莲要杀前夫秦玉河泄愤,找亲弟弟李英勇帮忙,两人商定好第二天杀人,谁知第二天李英勇溜到外省去了。这里是拿李英勇的名字来讽刺他胆小怕事,译者用括注的方式把语义和拼音对应起来,也不失为一种折中的办法。如果把原文改为"李雪莲叹了一口气,骂道'李英勇真够英勇啊'",反讽效果就会更加明显。小说还有一个叫"安静"的次要人物,原文有这么一句:"他叫'安静';但他一点也不安静,一路上,都在埋怨卫生院和李雪莲"。(P. 238)对应译文为:". . . whom the driver called Anjing, or 'silence,' accompanied her on the journey. He was anything but silent, however, complaining the whole way about the hospital and Xuelian."(P. 182)这也是利用人名双关的言语反讽,译者同样添加了对应的语义("silence",但作为人名首字母应该大写),唯有如此,才能将人名与后面的语义关联起来。作者还拿贾聪明的名字做了文章,市长说的话"这个人不简单,他不是'假'聪明,他是'真'聪明"被译为"'A clever man indeed,' Ma said with a sigh of appreciation. 'Not phony smart, as indicated by his name'"(P. 154),但由于贾聪明的名字只是音译,即使加了"as indicated by his name"也让读者摸不到头脑。后面县长的话"你的名字没起错,你不是'真'聪明,你是'假'聪明;你不是'假'聪明,你是过于聪明,你是聪明反被聪明误"却被译者完全省略了。市长和县长的话构成了典型的情境反讽,后面的未译出,反讽效果就打了很大的折扣。译者可能觉得这段含有人名双关的文字不好译,所以省略未译,就像例(1)中对"赵雪"的处理一样,直接后果就是弱化了原文的反讽效果。

(4)赖小毛:"咱们在拐弯镇工作,心里也得会拐弯。"(P. 132)

译文:"We work in Round the Bend Township," Lai would say, "so we have to round a mental bend every so often."(P. 106)

赖小毛说的"心里也得会拐弯"是什么意思呢?就是原文所说的"因为李雪莲告状,县上每年开年终会,都批评拐弯镇,说镇上'维稳'这一条没达标,不能算先进乡镇;赖小毛从县上开会回来,却交代镇政府所有的干部,宁肯不当这个先进,也不能阻止李雪莲告状。因李雪莲告状是越级;不阻止,她不找镇上的麻烦;一阻止,一不越级,这马蜂窝就落到了他头上"(P. 132)。这充分显示了赖小毛的"聪明"之处,嘲讽了以他为代表的不作为的官僚作风,同时对李雪莲不会"拐弯"的执迷也不无嘲讽。译文"round the bend"一语双关,既指地名,又指发疯、神经不正常(俚语),与原文的语义基本上还是比较对应的,反讽的意味也不难体会。赖小毛的"round a mental bend"完全是为自己考虑的,是怕"马蜂窝"落到自己的头上,没有任何解决问题、为人民服务的担当。由此可见,官场上下,从省长到市长,从市长到县长,从县长到镇长,都是一路货色。

(二)情境反讽的翻译

情境反讽主要是小说情节驱动的,对其解读更需要文本语境的支持,此种反讽在《我不是潘金莲》中数量最多,译者的处理效果也相对更加理想。

(5)李雪莲手拍酸了,老母鸡被拎得翅膀也酸了,在尖声嘶叫,最终是鸡把门叫开的。(P. 9)

译文:Now her hand ached and the hen, hurting from being held by the wings, cackled loudly; eventually, it was the hen that got the door opened. (P. 7)

李雪莲找王公道,人叫不开门,鸡叫开了门,很是吊诡。王公道开门是嫌鸡尖声烦,还是知道有人给他送鸡来了? 不管怎么解释,这里的反讽意味还是有的,尤其是人与鸡的对比,译者的强调句用得还是很到位的。这是典型的再现法,效果与原文基本一致。译文中还有很多类似的再现法,如把"菩萨,你大慈大悲,这场官司下来,让秦玉河龟孙家破人亡吧"(P. 28)译为"Great and merciful Bodhisattva, please see that legal matter ends in the destruction of Qin Yuhe's family"(P. 21)(原文有"别人来烧香皆为求人好,唯有李雪莲是求人坏"之言,所以菩萨是不会帮李雪莲完成这桩心愿的)"(P. 28);把"我这是多少辈积的德呀,一下有了这么多跟班的"(P. 158)译为"How could I be so lucky as to deserve all you footmen?"(P. 126)(警察随身监视不让她上访)等。只要有语境依托,直译往往也能实现相似的反讽效果。

(6)李雪莲:"我姨家一个表妹,嫁给了马大脸他老婆她妹妹婆家的叔伯侄子,论起来咱们是亲戚。"(P. 4)

译文:"Well, a cousin of mine, my aunt's daughter, is married to a nephew of one of Big Face Ma's wife's sister in-laws."(P. 7)

中国非常注重裙带文化,李雪莲见到王公道时首先和他"攀亲戚"就是这种裙带文化的典型表现。攀亲戚从李雪莲的表舅马大脸开始,拐了一道又一道弯儿,最后得出"论起来咱们是亲戚"的结论。这句话的重点是"咱们是亲戚",译者却给省略了,实不应该,不利于表现对李雪莲绕弯攀亲以及对中国整个裙带文化的嘲讽。二十年后,为了劝阻李雪莲去京上访,又轮到王公道攀李雪莲的亲戚了。一前一后的攀亲又形成了一个很大的反讽。王公道攀亲也是从马大脸入手,说道,"马大脸他老婆的妹妹,嫁到了胡家湾老胡家;你姨家一个表妹,嫁给了她婆家的叔伯侄子;论起来,咱这亲戚不算远"(P. 111)。对应译文为:"The younger sister of Ma's wife married someone in Hu Family Bend, while a cousin in your aunt's family married the nephew of her mother-in-law's uncle. Which makes you and me only slightly distant cousins."(P. 88)这句的翻译把译者也绕进去了,"她婆家的叔伯侄子"对应的译文"the nephew of her mother-in-law's uncle"不准确。这里译者倒给出了"论起来,咱这亲戚不算远"的译文,即"Which makes you and me only slightly distant cousins"。李雪莲说的"论起来咱们是亲戚"带有反讽意味,王公道说的"论起来,咱这亲戚不算远"的反讽意味更强,本来已经远得说不上什么亲戚了,还说"亲戚不算远",很大程度上讽刺了王公道的虚情假意。当然,如果把王公道说的译为"Which makes you and me rather close cousins",

反讽效果会更明显。二十年后,镇长赖小毛也来攀亲了,张口就叫李雪莲"大姑",听得李雪莲"身上起鸡皮疙瘩",她心想:"因为一个告状,咋招来这么多亲戚呢?"赖小毛解释道:"王院长叫你'表姐',肯定叫得没边没沿,我从俺姥娘家算起,给你叫声'大姑',还真不算冤。我给你论论啊,我妈他娘家是严家庄的,我妈他哥也就是俺舅,娶的是柴家庄老柴的外甥女……"(P. 132)(看来攀亲戚套近乎是多么流行啊!译者再现了赖小毛所说的话,没有任何删减。作者前后多次描写这种攀亲现象,首先讽刺的是主动攀亲者(尤其是王公道和赖小毛)的虚伪,反映了人物的性格特征,其次是有力讽刺了中国这种特有的裙带文化现象(尤其是在官场),译者不可等闲视之。

(7)新的一届政府产生了。会场上响起雷鸣般的掌声。王公道等人也一阵欢呼。(P. 262)

译文:... a new government administration was formally in place. Wang's shouts for joy echoed the thunderous applause from the Great Hall of the People. (P. 197)

人代会期间李雪莲又去北京告状,王公道等人去北京进行"围追堵截",最后终于找到了李雪莲,人代会结束之时,"王公道等人也一阵欢呼"。他们的欢呼和会场上"雷鸣般的掌声"显然形成了对比,原因是完全不同的。如果没有语境支持,很容易把这句话理解为王公道等人也为人代会胜利闭幕而欢呼。原文接着写道:"大家忙活十几天,终于有了一个圆满的结局;从上到下,终于从这件事上解脱了;不光从今年解脱了,从过去的二十年也解脱了;不但从过去解脱了,今后也永远从李雪莲这件事上解脱了。"(P. 262)这才是他们欢呼的真正原因,对应译文为:"Nearly two weeks of hard work by all, from top to bottom, had been amply rewarded; their work, for this year and for the previous twenty, was done. A full stop had been placed at the end of Xuelian's protests... "(P. 197)有了这样的语境,就不难理解其中的反讽了:当官的(如马文彬、郑重、王公道等)不操心国家大事,只在乎自己的仕途,不择手段地搬掉阻碍自己仕途的绊脚石。甚至连李雪莲的前夫秦玉河出车祸死了,也被郑重的秘书附和道,"这车祸出得好"(P. 253),葛译的 "The accident was a godsend"(P. 191)也很好地再现了原文的反讽,道尽了这些官员的丑恶心态。作者还写道,"从来没有因为一个人的死,给别人带来这么大的解脱;从来没有因为一个人的死,给别人带来这么大的快乐"(P. 257),葛译的 "Never had someone's death brought a man so much joyful release" (P. 193)对原文有所整合,语气虽不如原文强烈,但也对比鲜明,反讽效果还是不错的。

(8)一进公馆,灯火辉煌;天仙般的美女,排成两排;王公道舒了一口气,感觉刚刚回到人间。(P. 218)

译文:... where they were greeted by two rows of beautiful hostesses. With a sigh, Wang reveled in a feeling that he had returned to the realm of humanity. (P. 169)

显然,王公道把在北京找李雪莲的经历比喻成了地狱,把别人请他吃饭的地方"888 公馆"当成了"人间",人间原来如此豪华,政府官员的奢靡生活由此可见一斑。这里的"回到人间"值得玩味,三言两语之间暗藏了作者的反讽锋芒。译文对应的措辞"returned to the realm of humanity"并不是特别合适,如果稍加变通,译为"returned to his normal life",反讽效果就会更加明显。作者这里还特意提到了王公道所在县的"世外桃源"(饭店),是"省上一位领导的小舅子"开的,后面矗立着一座配套的洗浴城,比饭店更加雄伟。把这样一个喧嚣浮丽并且"距人间并不远"的地方命名为"世外桃源"也是一个莫大的讽刺(类似于模式反讽,需要对之进行互文解读),熟悉中国文化(陶渊明的《桃花源记》)的人不难理解。然而,由于文化差异的存在,对应译文"Peach Blossom Heaven"就很难激起译文读者类似的互文联想,反讽意味也就随之流失了。县长史为民因李雪莲事件被免职后开了一家店铺,名叫"又一村",这个命名本身倒没有反讽的存在,但其中的互文意义也非常明显,所谓"柳暗花明又一村",反映了史为民向生活本真状态的回归,对应的译文"Another Village"同样无法激起读者相似的互文联想,实为憾也。

(9)换句话,董宪法的庭长,是给挤下去的;或者,是给挤上去的。(P. 32)

译文:In a word,Dong Xianfa,a one-time presiding judge,had been kicked upstairs. (P. 24)

董宪法刚从部队转业时,得到了一个庭长的职位,十年后被任命为法院审判委员会专职委员,是"明升暗降",并无实权,所以作者才说是被"挤下去"或"挤上去"的。这里不乏作者对官场逻辑的嘲讽。译者的措辞"had been kicked upstairs"也很到位,英语中"kick someone upstairs"本来就表示明升暗降的意思,措辞本身也很形象,给人一种被动提升或被人"踢升"的画面,与原文的"挤上去"有异曲同工之妙。

(三)结构反讽的翻译

原文中的语言反讽和情境反讽大多是相互交织的,也就是说言语反讽往往也需要具体情节的支持,结构反讽更是如此。《我不是潘金莲》的章节设置是最大的结构反讽,突出表现在序言与正文的本末倒置,序言很长,正文很短,暗含官场的腐败之风以及颠倒的人生意义(不把正文当正文)。这也正是作者修辞哲学的最重要表现,是通过对文本整体的艺术设计(修辞诗学)来传达的。葛浩文夫妇把第一章"序言:那一年"译为"Chapter One / Prologue:Way Back When",把第二章"序言:二十年后"译为"Chapter Two / Prologue:Twenty Years Later",把第三章"正文:玩呢"译为"The Main Story:For Fun",便很好地再现了这种结构反讽。对这种结构反讽的解读需要互文文本(其他小说)的支持,从这个层面而言,其又是模式反讽。葛氏夫妇把第一章中的"那一年"译为"Way Back When",意义虽有所偏离,但也十分巧妙,似乎更加凸显了小说主旨的普遍意义,而不仅仅只是讲李雪莲的故事,给读者留下了更为宽阔的思考空间。试想,如果把第一章和第二章改为"The Main Story"(正文),把第三章改为"Epilogue"(尾声),反讽和审美效果肯定会迥然不同。

三、小 结

布斯曾经说过,"我们确实能解读反讽,也会误读反讽"①,译者也不例外。葛浩文夫妇英译的《我不是潘金莲》对原文反讽修辞的解读与再现总体上还是比较到位的,尤其是情景反讽,基本上取得了与原文相似的反讽效果,但也出现了一些"误读"现象,主要体现在对其中一些反讽修辞的删减上,导致反讽修辞场相对原文而言有所弱化。针对文学作品中反讽修辞的翻译,译者要注意以下几点:第一,首先要透彻解读作品中反讽的表现与作用,认识到反讽运作的不同层面——或修辞技巧,或修辞诗学,或修辞哲学——充分关注这三个层面的相互转换或重叠之处;第二,要注意全面再现典型反讽作品中的反讽修辞,包括言语反讽、情境反讽、结构反讽和模式反讽,尽量营造一个与原文相似的反讽修辞场,以便充分发挥反讽修辞的场域效应;第三,不宜妄加删减,避重就轻,否则的话反讽效果就会打折扣,如葛氏夫妇对《我不是潘金莲》中一些双关人名反讽的删减;第四,如果不得不删减的话,如删减不可译的文字游戏等,也要善于从其他方面进行审美补偿,如强化其他方面的反讽修辞等,保证译文的整体反讽效果不被削弱。

第二节　中国当代小说中的委婉型性话语及其英译研究②

性是人类亘古不变的话题,性话语在日常话语和文学作品中都大量存在。所谓性话语,是指与性有关的任何话语,并"不限于通常所说的对

---

① Booth, W. C. *A Rhetoric of Irony*. Chicago: The University of Chicago Press, 1974: 2.

② 本节原载《山东外语教学》2019 年第 2 期,标题未变,与徐戈涵(第二作者)合作撰写,收入本书时略有改动。

性的描写,它包括所有关于性和与性有关的叙述"①。在文学作品中,性话语大致可分为三类:直白型性话语、隐喻型性话语和委婉型性话语。直白型性话语主要指对性行为或与性相关的行为、事物(性器官)、场景等进行直接叙述与描写,给人一种赤裸裸的感觉;隐喻型性话语主要指在涉及性的话语中有隐喻或隐喻认知的出现,将性行为比作其他类型的事物,以达到作者使用隐喻的目的;委婉型性话语指作者在具体的文本语境中通过相关话语(一般为更宽泛或模糊的话语)来含蓄、委婉地描写和叙述性行为、性器官与性场景等,而不是直接呈现。直白型性话语是一种概念认知,对性的描写与叙述靠"赤裸"的概念与概念组合来完成,对具体语境的依赖性较弱;隐喻型和委婉型性话语则是一种修辞认知,对性的描写与叙述靠修辞机制来完成,往往具有诗性的、反逻辑的、审美化的特征,对具体语境的依赖性较强。三类性话语在中国当代小说中随处可见,尤其是隐喻型与委婉型性话语。本节则聚焦于其中的委婉型性话语,探讨其在小说中的表现与作用以及其对应英译的优劣得失。

委婉型性话语也可称为性委婉语,是委婉语的一种特殊类型,目的域指向的都是性或与性相关的事物与行为。由于中国人认为性是不洁与不雅的,具有很强的"谈性色变"的心理,很少在公开场合直接谈论,所以性话语中就出现了大量的委婉表达,旨在让交际双方更容易接受,避免交际过程中出现尴尬与不悦的情景。有关委婉语,国内外有很多研究,包括委婉语的定义、分类、功能、适用范围、生成机制等。束定芳、徐金元把委婉语的定义分为狭义和广义两个层面,其中前者指约定俗成的委婉词语,后者指通过各种语言手段(如语音、语法、语篇等)临时构建起来的具有委婉功能的表达手法。② 一般而言,委婉型性话语主要在词汇层面运作,具有约定俗成的特征,偶尔也会涉及更大的语言单位,如句子、篇章等,后者对具体语境的依赖程度更强。学界对委婉型性话语(翻译)的专题研究十分

---

① 王彬彬.毕飞宇小说中的"性话语".当代作家评论,2008(1):102.
② 束定芳,徐金元.委婉语研究:回顾与前瞻.外国语,1995(5):19.

罕见,杨志曾从认知视角(包括原型、隐喻和转喻)解读《红楼梦》中的性委婉语,从文化视角分析《红楼梦》中性委婉语的翻译方法(直译、意译、加注和显化)。① 贾燕芹在其专著中单列一章专门探讨过莫言小说中的性话语(叙事)及其英译,包括性隐喻的可译性和性话语的翻译尺度等问题。② 还有一些顺带论述委婉型性话语及其翻译的研究,如魏在江③、荣立宇④等。这些研究虽然不够系统,但在研究对象和分析视角等方面对我们有一定启发。在分析委婉型性话语的翻译之前,不妨先探讨一下中国当代小说中委婉型性话语的生成机制与具体表现。

一、委婉型性话语的生成机制

我们通过细读一批中国当代小说,如贾平凹的《废都》、余华的《兄弟》、刘震云的《我不是潘金莲》、毕飞宇的《玉米》与《青衣》、莫言的《酒国》与《檀香刑》等,搜集了其中的委婉型性话语及其对应的英译。对这些委婉型性话语的生成机制进行分析,我们发现其大致可分为四类,即泛指化机制、模糊化机制、喻指化机制和省略化机制。

(一)泛指化机制

泛指化机制主要指用一些更宽泛的词语来指代性或与性相关的事物,两者在语义上往往具有包含关系,如用"那事""办事""男女之间的事"指代男女之间的性爱或用"东西""地方"表示男女的生殖器等。这类性话语在所搜集的语料中十分常见。

---

① 杨志.从认知视角解读《红楼梦》中的"性"委婉语.河北联合大学学报(社会科学版),2015(1):161-163;杨志.从文化翻译视角看《红楼梦》性委婉语翻译.河南教育学院学报(哲学社会科学版),2014(6):12-14.

② 贾燕芹.文本的跨文化重生:葛浩文英译莫言小说研究.北京:中国社会科学出版社,2016.

③ 魏在江.英汉"生理现象"委婉语对比分析.外语与外语教学,2001(7):19-21.

④ 荣立宇.《西游记》中的真假情色及其翻译.读书,2017(5):90-96.

(10)李雪莲:"你帮我打人,我就跟你办那事。"①

(11)两人每次见面,自然而然甚至是不知不觉里又干了那种事。②

(12)没想到有庆家的不怕,关键是,有庆家的自己也喜欢床上的事。③

(13)我已经二十一岁了,男女间的事情还没体验过。④

(14)我和陈清扬有不正当关系,我干了她很多回,她也乐意让我干。(《黄金时代》,P. 20)

(15)揉搓中手就到唐宛儿那地方狠狠地拧了一把。(《废都》,P. 330)

(16)一根硬邦邦的东西顶在了玉秀的大腿上,一股脑儿塞进了玉秀。(《玉米》,P. 84)

(17)庄之蝶就一下子把妇人按在皮椅上,掀起双腿,便在下面亲起来。(《废都》,P. 178)

(18)庄之蝶听她说着,下边就勃起了,爬上来就进。(《废都》,P. 343)

泛指化委婉型性话语在泛指词(可视为性行为或性器官的上义词)前通常有一定的修饰语,如例(10)中的"那事",例(12)中的"床上的事",例(14)中的"不正当关系",例(15)中的"那地方",例(16)中的"一根硬邦邦的东西"等。还有一些方位词,如例(17)中的"下面"、例(18)中的"下边"往往可以指男女性器官,因为其处于人体的下位。其他方位词,如"下方""两腿之间"等也都可以指男女性器官。

---

① 刘震云.我不是潘金莲.武汉:长江文艺出版社,2016:10.本节后面引用该小说中的例子,则在正文的括号中注明《我不是潘金莲》和页码,脚注中不再一一标注。其他小说原文和对应译文首次出现时在脚注中注明,随后也照此标注。
② 贾平凹.废都.北京:北京大学出版社,1993:243.
③ 毕飞宇.玉米.重庆:重庆大学出版社,2011:35.
④ 王小波.黄金时代.长春:时代文艺出版社,2001:8.

（二）模糊化机制

模糊化机制主要指用一些模糊的语言表达来指代性或与性相关的事物，具有更强的语境依赖性，如"那样""折腾"等。相对泛指化性委婉语而言，此类委婉语通常没有范畴化词语（如"事""东西"等）的出现。

（19）彭国梁终于提出来了，他要和玉米"那个"。（《玉米》，P. 48）

（20）玉秀呢，被人欺负过的，七八个男将，就在今年的春上。（《玉米》，P. 142）

（21）牛月清没有反抗，也没有迎接，他就默着声儿做动作。（《废都》，P. 440）

（22）不知以前他们已捣鼓了多少回，只瞒得妇人不知道。（《废都》，P. 326）

（23）王主任就把她放倒在桌上，剥了人家衣服，因为急，裤衩也用剪刀铰开，把阿兰糟蹋了。（《废都》，P. 285-286）

（24）我只是想问问，趁着我怀孕，你跟人胡搞，你还有没有良心？（《我不是潘金莲》，P. 68）

（25）赵大头连着折腾两个晚上，明显显得身虚。（《我不是潘金莲》，P. 179）

（26）李雪莲披衣坐起来："让你干你不干，你可别后悔。"（《我不是潘金莲》，P. 85）

由以上几例不难看出，模糊化委婉型性话语的语义一般发生了转移，如果没有具体语境支撑，很难看出其真正所指，或者说是具体语境才使得模糊话语聚焦于性事。就理论而言，此类性话语的数量是无限的，如例（24）中的"胡搞"以及日常生活中的"乱搞""瞎搞""搞过"等都可以指代性行为。例（20）中的"欺负"、例（22）中的"捣鼓"、例（23）中的"糟蹋"、例（25）中的"折腾"都是语义发生转移的典型。例（19）中的"那个"以及例（21）中的"做动作"也都是模糊化的表达，其中"那个"更为常见，具有一定的文化规约性，在我们搜集的语料中也多次出现。例（26）中的"干"等单个动词也经常用来指涉性行为,其他如"搞""弄""做"等常用动词,这些动词后面也常跟宾语,如《我不是潘金莲》中的"弄你一回,要杀六个人"(《我不是潘金莲》,P. 62)等。

(三)喻指化机制

喻指化机制主要指通过各种喻化修辞手段(如隐喻、提喻、转喻等)来指代性或与性相关的事物。其中,由隐喻机制生成的委婉型性话语基本上等同于隐喻型性话语,如"性是植物""性是食物""性是战争"和"性是农业"的各种隐喻表达,前面有专节探讨,此不赘述。这里主要探讨由提喻和转喻生成的委婉型性话语。

(27)筱燕秋终于和老板睡过了。①

(28)他把玉秀摁在厨房,睡了。(《玉米》,P. 143)

(29)王连方睡女人是多了一些,但是施桂芳并没有说过什么。(《玉米》,P. 6)

(30)新婚那天晚上,你都承认,你跟人睡过觉。(《我不是潘金莲》,P. 68)

(31)施桂芳刚刚嫁过来的那几十天,两个人都相当贪,满脑子都是熄灯上床。(《玉米》,P. 17)

(32)赵大头翻身把过李雪莲,又上了她的身。(《我不是潘金莲》,P. 178)

(33)后来又去浴室洗了下身,就摸上床来。(《废都》,P. 440)

(34)玉米跪在床边,趴在郭家兴的面前,一口把郭家兴含在了嘴里。(《玉米》,P. 138)

例(27)到例(32)都是基于相关性的转喻机制生成的委婉型性话语,如发生性关系一般会涉及"睡""上床"等。所以有关"睡"和"上床"之类的性委婉语也很常见。男女发生性关系时,通常是男在上,女在下,故也会

---

① 毕飞宇.青衣.北京:人民文学出版社,2013:292.

出现例(32)中"上了她的身"之类的委婉表达。例(33)和例(34)是由提喻生成的委婉型性话语,此类性话语经常使用以整体代部分的认知路径,如例(34)用"郭家兴"指代他的生殖器,以使性话语变得委婉。

(四)省略化机制

省略化机制指通过省略相关话语来间接地指代性或与性相关的事物,省略的形式多种多样,要么省略性对象,要么省略性描写。省略的原因也是多方面的,或因指涉性器官的字不雅,或有规避出版审查的原因,或因作者故意如此以造成陌生化效果。

(35)你说,那卖×的唐宛儿来了多少次?(《废都》,P. 442)

(36)咱们在一块××,你倒让我只说他们的事……(《废都》,P. 19)

(37)就灭灯上床戏耍。□□□□□□□(作者删去三百十三字)(《废都》,P. 18)

(38)事后都后悔的,觉得没甚意思,可三天五天了,却又想……(《废都》,P. 395)

(39)开始是心里头想,过去了一些日子,突然变成身子"想"了……这一天的晚上玉秀却"想"出了新花样,又变成嘴巴"想"了,花样也特别了,非常馋。(《玉米》,P. 146)

(40)实在憋不住了,也只能让郭主任"轻轻的""浅浅的"。(《玉米》,P. 137)

例(35)中的"卖×"指代的是"卖屄",由于"屄"字很少在文学作品中出现,所以作者用"×"代替了,或者说是省略了。例(36)也是出于同样的考虑,省略了类似于"做爱"之类的字眼。例(37)很有可能出于通过出版审查的考虑,或者是作者故意卖的关子,也未可知。例(38)和例(39)是作者故意省略了"想"的对象,给人一种陌生化的感觉,尤其是例(39),更是奇趣横生。例(40)则是省略了表示性行为的动词,其中的"郭主任"则是一种提喻用法。这些省略现象使得性话语表达比较委婉,读者也会了然于心。

二、中国当代小说中的委婉型性话语英译分析

通过分析所搜集的中英文语料,我们发现译者采取的翻译策略主要有两种:再现策略和显化策略。所谓再现,是指还委婉为委婉的一种翻译手法,也就是译文中也有对应的委婉表达,属于从修辞认知到修辞认知的转换范畴;所谓显化,是指把原文中的委婉表达转换成了译文的直白表达,或者相对原文而言,译文中对应的性话语变得更加直白,大多属于从修辞认知到概念认知的范畴。再现与显化的区分是根据译文的委婉程度相对原文而言的,其中的界限也并非泾渭分明。不管这些委婉型性话语的生成机制是什么,其翻译策略基本上可归在这两个范畴之内。那么,再现与显化的效果如何呢?

(一)再现策略

(41)李光头抽动的时候,她哇哇哭了起来。很久没有这种事了,林红像是干柴碰到了烈火。①

译文:As Baldy Li began to thrust she started to cry out again. Not having done this kind of thing for such a long time, she was like a piece of dry kindling exposed to a flame.②

(42)李雪莲:"你帮我打人,我就跟你办那事。"/老胡大喜,上前就搂李雪莲,手上下摸索着:/"宝贝儿,只要能办事,别说打人,杀人都成。"(《我不是潘金莲》,P. 10)

译文:"You help me out and then you and I can do you-know-what." / Overjoyed, he put his arms around Xuelian and began to paw her. / "If you let me do that, Babe, I'd kill him if I

---

① 余华.兄弟.北京:作家出版社,2012:563-564.

② Yu, Hua. *Brothers*. Chow, E. C. & Rojas, C., trans. New York: Pantheon Books, 2009:569.

had to."①

这两例中的性话语都属于泛指化生成机制,包括例(41)中的"这种事",例(42)中的"办那事"与"办事"。对应译文分别为"this kind of thing""do you-know-what""do that",再现了原文的委婉表达。在具体语境的衬托下,如例(41)前文中的"李光头插进了林红的身体"(Baldy Li then entered her)等,译文读者很容易理解其中的具体所指。在刘震云的《我不是潘金莲》中,此类性话语还有很多(基本上出现在老胡和李雪莲之间的对话),对描述人物性格和推动故事情节也有一定的作用。译者对其中"先办事"或"后办事"的翻译也多种多样,如"Let's take care of our business first""then we do it""carry out the second half of the arrangement now""get together""but first there's something you and I have to do"等。不管采取什么样的措辞,译者也都没有挑明,保留了原文性话语的委婉特征,读者也能心领神会。类似的再现译法还有《废都》中的"咱们就只做朋友,不再干那事了吧"(P. 456)被译为"Let's just be friends. Let's not do that again"②;《黄金时代》中的"做那事之前应该亲热一番"(P. 10)被译为"we should have a little foreplay before getting down to business"③,"我已经二十一岁了,男女间的事情还没体验过"(P. 8)被译为"I'm twenty-one, but I've never experienced what happens between a man and a woman"(P. 69);《玉米》中的"'那件事'玉秀其实是无所谓的"(P. 146)被译为"But 'that thing' meat little to her"④等。此类带"事"字的委婉型性话语经常被译为相应的代词或泛指的名词,如

---

① Liu, Zhenyun. *I Did Not Kill My Husband: A Novel*. Goldblatt, H. & Lin, S. L., trans. New York: Arcade Publishing, 2014:8.

② Jia, Pingwa. *Ruined City*. Goldblatt, H., trans. Norman: The University of Oklahoma Press, 2016:462.

③ Wang, Xiaobo. *Wang in Love and Bondage*. Zhang, H. & Sommer, J., trans. Albany: State University of New York Press, 2007:71.

④ Bi, Feiyu. *Three Sisters*. Goldblatt, H., trans. New York: Houghton Mifflin Harcourt Publishing Company, 2010:166.

"it""that""thing""business"等。

(43)有两个跟她好到了一定程度,就发生了关系。(《我不是潘金莲》,P. 68-69)

译文:Two of her romances had gone beyond the level of a casual relationship. (P. 53)

(44)魏向东说:"什么时候上床的?"班主任说:"没有上床。"魏向东说:"你们两个都在床上,这么多人都看见了。被子是乱的,床单是乱的,连枕头都是乱的,你怎么说没上床?"班主任说:"是上床了,但不是那个上床。"魏向东说:"那你说说哪个上床?"班主任说:"我们是在床上,没有那个。真的没有那个。不是上床。"魏向东说:"是啊,到底是哪个上床呢?"班主任说:"我是说睡觉。没有睡觉。我们没有睡觉。"魏向东说:"谁说你睡觉了?睡着了你还能开门?"班主任说:"不是那个睡觉,我是说没有发生关系。"魏向东说:"什么关系?"班主任说:"男女关系。"魏向东说:"男女关系是什么关系?"班主任说:"性关系。你们可以带她到医院去查。"(《玉米》,P. 251)

译文:"When did you first go to bed together?" Wei said. / "We didn't," Peng replied. / "The two of you had to be in bed because everyone saw how the sheets, the blanket, and even the pillows were all rumpled. How can you deny it?" / "We did go to bed, but not like that," Peng insisted. / "Like what then?" Wei was relentless. / "We were in bed, but we didn't do it. Honest, we didn't go to bed like that." / "Oh? What do you mean by 'like that'?" / "I mean sleeping together. We didn't sleep together." / "Who said you were sleeping? If you were, you wouldn't have been able to get up to open the door." / "I don't mean going to sleep. I mean having a relationship." / "What kind of relationship?" / "Between a man and a woman." / "And what is that?" Wei demanded. / "A sexual relationship. You can have her checked at the hospital," Peng said.（P. 277-278）

先看一下这两例中由泛指化机制生成的"关系"的翻译。例(43)中的"发生了关系"被译为"gone beyond the level of a casual relationship",基本上是再现,加上译文后面"not a virgin"相关话语的烘托,读者很容易想到这种不同寻常的关系指的就是性关系。例(43)原文后面紧接着还有一句"李雪莲与人发生关系是结婚之前",这里的"关系"被译成了"Li Xuelian's sexual initiation",属于显化范畴,丧失了原文的委婉特征。例(44)中连着出现了六个"关系",从"发生关系"到"男女关系"到"性关系",话语表述逐渐直白,对应的译文"having a relationship""(relationship) between a man and a woman""sexual relationship"也都属于再现的范畴,取得了与原文相似的审美效果。例(44)中的"上床""睡觉"都是由转喻生成的性委婉语,作者在此玩足了文字游戏。译文虽未充分再现原文的双关之妙,但总体效果还是不错的,如把"是上床了,但不是那个上床"译为"We did go to bed, but not like that";把"我们是在床上,没有那个。真的没有那个。不是上床"译为"We were in bed, but we didn't do it. Honest, we didn't go to bed like that";把"我是说睡觉。没有睡觉。我们没有睡觉"译为"I mean sleeping together. We didn't sleep together"等。例(14)中的"我和陈清扬有不正当关系"被译为"Chen Qingyang and I had an indecent relationship"[①],也是典型的再现,后文还有"I had screwed her many times"等相关话语,也很容易理解译文中的"an indecent relationship"到底指什么。

其他由泛指化机制生成的委婉型性话语也有很多用了再现法,如例(16)中"一根硬邦邦的东西"被译为"something hard";《废都》中"便趴近去解他的裤带,竟把一根东西掏出来玩耍"(P. 311)中的"一根东西"被译为"his tool","原是庄之蝶把东西向后夹去"(P. 259)中的"东西"被译为

---

① Wang, Xiaobo. *Wang in Love and Bondage*. Zhang, H. & Sommer, J., trans. Albany: State University of New York Press, 2007:82.

"it","你闻闻下边,那才香哩!"(P. 244)中的"下边"被译为"down there"等。

(45)只要笑出来了,这就说明郭家兴想"那个"了。(《玉米》,P. 137)

译文:And that smile told her he was ready to do it. (P. 158)

(46)李光头伸出四根手指说:"席卷了她四次。"(《兄弟》,P. 519)

译文:Baldy Li held up four fingers and said, "I swept her four times." (P. 521)

(47)即便他真的趴在了我的身上,弄来弄去不也是那么一回事吗?①

译文:Even if he climbed onto my body and squirmed in and out, it would be a sexual encounter and nothing more. ②

以上三例属于模糊化机制生成的委婉型性话语,包括"那个""席卷"和"弄来弄去",对应的译文分别为"to do it""swept her""squirmed in and out",在具体语境中都不难理解。如例(46)的前文有"心想李光头昨晚上一定在床上大放光彩了""她都瘸着走路了,我想昨晚上李总一定是雄风席卷",例(47)中有"趴在了我的身上"等语境信息。例(47)中的"那么一回事"被译为"a sexual encounter",则属于显化处理。其他再现的,如例(19)中的"'那个'"被译为"to 'do it'";例(20)中的"欺负"被译为"was spoiled";例(23)中的"糟蹋"被译为"took advantage of her";例(24)中的"胡搞"被译为"to hook up with another woman";例(26)中的"让你干你不干"被译为"I said you could do it"等。再如"是不是你的儿子在外面'胡搞'"(《玉米》,P. 154)中的"胡搞"被译为"fooling around";"如果魏老师想'那样'的话"(《玉米》,P. 248)中的"那样"被译为"to do it","他一次

---

① 莫言.檀香刑.上海:上海文艺出版社,2012:129.

② Mo, Yan. *Sandalwood Death*: *A Novel*. Goldblatt, H., trans. Norman: The University of Oklahoma Press, 2013:128.

也没有'那样'过"(《玉米》,P. 248)中的"那样"被译为"doing that";"弄你一回,要杀六个人"(《我不是潘金莲》,P. 62)中的"弄你一回"被译为"For one roll in the hay with you"等。

(48)王连方在二十年里头的确睡了不少女人。(《玉米》,P. 78)

译文:Over that twenty-year period he had slept with many women. (P. 91)

此例中的"睡了"是喻指化机制(转喻)生成的委婉表达,对应的译文"slept with many women"也准确达意。类似再现的还有例(27)"睡过了"被译为"slept with";例(28)中的"睡了"被译为"took Yuxiu by force";例(29)中的"睡女人"被译为"slept around";例(31)中的"上床"被译为"jump into the bed";例(32)"上了她的身"被译为"mounted her";例(34)中的"一口把郭家兴含在了嘴里"被译为"took him into her mouth"等。

(49)女曰:妾候郎君久矣。(此处删去五百字)①

译文:I have waited for you for such a long time,the girl said. / (Here five hundred words have been excised) ②

(50)"我不是老虎,咬不掉你的!"③

译文:"I'm no tiger,you know,and I won't bite that thing off!"④

这两例是由省略化机制产生的性委婉语。例(49)中的现象也很典型,"此处删去五百字"诸如此类的话,删除的都是性话语,或由于通过出版审查的考虑,或是作者故意如此,从而给读者自由想象的空间。诸如此

---

① 莫言.酒国.上海:上海文艺出版社,2012:182.
② Mo,Yan. *The Republic of Wine*. Goldblatt,H.,trans. New York:Arcade Publishing,2012:191.
③ 莫言.丰乳肥臀.北京:中国工人出版社,2001:335.
④ Mo,Yan. *Big Breasts and Wide Hips*. Goldblatt,H.,trans. New York:Arcade Publishing,2012:482.

类的性描写省略现象在《废都》中有多处,基本上被译为"(The author has deleted... words)"。例(50)省略了"阴茎"之类的话语,译文中的"that thing"可以说是添加的,但仍然是委婉语,也属于再现范畴。莫言《酒国》中也有"我怕你咬掉我的"(P. 163)表达,译文中的"bite it off"同样是添加,也属再现范畴。其他类似的处理如例(38)中的"却又想……"被译为"the desire returns";例(40)中的"'轻轻的''浅浅的'"被译为"he went about it 'lightly' and 'not too deeply'"。例(35)中的"卖×的唐宛儿"被译为"that cunt",其中"cunt"既有女性阴部之意又有娼妇之意,与原文的性话语也比较对应。例(39)主要是省略了"想"的宾语,从"心里头想"到"身子'想'"再到"嘴巴'想'",陌生化特征越来越明显,与小说情节、人物性格也十分吻合。对应的译文"she just missed having him around""her body longed for him""it was her mouth that longed for something",也都添加了宾语,并且有所不同。由此可见,汉语中由省略化机制生成性话语宾语省略现象,译者往往添加相关宾语,这可能源自英汉语言的差异,也可能是译者潜在的显化心理趋势使然。只要添加的宾语还是委婉语,就可被归入再现范畴。

(二)显化策略

(51)郭家兴最近喝酒有了一个新的特点,只要喝到那个份儿上,一回到床上就特别想和玉米做那件事。(《玉米》,P. 137)

译文:Something had come over Guo in recent days. When he reached a certain level of inebriation,he wanted to make love as soon as he was home in bed. (P. 157)

(52)柳叶子正在和她男人在屋里干事,看见他来了,竟也不避。(《废都》,P. 388)

译文:Liu and her husband were having sex and did not stop when they saw him. (P. 395)

这里两例中的性话语也都是泛指化机制引起的,"那件事"和"干事"

分别被译为"make love"和"having sex",其中后者的显化程度明显比前者高,但相对于原文而言,也都属于显化策略。在所搜集的语料中,带有范畴词"事"的性话语常被显化处理,如《废都》中的"那种事"被译为"making love","事(后)"被译为"made love","(想)干那事"被译为"wants sex","干这事"被译为"had sex","干着好事"被译为"having sex","那种事"被译为"sex"等;《玉米》中的"房事"被译为"sex"或"sex life","床上的事"被译为"sex"等。显化的效果要看具体的语境,如果原文没有语境支持,也不妨显化,如果有语境支持的话,最好还是保留原文的委婉特征。如例(52)原文后面还有这么一句"她倒一边提了裤子,一边把一条巾布从腿中掏出来和他说话",有足够的语境支持,其中的"干事"也不妨译为"were doing that thing"或"were enjoying themselves in bed"之类的委婉表达。

(53)我刚才是看着你的,要封她的口也用不着和她那个。(《废都》,P. 329)

译文:I was watching you earlier; you didn't have to have sex with her to shut her up. (P. 334)

(54)与小甲闹完后,她感到思念钱丁的心情更加迫切。(《檀香刑》,P. 126-127)

译文:"Sex with her husband only increased the urgency of her longing for Magistrate Qia.(P. 126)

这两例都是模糊化机制生成的委婉表达。例(53)中的"那个"被译为"to have sex",例(54)中的"闹完"被译为"sex with her husband",也都是显化处理。《废都》译文中还有很多类似的显化现象,如"在你家里玩着我会有女主人的感觉"(P. 326)中的"玩着"被译为"make love","不知以前他们已捣鼓了多少回"(P. 326)中的"捣鼓"被译为"had sex","庄之蝶与唐宛儿一夜狂欢"(P. 209)中的"狂欢"被译为"abandonment to sexual pleasure","晚上爱过几次,白天还要爱一次"(P. 218)中的"爱过"被译为

"had sex"(后面的"爱一次"被译为"to do it again")等。有时即使是同样的性话语,在不同的文本语境中也有可能所指不同,如"说着就蠕动了身子,说她要那个"(《废都》,P. 149)中的"那个"被译为"to make love"(与例(53)中的所指相同),"忽然庄之蝶激动起来,说他要那个了"(P. 62)中的"那个"被译为"had an erection"等。

> (55)春天里被那么多的男人睡了,都没事……(《玉米》,P. 147)
>
> 译文:She didn't get pregnant after being raped... (P. 168)
>
> (56)手却不出来,隔兜子握住了一根肉。(《废都》,P. 211-212)
>
> 译文:She rested her hand inside his pocket and held his ample penis. (P. 218)

这两例是由喻指化机制生成的性话语,例(55)为转喻,例(56)为提喻。例(55)中的"睡了"被译为"raped",原文比较模糊,译文更加具体。例(56)中的"一根肉"被译为"his ample penis",也是典型的显化处理。通过语料分析发现,由喻指化机制生成的委婉型性话语被显化处理的并不多见,远没有泛指化和模糊化机制的那样频繁。在我们所搜集的语料中,由省略化机制生成的性话语被显化处理的仅有一例比较典型,即例(36)中的"咱们在一块××"(《废都》,P. 19)被译成了"we're in the middle of sex"。

三、小　结

文学作品中的性话语专题研究并不多见,性话语翻译研究更是鲜有人问津。我们通过细读多部中国当代小说,搜集了其中的性话语及其对应的英译,聚焦于其中的委婉型性话语及其英译。研究发现,中国当代小说中的这些委婉型性话语的生成机制大致可分为四类,即泛指化机制、模糊化机制、喻指化机制和省略化机制,其中前三者更为常见。喻指化机制生成的委婉型性话语和隐喻型性话语有一定的重合(尤其是隐喻机制生成的),由于我们对后者另有探讨,这里未做论述。针对所搜集的语料,译者对这些委婉型性话语的处理方式主要分为两类:再现策略和显化策略。再现是主导型翻译策略,由于文学作品中几乎所有性话语都有相关语境的支持,再加上中西性话语表达存在很大的认知共性,译文读者也不难理解其具体所指,因此译文基本上取得了与原文相似的审美效果。译者采取显化翻译策略的委婉型性话语大多是由泛指化和模糊化机制生成的,尤其是前者。我们认为,如果没有具体语境支持,也不妨采取显化策略;如果有相关语境的话,最好采取再现策略,以保留原文的委婉特征和审美张力,同时传达中国文化中一些独特的性话语表达方式。针对委婉型性话语的翻译,除了可采取再现和显化策略,还可采取删除(淡化)策略,也就是译者删除或淡化了原文中的性话语,由于所搜集的语料中鲜有此类现象,故未做探讨。韩子满(2008)曾发现《紫颜色》(*The Color Purple*)中的性话语多被汉译本译者删除或淡化,体现了中国文化中性禁忌的力量。① 性禁忌的力量也反过来促成了中国文学作品中委婉型与隐喻型性话语更为常见的局面。由于在西方社会,性开放的程度更高,所以中国当代小说中的委婉型性话语常被译者显化,鲜有删除现象。

---

① 韩子满.翻译与性禁忌——以 *The Color Purple* 的汉译本为例.解放军外国语学院学报,2008(5):69-75.

第八章　中国古典诗词中的象征、双关与夸张修辞认知翻译研究

第一节　中国古典诗词中的象征修辞及其英译研究[①]

　　象征是一种典型的修辞认知,具有言在此而意在彼的审美特征,使作者意旨的表达变得含蓄蕴藉,具有较大的回味余地。所谓象征"就是不直接描绘事物,而是根据事物之间的相互联系,借助联想,说的是乙,叫人联想到甲"[②]。象征的认知机制主要是联想,有的象征意义是作者临时赋予的,有的是特定文化在长期发展过程中逐渐形成的,具有一定的约定俗成性,有的还会发展成为公共话语的一部分。具有约定俗成性的象征也可视为一种修辞原型,即"一种审美化的集体无意识,在潜移默化之中建构着修辞化的世界"[③]。一般而言,象征更加注重其约定俗成性或集体化的审美无意识,如具有"花中四君子"美称的梅兰竹菊。如果是临时赋予的象征意义,并在语篇层面运作的话,也可视之为语篇隐喻,如班婕妤的《秋

① 本节原载《外国语文研究》2019 年第 6 期,原标题为《中国古典诗词中的象征修辞及其英译研究——以描写菊花的诗词为分析中心》,独立撰写,收入本书时略有改动。
② 王希杰.汉语修辞学(修订本).北京:商务印书馆,2004:406.
③ 谭学纯,朱玲.广义修辞学(修订版).合肥:安徽教育出版社,2008:190.

扇怨》①等,或者称之为"语境双关"②。象征往往具有"其称名也小,其取类也大;其旨远,其辞文,其言曲而中,其事肆而隐"(《周易·系辞下》)的功能。从历时角度来看,同一事物的象征意义具有一定的流变性与衍生性,从而会形成象征意义多元共存的局面,如红色象征喜庆、富贵、革命等。所以当某一事物的象征意义相对多元与复杂时,就要靠作者的交际意图和文本的具体语境对其主导意义进行解读。象征修辞在中国古典诗词中表现得尤为明显,这些象征修辞有哪些文化特征? 其象征意义能否成功地译介出去? 如果效果不理想的话,又该如何操作? 在对外译介过程中,到底该如何处理象征背后的文化记忆或审美化的集体无意识,是否需要提供一定的交际线索以供译文读者进行深入解读? 下文主要以中国古典诗词中的象征修辞为例,尝试探讨这些问题。

一、中国古典诗词中的象征修辞

象征修辞离不开具体的意象,而意象也正是中国古典诗词的核心要素,所以有学者认为意象是"象征型文学的理想"③。以含蓄、朦胧为主要审美特征的中国古典诗词很大程度上就是象征型的。言、象、意是中国古典诗词乃至所有中国文学作品的三个构成层面。古人有言:"象者所以存意"(王弼),所谓意象也就是承载意义的象,是象和意的统一,象是载体,意是归宿。加拿大文论家弗莱认为,"原型即那种典型的反复出现的意象","具有约定性的文学象征或象征群"④。这很大程度上说明了意象、象征和原型的相互关系。本节则重点探讨象征型原型或者谭学纯所谓的"修辞原型",也就是在中国古典诗词中反复出现的、具有约定俗成性的象征型意象。

---

① 原文如下:新裂齐纨素,鲜洁如霜雪。裁为合欢扇,团团似明月。出入君怀袖,动摇微风发。常恐秋节至,凉飙夺炎热。弃捐箧笥中,恩情中道绝。
② 冯全功.中国古典诗词中的双关语及其英译研究.中国文化研究,2018(4):151.
③ 童庆炳.中华古代文论的现代阐释.北京:中国人民大学出版社,2010:305.
④ 转引自:童庆炳.维纳斯的腰带:创作美学.北京:中国人民大学出版社,2009:215.

这种象征修辞在中国古典诗词中源远流长,《诗经》具有发端意义,屈原的诗作中有更为明显的表现,这两者共同奠定了中国象征诗歌的坚实基础。《诗经·硕鼠》是一首典型的怨恨统治者贪婪盘剥的象征诗,其深层意蕴或象征意义正如《郑笺》中所言,"大鼠大鼠者,斥其君也,女无复食我黍,疾其税敛之多也"①。此外,《诗经》中的比兴手法也具有很强的、或隐或显的象征意义,如《关雎》《蒹葭》《鹿鸣》《摽有梅》等。屈原的《橘颂》《山鬼》《离骚》等都是典型的象征诗。《橘颂》生动地描绘了南国橘树的形质之美,借此来抒发与赞颂自己心中理想人物的形象。《山鬼》中的"灵修"无疑象征君王,山鬼则是诗人自己的形象,所以"《山鬼》不是浪漫型的爱情诗,而是富有浪漫气息的象征型政治抒情诗";《离骚》更是建构了一个复杂的、相互关联的象征群,通过"以物喻人、以古喻今、以仙喻俗、以男女喻君臣这些象征意象"抒发了作者的政治抱负与种种离忧。② 东汉王逸的《楚辞章句·离骚序》对这种象征群有精准的概括:"《离骚》之文,依诗取兴,引类譬喻。故善鸟香草以配忠贞,恶禽臭物以比谗佞,灵修美人以媲于君,宓妃佚女以譬贤臣,虬龙鸾凤以托君子,飘风云霓以为小人。"屈原不仅是中国浪漫主义文学之父,同时也是象征主义文学的集大成者。

中国古典象征诗词有多种类型,有象征型咏物诗、象征型咏史诗、象征型爱情诗、象征型游仙诗等。其中象征型咏物诗中往往会有典型的象征型意象(群)的出现,其中有临时生成的意象,也有历代传承的意象。前者如曹植的《七步诗》:"煮豆燃豆萁,豆在釜中泣。本是同根生,相煎何太急?"③后者如陈毅的《青松》:"大雪压青松,青松挺且直。要知松高洁,待到雪化时。"这种在语篇层面运作的象征诗也可被称为语篇隐喻。中国文化中的"君子比德于玉"传统很大程度上造就了象征型咏物诗的大量出现。《论语》中的"岁寒,然后知松柏之后凋也",《荀子》中的"夫玉者,君子

---

① 转引自:吕永. 中国象征诗论. 中国韵文学刊,1988(Z1):44.
② 吕永. 中国象征诗论. 中国韵文学刊,1988(Z1):46.
③ 本节的诗歌原文绝大部分引自"古诗文网",网址为:https://www.gushiwen. org/。

比德焉。温润而泽,仁也;栗而理,知也;坚刚而不屈,义也;廉而不刿,行也;折而不挠,勇也;瑕适并见,情也;扣之,其声清扬而远闻,其止辍然,辞也",这些都是君子比德于玉的具体论述,比德于玉思维中的意象具有较强的文化传承性,逐渐成为人们集体无意识或文化记忆的一部分,典型的如莲、松、"花中四君子"等。写莲的如周敦颐的《爱莲说》①。写梅的如陆游的《卜算子·咏梅》:"驿外断桥边,寂寞开无主。已是黄昏独自愁,更著风和雨。无意苦争春,一任群芳妒。零落成泥碾作尘,只有香如故。"写兰的如玄烨的《咏幽兰》:"婀娜花姿碧叶长,风来难隐谷中香。不因纫取堪为佩,纵使无人亦自芳。"写竹的如郑燮的《竹石》:"咬定青山不放松,立根原在破岩中。千磨万击还坚劲,任尔东西南北风。"这些历代传承的植物意象无疑都是诗人本人的自画像,或者说寄托着诗人心目中的理想人格。

中国古典诗词中描写菊花的也很多,或局部涉及,或整体描写,构成了一个极富审美内涵的象征修辞场。屈原的《离骚》中有"朝饮木兰之坠露兮,夕餐秋菊之落英",将菊纳入屈原的"香草美人"体系之内,使其隐隐地与一种高洁的人格联系在一起。从陶渊明开始,菊花开始真正成为独立的审美意象,逐渐植入文人的集体无意识之中,成为隐逸、淡洁人格的象征。陶渊明尤其喜欢菊花,所以菊花在后人眼中便成了陶渊明的生命写照,成为(后期)陶渊明一样的理想人格的象征。陶渊明描写菊花最有名的诗句便是《饮酒·其五》中的"采菊东篱下,悠然见南山",此句还让"东篱"成为菊花的代名词,后人有诗如李白《感遇·其二》中的"可叹东篱菊,茎疏叶且微。虽言异兰蕙,亦自有芳菲",以及李清照《醉花阴》中的"东篱把酒黄昏后,有暗香盈袖"等。陶渊明写菊的诗句还包括《饮酒·其七》中的"秋菊有佳色,裛露掇其英";《九日闲居》中的"酒能祛百虑,菊解

---

① 原文如下:水陆草木之花,可爱者甚蕃。晋陶渊明独爱菊。自李唐来,世人甚爱牡丹。予独爱莲之出淤泥而不染,濯清涟而不妖,中通外直,不蔓不枝,香远益清,亭亭净植,可远观而不可亵玩焉。予谓菊,花之隐逸者也;牡丹,花之富贵者也;莲,花之君子者也。噫!菊之爱,陶后鲜有闻。莲之爱,同予者何人?牡丹之爱,宜乎众矣!

制颓龄"；《和郭主簿·其二》中的"芳菊开林耀，青松冠岩列"；《归去来兮辞》中的"三径就荒，松菊犹存"等。在陶渊明的诗中，菊的象征意义得以初步确立：菊首先是隐逸人格的象征，突出地表现在"采菊东篱下，悠然见南山"上，以及后人所谓"人淡如菊"（司空图《二十四诗品》）、"花之隐逸者也"（周敦颐《爱莲说》）等；其次是卓傲人格的象征，就像陶诗中常常与菊并提的松一样，《和郭主簿·其二》中所谓"怀此贞秀姿，卓为霜下杰"，魏晋苏彦《秋夜长》中的"贞松隆冬以擢秀，金菊吐翘以凌霜"也是把松菊人格化的典型，继承了古人比德说的传统。

陶渊明之后，菊花成了历代诗人反复咏叹的对象，文人们对其象征意义进行了多方拓展，借助菊花各抒胸怀，其中菊花卓尔不群的"傲霜"形象依然是渲染的重点。典型的如白居易的《咏菊》——"一夜新霜著瓦轻，芭蕉新折败荷倾。耐寒唯有东篱菊，金粟初开晓更清"；苏轼的《赠刘景文》——"荷尽已无擎雨盖，菊残犹有傲霜枝。一年好景君须记，最是橙黄橘绿时"；明代龚诩的《咏菊》——"曾见陶公拂袖归，晚香佳色傲霜威。过时只抱枝头老，不学狂花到处飞"；清代玄烨的《九日对菊》——"不与繁花竞，寒苞晚更香。数茎偏挺秀，嘉尔傲风霜"等。龚诩《咏菊》中的菊不但具有"傲霜"的品质，还被赋予了不随波逐流、坚守自我、刚健不屈的高风亮节，相似的还有宋代郑思肖的《画菊》——"花开不并百花丛，独立疏篱趣未穷。宁可枝头抱香死，何曾吹落北风中"；宋代朱淑真的《黄花》——"土花能白又能红，晚节犹能爱此工。宁可抱香枝上老，不随黄叶舞秋风"等。其他如唐代黄巢的《不第后赋菊》——"待到秋来九月八，我花开后百花杀。冲天香阵透长安，满城尽带黄金甲"，也是诗人自身的写照，那种顽强的斗志和必胜的信念跃然纸上。

在中国古典诗词中，陶渊明几乎成了菊花的诗意化身，历代歌咏菊花的佳作中基本上能看到陶渊明的痕迹，使这些菊花诗充满了文化记忆与互文联想，如曹雪芹在《红楼梦》中借林黛玉（潇湘妃子）之口说出"一从陶令评章后，千古高风说到今。"陈冬根曾总结道，"在近千年的传播接受过程中，陶渊明被逐渐符号化为'菊花'，而这个符号化菊花，又蕴涵着田园之美、隐士之格、重阳之思及君子之操等多重特质",菊花意象"由最初的实用价值到观赏价值,再到精神价值,最后到君子人格的象征符号,最终完成其文学意象的文化建构。这个过程中,陶渊明起了极为关键的作用"。① 难怪辛弃疾在《浣溪沙》有"自有渊明方有菊"之语。那么,这种"隐士之格""君子之操"的象征意义能否有效地——或者说应该如何合理地——译介出去呢? 在译介过程中需要注意哪些问题呢?

二、中国古典诗词中描写菊花的象征修辞英译分析

文学翻译之不易,主要在于原语和目的语各自文化的差异性与复杂性,中国古典诗词的对外译介与传播尤其如此,正如王佐良所言,"他处理的是个别的词,他面对的则是两大片文化"②。古典诗词中具有象征意义或原型价值的意象(如"梅兰竹菊")就是带着"大片文化"的,集中体现在其承载的互文联想或文化记忆上。虽然学界对象征手法或象征修辞多有探讨,但有关象征修辞翻译的文献国内还比较罕见。关于菊花诗词翻译的研究也十分罕见,仅零星出现了几篇文章,如李姝瑾从功能目的论的视角,从色彩意象、文化典故、艺术手法的处理出发对杨宪益、霍克思二人的《红楼梦》菊花诗译本进行了比较分析③;颜帼英以建构主义翻译观为视角,分析了中国古典诗词中"菊花"和"黄花"的文化意象的翻译,认为文化意象的再现要正确理解原文中的文化意象;对蕴含文化意象的词语要保留原文意象,或附加注释;再现原文中的意义语境;符合译入语的表达习惯;再现语体风格。④ 颜帼英的研究对笔者有很大的启发,但其搜集的语料不够充分,对其象征意义翻译的思考也不够深入,而这也正是笔者试图

---

① 陈冬根.陶渊明与中国古典文学之菊花意象的文化建构.井冈山大学学报(社会科学版),2014(6):106.

② 王佐良.翻译中的文化比较.中国翻译,1984(1):2.

③ 李姝瑾.匠心独运两丛菊 译笔平分一脉秋——从功能目的论析《红楼梦》菊花诗二译本.红楼梦学刊,2008(4):111-125.

④ 颜帼英.建构主义翻译观下的古诗词翻译——析"菊花"和"黄花"的文化意象翻译.东华大学学报(社会科学版),2014(4):199-203.

进一步探析的。

（1）兰有秀兮菊有芳，怀佳人兮不能忘。（刘彻《秋风辞》）

译文 1：The scent of late flowers fills the soft air above，/ My heart full of thoughts of the lady I love.①(Tr. by H. A. Giles)

译文 2：The orchids and chrysanthemums still sweeten the air，/ Oh，how can I forget my lady sweet and fair! （许渊冲译）

译文 3：Orchids all in bloom：chrysanthemums smell sweet. / I think of my lovely lady：I never can forget. (Tr. by A. Waley)

译文 4：Orchids and asters，Oh! Sweeten the chilly air；/ But how can I forget，Oh! My lady sweet and fair! （许渊冲译）

如果说屈原在"夕餐秋菊之落英"中对菊花的描写强调的是其食用价值的话(在其象征体系中也与高洁人格有关联)，那么例(1)中刘彻的这句更强调其审美价值。不管诗中的"佳人"作何解释(美人、贤人、仙人)，其与兰、菊都是比兴关系，兴中有比，比中有兴。兰和菊在中国古典诗词中都有积极的象征意义，译文中应再现这两种植物的名字。译文 1 把其泛化为"late flowers"，似不妥，很难让译文读者知晓其具体所指。译文 2 和译文 3 对"菊"的处理都是再现，效果相对好一些。译文 4 用"asters"来对

---

① 本节的译文来源主要包括以下译本(正文中不再一一标明)：许渊冲.中诗英韵探胜(第二版).北京：北京大学出版社，2010；许渊冲.许渊冲经典英译古代诗歌1000首(共 10 册).北京：海豚出版社，2012；任治稷，余正.从诗到诗：中国古诗词英译.北京：外语教学与研究出版社，2006；孙大雨.古诗文英译集.上海：上海外语教育出版社，1997；吕叔湘.中诗英译比录.北京：中华书局，2002；Huang, Hongquan. *Anthology of Song-Dynasty Ci-Poetry*. Beijing：People's Liberation Army Publishing House，1988；翁显良.古诗英译.北京：北京出版社，1985；许渊冲.唐诗三百首：汉英对照.北京：海豚出版社，2013；袁行霈.新编千家诗.许渊冲，英译.徐放，韩珊，今译.北京：中华书局，2006；Cao, Xueqin. *The Story of the Stone*(Vol. 2). Hawkes, D., trans. London：Penguin Books，1977；Cao, Xueqin & Gao, E. *A Dream of Red Mansions*(Vol. 1). Yang, Hsien-yi & Gladys, Yang., trans. Beijing：Foreign Languages Press，1978.

应菊花,虽其也是菊科植物,但针对整体描写菊花的古诗译介而言,建议采取通行译法,也就是"chrysanthemum(s)",这样更容易营造一个象征修辞语义场。针对该句中兴的修辞手法,四个译文都是再现型,但许渊冲的两个译文用"sweeten"和"sweet"把前后两句连接起来,显得更为圆融,一定程度上避免了"兴"之思维方式在逻辑上的突兀性(针对西方读者而言)。还有此句中的"佳人"也被四家译文处理为"lady",取美人之意,含追思之旨(汉武帝追思李夫人),也比较贴切。

(2)采菊东篱下,悠然见南山。(陶渊明《饮酒·其五》)

译文1:Picking chrysanthemums under the eastern fence,/ Leisurely I look up and see the Southern Mountains. (Tr. by Roland Fang)

译文2:I pick fence-side chrysanthemums at will / And leisurely I see the southern hill...(许渊冲译)

译文3:Picking chrysanthemums under the eastern fence,/ Distant South Hill swims into ken.(任治稷、余正译)

译文4:In plucking chrysanthemums beneath the east hedge,/ I vacantly see the southern mountains afar.(孙大雨译)

陶渊明这首描写菊花的诗是最负盛名的,各种英语版本也相对较多。整首诗写陶渊明官场失意后的归隐之乐,寓情于景,情理交融,话语平淡,韵味悠长。宋代张戒的《岁寒堂诗话》中有言,"'采菊东篱下,悠然见南山',此景物虽在目前,而非至闲至静之中,则不能到,此味不可及也"。菊花象征隐逸人格的源头盖出于此。首先,这里四家译文也都用"chrysanthemums"来处理"菊",在译介过程中最好不要任意变换其他措辞。其次,"东篱"作为菊花的象征也源于此诗,后人多以"东篱"来指代菊花,如唐代刘湾《即席赋露中菊》中的"勿弃东篱下,看随秋草衰",清代徐骘民《咏菊》中的"吟艳素心繫我思,秋深佳色忆东篱"等。所以此处"东篱"的翻译也特别重要,理应再现,不然对于整首菊花诗的翻译而言,就会丧失一个独特的互文联想符号。至于对应的措辞,用"fence"和"hedge"都是可以接受的,但"hedge"的语义更加贴切,所以译文 4 的"east hedge"相对更合适一些,用"east hedge"或"eastern hedge"来处理"东篱"当为最佳选择,可作为其他相关诗歌翻译的互文线索。如此看来,译文 2 的对应措辞"fence-side"则不足道也,至少无法构成有效的互文联想线索。最后,"悠然"二字最能体现菊花的象征意义,译文 1 和译文 2 都用"leisurely"来试图传达这层内涵,虽不能完全尽意,但也勉强可取。译文 4 的"vacantly"则不可取,与整首诗的意境不符合。译文 3 省略了"悠然"的翻译,但整句看来也颇有味道,不过语法逻辑有误,"South Hill"不能作为 picking 的主语,估计是为了传达王国维所谓的"无我"之境吧。

(3)东篱把酒黄昏后,有暗香盈袖。莫道不消魂,帘卷西风,人比黄花瘦。(李清照《醉花阴》)

译文 1:At dust I drink before chrysanthemums in bloom; / My sleeves are filled with fragrance and with gloom. / Say not my soul / Is not consumed. Should western wind uproll / The curtain of my bower, / 'Twould show a thinner face than yellow flower. (许渊冲译)

译文 2:Beneath the eastern hedge I drink wine at sunset, / The gentle perfume of chrysanthemums / Even fill my ample sleeves. / With self-pity my heart melts / When the west wind unfurls the curtains / To reveal a beauteous form yet thinner / Than the yellow flower. (Tr. by Huang, Hongquan)

译文 3:Under the eastern fence toasting[3] in twilight late, / Sleeves suffused with fragrance faint. / Isn't it devastating! / With the curtain flapping in the west wind, / Skinner than yellow blossoms[4] the person inebriate. (3. Toasting is one of the items of celebration on the Double Ninth Festival. 4. "Yellow blossoms" here refer to chrysanthemums, which are supposed to be in full bloom around the Double Ninth Festival.）（任治稷、余正译）

在中国古典诗词中,以菊花(有时也称黄花)喻女人的传统可能始于刘彻的"兰有秀兮菊有芳,怀佳人兮不能忘"。李清照的这首也非常典型,只是突出的重点有所不同而已。对"东篱"的处理,译文 2(eastern hedge)和译文 3(eastern fence)都很好,为激发译文读者的互文联想提供了交际线索。译文 1 则丢失了"东篱"的语义,直接把其译为"chrysanthemums"也未尝不可,但要和后面的"黄花"建立关联,如果在"yellow flower"前加一定冠词,这种关联就会变得更强。译文 2 的处理就比较理想,既有东篱的对应译文,又出现了菊花,并且用"the yellow flower"来译"黄花",这样就会和前面的"菊花"建立关联,读者也很容易知晓其为同一所指,为类似的用"黄花"指代"菊花"的翻译提供了互文参考。译文 3 由于正文中没有出现菊花的对应措辞(chrysanthemum),所以加一注释说明"黄花"和"菊花"的对应关系,这样也不失为可行的选择。毛泽东的《采桑子·重阳》有"战地黄花分外香"之句,其中的"黄花",许渊冲和黄龙分别译为"yellow flowers"和"xanthic florets",在语篇层面都没有建立起"黄花"和"菊花"的关联。贾岛的《对菊》"九日不出门,十日见黄菊。灼灼尚繁英,美人无消息"中也含有"美人"二字,翻译时也要注意菊花和美人的关联,哪怕这里的美人不见得一定指诗人思念的女子(可参考屈原《离骚》中的"惟草木之零落兮,恐美人之迟暮"),也可以"beauty"等措辞来处理,这样的话就可以体现菊花之高洁、美芳之象征意义。

（4）秋丛绕舍似陶家,遍绕篱边日渐斜。不是花中偏爱菊,此花开尽更无花。(元稹《菊花》)

译文 1:Around the cottage，along the hedges they grow—clusters of autumn flowers. / Around the cottage，along the hedges I stroll—till the sun goes down. / Not that the chrysanthemums is particularly favoured，but that of all flowers it's the last to fade and none comes after.（翁显良译）

译文 2：Around the cottage like Tao's autumn flowers grow；/ Along the hedge I stroll until the sun slants low. / Not that I favor partially the chrysanthemum，/ But it is the last flower after which none will bloom.（许渊冲译）

历代描写菊花的古诗很多与陶渊明相关，或明写陶，或暗写陶，都是典故或互文性的一种表现。这里的"陶家"便指陶渊明，译文 1 把这种典故信息省略了，如果作为独立的文本，也无可厚非，但如果就古典菊花诗整体译介而言，这种省略化译法是值得商榷的，主要原因在于其不能激发相关互文联想。译文 2 中的"Tao's"旨在再现这种互文联想，但由于中西读者的语境视差，西方读者未必就知道"Tao"指的是陶渊明，所以"似陶家"的翻译最好采用"丰厚翻译"的手法，在正文（翁显良的散体翻译尤其适合在正文中添加相关文化信息）或脚注中补充相关信息，至少应该给出陶渊明的全名而非只是姓，为译文读者提供解读线索。不管是元稹的"篱边"还是陶渊明的"东篱"，都是菊花"安身立命"的场所，译文 1 和译文 2 中的"hedge(s)"都是可接受的，很容易引起"东篱"或者"菊花"的文化记忆。这首诗融合了菊花的淡逸与卓傲的象征意蕴，其中淡逸表现在诗人的悠闲之情上，也就是诗中的"遍绕篱边日渐斜"，两家译文用的"stroll"非常到位，很能体现这种闲淡风格。最后一句的译文（but that of all flowers it's the last to fade and none comes after；But it is the last flower after which none will bloom）也都能隐隐表现出菊花的那种历尽风霜而后凋的坚贞品格。

（5）正得西方气，来开篱下花。素心常耐冷，晚节本无瑕。质傲清霜色，香含秋露华。白衣何处去，载酒问陶家。（许廷鑅《白菊》）

译文：The western air can mold / In bloom the hedgeside flowers. / Your pure heart stands the cold；/ You're spotless in late hours；/ Proud against frost and snow，/ Fragrant with autumn dew. / Where will your white dress go? / Wine is the poet's due.（许渊冲译）

清代许廷鑅这首诗的象征意义非常明显,主要体现的是菊花的卓傲精神,并且通过多方渲染,如"素心""晚节""质傲""香含"等,来传达菊花的品性、品质、品格、香泽等。这些具体的描述与措辞共同营造了一个象征修辞场,审美感染力很强。对外译介过程中最重要的就是通过具体的措辞与话语建构再现这种象征修辞场,许渊冲的再现还是比较成功的,其采取的具体措辞,如"pure heart""spotless""proud"等,都是典型的形容人格的措辞。其他话语如"stands the cold""proud against frost and snow""fragrant with autumn dew"也都再现了菊花能够在恶劣环境下生存,并且傲然于世,芳香四溢,活得高贵和洒脱的品质。原文的最后一句"载酒问陶家"又和陶渊明联系起来了,译文只是泛化为了"the poet",西方读者势必难以联想到诗人陶渊明,互文联想的线索被切断了。如果说其他诗歌往往凸显了菊花的某一方面,那么这首诗基本上囊括了其全部象征意义,所以对外译介过程中理应强调象征修辞的整体构建,包括其互文联想的线索。苏轼的《赠刘景文》中有"菊残犹有傲霜枝"之句,许渊冲的译文"yet frost-proof branches of chrysanthemums remain"在字面上也是比较对应的,但由于原文和译文都没有相关渲染与烘托,所以象征意义并不十分明显。类似"孤句"的象征意义只有在描写菊花的整个象征话语体系中才能更好地呈现,所以在对外译介过程中,由于国外读者并不见得熟悉中国文学,也不妨对之进行适度调整,如添加一些能够体现象征的话语等。如果有相关典故或互文现象的话,也不能随意删减,尽量给读者留下解读线索。

(6)一从陶令平章后,千古高风说到今。（曹雪芹《红楼梦·咏菊》）

译文1:Ever since Tao Yuanming of old passed judgement / This flower's worth has been sung through the centuries.（Tr. by Yang Hsien-yi & Gladys Yang）

译文 2：That miracle old Tao did once attain；/ Since when a thousand bards have tried in vain.（Tr. by D. Hawkes）

曹雪芹在《红楼梦》中借众人物之口写出了十二首精彩的菊花诗，并且大多具有象征意义，往往与人物的性格相适应，尤其是林黛玉的菊花诗。此例的翻译要注意两点：首先是对"陶令"的互文记忆的处理，笔者还是倾向于保留全名，也就是杨宪益和戴乃迭的译法（Tao Yuanming of old），霍克思只保留了姓（old Tao），则很难让译文读者追踪其到底是谁；其次是"千古高风"的翻译，这个措辞本身就有拟人意味，象征意义还是比较明显的，杨译的"this flower's worth"失之宽泛，霍译的语义有所偏离，只凸显了陶渊明对菊花无人可及的偏爱，未能有效体现菊花本身的高风亮节。曹雪芹的十二首菊花诗中有两首中出现了"黄花"的意象（谁怜我为黄花病；黄花若解怜诗客），杨译用的是"the yellow flower"与"the yellow bloom"，霍译用的是"those golden flowers"与"gold flowers"，由于各自的标题中都有"chrysanthemum(s)"，所以两者很容易关联起来。还有两首菊花诗都出现了"东篱"的意象（莫认东篱闲采掇；喃喃负手叩东篱），杨译分别为"east fence"与"eastern fence"，有利于突出这个意象，霍译要么省略，要么译为"your gate"，无法与众多诗中的"东篱"意象构成联想群。也有两首再次提到了陶渊明（彭泽先生是酒狂；忆旧还寻陶令盟），杨译分别为"the poet of Pengze"和"Tao Yuanming"，并在前者加一注释（Tao Chien or Tao Yuan-ming, famous Tin Dynasty poet），霍译依然是"old Tao"。诗中之所以多次提及，充分说明了其重要性，不可等闲视之。除了"千古高风"之外，诗中的一些其他词语也充分体现了菊花的象征意义，如"孤标傲世偕谁隐，一样花开为底迟"中的"孤标傲世"，"高情不入时人眼，拍手凭他笑路旁"中的"高情"。杨译的措辞分别为"Proud recluse"和"the eccentric recluse"，准确地再现了菊花象征隐逸人格的内涵。霍译把"孤标傲世"译为"world-disdainer"，语义稍有偏差，并且省略了"高情"的翻译，象征意义就没有凸显。由此可见，针对这些象征与互文话语的处理，杨译总体上还是比较到位的，不管在文内还是文外，象征修辞场的效应都更为明显。

三、小 结

中国古典诗词中的象征修辞很多,有的是临时生成的,有的是约定俗成的,前者具有语篇隐喻的性质,后者类似于修辞原型,充斥着各种文化记忆。本节以描写菊花的象征修辞为例,探讨了菊花的典型象征意义及其对应的英译,认为菊花的象征意义主要有两层:首先,象征一种隐逸的人格;其次,象征一种卓傲的人格,有时也会象征质洁品高的女性。针对菊花象征诗的翻译而言,通过对各种译本进行分析,笔者认为:(1)译者要用准确的措辞再现其中的互文关系与文化记忆,尤其是指向陶渊明的,如"东篱""陶家""陶令"等,为译文读者留下必要的解读线索;(2)要用准确的措辞再现描写菊花的典型的象征话语,如"质傲""高情""菊有芳""千古高风""晚节本无瑕"等;(3)要通过各种话语手段建构一个和原文类似的象征修辞场,有时也不妨添加一些(如拟人)话语,在语篇内体现象征修辞的场域效应,如例(5)的翻译等;(4)对菊花象征修辞的有效解读需要互文联想与文化记忆,所以译者也不妨采取"丰厚翻译"的译法,如添加注释、文内补偿、添加译者述论等。相信这些观点对中国古典诗词乃至整个文学作品中象征修辞的译介与传播会有所启发。

第二节　中国古典诗词中的双关修辞及其英译研究①

双关语具有悠久的历史,早在先秦时期已有文字记载,历来在日常生活与文学作品中广泛使用。陈望道认为,"双关是用了一个语词同时关顾着两种不同事物的修辞方式",并把双关分为表里双关(包括只是谐音的和音形都可通用,而字义不同,就义做双关的)与彼此双关(借眼前的事物

---

① 本节原载《中国文化研究》2018 年第 4 期,原标题为《中国古典诗词中的双关语及其英译研究》,独立撰写,收入本书时略有改动。

来讲述所说意思,类似于指桑骂槐,不限于词,常是几个句子)。① 然而,陈望道双关定义中的"语词"并不能涵盖他所谓"常是几个句子"的"彼此双关",这也说明双关并不限于词汇层面。王希杰认为"双关,就是说写者为了达到某种特殊目的而自觉地运用包含着两种或两种以上含义的话语"。② 王希杰的定义就不限于词语,而是涵盖了更大的交际单位,并且是自觉的目的性行为,较陈望道的定义更具合理性。王希杰还把汉语中的析字、藏词、歇后语等也纳入双关的范围。此外,王希杰还讨论了由上下文、交际情景引发的双关,其也可称为语境双关,也就是由上下文或交际语境造成的言在此而意在彼的双关型话语,包含了陈望道所称的彼此双关。由此可见,双关语的类型并不限于学界常说的语音(谐音)双关和语义双关,还包括析字双关、语境双关等。双关语的作用主要是让话语表达更加含蓄、委婉、幽默,更具审美效果。

国内出现了很多针对双关语的研究,话题集中在双关语的定义、范围与类型、双关语的认知解释、英汉双关语对比、双关语的翻译等。双关语翻译的文献也十分常见,尤其是广告和具体作品中双关语的翻译研究。中国古典诗词中也有很多双关语,由于体裁限制,其中双关语的翻译也具有一定的特殊性,但有关中国古典诗词中双关语翻译的研究并不常见,仅零星出现了几篇论文。马红军通过比较刘禹锡《竹枝词》的几种英译,探讨了古诗双关语翻译的三种策略,即注释法、明晰化和模仿式,强调一首诗应该存在多种策略不同、各有所长的译文。③ 其实,双关语的翻译并不是马红军的研究落脚点,其主要是借此来探讨诗歌翻译的,所以不能涵盖古诗双关语翻译的概貌。顾正阳总结了中国古典诗词中双关语的五种翻译方法,包括照译字面、选译一种意义、译出双关义、用其他辞格、在上下

---

① 　陈望道.修辞学发凡.上海:复旦大学出版社,2008:77-85.
② 　王希杰.修辞学导论.长沙:湖南师范大学出版社,2011:332.
③ 　马红军.从中诗双关语的英译策略看诗歌翻译.山东外语教学,2003(1):96-98.

文中体现。① 这种翻译方法的总结对中国古诗中双关语的翻译不无借鉴价值。郭航乐也探讨过中国古诗中双关语的翻译,其中也涉及用其他修辞格(拟人)来翻译双关的论述。② 相对马红军和顾正阳的研究而言,郭航乐的研究显得比较单薄,也缺乏系统性。这是目前笔者所搜集到的专门探讨中国古典诗词中双关语翻译的文献,这说明研究还远远不够全面与深入。本节则基于更多语料、更多类型的双关语,总结中国古典诗词中双关语的翻译策略,以期对未来译者有所启发。

一、中国古典诗词中的双关语

中国古典诗词非常强调含蓄风格,以取得"不著一字,尽得风流"的审美效果,双关语的使用强化了诗词的含蓄特征。刘勰在《文心雕龙·隐秀》中曾言,"隐也者,文外之重旨也者","隐以复意为工"。双关语言在此而意在彼的言说特征无疑是"文外之重旨"和"复意"的重要表现。中国古典诗词中的双关语运用得十分广泛,类别也相对较多,这里我们重点探讨一下语音双关、语义双关、语境双关和析字双关。

(一)语音双关

语音双关又称谐音双关,"就是利用语音的相同或者相近,而有意识地造成同一话语同时具有多种含义的修辞技巧"③。语音双关是汉语谐音文化的重要组成部分,其中利用汉字语音相同的特征生成的双关最为普遍。

(7)燕草如碧丝,秦桑低绿枝。当君怀归日,是妾断肠时。(李白《春思》)

---

① 顾正阳.古诗词英译中"双关"的处理.上海大学学报(社会科学版),2003(4):53-58.
② 郭航乐.浅析中国古诗中双关语的翻译.内蒙古农业大学学报(社会科学版),2012(1):400-401.
③ 王希杰.修辞学导论.长沙:湖南师范大学出版社,2011:337.

(8)渭城朝雨浥轻尘,客舍青青柳色新。(王维《送元二使安西》)

(9)蜡烛有心还惜别,替人垂泪到天明。(杜牧《赠别二首·其二》)

(10)东边日出西边雨,道是无晴却有晴。(刘禹锡《竹枝词》)

(11)今夕已欢别,合会在何时? 明灯照空局,悠然未有期! (南北朝·佚名《子夜歌》)

语音双关是中国古典诗词中最为常见的双关类别。例(7)"丝"与"思",例(8)中的"柳"与"留",例(9)中的"心"与"芯",例(10)中的"晴"与"情",例(11)中的"期"与"棋"都是语音双关。这些谐音双关的运用使诗歌别有韵味,含蓄隽永,情感表达颇具中国特色。其中,"丝"与"思"、"柳"与"留"、"莲"与"怜"形成的语音双关在中国古典诗词中出现得更为频繁。其他典型的语音双关如"摽有梅,其实七兮。求我庶士,迨其吉兮"(《诗经》)中的"梅"与"媒"(该双关也是起兴的主要根据);"土牛耕石田,未有得稻日"(寒山《诗三百三首》)中的"得稻"与"得道";"无端隔水抛莲子,遥被人知半日羞"(皇甫松《采莲子》)中的"莲子"与"怜子";"桐树生门前,出入见梧子"(南北朝·佚名《子夜歌》)中的"梧子"与"吾子","雾露隐芙蓉,见莲不分明"(南北朝·佚名《子夜歌》)中的"芙蓉"与"夫容"和"见莲"与"见怜";"寄语闺中娘,颜色不常好。含笑对棘实,欢娱须是枣"(晁采《子夜歌》)中的"枣"与"早"等。这些语音双关的使用使中国古诗颇有韵味,特色十分鲜明。

(二)语义双关

语义双关指的就是陈望道所谓的"音形都可通用,而字义不同,就义做双关的"[①]修辞技巧,是其"表里双关"的一种类型。就像"表里"二字所暗示的,语义双关的重点往往不是其表层意义,而是另有所指的深层意义,对其深层意义的解读要结合具体的文本语境。语义双关在中国古典

---

① 陈望道.修辞学发凡.上海:复旦大学出版社,2008:82.

诗词中也比较常见,如:

(12)始欲识郎时,两心望如一。理丝入残机,何悟不成匹。(南北朝·佚名《子夜歌》)

(13)一夕就郎宿,通夜语不息。黄檗万里路,道苦真无极。(宋代《读曲歌》)

(14)白团扇,今来此去捐。愿得入郎手,团圆郎眼前。(张祜《团扇郎》)

(15)青青河畔草,绵绵思远道。(蔡邕《饮马长城窟行》)

(16)我失骄杨君失柳,杨柳轻扬直上重霄九。(毛泽东《蝶恋花》)

具体而言,例(12)中的"匹"兼有布匹和匹偶之意;例(13)中的"道"兼有道路和道说之意;例(14)中的"团圆"兼有扇之团圆和人之团圆之意;例(15)中的"绵绵"既描述青草又形容情思;例(16)中的"杨柳"实指毛泽东的妻子杨开慧与李淑一的丈夫柳直荀。其他如"雨洗东坡月色清,市人行尽野人行"(苏轼《东坡》)中的"东坡"明指地名,实指苏东坡自己;"水落鱼龙夜,山空鸟鼠秋"(杜甫《秦州杂诗》)中的"鱼龙"和"鸟鼠"分别实指鱼龙河和鸟鼠山;"谁言寸草心,报得三春晖"(孟郊《游子吟》)中的"心"表指草之心,实指人之心。《红楼梦》中的古典诗词也含有很多语义双关,如"三春争及初春景,虎兔相逢大梦归"中的"三春"实指小说中的迎春、探春和惜春;"终不忘,世外仙姝寂寞林"中的"林"实指林黛玉。

(三)语境双关

针对中国古典诗词而言,语境双关主要指在特殊的交际情景下整个诗篇具有言在此而意在彼的修辞技巧,双关是在语篇层面运作的,对双关的解读必须有交际背景的支持。可以认为,任何双关的解读都需要语境的支持,有的只需要上下文语境即可(如大多数语音双关和语义双关),有的需要拓展到整个交际情景,尤其是诗人的创作意图。

(17)洞房昨夜停红烛,待晓堂前拜舅姑。妆罢低声问夫婿,画眉

深浅入时无？（朱庆馀《近试上张水部》）

（18）君知妾有夫，赠妾双明珠。感君缠绵意，系在红罗襦。妾家高楼连苑起，良人执戟明光里。知君用心如日月，事夫誓拟同生死。还君明珠双泪垂，恨不相逢未嫁时。（张籍《节妇吟·寄东平李司空师道》）

这两首诗都是典型的语境双关。例（17）的标题为"近试上张水部"，这里的张水部也就是当时的唐代名人张籍。唐代应进士科举的士子有向名人行卷的风气，临近科考，朱庆馀怕自己的作品不一定符合主考的要求，因此以新妇自比，以新郎比张籍，以公婆比主考，写下了这首诗，征求张籍的意见。如果没有这个创作背景，作者的写作意图就难以彰显，题目不足以提供足够的解读语境。张籍看完后，写了一首《酬朱庆馀》："越女新妆出镜心，自知明艳更沉吟。齐纨未足时人贵，一曲菱歌敌万金。"张籍的诗也是典型的语境双关，两者珠联璧合，成为中国诗坛千古佳话。例（18）表面上看是一首抒发男女情事的言情诗，实质上是一首政治抒情诗。唐代李师道是个炙手可热的藩镇高官，想拉拢张籍为其助势，作者做此诗委婉地拒绝了李师道的要求，就像一个节妇守住了贞操一样守住了自己的严正立场。由于这首诗写得委婉得体，据说连李师道本人也深受感动，不再勉强。由此可见，语境双关的运用往往能够取得良好的交际效果。中国古典诗词有"托物言志"的传统，这种"托物言志"的手法也可被视为宽泛意义上的语境双关。

（四）析字双关

王希杰认为，"传统修辞格中的析字格，从表达者的角度来看，他利用析字方式所构成的话语，其实就是一种双关"①。双关的本质就是意义上有表有里，言在此而意在彼。大多析字修辞格的本质也是如此，此仅举两例"离合"型析字双关。

---

① 王希杰.修辞学导论.长沙:湖南师范大学出版社,2011:342.

(19)云迢迢。水遥遥。云水迢迢天尽头。相思心上秋。（陈允平《长相思》）

(20)坐看十八公，俯仰灰烬残。（苏轼《夜烧松明火》）

例(19)中的"心上秋"合成"愁"字，例(20)中的"十八公"合成"松"字。其他析字双关如"长风挂席势难回，海动山倾古月摧"（李白《永王东巡歌十一首》）中的"古月"合成"胡"字；"你共人、女边著子，争知我、门里挑心"（黄庭坚《两同心》）中的"女边著子"和"门里挑心"合成"好"和"闷"字；"西贝草斤年纪轻，水月庵里管尼僧"（曹雪芹《红楼梦》）中的"西贝草斤"合成小说人物贾芹的名字等。

二、中国古典诗词中的双关语英译分析

双关语也是一种典型的修辞认知。以原文为起点，文学翻译中的修辞认知转换模式可分为三类：修辞认知转换为概念认知、修辞认知转换为修辞认知以及概念认知转换为修辞认知。① 根据修辞认知的转换模式，中国古典诗词中双关语的翻译可大致分为两类：修辞认知转换为概念认知和修辞认知转换为修辞认知。

（一）修辞认知转换为概念认知

修辞认知转换为概念认知主要指把原文有双关的地方转换为没有双关也没有其他修辞认知形式的对应译文。不管是译出了原文双关的表层意义，还是深层意义，抑或两者皆有表现，只要原文双关的对应译文没有出现修辞认知，都可归在这种转换范畴。

(21)低头弄莲子，莲子清如水。（南北朝·佚名《西洲曲》）

译文 1：My thoughts on old times musing, / I stoop to pluck some seeds, / In their shimmering greenness / As water 'mongst

---

① 冯全功.文学翻译中的修辞认知转换模式研究.解放军外国语学院学报,2017(5)：127-134.

the reeds. (Tr. by Charles Budd)①

译文 2:She bends down—and plays with the lotus seeds，/ The lotus seeds are green like the lake-water. (Tr. by Arthur Waley)

译文 3:I start to play with lotus seeds beyond，/ Which grow in the water fresh and green.(汪榕培译)

译文 4:I bow and pick up its love-seed / So green that water can't exceed.(许渊冲译)

例(21)里的"莲子"是"怜子"的语音双关。译文 1、译文 2 和译文 3 只翻译出了其表层语义,未能传达双关的深层意义,译文 4 倒是通过补偿(love-seed),弥补了其深层意义的损失。可见许渊冲对原文中的双关是有充分认识的,并竭力传达其双重意义。一般而言,中国古典诗词中双关的表层意义更加直接地参与文本的建构,很难置之不理,这也是很多译者只译出双关表层意义的重要原因。再加上诗体(字数)的限制,有时把双关的深层意义明示出来也是困难的。巴德(Budd)译文虽增添了很多内容,但对"莲子"双关未做解释,倒是对下面的"莲心彻底红"添加了很多修辞话语。韦利(Waley)把"莲心彻底红"译为"The lotus-bud that is red all through",同样体现不出"怜心"的双关语义。许渊冲的译文为"Red at the core as I perceive",由于许渊冲的是汉英对照,译者只是在汉语的"莲

① 本节译文来源主要包括以下译著(正文中不再一一标明):吕叔湘.中诗英译比录.北京:中华书局,2002;许渊冲.中诗英韵探胜——从《诗经》到《西厢记》.北京:北京大学出版社,1992;许渊冲.许渊冲经典英译古典诗歌 1000 首(共 10 册).北京:海豚出版社,2012;汪榕培.英译乐府诗精华.上海:上海外语教育出版社,2008;孙大雨.英译唐诗选.上海:上海外语教育出版社,2007;翁显良.古诗英译.北京:北京出版社,1985;王宏印.中国古今民歌选译.北京:商务印书馆,2014;任治稷,余正.从诗到诗:中国古典诗词英译.北京:外语教学与研究出版社,2006;郭著章.唐诗精品百首英译.武汉:湖北教育出版社,1994;卓振英,刘筱华.英译中国历代诗词.广州:暨南大学出版社,2010;唐一鹤.英译唐诗三百首.天津人民出版社,2005;Huang, Hongquan. *Anthology of Song-Dynasty Ci-Poetry*. Beijing：People's Liberation Army Publishing House, 1988.

心"处加了一条注释,说明了其中的双关。但针对英语读者而言,"莲心"的深层语义还是流失了。

(22)渭城朝雨浥轻尘,客舍青青柳色新。(王维《送元二使安西》)

译文1:No dust is raised on the road wet with morning rain; / The willows by the hotel look so fresh and green.(许渊冲译)

译文2:The fall of morning drops in this town of Wei / Its dust light doth moisten, / Tenderly green are the new willow sprouts / Of this spring-adorned tavern.(孙大雨译)

译文3:What's got Weicheng's path dust wet is the morning rain, / The willows near the Hotel become green again.(郭著章译)

译文4:Over the city of Xian Yang / Light dust was laid by the morning rain. / In the freshened color of weeping willows / The guest-house by the road looks green.(唐一鹤译)

此例中的"柳"与"留"谐音,经常见于送别诗,表不忍分别之意,如《诗经》中的"昔我往矣,杨柳依依",戴叔伦《堤上柳》中的"垂柳万条丝,春来织别离",晏几道《清平乐》中的"渡头杨柳青青,枝枝叶叶离情"等。例(22)中四家译文基本上只译出了"柳"之本义,"留"之语义未能体现。主要原因还是"柳"是直接参与文本建构的,"留"只是引申出来的意思。当然,由于中英语言差异,直接把"柳"译为"willows"或相关表达,势必会丧失一些审美信息与文化信息。如何创造性地"再现"原文之双关或补偿由语言和文化差异带来的审美损失是译者不得不认真思考的事情。其他只译出双关表层意义的如《折杨柳枝歌》中的"门前一株枣(早),岁岁不知老"被译为"Standing by the door, a jujube tree / Rejuvenates and greens each passing year"(汪榕培译),《作蚕丝》中的"春蚕不应老,昼夜常怀丝(思)"被译为"A spring silk worm should not grow old. / It keeps making silk night and day"（李正栓译）等。双关的双层意义在不同的诗歌中也有不同的分量，如"昼夜常怀丝"就比"门前一株枣"更为明显，前者只是直译的话，语义流失也就更为严重。

（23）理丝入残机，何悟不成匹。（南北朝·佚名《子夜歌》）

译文1：With my love woven into cloth，/ Why should you look for crisscross！（汪榕培译）

译文2：Now I collect my silk-thoughts on the loom，/ And know that we are not，perhaps，a good match.（王宏印译）

译文3：Silk thoughts threaded / on a broken loom—/ who'd have known / the tangled snarls to come？（Tr. by Jeanne Larsen）

例（23）里的"匹"是典型的语义双关，前面的"丝"则是语音双关，"丝"与"匹"有机关联，共同参与诗歌的文本构建。译文1的"丝"的深层语义（love）译出了，但"匹"的深层语义流失了。译文2通过临时的组合词"silk-thoughts"来传达原文的"丝"之双关，也传达了"匹"的深层语义。译文3也试图通过"silk thoughts"来传达原文的语音双关，但只译出了"不成匹"的表层语义。这里不管是译出了表层语义还是深层语义，都是从修辞认知到概念认知的转换，即使是王译的"silk-thoughts"以及拉森（Larsen）的"silk thoughts"也可以归在这个范畴，毕竟这样处理还是有点生硬，未能完全取得双关的审美效果。王宏印在译著的"提示"中对这两个双关也有所说明，但是用汉语写的，读者对象的定位显然也不是以英语为母语的读者群体。原文的措辞（丝、机、匹）是一个语义整体，王译只把"匹"的深层意义译出来了，在很大程度上削弱了前后的语义关联，整体效果不如原文。译文1和3前后的语义关联相对较强，但言外之意基本流失了，亦不足道也。

《子夜歌》和《子夜四时歌》等乐府诗中还有很多类似的双关，如"桐树生门前，出入见梧子（吾子）""空织无经纬，求匹理自难""黄檗向春生，苦心随日长""擿门不安横，无复相关意"等。由于语言差异的存在，这些双关的翻译往往难以巧妙地兼顾其双层语义。不管是译其表层语义，还是深层语义，都要保证译文本身是一个有机整体。如果双层意义都在诗歌中译出的话，要特别注意其语义关联性。如汪榕培把"桐树生门前，出入见梧子"译为"With the parasol tree by my door, / I can see my man as well as the tree!"，这里"梧子"的整体关联性就不是特别好。此诗的前两句为"怜欢好情怀，移居作乡里"，所以这里的"梧子"重在深层语义，汪译虽然传达了表里两层语义，但译文读者会问，为什么要看树呢？"桐树"的意象在这里有什么用呢？原文是为了双关设置意象（桐树），译文由于没有双关，意象的设置就变得多余了。如果译文也能让桐树在语篇中"发挥作用"（如作为看人的遮挡物等），再译出"梧子"的深层语义，译文的整体审美效果可能会更好一些。

（24）春蚕到死丝方尽，蜡炬成灰泪始干。（李商隐《无题》）

译文 1：The silkworm dies in spring / when her thread is spun; / The candle dries its tears / Only when burnt to the end. (Tr. by Innes Herdan)

译文 2：The silkworm ceases not to spin her thread before she's dead; / Unless burnt to ashes endless tears a candle'll shed. *

Note：Here the silk thread, believed to be from the bosom of the silkworm, is a metaphor for unbounded sincere love, and the personified candle, giving off its altruistic light, is compared to a devoted lover, with its wax-drops suggestive of suffering or agony. / This couplet—a celebrated dictum—has been quoted and requoted to show, apart from sincere love, utter devotion and steadfast faith to a cause or belief in the spirit of self-sacrifice.（卓振英、刘筱华译）

此例也是利用了中国古典诗词中典型的"丝与思"双关。译文 1 很大程度上只译出了其表层语义，深层语义流失严重。但人称代词"her"的使用一定程度上使"春蚕"拟人化了,有利于表达其隐喻或象征语义,所以也可视之为从修辞认知到修辞认知的转换(从双关到拟人)。译文2同样使用了人称代词"her"与"she",取得了与译文1相似的效果。译文2除了使用人称代词,还加了一个注释,说明了"丝"的隐喻意义,把双关的深层所指明示出来,有利于译文读者对诗歌的解读。很多诗歌译者不喜欢加注,其实对双关这种抗译性很强的语言现象,如果不能有效传达双关的双重意义,不妨加注说明,这样虽实现不了与原文相似的审美效果,至少为读者提供了对原诗(译诗)进行深入解读的机会。

注释或评注的重要性在语境双关中尤其重要,因为如果没有文外语境的支持或对作者写作背景的了解,对诗歌的解读就会发生变化,如例(18)就很容易被解读为爱情诗,作者借此表达自己政治立场的写作意图就会荡然无存。例(17)也是一样,如果读者对作者的写作意图不了解,诗歌本身的审美效果就会大打折扣。吕叔湘编的《中诗英译比录》中收录了张籍《节妇吟》的三家译文,译者分别为翟理斯、弗莱彻(W. J. B. Fletcher)和哈特(H. H. Hart),三位译者都未提供相关语境信息,也就体现不出原诗中的"言志"意图。所以笔者认为,针对含有语境双关的中国古典诗词翻译,最好在注释或评注中提供相关信息。许渊冲的《中诗英韵探胜——从〈诗经〉到〈西厢记〉》中的评论(commentary)形式就值得借鉴,其中的每首诗的翻译都附有译者的评论,内容包括对原诗的写作背景、写作意图、写作技巧以及其他译者译文的分析与评价等。曹植的《七哀》①也是一首典型的语境双关,明写"愁思妇",实写作者自己的境遇。许渊冲在其评论中有这么一句:"... in Cao Zhi, the abandonment of the woman alludes in effect to his own banishment and the comparison between 'dust' and 'mud' applies not only to husband and wife but also

---

① 原诗如下:明月照高楼,流光正徘徊。上有愁思妇,悲叹有余哀。借问叹者谁? 言是宕子妻。君行逾十年,孤妾常独栖。君若清路尘,妾若浊水泥。浮沉各异势,会合何时谐? 愿为西南风,长逝入君怀。君怀良不开,贱妾当何依?

to the two brothers"①。很显然,这样一点,译文读者就不难理解其中的语境双关了。这种文化背景信息还是有必要提供的,毕竟中西读者的认知语境是不同的,如果译文读者不知道这些背景信息,语境双关的深层意义也就不复存在了。针对语境双关,如果说译文中不提供相关语境信息的翻译属于从修辞认知到概念认知的转换,那么提供了相关语境信息并能让译文读者也知道其表里两层意义的翻译便是从修辞认知到修辞认知的转换了,也就是说这种翻译再现了原文的语境双关,如许渊冲翻译曹植的《七哀》等。

(25)何处合成愁? 离人心上秋。(吴文英《唐多令》)

译文 1:Where comes sorrow? Autumn on the heart / of those who part.(许渊冲译)

译文 2:Where do they combine into sorrows? / The departee's autumn in the heart¹.

1. The Chinese character "愁"(sorrow) is a combination of two characters:the upper part is "秋"(autumn);the lower part "心"(heart). Hence they combine into "sorrow".(任治稷译)

译文 3:How sorrow is begot? 'Tis Autumn / Weighing on parted lovers' heart.*

Note:Autumn weighing on heart:Double meaning lies in that in Chinese the character 愁 (sorrow) is a combination of 秋 (autumn) and 心(heart).(黄宏荃译)

例(25)的"心上秋"合起来便是"愁"字,是一种典型的析字双关。译文 1 没有体现出原诗的双关,"autumn"的意象令人费解。译文 2 和译文 3 同样也未体现出原文的双关,但都提供了注释,对其中的析字进行了说明,在不能有效再现原文双关的情况下,这未尝不是一种补偿手段。其

---

① 许渊冲.中诗英韵探胜——从《诗经》到《西厢记》.北京:北京大学出版社,1992:
   114.

中,译文 3 源自黄宏荃的《英译宋词选》(*Anthology of Song-Dynasty Ci-Poetry*,1988),书中共出现了 1281 条注释,几近整部译著的一半篇幅,可见译者的良苦用心。

(二)修辞认知转换为修辞认知

针对双关语的翻译,只要对应译文中也出现了修辞认知(不管是不是双关),都可归为从修辞认知到修辞认知的转换范畴。如果是从双关到双关,可称之为同类转换;如果是从双关到其他修辞认知,则称之为异类转换。中国古典诗词中的双关很大程度上是基于汉语特性形成的,由于英汉语言的差异较大,异类转换则更为常见。

(26)东边日出西边雨,道是无晴却有晴。(刘禹锡《竹枝词》)

译文 1:The west is veiled in rain,the east enjoys sunshine; / My gallant is as deep in love as the day is fine.(许渊冲译)

译文 2:In the west it's rainy but the east is sunny, / The sky has no love but the day is lovely.(朱曼华译)

译文 3:The sun is shining in the east. / While it's raining in the west. / Does he really cherish love for me? / I hope for the best and the best. *

Note:The Chinese word "晴"(clear)is here used as a homophone "情"(affection)in meaning.(唐一鹤译)

译文 4:To my west it rains while to my east the sun's seen, / Which makes a lass see "he is half in love with me."(郭著章译)

译文 1 把原文中的双关转换成了译文的比喻(My gallant is as deep in love as the day is fine),变通还是很巧妙的,同样含蓄地表达了诗中的情感。译文 2 中的"The sky has no love"是一种拟人手法,也就是说把原文的双关修辞认知转换成了拟人修辞认知,并且试图通过 "love"与 "lovely"来传达原文中的双关。一切景语皆情语,"the day is lovely"是诗中主人公情感的外在投射,心情好,故天也好。所以即便没有有效再现原文的双关,译文 2 也是颇有韵味的。译文 3 译出了"晴"之双关的深层语义,并在注释中说出了其为双关语,译文 4 只译出了其深层语义,两个译文都是从修辞认知到概念认知的转换。再如李商隐的"春蚕到死丝方尽,蜡炬成灰泪始干",许渊冲的译文为"Spring silkworm till its death spins silk from love-sick heart; / And candles but when burned up have no tears to shed",也是把原文的双关转换成了译文的拟人(love-sick heart),并且"silk"和"sick"的发音也比较相似,审美效果还是很不错的。这种修辞认知的"异类转换"是值得提倡的。

(27)置莲怀袖中,莲心彻底红。(南北朝·佚名《西洲曲》)

译文 1:These fruits let her cherish, for they are red at the core, full of quenchless fire.(翁显良译)

译文 2:I put some in my bosom, / For the core is red as blood, / As the heart of a true lover, / When love is at the flood. (Tr. by Charles Budd)

《西洲曲》原文反复利用"莲"之双关,如例(21)中的"莲子",此处的"莲心"(怜心)等。译文 1 和译文 2 都无法再现"莲心"的双关表达,但都有比喻的存在,所以都属于从修辞认知到修辞认知的异类转换。译文 1 中的"full of quenchless fire"不仅与"莲心"构成比喻,也象征了诗中采莲女对心上人的爱恋之情。译文 2 添加了两个比喻意象(the core is red as blood, when love is at the flood),这两个意象都融入了一个整体比喻之中,通过"as"连接在一起,也十分耐读。翁显良的译文采取的是散体,而巴德的译文多有语义上的演绎,对双关的创造性转换也显得比较圆融自然。

(28)蜡烛有心还惜别,替人垂泪到天明。(杜牧《赠别》)

译文 1:Even the candle grieves at our parting. All night long it burns its heart out, melting into tears.(翁显良译)

译文 2:The candle has a wick just as we have a heart, / All night long it sheds tears for us before we part.(顾正阳译)

这里原文之所以用"心"(深层所指)而不是"芯"(表层所指),可能是出于下文拟人手法的考虑,如此更能凸显蜡烛的灵性,不过如果原文用"芯"的话,似乎更能体现双关的韵味。译文 1 没有体现出原文的双关,但强化了蜡烛的拟人色彩,如"grieves""burns its heart out""melting into tears"等词汇的运用。译文 2 也没有体现出原文的双关,但把双关的双重意义都表达出来了(wick,heart),同时添加了一个比喻(The candle has a wick just as we have a heart),也是典型的从修辞认知(双关)到修辞认知(比喻)的转换,很大程度上弥补了原文双关的流失带来的审美耗损。

(29)摽有梅,其实七分。求我庶士,迨其吉兮!(《诗经·摽有梅》)

译文 1:Ripe, the plums fall from the bough; / Only seven tenths left there now! / Ye whose hearts on me are set, / Now the time is fortunate! (Tr. by James Legge)

译文 2:The ripe plums are falling, —/ One-third of them gone; / To my lovers I am calling, / "'Tis time to come on!" (Tr. by Herbert. A. Giles)

译文 3:The plums are ripening quickly; / Nay, some are falling too; / 'Tis surely time for suitors / To come to me and woo. (Tr. by C. F. R. Allen)

原诗之所以用"梅"起兴,主要在于其与"媒"是语音双关,《诗经·氓》之中也有"匪我愆期,子无良媒"之说。这种双关确实难以传达,但并不是没有任何可能。笔者认为译文 1 中的"ripe"也是一个很好的双关语,既可以指梅子成熟,又可以指时机成熟(诗中女子该出嫁了,也就是译文中的"Now the time is fortunate"),并且译者把"ripe"置于句首,有强调作用。这种以双关译双关的翻译现象可称为修辞认知的同类转换,在中国古典诗词双关语的翻译中还是比较罕见的。译文 2 中的"ripe"也有类似的作用,但由于只是作为梅的修饰语,双关效果不如译文 1 那么显著。译文 3

用的是"ripening",由于其没有时机成熟之意,所以属于从修辞认知到概念认知的转换范畴。

（30）中华儿女多奇志,不爱红装爱武装。（毛泽东《七绝·为女民兵题照》）

译文1：Most Chinese daughters have desire so strong / To face the powder，not powder the face.（许渊冲译）

译文2：In China how unique and lofty are the ideals of the young[2]，/ Who love battle array instead of gay attire in show.

2. the young：militia women.（辜正坤译）

这里原文是没有双关修辞的,之所以列出来,主要是因为译文1利用"powder"的双重语义巧妙地添加了一个双关修辞,使译文更有韵味。译文2则平铺直叙,没有出现相关修辞认知,译文就显得平淡很多。译文1属于从概念认知到修辞认知的范畴,这样的译文审美效果往往更好,也更能体现译者的主体性与创造性。大多双关语翻译的审美损失比较严重,译者也不妨以其他修辞形式（如比喻、拟人）予以弥补,或增添新的修辞话语。

三、小　结

中国古典诗词中双关语的翻译是一个值得深入探讨的话题。本节首先介绍了其中的四种双关形式,即语音双关、语义双关、语境双关和析字双关。双关修辞是一种典型的修辞认知,从修辞认知的转换模式切入,本节把中国古典诗词中双关语的翻译分为两大类:从修辞认知到概念认知的转换和从修辞认知到修辞认知的转换。研究发现,由于双关具有很强的抗译性,中国古典诗词中双关的翻译绝大多数是把原文的修辞认知转换成了译文的概念认知,具体表现形式包括只译出原文的表层意义,只译出原文的深层语义,或两层意义都译出但没有相关修辞形式,或采取加注说明的形式。其中,只译出双关语表层语义的最为常见,主要在于表层语义直接参与了诗歌的文本建构,与前后文的关联也更强。在正文中传达双关双重语义的,其深层语义往往很难实现与上下文语境的语义和谐,有待译者重新建构译文。从修辞认知转换到修辞认知的,也鲜有以双关译双关的同类转换,大多属于修辞认知的异类转换,尤其是采取拟人、比喻等修辞认知来弥补原文双关流失带来的审美损失。如果原文中的双关语不能有效再现,加注说明还是有必要的,尤其是针对语境双关。语境双关如果解释得当,为译文读者提供必要的写作背景(目的)等文外信息,会有助于对之进行双关解读,也可视之为修辞认知向修辞认知的转换。不管是加注补偿还是文内(整合)补偿,都是"重建原文意义生成的环境,重建交流的空间"①的切实手段。由于翻译过程中双关的审美损失比较严重,译者还要善于把原文的概念认知转换为修辞认知(如双关、比喻、拟人等),充分发挥自己的主体性与创造性,保证译文本身是一个具有生气的艺术整体。

第三节　中国古典诗词中的夸张修辞及其英译研究②

夸张是一种常见的修辞技巧,指"故意言过其实,或夸大事实,或缩小事实,目的是让对方对于说、写者所要表达的内容有一个更深刻的印象"③。由此可见,夸张的本质是"言过其实",也就是陈望道所说的"说话上张皇夸大过于客观的事实处""重在主观情意的畅发,不重在客观事实的记录"④。不管是在文学作品中还是在日常生活中,夸张修辞都广泛存在,极具审美感染力,为历代文人骚客所青睐。夸张不仅是一种语言现象,也是一种认知方式,正如吴礼权所言,"夸张作为一种修辞现象之所以

---

① 许钧.翻译概论.北京:外语教学与研究出版社,2009:96.
② 本节原载《外国语文研究》2020年第3期,原标题为《中国古典诗词中的夸张修辞翻译策略研究》,与赵梦瑶(第二作者)合作撰写,收入本书时略有改动。
③ 王希杰.汉语修辞学(修订本).北京:商务印书馆,2004:299.
④ 陈望道.修辞学发凡.上海:复旦大学出版社,2008:130.

产生,是有其客观心理机制的,它是人们处于一种情绪和情感的强势状态下的产物"①。作为一种认知型修辞格,夸张偏离了事物的概念语义和逻辑规定,能够审美化地展开对象,激发受众的感性经验和审美想象,是修辞认知家族的成员之一。夸张的"言过其实"或"不重在客观事实的记录"也就是其反逻辑性,而反逻辑性正是修辞认知的核心特征,旨在建构一种诗意化、审美化的话语空间。

针对夸张的分类,不同的学者有不同的分法。陈望道把夸张分为"普通夸张辞"和"超前夸张辞"②,前者也就是一般常说的扩大夸张和缩小夸张,后者单单关于事物或现象的先后,也就是将实际上后发生的现象说成在先呈现象之前或与先呈现象同时发生,如欧阳修《千秋岁》中的"手把金尊酒,未饮先如醉"③等。吴礼权把夸张分为直接夸张和间接夸张,前者包括扩大式与缩小式,后者包括折绕式、比喻式、排比式、用典式和超前式。④其他分法如按照夸张的构成,可分为单纯夸张和融合夸张,前者是只存在夸张一种修辞手法,后者则同时融合了其他修辞技巧,如比喻、拟人、双关等;按照夸张的程度,可分为轻度夸张、中度夸张、高度夸张和悖言夸张⑤;按照夸张的描述对象,可分为心理夸张、景物夸张、时空夸张、行为夸张等。这些分类都有一定的合理性,只是观察问题的视角有所不同而已,本研究也会适当借用。本节旨在探索中国古典诗词中夸张修辞的特征与作用,进而对诸多英译本中的夸张进行分析与评价,总结古典诗词中夸张修辞的常见翻译策略,以期对此类语言现象的翻译有所启发。

一、中国古典诗词中的夸张修辞概述

夸张修辞更多地和情感意志关联在一起,所以在文学作品中更为常

---

① 吴礼权.论夸张表达的独特效应与夸张建构的心理机制.扬州大学学报(人文社会科学版),1997(4):28.
② 陈望道.修辞学发凡.上海:复旦大学出版社,2008:131-132.
③ 本节绝大部分诗歌原文引自"古诗文网",网址为:https://www.gushiwen.org/。
④ 吴礼权.论夸张的次级范畴分类.修辞学习,1996(6):10-12.
⑤ 焦金雷.夸张的分类研究.许昌学院学报,2005(4):76-78.

见。刘勰在《文心雕龙·夸饰》中有言,"自天地以降,豫入声貌,文辞所被,夸饰恒存""是以言峻则嵩高极天,论狭则河不容舠,说多则子孙千亿,称少则民靡孑遗;襄陵举滔天之目,倒戈立漂杵之论;辞虽已甚,其义无害也"。读者要首先识别夸张的存在,懂得夸张是为了畅发主观情意的需要,唯有如此,才能真正理解"辞虽已甚,其义无害"的道理。杜牧曾写过一首《江南春》,原诗如下:"千里莺啼绿映红,水村山郭酒旗风。南朝四百八十寺,多少楼台烟雨中。"明代杨慎在《升庵诗话》中评道,"千里莺啼,谁人听得? 千里绿映红,谁人见得? 若作十里,则莺啼绿红之景,村郭、楼台、僧寺、酒旗,皆在其中矣"。清代何文焕在《历代诗话考索》中反驳道,"即作十里,亦未必尽听得着,看得见"。其实,杨慎的评论很大程度上是由于他未认识到原诗中夸张修辞的存在,把虚指当成了实指,把审美想象当成了逻辑必然,或者说把修辞认知当成了概念认知。

中国古典诗词是中国文化的瑰宝,里面有大量的夸张修辞,多姿多彩,尤其是具有浪漫主义色彩的诗词,如李白、苏东坡的诗词,为其独特的审美艺术特色贡献了一份力量。夸张修辞在《诗经》中就有广泛的运用,如《大雅·假乐》中的"千禄百福,子孙千亿",《小雅·甫田》中的"乃求千斯仓,乃求万斯箱"等。于广元认为《诗经》及先秦歌谣中的夸张表达的是人们载歌载舞的欢愉、热烈和奔放;魏晋南北朝山水诗中的夸张展现的是山水景色恬淡宜人的优美,乐府诗中的夸张描绘的是男女之间哀怨缠绵的凄美。① 到了诗词鼎盛的唐宋时代,夸张修辞运用得更加广泛,很多也脍炙人口,几近人人皆知,如李白《秋浦歌》中的"白发三千丈,缘愁似个长",柳宗元《江雪》中的"千山鸟飞绝,万径人踪灭",李煜《虞美人》中的"问君能有几多愁? 恰似一江春水向东流"等。其中李白和李煜的名句就是融合夸张,同时具有夸张和比喻双重修辞技巧,柳宗元的则为单纯夸张。融合夸张在古典诗词中也颇为常见,经常和比喻同时出现,生动形象,诗趣横生,共同表达了诗人强烈的情感。其他如李白《蜀道难》中的

---

① 于广元.夸张修辞格的历史发展和审美特色.北京:社会科学文献出版社,2017.

"蜀道之难,难于上青天",杜甫《咏怀古迹·其五》中的"三分割据纡筹策,万古云霄一羽毛"(融合借代或提喻,"羽毛"指"飞鸟"),岑参《走马川行奉送封大夫出师西征》中的"一川碎石大如斗,随风满地石乱走"(融合比喻,后半句还有拟人的味道)等也都是典型的融合夸张。

在中国古典诗词中有一种极为常见的夸张形式,夸张的语义通过具体数字来表达,可称为数量夸张。薛祥绥在《修辞学》中有言:"古人措辞,凡一二不能尽者,则约之以三,以见其多;三之所不能尽者,则约之以九,以见其极多;此活用数词为虚数,而不可固执以求者也。推之十百千万,莫不皆然。"①这种说法也类似于数量夸张,在古典诗词中经常使用百、千、万等数字,或单独使用,或复合使用,或重叠使用。单独使用的如苏轼《江城子》中的"相顾无言,惟有泪千行",李白《子夜吴歌·秋歌》中的"长安一片月,万户捣衣声";复合使用的如白居易《琵琶行》中的"千呼万唤始出来,犹抱琵琶半遮面",刘璟《山行同张纪善》中的"度谷穿崖亿万重,龙门东下一川通";重叠使用的如施酒监《卜算子》中的"识尽千千万万人,终不似、伊家好",辛弃疾《南歌子》中的"万万千千恨,前前后后山"等。类似的数量夸张基本上是扩大夸张。古典诗词中也会出现一些缩小夸张,如李白《侠客行》中的"三杯吐然诺,五岳倒为轻",毛泽东《长征》中的"五岭逶迤腾细浪,乌蒙磅礴走泥丸"等。由此可见,扩大夸张和缩小夸张都能体现一种豪迈之气,在表达情意方面有异曲同工之妙。有时诗人也会同时使用扩大和缩小夸张,通过对比表达自己特殊的情感,如李白《答王十二寒夜独酌有怀》中的"吟诗作赋北窗里,万言不直一杯水",杜甫《曲江二首》中的"一片花飞减却春,风飘万点正愁人"等。古诗中还有一些超前夸张的现象,如范仲淹《御街行·秋日怀旧》中的"愁肠已断无由醉,酒未到,先成泪"("酒入愁肠,化作相思泪"之意),杨万里《重九后二日同徐克章登万花川谷月下传觞》中的"老夫渴急月更急,酒落杯中月先入"(有拟人手法,也为融合夸张),不管是叙事还是抒情,都颇为生动感人。写景方面也

---

① 宗廷虎,李金苓.中国修辞学通史(近现代卷).长春:吉林教育出版社,1998:455.

有很多夸张修辞的存在,外在宏伟的自然景象与诗人内心波澜的情感若合一契,真可谓"一切景语皆情语",如杜甫《登岳阳楼》中的"吴楚东南坼,乾坤日夜浮",苏轼《念奴娇·赤壁怀古》中的"乱石穿空,惊涛拍岸,卷起千堆雪"(融合夸张)等。一般而言,融合夸张与高度夸张更具审美感染力。

总之,夸张修辞是中国古典诗词的一大艺术特色,运用得十分广泛,究其原因,不外乎夸张修辞强烈的表达效果与古诗注重情感传递和意象创造的特点不谋而合。夸张修辞在古典诗词中的作用大致有以下几点:(1)将抽象的事物具体化,使其变得可知可感,引发读者的审美聚焦与情感共鸣,融合夸张尤其如此;(2)采取"言过其实"的方式突显事物的本质或某一方面的特征,创造宏伟的意境,以强化诗歌的艺术魅力;(3)借助夸张手法表达诗人内心强烈浓郁的情感,往往采取借景抒情的方式。正如于广元所言,夸张"必然会产生相对强烈的反应,特别容易引起人们的注意,从而收到特有的修辞效果"①。那么译者是如何处理中国古典诗词中的夸张修辞的?效果又如何呢?

二、中国古典诗词中的夸张修辞英译分析

针对夸张修辞的翻译,学界多是顺带论述,在探讨修辞格的翻译时会涉及或兼论夸张修辞,专题研究不是太多。李国南专门探讨过汉语数量夸张的英译,并以中国古典诗词中的数量夸张为例,指出由于英汉语言文化差异的存在,这类数量夸张一般不宜如数直译。②李国鹏专门探讨了毛泽东诗词中夸张修辞的英译,发现译者选择直译或意译,不仅与原语中是否有与译入语相关表达方式有关,更与其他文化因素息息相关。③类似研究各自得出的结论对夸张修辞的翻译有所启发,但都未系统总结夸张的

---

① 于广元.夸张修辞格的历史发展和审美特色.北京:社会科学文献出版社,2017:6.
② 李国南.汉语数量夸张的英译研究.天津外国语学院学报,2004(2):53-58.
③ 李国鹏.毛泽东诗词中夸张修辞格的英译对比研究——以许渊冲、赵甄陶译本为例.重庆三峡学院学报,2015(4):123-126.

翻译策略。本节则旨在总结中国古典诗词中的夸张修辞的具体翻译策略,尝试分析各种译文的优劣得失。

(一)夸张修辞的移植再现

所谓夸张修辞的移植再现指对应译文中的夸张完全移植原文的形式,基本上没有任何更改的译法,数量夸张对数字的再现就是如此,也是译者最多采用的翻译策略。

(31)此地一为别,孤蓬万里征。(李白《送友人》)

译文 1：Here is the place where we must part. / The lonely water-plants go ten thousand *li*. (Tr. by A. Lowell)①

译文 2：You go ten thousand miles, drifting away / Like an unrooted water-grass. (Tr. by S. Obata)

这里的"万里"无疑是一种夸张,译文 1 中的"ten thousand *li*"就是完全移植的,包括对中国计量单位"里"的音译处理。译文 2 中的"ten thousand miles",虽然对其中的计量单位采取归化处理,但由于保存了原文的数字,也被归在了移植再现的范畴。这两种译法都无可厚非,也都再现了原文的夸张效果。其他译者如宾纳把其中的"万里"译成了"hundreds of miles",由于其改变了其中的数字,就不属于移植再现的范畴。类似的译法有很多,如许渊冲把李白《上李邕》中的"大鹏一日同风起,扶摇直上九万里"译为"If once together with the wind the roc could rise, / He would fly ninety thousand *li* up to the skies";庞德把李白《长

---

① 本节译文来源主要包括以下译著(正文中不再一一标明):吕叔湘.中诗英译比录.北京:中华书局,2002;许渊冲.李白诗选.长沙:湖南人民出版社,2007;许渊冲.许渊冲经典英译古典诗歌 1000 首(共 10 册).北京:海豚出版社,2012;孙大雨.英译唐诗选.上海:上海外语教育出版社,2007;翁显良.古诗英译.北京:北京出版社,1985;张廷琛,魏博思.唐诗一百首.北京:中国对外翻译出版公司,1991;许渊冲,陆佩弦,吴钧陶.唐诗三百首新译.北京:中国对外翻译出版公司,1988;杨宪益,戴乃迭.古诗苑汉英译丛——唐诗.外文出版社,2001;唐一鹤.英译唐诗三百首.天津:天津人民出版社,2005.

干行》中的"低头向暗壁,千唤不一回"译为"Lowering my head, I looked at the wall. / Called to, a thousand times, I never looked back";吴钧陶把杜甫《春望》中的"烽火连三月,家书抵万金"译为"For three months the beacon fires soar and burn the skies, / A family letter is worth ten thousand gold in price";唐一鹤把李白《望庐山瀑布》中的"飞流直下三千尺,疑是银河落九天"译为"A waterfall is seen from afar hanging / From the sky. / Comes straight down / The flying torrent of the three thousand feet. / As if the Milky Way is falling / From the heavens highest";张廷琛、魏博思把柳宗元《江雪》中的"千山鸟飞绝,万径人踪灭"译为"Over a thousand mountains the winging birds have disappeared. / Throughout ten thousand paths, no trace of humankind";哈特把杜甫《兵车行》中的"君不闻汉家山东二百州,千村万落生荆杞"译为"Have you not heard how in far Shantung / Two hundred districts lie / With a thousand towns and ten thousand homes / Deserted, neglected, weed-grown"等。这些数量夸张的翻译基本上比较到位,但也有不太合适的,如哈特对"千村万落"的翻译(a thousand towns and ten thousand homes),有过于拘泥于字面之嫌,不如对之稍加变通,如宾纳的对应译文"thousands of villages"以及孙大雨的对应译文"thousands of villages and hamlets",效果就相对好一些。由此可见,古典诗词中数量夸张移植再现的审美效果也要根据具体情况而定,不宜一概而论。

(32)不信妾肠断,归来看取明镜前!(李白《长相思·其二)》)

译文1:If you do not believe that the bowels of your Unworthy / One are torn and severed. / Return and take up the bright mirror I was wont to use.(Tr. by A. Lowell)

译文2:That my poor heart is broken, / If you require a token, / Return! Before your mirror bright / I'll lay it open to your sight! (Tr. by W. Fletcher)

这里的"肠断"也是夸张修辞,形容伤心至极,是一个富有中国特色的表达习惯,在中国古典诗词中频频可见。译文 1 中的"the bowels of your Unworthy / One are torn and severed"是移植再现,给译文读者一种怪怪的感觉。译文 2 中的"heart is broken"是归化译法,效果还是不错的,大多译者基本上也是这样处理"肠断"的,如许渊冲就把此例译为"If you do not believe my heart is broken, alas! / Come back and look into my bright mirror of brass",宾纳则稍加变通,把其中的"肠断"译为"this aching of my heart",同样变换了原文中的意象,更有利于译文读者接受。其他如许渊冲把李白《春思》中的"当君怀归日,是妾断肠时"译为"When you think of your home on your part, / Already broken is my heart"等。类似的夸张修辞是否适合移植再现,要看其文化个性以及跨文化适应性的强弱,"肠断"不宜直译就在于其文化个性较强,如果强行移植的话,审美效果不见得理想。如果是中西具有认知通约性或具有相似的话语表达,移植再现的话就会显得相对自然,效果也比较理想,如许渊冲把李白《丁都护歌》中"一唱都护歌,心摧泪如雨"中的"泪如雨"(融合夸张)译为"tears fall like rain",把苏轼《念奴娇 · 赤壁怀古》中的"卷起千堆雪"(融合夸张)译为"Roll up a thousand heaps of snow"等。

(33)长相思,摧心肝!(李白《长相思 · 其一》)

译文 1:We think of each other eternally. / My heart and my liver are snapped in two.(Tr. by A. Lowell)

译文 2:Yet mutual longings us enwrap, / Until my very heart-strings snap.(Tr. by W. Fletcher)

译文 3:Ah! Long drawn yearning; it gnaweth my hearth,—the dole!(孙大雨译)

译文 4:We are so far apart, / The yearning breaks my heart. (许渊冲译)

这里"摧心肝"的意象和例(32)中"肠断"的意象比较相似,都是"伤心欲绝"之意,在中国古典诗词中也比较常见,如曹丕《燕歌行》中的"乐往哀来摧心肝"等。译文 1 中的"My heart and my liver are snapped in two"是完全移植了原诗的意象,但稍显啰唆,双重意象似乎只再现一个即可。后面三个译文则都再现了其中的一个意象(heart-strings snap, gnaweth my heart, breaks my heart),更加简洁一些,也不妨视其为移植再现的范畴。此外,译文 3 用的动词(gnaw/gnaweth)要比译文 4(break)更新鲜一些。译文 2 把原文中"心肝"的意象转换为"心弦",并与"snap"搭配,也很生动,也不妨视其为夸张修辞的改造再现。

(二)夸张修辞的改造再现

夸张修辞的改造再现首先也是再现,只是不是原文形式的直接移植,而是通过改造相关话语或者采取目的语中的现成话语进行再现,具体包括更改数量夸张中的数字、重复使用相关词语、使用本身具有扩大或缩小语义的词语等。

(34)亦余心之所善兮,虽九死其犹未悔。(屈原《离骚》)

译文 1:But since my heart did love such purity, / I'd not regret a thousand deaths to die.(杨宪益译)

译文 2:For this it is that my heart takes most delight in, / And though I died nine times, I should not regret it.(Tr. by D. Hawkes)

这里的"九死"也是夸张,毕竟人是不可能死九次的。译文 1 中的"a thousand deaths to die"便是改造再现,数量的加大似乎更能凸显其中的夸张效果。温家宝总理曾引用过这句话,口译员张璐将其译为"For the ideal that I hold dear to my heart, I'd not regret a thousand times to die"曾引起热议,其对夸张修辞的处理(a thousand times to die)和译文 1 有异曲同工之妙。译文 2 中的"though I died nine times"则是移植再现,其他译者也基本上是移植再现,如许渊冲的"to die nine times",卓振英的"to die nine deaths"等。英语中也有"A cat has nine lives"的俗语,所以移植的效果也是不错的。通过改变数量夸张中数字的再现译法也很常见,如前文中"千村万落"被译为"thousands of villages"。其他如许渊冲把李白《梦游天姥吟留别》中的"天台四万八千丈"译为"Mount Heaven's Terrace, five hundred thousand feet high",把陶渊明《拟挽歌辞三首》中的"千秋万岁后"译为"Thousands of springs and autumns pass away",把岑参《白雪歌送武判官归京》中的"千树万树梨花开"译为"Adorning thousands of pear-trees with blossoms white";宾纳把"千树万树梨花开"译为"Blowing open the petals of ten thousand pear-trees",把白居易《琵琶行》中的"千呼万唤始出来"译为"Yet we called and urged a thousand times before she started toward us";龚景浩把李白《秋浦歌》中的"白发三千丈,缘愁似个长"译为"My white hair streams back many miles long;/ As long as my pensiveness is deep and strong"等。这些例子改变的是数字,不变的是夸张的效果,同样具有审美感染力。

(35)千山鸟飞绝,万径人踪灭。(柳宗元《江雪》)

译文1:From hill to hill no bird in flight. / From path to path no man in sight.(许渊冲译)

译文2:Not a bird o'er the hundreds of peaks, / Not a man on the thousands of trails.(孙大雨译)

译文1使用了特殊的短语,也就是"from hill to hill"和"from path to path",表"数量众多"之意,译文2中的"hundreds of peaks"和"thousands of trails"则是通过改变数量夸张中的数字实现夸张效果。译文1这种夸张再现的方法也是一种改造,主要是通过重复使用相关词语实现的,尤其是名词重复。这种译法也比较常见,如许渊冲把李白《长干行》中的"千唤不一回"译为"I would not answer your call upon call",把李白《远别离》中的"海水直下万里深"译为"And flow for miles and miles into the sea",把李纲《病牛》中的"耕犁千亩实千箱"译为"You've ploughed field on field and reaped crop on crop of grain",把袁枚《遣兴》中的"一诗千改始心安"译为"I cannot feel at ease till I write and rewrite";翁显良把王昌龄《出塞》中的"万里长征人未还"译为"Through here legion after legion has gone forth to war";翟理斯把李白《秋浦歌》中的"白发三千丈"译为"My whitening hair would make a long long rope"等。一般而言，古典诗词中的数量夸张也可采取这种译法，这也是发挥目的语优势的一种表现，审美效果并不次于移植再现。

(36)瀚海阑干百丈冰，愁云惨淡万里凝。（岑参《白雪歌送武判官归京》）

译文1：The sand-sea deepens with fathomless ice，/ And darkness masses its endless clouds.（Tr. by W. Bynner）

译文2：Beneath an endless sky of stagnant clouds，/ Gigantic sheets of ice straddle the wastes.（张廷琛译）

译文3：Forbidding，indeed，the frozen vastness，the towering masses of chaotic ice，the pall of curdled clouds drab and drear.（翁显良译）

例(36)依然是数量夸张，译文1用了两个典型的形容词(fathomless，endless)来传达原文中的夸张修辞，很是自然，译文2中的两个形容词(endless，gigantic)也很到位。译文3对前半句中夸张修辞的处理还是比较到位的，用的名词(vastness，masses)也同样具有恢宏夸张之势，但后半句中的夸张在译文中则没有表现出来。类似的如许渊冲把李白《登新平楼》"苍苍几万里"译为"The boundless land outspread'neath gloomy skies"，把李白《赠汪伦》中的"桃花潭水深千尺，不及汪伦送我情"译为"However deep the Lake of Peach Blossoms may be，/ It's not so deep，O Wang Lun! As your love for me"，把李白《子夜吴歌》中的"万户捣衣声"译为"The sound of beating clothes far and near"，把杜甫《兵车行》中的"千村万落生荆杞"译为"Where briers and brambles grow in villages far and nigh";包惠南把柳宗元《江雪》中的"万径人踪灭"译为"Endless roads—not a trace of men"等。

(37)燕山雪花大如席,片片吹落轩辕台。(李白《北风行》)

译文:The snowflakes from northern mountains,big as pillows white,/ Fall flake on flake upon Yellow Emperor's height.(许渊冲译)

例(37)是一个典型的融合夸张,译文同样是一个融合夸张,但意象改变了,也就是从原文的"大如席"变成了译文的"big as pillows white",效果是一样的。

(三)夸张修辞的弱化删减

夸张修辞的弱化删减指原文中有典型的夸张,译者由于措辞原因,原文的夸张效果有所减弱,或者译文未能体现出夸张的意味。这类译法或由语言的模糊性引起,或是因为译者未充分重视原文的夸张修辞,将其泛泛处理。

(38)低头向暗壁,千唤不一回。(李白《长干行》)

译文1:My shamefaced head I in a corner hung;/ Nor to long calling answered word of mine.(Tr. by W. Fletcher)

译文2:Toward the dark wall my head I declined,/ When he called I was dumb to the boy.(Tr. by C. Gaunt)

译文3:And if one called my name,/ As quick as lightening flash,/ The crimson blushes came.(Tr. by W. Martin)

此例是典型的数量夸张,凸显了女主人公"羞颜未尝开"的特征。译文1(Nor to long calling answered word of mine)以及译文2(When he called I was dumb to the boy),由于省略了其中的数字,都未体现原文的"千唤不一回"之意。两家译文采取的都是过去时,在表次数方面比较模糊,可以是一次性的动作,也可以是经常性的动作,但很难激活原文的夸张修辞。译文3也省略了其中的数字,但变数字夸张为融合夸张(融合比喻,as quick as lightening flash,/ The crimson blushes came),取得了和原文相似的审美效果。其他类似的删减译法还有很多,如许渊冲把李白《送友人》中的"孤蓬万里征"译为"You'll drift out, lonely thistledown",翟理斯把其译为"And one white sail alone dropped down",弗莱彻把其译为"Your lone sail struggling up the current goes";许渊冲把李白《江上吟》中的"美酒樽中置千斛"译为"We have sweet wine with singing girls to drink our fill";翁显良把柳宗元《江雪》中的"千山鸟飞绝,万径人踪灭"译为"No sign of birds in the mountains; nor of men along the trails"等。这里的翁译也是一种弱化或删减译法("mountains""trails"虽为复数形式,但数量比较模糊,"二三""千万"皆可也),未能体现原文的数量夸张,不利于通过对比凸显"孤舟蓑笠翁,独钓寒江雪"的高洁形象。

(39)烽火连三月,家书抵万金。(杜甫《春望》)

译文 1:For three long months war flames outspread,/ Letters from home dearer than gold.(许渊冲译)

译文 2:Now for these three months / The beacon fires have flared / Unceasingly / While a letter from home / Is as precious as gold.(杨宪益、戴乃迭译)

译文 3:Beacon fires stretch through three months,/ a letter from family worth ten thousand in silver.(Tr. by S. Owen)

该例中的"家书抵万金"是一个融合夸张(融合比喻),译文 1(dearer than gold)和译文 2(as precious as gold)都再现了原文的比喻,但未能体现原文的数量夸张。如果把译文作为独立的文本,译文 1 和译文 2 也未尝不可,但和原文相比,还是少了一层夸张意味。译文 3 就能体现原文的融合夸张,由于其意象改变了,也可视为夸张修辞的改造再现范畴。许渊冲在别的版本中还曾把此句译为"The beacon fire has gone higher and higher; / Words from household are worth their weight in gold",由于"words"本身是没有重量的,所以也谈不上"worth their weight in gold",

也不见得合适。李白《渡荆门送别》中有"仍怜故乡水,万里送行舟"之句,许渊冲译为"The water that from homeland flows, / Will follow me where my boat goes",也删除了原文的数量夸张,但用的动词(follow)把"故乡水"拟人化了,或者说此处译文添加了拟人修辞,属于从修辞认知到修辞认知的异类转换。其他弱化或删减的例子如翁显良把苏轼《江城子》中的"料得年年肠断处"译为"Be it the same every year: a night to weep",许渊冲把李白《乌夜啼》中的"独宿孤房泪如雨"译为"And weeps, so lonely in her bower night and day"等。一般而言,如果不在其他地方进行合理的审美补偿的话,夸张修辞的弱化删减译法就会降低原文的文学性。

三、小 结

夸张修辞是中国古典诗词重要的审美特色之一,虽然"言过其实",但不失心理上的真实性,能够更加酣畅淋漓地表达诗人的情意。古典诗词中的数量夸张最多,多出现"千""万"两个数字或数字组合,其他还有融合夸张、超前夸张等。本节通过对大量译例(主要为数量夸张)进行分析,总结了夸张修辞的三类翻译策略,即移植再现、改造再现和弱化删减,前两者都是再现,属于从修辞认知到修辞认知的转换,文学性和原文基本相当,后者则是从修辞认知到概念认知的转换,文学性有所降低。以审美效果而论,提倡从修辞认知到修辞认知的转换,尽量避免从修辞认知到概念认知的转换。当然,也会有原文中未出现夸张修辞,译文却添加了夸张手法的情况,这属于从概念认知到修辞认知的转换,有利于增强原文的文学性,但由于此类语料极其有限,本节未做探讨。如果原文中的夸张修辞不宜再现,也可把其转换成其他认知型修辞格,如比喻、拟人、移就、通感、双关等(属于从修辞认知到修辞认知的异类转换),以减少翻译过程中的审美损失,增强译文作为独立文本的价值。

主要参考文献

Allen, C. F. R. *The Book of Chinese Poetry*: *Being the Collection of Ballads*, *Sagas*, *Hymns*, *and Other Pieces Known as the Shih Ching*, *or Classic of Poetry*. London: Kegan Paul, Trench, Trübner& Co. , Ltd. , 1891.

Bi, Feiyu. *Massage*. Goldblatt, H. & Lin, S. L. , trans. Melbourne: Penguin Group, 2014.

Bi, Feiyu. *The Moon Opera*. Goldblatt, H. & Lin, S. L. , trans. London: Telegram Books, 2007.

Bi, Feiyu. *Three Sisters*. Goldblatt, H. & Lin, S. L. , trans. New York: Houghton Mifflin Harcourt Publishing Company, 2010.

Burmakova, E. A. & Marugina, N. I. Cognitive Approach to Metaphor Translation in Literary Discourse. *Procedia-Social and Behavioral Sciences*, 2014(154): 527-533.

Cao, Xueqin. *The Story of the Stone* (vol. 1/2/3). Hawkes, D. , trans. London: Penguin Group, 1973/1977/1980.

Cao, Xueqin & Gao, E. *A Dream of Red Mansions* (vol. 1/2/3). Yang Hsien-yi & Gladys Yang. , trans. Beijing: Foreign Languages Press, 1978.

Cao, Xueqin & Gao, E. *The Story of the Stone* (vol. 4). Minford, J. , trans. London: Penguin Group, 1982.

Giles, H. A. *Chinese Poetry in English Verse*. London: Bernard Quaritch, 1898.

Jia, Pingwa. *Ruined City*. Goldblatt, H., trans. Norman: The University of Oklahoma Press, 2016.

Lakoff, G. The Contemporary Theory of Metaphor. In Ortony, A. (ed.), *Metaphor and Thought* (2nd edition). Cambridge University Press, 1992:202-251.

Lakoff, G. & Johnson, M. Conceptual Metaphor in Everyday Language. *The Journal of Philosophy*, 1980(8):453-486.

Lakoff, G. & Johnson, M. *Metaphors We Live By*. Chicago: The University of Chicago Press, 1980.

Lakoff, G. & Turner, T. *More than Cool Reason: A Field Guide to Poetic Metaphor*. Chicago: The University of Chicago Press, 1989.

Liu, Zhenyun. *I Did Not Kill My Husband: A Novel*. Goldblatt, H. & Lin, S. L., trans. New York: Arcade Publishing, 2014.

Mandelblit, N. The Cognitive View of Metaphor and Its Implications for Translation Theory. *Translation and Meaning*, PART 3, 1995 (3):483-495.

Mo, Yan. *Big Breasts and Wide Hips*. Goldblatt, H., trans. New York: Arcade Publishing, 2012.

Mo, Yan. *Frog*. Goldblatt, H., trans. Melbourne: Penguin Group, 2014.

Mo, Yan. *Sandalwood Death: A Novel*. Goldblatt, H., trans. Norman: The University of Oklahoma Press, 2013.

Mo, Yan. *The Republic of Wine*. Goldblatt, H., trans. New York: Arcade Publishing, 2012.

Robinson, D. *Western Translation Theory: From Herodotus to Nietzsche*. Beijing: Foreign Language Teaching and Research

Press, 2006.

Snell-Hornby, M. *Translation Studies*: *An Integrated Approach*. Shanghai: Shanghai Foreign Language Education Press, 2011.

Su, Tong. *Rice*. Goldblatt, H., trans. London: Scribner, 2000.

Tylor, E. *Primitive Culture*. London: John Murray, 1871.

Wang, Xiaobo. *Wang in Love and Bondage*. Zhang, H. & Sommer, J., trans. Albany: State University of New York Press, 2007.

Yu, Hua. *Brothers*: *A Novel*. Chow, E. C. & Rojas, C., trans. New York: Pantheon Books, 2009.

Zhang, E. *Lust*, *Caution*. Lovell, J., trans. New York: Anchor Books, 2007.

包通法.美学认知中的通感与翻译.江南大学学报(人文社会科学版), 2005(6):87-89,96.

毕飞宇.青衣.北京:人民文学出版社,2013.

毕飞宇.推拿.北京:人民文学出版社,2013.

毕飞宇.玉米.重庆:重庆大学出版社,2011.

蔡义江.红楼梦诗词曲赋鉴赏.北京:中华书局,2001.

曹雪芹,高鹗.红楼梦.北京:人民文学出版社,1974.

曹雪芹,高鹗.红楼梦.北京:人民文学出版社,1982.

曹雪芹.脂砚斋全评石头记.霍国玲,紫军,校勘.北京:东方出版社,2006.

陈望道.修辞学发凡.上海:复旦大学出版社,2008.

董娟,张德禄.语法隐喻理论再思考——语篇隐喻概念探源.现代外语, 2017(3):293-303.

冯其庸,李希凡.红楼梦大辞典(增订本).北京:文化艺术出版社,2010.

冯庆华.红译艺坛——《红楼梦》翻译艺术研究.上海:上海外语教学出版 社,2006.

冯全功,彭梦玥.阿连壁《诗经》丰厚翻译研究.外国语言与文化,2018(2): 104-114.

冯全功. 广义修辞学视域下《红楼梦》英译研究. 上海：上海外语教学出版社，2016.

冯全功. 活生生的红高粱——《红高粱》中的泛灵论及其英译. 广译：语言、文学、与文化翻译，2014(1)：89-104.

冯全功. 修辞认知与文学翻译. 东方翻译，2013(4)：26-30.

冯全功. 英语译者对汉语死喻的敏感性研究——以四个《红楼梦》英译本为例. 外语与外语教学，2015(5)：80-85.

葛浩文. 葛浩文随笔. 史国强，编. 闫怡恂，译. 北京：现代出版社，2014.

顾正阳. 古诗词英译中"双关"的处理. 上海大学学报(社会科学版)，2003(4)：53-58.

韩子满. 翻译与性禁忌——以 *The Color Purple* 的汉译本为例. 解放军外国语学院学报，2008(5)：69-75.

洪涛. 女体和国族：从《红楼梦》翻译看跨文化移殖与学术知识障. 北京：国家图书馆出版社，2010.

贾平凹. 废都. 北京：北京大学出版社，1993.

贾燕芹. 文本的跨文化重生：葛浩文英译莫言小说研究. 北京：中国社会科学出版社，2016.

李福印. 认知语言学概论. 北京：北京大学出版社，2008.

李国南. 论"通感"的人类生理学共性. 外国语，1996(3)：34-40.

李国南. 汉语数量夸张的英译研究. 天津外国语学院学报，2004(2)：53-58.

连淑能. 中西思维方式：悟性与理性——兼论汉英语言常用的表达方式. 外语与外语教学，2006(7)：35-38.

梁晓晖.《丰乳肥臀》中主题意象的翻译——论葛浩文对概念隐喻的英译. 外国语文，2013(5)：93-99.

梁扬，谢仁敏.《红楼梦》语言艺术研究. 北京：人民文学出版社，2006.

林兴仁.《红楼梦》的修辞艺术. 福州：福建教育出版社，1984.

林以亮.《红楼梦》西游记——细评《红楼梦》新英译. 台北：聊经出版事业

股份有限公司,1976.

刘亚猛.修辞是翻译思想的观念母体.当代修辞学,2014(3):1-7.

刘大为.比喻、近喻与自喻——辞格的认知性研究.上海:上海教育出版社,2001.

刘震云.我不是潘金莲.武汉:长江文艺出版社,2016.

吕叔湘.中诗英译比录.北京:中华书局,2002.

马红军.从中诗双关语的英译策略看诗歌翻译.山东外语教学,2003(1):96-98.

梅新林.《红楼梦》哲学精神.上海:华东师范大学出版社,2007.

莫言.丰乳肥臀.北京:中国工人出版社,2001.

莫言.酒国.上海:上海文艺出版社,2012.

莫言.檀香刑.上海:上海文艺出版社,2012.

莫言.蛙.上海:上海文艺出版社,2012.

彭爱民.再现红楼风月——《红楼梦》性文化英译赏析.红楼梦学刊,2012(1):325-334.

钱屏匀,潘卫民.接受美学视角下中国古典诗词"感兴"之英译.外语与翻译,2015(2):21-25.

钱锺书.通感.文学评论,1962(1):13-17.

邱文生.文化语境下的通感与翻译.中国外语,2008(3):89-94.

邱文生.修辞认知与翻译.天津外国语大学学报,2012(5):26-31.

任绍曾.概念隐喻和语篇连贯.外语教学与研究,2006(2):99-100.

荣立宇.《西游记》中的真假情色及其翻译.读书,2006(5):90-96.

什克洛夫斯基.散文理论.刘宗次,译.南昌:百花洲文艺出版社,1994.

沈光浩.论毕飞宇《推拿》诗性伦理建构.小说评论,2009(6):131-134.

束定芳,徐金元.委婉语研究:回顾与前瞻.外国语,1995(5):17-22.

束定芳.隐喻学研究.上海:上海外语教育出版社,2000.

苏童.米.上海:上海文艺出版社,2005.

孙毅.基于语料的跨语言核心情感的认知隐喻学发生原理探源.中国外

语,2011(6):40-46.

覃修桂,黄兴运.概念隐喻中始源域"多元性"的体验哲学观——以汉语诗词中"愁"的概念隐喻为例.外语与外语教学,2014(5):24-29.

谭学纯,朱玲,肖莉.修辞认知和语用环境.福州:海峡文艺出版社,2006.

谭学纯,唐跃,朱玲.接受修辞学(增订本).合肥:安徽大学出版社,2000.

谭学纯,朱玲.广义修辞学(修订版).合肥:安徽教育出版社,2008.

谭学纯.文学和语言:广义修辞学的学术空间.上海:上海三联书店,2008.

谭学纯.修辞话语建构双重运作:陌生化和熟知化.福建师范大学学报,2004(5):1-6.

谭学纯.语言教育:概念认知和修辞认知.语言教学与研究,2005(5):49-54.

唐韧.基于认知翻译假设的隐喻翻译探析.合肥工业大学学报(社会科学版),2008(3):138-141.

童庆炳.维纳斯的腰带:创作美学.北京:中国人民大学出版社,2009.

童庆炳.现代视野中的中华古代文论系统.北京:北京师范大学出版社,2016.

童庆炳.中华古代文论的现代阐释.北京:中国人民大学出版社,2010.

王彬彬.毕飞宇小说中的"性话语".当代作家评论,2008(1):102-106.

王牧群.通感隐喻与文学语言的翻译.燕山大学学报(哲学社会科学版),2006(1):90-93.

王希杰.汉语修辞学(修订本).北京:商务印书馆,2004.

王希杰.修辞学导论.长沙:湖南师范大学出版社,2011.

王小波.黄金时代.长春:时代文艺出版社,2001.

王小潞,何代丽.基于语料库的英汉情感隐喻对比研究.外国语文研究,2015(2):27-33.

王佐良.翻译中的文化比较.中国翻译,1984(1):2-6.

魏纪东.篇章隐喻研究.上海:上海外语教育出版社,2009.

文军.附翻译研究:定义、策略与特色.上海翻译,2019(3):1-6.

翁显良.情信与词达——谈汉诗英译的若干问题.外国语,1980(5):18-23.

翁显良.古诗英译.北京:北京出版社,1985.

吴礼权.论夸张的次级范畴分类.修辞学习,1996(6):10-12.

吴中胜.万物有灵观念与中国文论的人化现象.中国文化研究,2011(2):174-179.

肖家燕.《红楼梦》概念隐喻的英译研究.北京:中国社会科学出版社,2009.

许钧.翻译概论.北京:外语教学与研究出版社,2009.

许诗焱,许多.译者—作者互动与翻译过程——基于葛浩文翻译档案的分析.外语教学与研究,2018(3):441-450.

许渊冲.唐诗三百首新译.北京:中国对外翻译出版公司,1997.

许渊冲.许渊冲经典英译古代诗歌1000首(共10册).北京:海豚出版社,2012.

许渊冲.中诗英韵探胜——从《诗经》到《西厢记》.北京:北京大学出版社,1992.

颜帼英.建构主义翻译观下的古诗词翻译——析“菊花”和“黄花”的文化意象翻译.东华大学学报(社会科学版),2014(4):199-203.

杨宪益.从《离骚》开始,翻译整个中国:杨宪益对话集.文明国,编.北京:人民日报出版社,2010.

杨志.从认知视角解读《红楼梦》中的“性”委婉语.河北联合大学学报(社会科学版),2015(1):161-163.

于广元.夸张修辞格的历史发展和审美特色.北京:社会科学文献出版社,2017.

余华.兄弟.北京:作家出版社,2012.

余苏凌.目标文化视角:英美译者英译汉诗之形式及意象研究(1870—1962).上海:上海外语教育出版社,2015.

袁行霈. 新编千家诗. 许渊冲, 英译. 徐放, 韩珊, 今译. 北京: 中华书局, 2006.

张爱玲. 色, 戒. 北京: 十月文艺出版社, 2007.

宗廷虎, 李金苓. 中国修辞学通史 (近现代卷). 长春: 吉林教育出版社, 1998.

中華譯學館·中华翻译研究文库

许　钧◎总主编

第一辑

中国文学译介与传播研究(卷一)　许　钧　李国平　主编

中国文学译介与传播研究(卷二)　许　钧　李国平　主编

中国文学译介与传播研究(卷三)　冯全功　卢巧丹　主编

译道与文心——论译品文录　许　钧　著

翻译与翻译研究——许钧教授访谈录　许　钧　等著

《红楼梦》翻译研究散论　冯全功　著

跨越文化边界:中国现当代小说在英语世界的译介与接受　卢巧丹　著

全球化背景下翻译伦理模式研究　申连云　著

西儒经注中的经义重构——理雅各《关雎》注疏话语研究　胡美馨　著

第二辑

译翁译话　杨武能　著

译道无疆　金圣华　著

重写翻译史　谢天振　主编

谈译论学录　许　钧　著

基于“大中华文库”的中国典籍英译翻译策略研究　王　宏　等著

欣顿与山水诗的生态话语性　陈　琳　著

批评与阐释——许钧翻译与研究评论集　许　多　主编

中国翻译硕士教育研究　穆　雷　著

中国文学四大名著译介与传播研究　许　多　冯全功　主编

文学翻译策略探索——基于《简·爱》六个汉译本的个案研究　袁　榕　著

传播学视域下的茶文化典籍英译研究　龙明慧　著

第三辑